人间正道

THE ROAD
WE HAVE TAKEN

周梅森 著

 北京联合出版公司
Beijing United Publishing Co.,Ltd.

图书在版编目（CIP）数据

人间正道 / 周梅森著 . -- 北京：北京联合出版公司，2023.1（2025.10 重印）

ISBN 978-7-5596-5918-7

Ⅰ.①人…　Ⅱ.①周…　Ⅲ.①长篇小说－中国－当代　Ⅳ.① I247.5

中国版本图书馆 CIP 数据核字 (2022) 第 215232 号

人间正道

作　　者：周梅森
出 品 人：赵红仕
责任编辑：周　杨
封面设计：吴黛君

北京联合出版公司出版
（北京市西城区德外大街83号楼9层 100088）
北京新华先锋出版科技有限公司发行
三河市兴博印务有限公司印刷　新华书店经销
字数329千字　787毫米×1092毫米　1/16　22印张
2023年1月第1版　2025年10月第6次印刷
ISBN 978-7-5596-5918-7
定价：49.00元

目 录
Contents

第一章　严重的时刻

一

平川市委书记郭怀秋的去世很突然，别说省里的头头脑脑们没料到，就是和郭怀秋朝夕相处的平川市委、市政府的同僚们也没料到。郭怀秋年富力强，刚刚五十三岁，出任平川市委书记只有两年零七个月，在大家惯常印象中，他身体状况一直很不错，突然倒在平川一把手的工作岗位上，真有点让人难以置信。

出事这天的情形，吴明雄记得很清楚。

是一个平平常常的日子，一切看上去都很正常，没有任何迹象显示郭怀秋的生命处在危险之中。早上一上班，郭怀秋召集大家在他办公室开了个简短的书记、市长碰头会。在碰头会上，郭怀秋还像往常一样谈笑风生，对迎接日本大正财团和创建国际工业园起步区的工作做了一番交代。当时，气氛挺好的，郭怀秋半个胖胖的身子沐浴在窗外射进来的七月的骄艳阳光中，手上夹着的"红塔山"升腾着丝线样的青烟，其间，还和市长束华如开了两句玩笑。吴明雄注意到，郭怀秋看上去有些疲惫，情绪倒还不错，没有多少沮丧的样子。直到散了会，大家各忙各的去了，郭怀秋才叫住吴明雄，要吴明雄特别留心全市下岗、待岗工人的情绪，万不可在大正财团考察平川期间出问题。这时，吴明雄才发现，郭怀秋眼神中透着一丝遮掩不住的忧虑，吴明雄的心禁不住往下沉了一下。

日本人来得真不是时候。平川的经济形势和社会形势都十分严峻。根据上个月的统计数字，市属企业的亏损已接近五个亿，全市待业、下岗、待岗人员达七万多人，大大超过了警戒线。纺织系统、机械系统日子难过，前些日子还有不少工人到市政府门口静坐过。地方煤炭系统情况更糟，胜利矿八千多矿工的吃饭问题已无法解决。这些待业、下岗、待岗工人真要在日本大正财团来平川时闹一下，别说工业园的国际招商了，政治影响也吃不消。正是出于这种忧虑，上次常委会上郭怀秋才提出让主管政法的市委副书记吴明雄兼管待业工人的安置问题，且直言不讳地说，斩乱麻要用快刀。

吴明雄心里清楚，面前这个一把手的日子不好过，便把本想说的一些话又咽了回去。按吴明雄的想法，日本大正财团赴平川的行期至少应该推迟到明春，下个月就来显然太仓促。从平川面临的困局和国际工业园的基础配套情况看，国际招商都很不现实。

郭怀秋似乎看出吴明雄有话要说，便问："吴书记，你还有啥事吗？"

吴明雄摆了摆手："算了，不说了，反正你郭书记指向哪里我打向哪里就是。"

郭怀秋苦苦一笑："其实，我知道你想说啥。可我还是要强调这一点：越是在这种困难的时候，我们越是要有信心，阵脚不能乱。不管咱们国际招商能不能成功，日本财团能来就是一个胜利。你说是不是？"

吴明雄勉强点了点头。

走出郭怀秋的办公室，吴明雄看了一下表，时间是八点五十五分。

乘电梯赶到六楼市委第三会议室，正好是九点。

公安、检察、法院的一把手和政法委的其他同志全到齐了，上周就定下要开的政法汇报会马上开始。开始前，吴明雄先打了个招呼："各位抓紧时间，十点以后我还有一个会。"

夏季历来是刑事案件发案率的高峰期，汇报上来的几个案子均为社会影响恶劣的重大刑事案。吴明雄针对这几个案子的性质和发案率有所上升的现实情况，再次强调了市委从重从快的精神，特别提到在大正财团到来前后，一定要保持社会政治局面的稳定，治安上绝不能出问题，对具体案情却没多说什么。

快谈完了，公安局局长毕长胜又说："还有个案子，不大，但有些棘手。合田县一个村支书，因挤占道路问题和驻该县的铁路医院发生冲突。村支书带着一村人闹到了院长办公室，冲动之下用玻璃烟灰缸将院长的鼻梁骨砸断了，还伤了几个人。铁路分局找到了我们市局……"

吴明雄没当回事，看了毕长胜一眼，收拾起桌上的文件，起身要走："这种小事你们处理就是，我就不听了。"

毕长胜提醒说："吴书记，上次政法工作会议上你不是打过招呼吗？凡涉及和铁路局、电业局、矿务局三家的案子，不论大小都要向你汇报……"

吴明雄想了起来，这话他是说过的，便又坐下了："好，你说，你说。"

毕长胜继续汇报说："这个村支书是四七年的老党员，以往也没有前科，合田县委还专门派了一个副书记来说过情。为照顾地方情绪，我看就让合田县公安局拘留几天放掉算了。"

合田籍的检察院副检察长赵来学插上来说："这件事情影响虽然不好，可后果并不太严重，总没死人嘛！再说，铁路方面过去也有不对的地方，我们还是要保护自己的基层同志嘛。四十几年党龄的老同志，目前在村支书这种基层岗位上已没有几个了……"

吴明雄听不下去了，把手上的茶杯往桌上一蹾，黑着脸说："你们不要说了！这没道理。这个村支书有多少年的党龄与我们执法没关系。我只问你们：他有没有触犯刑法？触犯了刑法哪几条？要以事实为根据，以法律为准绳，该立案起诉就立案起诉，该判刑就判刑，不要总搞地方保护主义那一套！你们记住了，咱中华人民共和国只有一部刑法！"感觉到自己的火气大了些，吴明雄又叹了口气，"同志们啊，不是我批评你们，过去和铁路局、电业局的很多矛盾，我们都是有责任的。现在要和铁路局、电业局协调关系，地方保护主义就不能再搞了。你们这么搞，人家谁也不会服气，会告到省里，告到中央，要给市委、市政府添麻烦的！你们也不想想，咱现在的麻烦事还少吗？郭书记都愁白了头。"

十时整，会议还没结束，吴明雄先走了。

在楼下上车时，正见着郭怀秋的 001 号奥迪缓缓开过来。郭怀秋也从二楼的办公室下来了，见面就对吴明雄说："走，走，跟我一起到国际工业园去，看看咱那盘大买卖。"

吴明雄说："我还有事。"

郭怀秋问："你到哪儿去？"

吴明雄叫了起来："到哪儿去？郭书记，这还不是你交给我的好差事吗？开困难企业的会。我和曹市长约好了，十点一起到机械局，谈问题，做工作，别再让静坐的工人把咱市委、市政府的大门堵了。"

郭怀秋说："好，好，给机械一厂的邱同知带个话，就讲是我说的，要他这个党委书记兼厂长拿出点党性来，如果在大正财团来平川期间出任何事，我都唯他是问。"

吴明雄说："人家可能正巴不得你免他的职呢，这种叫花子头谁愿意当呀。"

郭怀秋冲着吴明雄摇摇头，苦着脸说："你这家伙又发牢骚，又发牢骚。"说罢，有些气恼地夹着一只黑皮包上了 001 号奥迪。

吴明雄再没想到，在市委主楼前和郭怀秋这匆匆一别竟是永诀，而郭怀秋那句责备他的话竟是最后的遗言。这在后来很长一段时间里，吴明雄想起来心里就禁不住有些难过。

赶到机械局是十时十五分，主管工业的副市长曹务平仍没到，主持会议的市政府副秘书长金大华正抽着烟听胜利煤矿、平川机械一厂等十几家困难企业诉苦。一见吴明雄来了，金大华如释重负，要吴明雄代表市委、市政府讲话。

吴明雄说："不忙，曹市长还没来，还是先听听大家的吧。"说毕，又有些疑惑地问，"曹市长是怎么回事？咋还不来？这一摊子一直都是他分管的，别是给我耍滑头吧？"

金大华说："不会，曹市长不是这种人，刚才曹市长还从国际工业园来了一个电话，说是正和束市长、郭书记一起开现场办公会，最迟十一点前赶到。"

然而，一直到十一点十五分，曹务平仍不见踪影，吴明雄只好代表市委、市政府讲了话，先讲了平川以及所属八县市整个经济面临的困难，市委关于困难企业安置问题的主要精神，后来就不点名地批评部分困难企业领导：

"……你们有你们的难处，市里也有市里的难处。你们把矛盾交给市里，市里交给谁？交给省里？交给中央？我看，重要的问题是，你们这些局长、书记、厂长、经理们都要切实负起责任来。像胜利矿，有些历史遗留问题，市委出面协调，在条件许可的前提下一步步解决。而企业自身内部的问题，经营机制问题，你们还是要在深化改革的过程中立足于自己解决……"

说到这里，副市长曹务平的电话打到会场上来了，点名道姓地要吴明雄接。

吴明雄拿起话筒刚要骂曹务平滑头，电话里却传出曹务平急促的声音："吴书记，不好了，郭书记在国际工业园听汇报时倒下了，是心肌梗死，正在市人民医院抢救……"

吴明雄怔了一下，本能地说道："不可能，一小时前我还在市委门口见到过郭书记嘛！"

曹务平叹着气说："还有什么可能不可能的？郭书记现在就在医院里，一直处在昏迷中，医生讲情况很危险。你快过来吧，束市长刚给省委挂了长途电话，要你和肖书记、陈书记一起来碰下头……"

放下电话，吴明雄愣了好半天才缓过神来。

金大华问："出什么事了？"

吴明雄叹息地说："郭书记倒下了，正在抢救……"

金大华也呆住了。

吴明雄想了想说："金秘书长，我马上要去医院，你留一下吧，下午的会我看先不要开了，啥时再开，另行通知。"

说罢，吴明雄没顾得上和与会者打声招呼，匆匆走了。

坐在车上，一路往人民医院赶时，吴明雄已有了一丝不祥的预感，禁不住在心里默默地对郭怀秋说：郭书记，你老兄可得挺住呀！你可不是一般人物，你是我们平川八县市一千万人的最高党政领导。这种时候你要走了，可就有点赖账的嫌疑了——平川眼下这个烂摊子可是不好收拾哩……

二

郭怀秋赶到国际工业园是十时十五分，市长束华如记得真切。当时，束华如带着一帮人刚把工业园的现场情况看了一遍，正往起步区走时，迎到了郭怀秋的 001 号奥迪。

走到车前，束华如看了一下表说："领导，你迟到了十五分钟，得罚款。"

郭怀秋从车里钻出来，笑着说："今天罚我没多少道理。我可是好不容易才脱了身的，省纪委周书记一帮人还在市委第二会议室里坐着听廉政汇报呢，我先说了几句就溜了。不信，你打电话去问肖书记他们。"

束华如不开玩笑了，正色说："郭书记，你能来就好，咱开会吧。"

会是在起步区刚装修好的十二层综合大楼开的，由束华如主持。

束华如很讲效率，没啥套话，开宗明义就说："大家都知道，这个国际工业园是咱平川市改革开放的主要窗口，日本大正财团就是奔这窗口来的。搞得好，大正财团牵头进行国际招商，这盘棋就活起来了，也将带动平川经济走出低谷；搞不好，局面就会很被动。因此，郭书记今天亲自来参加这个会，就是想听听大家的意见，看看在日本人到来之前，还有哪些问题要马上解决。"

郭怀秋插话说："国际工业园从规划开发，搞到今天已是两年多了，市委和市政府是下了很大的决心的，在资金十分紧张的情况下，投下去三个亿。现在，人家来相姑娘了，咱这姑娘拿得出手吗？今天，我们自己先照照镜子吧。"

工业园开发办主任江伟鸣开始汇报。

这滑头主任从来都是报喜不报忧，不谈问题，大讲成绩，用教鞭指着沙盘，为国际招商描述了一番美好而诱人的前景；再三称道市委、市政府决策的英明和市长束华如亲自抓落实的认真负责。

束华如越听越烦，忍不住打断江伟鸣的话头说："江主任，我看，咱今天还是成绩少谈，问题多摆。成绩你不讲它跑不了，问题不谈透不得了。

要我看，工业园目前的问题还不少。水和电的问题解决没有？起步区空着的这一片标准厂房怎么办呀？还有外面配套的道路问题……"

束华如提到电的问题，电就真的出了问题——突然间电停了，会议室的灯全灭了，空调也停了。

江伟鸣怔了一下，对郭怀秋说："郭书记，不要紧，我们综合大楼自备了柴油发电机，马上就会送电的。"

郭怀秋挂下了脸："江主任呀，我提醒你一下：我们国际工业园的规划面积可是有三十五平方公里，将来要有几百座厂房，难道都自己配柴油发电机发电吗？"

江伟鸣说："郭书记，这……这可不是我能解决得了的，和电力系统的关系，一直是市里出面协调的。"

束华如说："市里协调归市里协调，但问题都得谈透它嘛。"

于是，与会者们开始老老实实谈问题。

首先是配套道路。

工业园内，一条条水泥道路宽阔平坦，工业园门外的两条国道却天天堵车。两年前选址时，大家都认为把工业园摆在两条国道的夹角处省钱省力，现在却发现，这钱和力都省不下来。过境车辆越来越多，不但国际工业园受影响，就是平川市区也受到严重影响，穿越平川市的这两条国道真到了非拓宽不可的地步。而要拓宽这两条国道，初估一下，大约要一个亿。若是想从根本上解决，则需建一条连接国道的环城路，资金起码四个亿。

供电上的麻烦。

和电力部门的矛盾从根本上说，就是限电引起的矛盾。在工业园上马时，省电力局就说过，除非平川市政府出头出资和矿务局联建一个新电厂，并网发电，否则，对这三十五平方公里工业园的电力供应不列入计划。后来，在省政府和有关方面的压力下，电力局联建电厂的要求不敢提了，但三天两头拉闸。

工业用水的问题。

这个问题更严重，每逢旱季，整个平川市都缺水，百万城市居民的生活用水都不能保证，自来水厂怎能保证这庞大工业园的用水呢？因此，工业园上马时就在大漠河边自建了水厂。可遗憾的是，去年、今年，连着两年大旱，大漠河变成了一条干河沟。

标准厂房的空置问题……

起步区收尾工程的资金问题……

问题越谈越多，郭怀秋的脸色越来越难看。束华如注意到，郭怀秋开始还随手在笔记本上记两笔，后来就不记了，身子也渐渐歪到了一边，头不由自主地低了下去。

直到这时，束华如还没想到郭怀秋会出事。

说心里话，束华如请郭怀秋来参加这个会是有些私心的。

两年前上国际工业园时，束华如就在私下里和郭怀秋交换过意见，认为条件还不太成熟，城市的基础设施太落后，硬上只怕会事与愿违。郭怀秋那时刚上台，又赶上全国的开发热，不听束华如的意见，三天两头往省城和北京跑，硬把工业园区跑了下来，跑下来后，常委班子里仍有不同意见，吴明雄就明确反对过。反对的理由和束华如完全一致。不过，束华如出于对郭怀秋的尊重，也出于利用国家优惠政策的考虑，在几次常委会上都没站出来支持吴明雄的意见，反倒为国际工业园讲了不少好话，这就让大家都以为他是无保留地支持工业园上马的，最后一次拍板的常委会上郭怀秋就分工让他负责。

现在，国际工业园成了平川市人人皆知的市长工程，束华如已没有后退的余地了，加上大正的日本人下个月底又要来，束华如便有些急，想让郭怀秋了解一下工业园面临的真实状况，别到时候一板子打到他屁股上去。

还有一些话，束华如不敢和郭怀秋说。

有些干部已在私下议论了，说是国际工业园要道路没道路，要水电没水电，却两年投下三个亿，实在是打肿脸充胖子。把这三个亿存在银行，光利息每年也能养活两万多号待业待岗的工人。

郭怀秋死后，束华如才有些内疚——早知郭怀秋会倒在国际工业园的会场上，他真不该让大家说这么多问题。问题已经存在了，说不说都一样。作为市委副书记兼市长，他当初既然没站出来反对国际工业园的上马，现在就不该这么患得患失，就得切实负起责任来，千方百计去解决问题。就算要下地狱，也只能自己下，完全没有必要把郭怀秋也架到火上烤。

郭怀秋是在财办刘主任谈资金问题时倒下的。

束华如当时就坐在郭怀秋左边，右边是副市长曹务平。郭怀秋的身子软软地倒在了曹务平的怀里，曹务平失声叫了起来，束华如才发现大事不好：郭怀秋脸色苍白，毫无血色，满头满脸的汗，呼吸困难……

会议被迫中断。

二十多位与会者全吓呆了，扑过来，围着郭怀秋，一声声叫着："郭书记、郭书记……"

郭怀秋这时尚未失去知觉，看着束华如，还断断续续说了句："束市长，你……你们接着谈，我……我心慌、胸痛，要……要先去一下医院了……"

财办刘主任最先想到郭怀秋可能是心脏病发作，要找救心药，却没找到。在建的工业园里又没有医生、护士，无法实施临时抢救，束华如只好让 001 号奥迪亮起警灯，拉起警笛，风风火火地把郭怀秋送往人民医院。

在前往人民医院的路上，郭怀秋先是失去了知觉，后又停止了呼吸，脉搏也几乎摸不到了。束华如守在郭怀秋身边，急出了一头汗，一边不住地叫司机加速，一边笨拙地嘴对嘴给郭怀秋进行人工呼吸，直到 001 号奥迪冲进医院大门。

到了医院，车未停稳，已在电话里得知消息的医生、护士们就围了上来，用担架抬着郭怀秋进了抢救室。在抢救室门口，束华如对院长和党委书记交代说："要不惜代价，尽一切力量抢救，我马上向省委汇报，要求把省里最好的心脏科专家派过来，在此之前千万不能出问题！千万！"

医生、护士们紧张抢救时，束华如给省委挂了第一个电话，是省委一个值班副秘书长接的。那位副秘书长要束华如保持和省委的联系，并说自己马上向省委书记钱向辉汇报。

放下电话没多久，院长出来了，对束华如说："束市长，郭书记是严重的心肌梗死，情况非常不好，冠状动脉血流受阻，引起了大面积的心肌梗死，你们要有最坏的思想准备……"

束华如惊问："郭书记从来没犯过心脏病嘛，怎么会突然大面积心肌梗死？"

院长说："正因为从没发过病，才更危险。这种病的诱因是情绪骤变，饱餐，或者过度的超强运动——有些运动员就是在事先毫无症状的情况下，于运动之中突然倒下，再也起不来了……"

曹务平说："郭书记没做任何运动，发病时我们还在开会。"

院长说："那可能就是情绪骤变的因素了……"

曹务平说："这也没有呀，大家谈得好好的，郭书记又没生过气……"

束华如心里真难过，只有他最清楚，郭怀秋是为国际工业园和平川市的许多问题忧虑着急——尤其是国际工业园。也许在此之前，郭怀秋听到的好话太多，根本没想到工业园的问题这么多，一下子有点措手不及。自己也真是没数，还火上浇油，尽让大家谈问题，这就把郭怀秋谈倒下了。如若是由着滑头主任江伟鸣唱颂歌，也许就没有这一出了。

束华如禁不住一阵阵头晕目眩，叹息着对曹务平说："曹市长，事情已经这样了，你们还说这些没用的话干什么？咱平川这穷地方的一把手好当吗？我看郭书记是硬被累倒的。你快给吴书记、肖书记，还有陈书记打电话，让他们都到这里来开个碰头会，看看下一步该怎么办吧。"

三

分管纪委工作的市委副书记肖道清七月十日上午在接待省纪委周书记一行。

早上的碰头会一结束，肖道清就和市纪委金书记一起，到四楼第二会议室向周书记汇报廉政自查的情况。开始时，郭怀秋参加了一下，以示重视，还对第一次到平川来的周书记说了些客气话，后来说还有重要的事得处理，就走了。整个上午都是肖道清和金书记在汇报，一直汇报到中午十一点半。

市委接待处原是按郭怀秋的交代，安排了接风宴会的，肖道清却留了一手，悄悄地让接待处再做便餐准备，一旦周书记虎起脸公事公办，就请周书记一行吃便餐。

省纪委的这位周书记刚上任，是从南方某市调过来的，郭怀秋和肖道清都不太熟，接待上就很难把握。不接风，怕怠慢了周书记，闹下不愉快；接风的话，又怕周书记顶真，指责他们"穷市还穷吃"。想来想去，郭怀秋咬咬牙还是和肖道清说定，宁可吃批评，也不得罪人。

汇报结束后，肖道清试探着问："周书记，中午吃饭怎么安排？"

周书记把手一摆说："不要你们管了，我们几个去吃小吃。听说你们这里有个很有名的小吃一条街，是不是？"

这可是肖道清没有想到的。

肖道清怔了一下，婉转地说："周书记，这……这不太好吧？在小吃摊上万一吃坏了肚子，我可担当不起呢，郭书记可要打我的板子了。我看，咱们是不是就在宾馆里做些小吃来吃呢？另外，也尝尝我们平川的原汁狗肉和平川大曲嘛。"

周书记不同意，笑着对肖道清说："肖书记，你别剥夺我这点小小的自由好不好？我就喜欢小吃摊上的那份热闹哩！老百姓吃得，我为什么就吃不得？！"

肖道清无法，只得让纪委金书记和接待处处长钱萍陪同周书记一行去汉王街吃小吃，自己准备和统战部张部长一起，与台湾地区来的华义夫老先生见个面，再吃顿饭。

据张部长前几天汇报，这位华义夫老先生不是一般人物，乃是一九四七年至一九四九年国民党政府在平川的最后一任市长。华老先生赴台以后就脱离了政界，几十年一直在台南从事实业经营，颇有建树，其麾下的华氏集团实力雄厚。老人对平川很有感情，这次带着女儿先来看看，据说下一步想在平川定居，并在国际工业园投资办厂。张部长昨晚就说定了，中午，由统战部出面接风宴请，请肖道清代表市委出席。肖道清却因为要接待周书记一行，没敢和张部长说死，只说如能抽出空就一定去。

现在，既然不为周书记接风，统战部那边就得去了。

已走出门时，电话响了。肖道清没想到是曹务平从人民医院打来的电话，更没想到郭怀秋会出事，迟疑了一下，还是没去接电话，门一带，径自出了市委后门，去了平川宾馆。

按事先定下的接待标准，宴席上了"五粮液"。华老先生不要，点名要平川大曲，说是几十年没喝到家乡的酒了。于是，肖道清就由着华老先生的意思，让服务员小姐换了特制的平川大曲，还很细心地问张部长有没有准备狗肉。

张部长说："狗肉是咱平川一绝，哪能没有？有原汁狗肉。"

华老先生高兴地说："这就够了，我在台南最忘不了的就是咱平川大曲和原汁狗肉。"

华老先生的女儿华娜娜说："我父亲现在就像老小孩似的，一到平川就吵着要吃狗肉，昨天刚住下，就要我到街上给他买，说是在张自忠路路口有家叫'狗肉李'的百年老店哩……"

肖道清对华老先生和华娜娜印象都挺好，尤其是对华老先生那一口纯正的平川话，听得十分入耳，席间便挺感慨地说："真没想到，几十年了，华老先生的乡音还一点没变呢。"

华老先生呷着平川大曲，笑眯眯地说："只怕这辈子也变不了喽。"

肖道清问："这次回来，老先生对平川印象如何？"

华老先生迟疑道："咋说呢？比起四十二年前，变化不算小，可比起省城和北京、上海这些地方，还是……还是差一些吧？啊？"

华娜娜插上来说："肖书记、张部长，我父亲这人就是嘴臭，你们别理他。要我看，咱平川也不比别的地方差，将来会更好……"

华老先生笑了："是的，是的，就因为我爱说，所以，国民党不喜欢我。"

肖道清也笑着说："华老先生，我们可不是国民党啊——而且也不是过去讲大话、讲空话的共产党。我们现在从中央到地方都讲究实事求是。您说得还是太客气了。今天我们平川不是差一点，而是落后了一大截，不但和省城相比，就是和全国一些同类城市相比，也落后了一大截，经济欠发达。这是事实，不承认不行呀。当然，这里面既有历史的原因，也有现实的原因，您住下来后，张部长会和您细谈，也希望您老为我们振兴平川献计献策哩。"

华老先生似乎被肖道清的真诚打动了，连连点着花白的脑袋说："肖书记，说到历史的原因，我想起来了，我华某只怕也推脱不了一分责任呢。说来惭愧呀，四十二年前那场大决战以后，我这个国民政府的市长给你们留下了咋样一个烂摊子呀？民国三十八年，哦，就是一九四九年，肖书记，你多大呀？"

肖道清说："我刚一岁。"

华老先生竖起大拇指赞道："你年轻有为！"指着华娜娜，又说："你和我女儿同岁，坐船到台湾那年，她还在吃奶哩。"

肖道清看看华娜娜，有点不太相信："华小姐也四十三岁了？"

华娜娜笑问道："怎么？不像呀？"

肖道清说："我还以为你不到三十岁呢……"

这时，外面进来一位服务员小姐，请肖道清接电话。

肖道清和华老先生、华娜娜打了个招呼，出去了。

是束华如市长的电话。

束华如在电话里郁郁地说，二十分钟前，郭怀秋书记去世了。

事情来得太突然，肖道清一点思想准备也没有，怎么也不相信这是真的，一时间觉得自己置身在一场大梦之中。听着束华如的情况通报，肖道清眼中的泪不知不觉淌了下来，握着话筒的手也禁不住哆嗦起来。

肖道清可以说是郭怀秋一手提拔上来的，对郭怀秋的感情很深。当年，郭怀秋任合田县委书记时，把他从大漠县调去任县委办公室主任。郭怀秋任平川市委副书记兼市长时，又把他调到平川市政府任秘书长。后来送他到中央党校学习，回来后，郭怀秋主持工作，就推荐他当了市委副书记。平川历史上最年轻的副书记，平川人便议论纷纷，都说肖道清是郭怀秋的接班人。

束华如大约听到了肖道清的饮泣声，在电话里劝说道："肖书记，你先不要哭啊，郭书记不在了，咱该做的工作还是得做呀。"

肖道清这才木然地问了句："束市长，这……这个突然的情况，你向省委汇报了没有？"

束华如说："我刚和省委钱书记通了电话。钱书记指示，在新班子正式确定之前，平川市委、市政府的工作，要你我共同负责，一定要保持政治和社会局面的稳定，各方面绝不能出乱子！"

肖道清又是一怔，半天没作声。

束华如在电话里叫:"你听明白没有?快到人民医院会议室来,我等你。"

肖道清说:"那……那好,我马上过去。"

回到宴会厅,肖道清虽强作笑脸,可华老先生还是看出了点名堂,又不好问,便把关于平川历史的话题收住了,还说:"肖书记,你不必陪我——我回到家了嘛,你有公务就去忙吧。"

肖道清向华老先生道了歉,说是临时碰上了急事,要去处理,交代张部长务必陪好华老先生,自己匆匆吃了点东西,起身走了。

在宾馆门口,肖道清临时拦了公安局的一部车,要司机亮起警灯直开人民医院。

在警灯的闪烁中,哀伤一点点逝去,涌上心头的竟是压抑不住的豪情。

肖道清突然间发现,自己正置身于平川市未来历史的入口处,走进这个入口,下一步平川的历史也许就将由他这个四十三岁的年轻市委书记来书写了。

四十三岁,一个多么令人羡慕的年龄。

看这架势,大局已定。省委书记钱向辉"共同负责"的话语里已透出了这层意思。市委班子目前的情况也明摆着,四个市委副书记中,不但他排名最靠前,也只有他最年轻。吴明雄五十六岁,陈忠阳五十八岁,束华如不是帅才,除非外派一个市委书记,否则省委唯一的选择只有他了。

天将降大任于斯人也。

四

陈忠阳七月十日这天最倒霉,和非党副市长严长琪一起,驱车四百余里,从平川赶到云海市,一下车,就被告知要往回赶。陈忠阳很不高兴,拉下脸来,气呼呼地对云海市委书记米长山说:"怎么?郭书记去世地球就不转了?该干的事就不干了?!"

米长山早年做过陈忠阳的秘书,知道陈忠阳是三届市委班子的老副书记,脾气大,加上这一年多来和郭怀秋又不太和气,便不敢劝,只好赔着笑脸说:"我的老书记哟,这您可别怪我呀。束市长让我传个话,我不敢不传呀。是不是回去,您自己决定就是了,谁敢勉强您呢?"

陈忠阳不耐烦地说:"好,好,我知道了。"

严长琪觉得这种非常时刻陈忠阳不回去总是不太好,就和颜悦色地劝陈忠阳说:"陈书记,郭书记去世是件大事,又这么突然,可能关于班子的安排,省委有什么精神吧?我看,就我留下来参加下午文化节的开幕式吧,你最好还是回去一下。"

陈忠阳想了想,认为严长琪说得有道理。

郭怀秋意外去世,省委对平川市委的班子不能不作安排。是外派一个书记?还是暂时由束华如兼书记?抑或让二梯队的肖道清上?这关乎平川未来的历史走向,也关乎自己手下一大帮干部的前途,他不能不予以充分的重视。

细想下来,外派的可能性不大。平川是有名的大市、穷市,所属八个县市中,有三个市县财政倒挂。如今,经济全面滑坡,上了马的国际工业园又面临着一大堆新的难题和矛盾,没有坚强的意志和相当的工作基础,谁也不敢往这火坑里跳。让市长束华如兼市委书记也不太可能。在省委一些领导眼里,束华如是个能忍辱负重的好管家,一把手的好搭档,却不是个能独当一面的帅才。

唯一的可能,是肖道清上。

这是陈忠阳最不愿意看到的局面。

肖道清出任市委书记,和郭怀秋在任不会有什么两样,也许比郭怀秋在任时还坏。肖道清是郭怀秋的亲信,又是大漠人,肖道清上台,各区县和市里各部委办局大漠干部的势力将会进一步加强,这对云海及其他地区干部的提拔则更加不利。而且,想在平川做点大事只怕会更难,水和路都甭指望能尽快解决,改革开放的步伐也快不了,许多在郭怀秋手上办不了的事,在肖道清手上也同样办不了,平川的落后局面根本没法改观。

比如,和美国SAT公司远东部的合作。

这个合作项目已商谈一年多了,迄无进展。SAT远东部总裁郑杰明是云海人,十年前赴美闯荡,混出了模样,去年代表SAT公司到平川寻找投资项目，一眼看中了位于市中心的机械一厂，想全资兼并该厂后，在原址上盖一座二十八层的国际大厦。郭怀秋开始时很有兴趣，还带着分管副市长严长琪和郑杰明见了两次面。后来，不知出于什么考虑，主意变了，宁愿看着机械一厂停产，看着机械一厂的工人发不出工资，也不同意SAT的兼并方案，反倒建议郑杰明把国际大厦盖到兔子不拉屎的工业园去。搞得陈忠阳大丢面子，也没办法向郑杰明交代。

再比如说水和路。

从谢学东到郭怀秋，两届班子喊了多少年，都知道迟早非解决不可，可就是没人动真格的，都说要从长计议。于是便从长计议，计划也计划了，议论也议论了，至今仍是一头雾水。

说心里话，在这种情况下，陈忠阳宁可让有些矛盾的吴明雄上，也不愿看着肖道清上。吴明雄虽说过去得罪过他，也不够理想，但有两点好：其一，不搞帮派；其二，真心想干事。退一步说，就算吴明雄上台后仍和他过不去，也没啥大不了的，吴明雄不是肖道清，五十六了，了不起干一届。

——只是，让吴明雄上只怕也难，中央和省委在年龄上卡得都很死，一般来说，五十六岁已不可能再提一级了……

想来想去，陈忠阳还是决定吃过饭后回平川去，听听省委的口气，再决定下一步的动作。如果可能的话，不妨给省里一些老领导打打电话，为吴明雄做做工作。这样一举两得，既阻止了肖道清大漠势力的扩展，又赚个出以公心、不计前嫌的好名声——他前几年和吴明雄的矛盾，省里一些老领导都是知道的。于是，就吩咐米长山给平川回电话，要米长山告诉束华如，自己饭后就回去。

在流花宾馆吃饭时，陈忠阳情绪很好，说是要解解乏，喝了几杯酒，也劝严长琪喝了几杯。后来，就问起文化节的组织安排问题。文化节组委会主任是云海市长尚德全。尚德全是陈忠阳一手提起来的青年干部，一向对陈忠阳唯命是从，便滔滔不绝地汇报起来。汇报时绝口不提郭怀秋，一口一个"根据老书记指示"如何如何。最后还提出："老书记，您既来了哪能走呀？这文化节可是件大事，又是云海县改市五周年纪念，您走了哪儿成？当年不是您老书记一次次往省城、往北京跑，咱云海哪有今天呀？"

陈忠阳心里很得意，嘴上却说："什么老书记呀，如今越老越不值钱，我今年可是五十八了，就等着回家抱孙子喽。"

严长琪笑着说："您陈书记能回家抱孙子呀？这还在位呢，那么多地方都抢着要您去当顾问，真要退下来，还不把门槛都踏破了。"

陈忠阳也笑了："这帮家伙别人不知道，你们还不知道？不就是想借我的余热烧他们的小灶吗？我早和他们说过了，我陈忠阳十六岁参加革命，干到今天，也该歇息了。他们的烂事，我才不管呢。"

尚德全说："老书记，他们的烂事您不管，我们云海的事，您可不能不管呀！我们可都是鞍前马后跟着您许多年的老部下了。"

年轻的云海市委副书记赵林更露骨地说："老书记，您可是咱云海干部的当家人呀，现在您在位，市委常委会上有人帮我们讲话，我们啥事好办，就是郭怀秋也拿您这样的三朝元老没办法；您要真不在位了，再不管我们，我们的麻烦就大了。"

陈忠阳觉得非党副市长严长琪在面前，云海的干部这样说话很不得体，便举起杯说："废话少说，喝酒，喝酒。"

赵林根本没把严长琪看在眼里，喝了杯酒，又说："真没想到，郭书记说去世就去世了，这真是人算不如天算哩……"

陈忠阳火了，酒杯往桌上重重一放，骂儿子似的指着赵林的鼻子道："小赵，你这话是他妈什么意思呀？啊？还人算不如天算！郭书记都倒在工作岗位上了，你还这么胡说，啊，这叫啥？这叫既没党性，也没良心！"

赵林不敢作声了。

陈忠阳叹了口气，又说："你们胡说八道不要紧，罪名最后还要落到我头上，不知内情的同志，还以为是我支持怂恿你们的呢！今天，我当着严市长的面再重申一遍：今后，不讲原则，不负责任的话，谁都不许乱说。要搞五湖四海，不要搞小圈子，小宗派！"

严长琪心里清楚，陈忠阳的话是说给他听的，便笑道："陈书记说得不错，外面是有些议论呢，你们可别再害陈书记了。陈书记在云海工作多年，对云海有感情，你们得珍重陈书记这份感情，可不能给陈书记添乱呀。"

陈忠阳注意地看了严长琪一眼，嘴上没说什么，心里却认定严长琪话里有话。

对严长琪这个从工学院土木工程系上来的党外副市长，陈忠阳一直吃不透。

这位副市长对任何人都笑眯眯的，对市委几个书记、副书记交办的事，嘴里从来不说一个"不"字，似乎是个很好说话的主儿。可奇怪的是，办的结果却又大不相同，没矛盾的事都办成了，有矛盾的事一样办不成，你细想想，还又怪不得他。

和SAT公司合作的事就是这样。他陈忠阳要办，严长琪不说不办，满口应承，四处跑个不歇，可到底没办成。办不成，这位副市长也不说，见了他仍是笑眯眯的。后来，便要他去找郭怀秋谈，他找郭怀秋一谈就碰了软钉子。

今天这番话说得又很有意思，听上去好像是为他陈忠阳好，可却再三强调他对云海有感情，心里只怕已认定平川市有个云海帮了。那么，严长琪知道不知道，平川还有个以肖道清为后台的大漠帮？没准这滑头滑脑的副市长已通过郭怀秋，贴上肖道清了吧？

陈忠阳呷了口酒，不动声色地问："严市长啊，这郭书记突然去世了，你老弟估计省委会让谁出任平川市委书记呀？"

严长琪灿烂地笑着："哎呀，陈书记，你看你这话问得，我老严是民革党员，可不是中共党员，咋会知道中共省委的安排呀？"

陈忠阳说："我们试着猜猜看嘛。"

严长琪的滑头已到了炉火纯青的地步，摇着秃了大半边的脑袋道："我可猜不出哩，反正，陈书记，我给你表个态，在任何时候、任何情况下，我都服从党的领导，谁当市委书记我都听吆喝，都尽心尽力干好我分内的事。"

陈忠阳问："你看肖道清怎么样？"

严长琪说："不错，不错，肖书记年轻稳重，政策性强。"

陈忠阳又问："那么，吴明雄呢？"

严长琪马上说："也挺好嘛。吴书记有事业心，也有开拓精神，谁不知道吴书记是把快刀呀。"

陈忠阳哭笑不得，指着严长琪直咧嘴："严市长，我真服了你了——和你交交心还真不容易哩。"

严长琪一副严肃认真的样子："陈书记，我说的可都是真心话，肖道清和吴明雄本来就各有各的长处嘛，"

这时，云海市委书记米长山走了进来，先给陈忠阳敬了一杯酒，又给严长琪敬了一杯酒，后来，就把陈忠阳叫到了外面的休息室，悄悄地对陈忠阳说："老书记，束市长的电话打通了，束市长要您务必于今晚七时参加市委常委扩大会议，传达省委钱书记指示精神……"

陈忠阳懒懒地问："什么精神呀？"

米长山说："关于班子的临时安排和稳定平川局面的精神。"

陈忠阳又问了句："班子怎么个安排法？"

米长山讨好地说："束市长没和我细说，我就多了个心眼，把电话打到了省委钱书记的秘书家里。钱书记的秘书斯予之您知道的，是我大学的同学。我问了一下情况，据斯予之说，目前暂定由肖道清和束华如负责，下一步可能是肖道清出任市委书记。"

陈忠阳冷冷一笑，点了点花白的脑袋："果不其然嘛，啊？！"

米长山又说："不过，斯予之也说了，这事现在还说不定。省委一帮老同志对吴明雄印象很好，说是吴明雄有胆识，有气魄，已有几个老同志提出，在这种特殊情况下，从稳定平川大局考虑，还是让吴明雄做平川的一把手为宜。"

陈忠阳眼睛一亮："消息可靠吗？"

米长山说："绝对可靠。斯予之再三和我交代，这件事绝不能在平川透出一点风声来，否则要我负责。"

陈忠阳来了兴致："好，好，大米，这几天你保持和斯秘书的联系，我今晚也和老省长他们通通电话，谈谈我的看法。吴明雄这人作风正派，有主持全面工作的能力，又愿意干事，如真能让吴明雄出任市委书记，不论对平川的大局，还是对你们这些云海干部都是有好处的。"

米长山点点头："我明白。"

吃过饭后，陈忠阳掉转车头回了平川。

这时，是下午二时十分，按陈忠阳的估计，最多三个小时后，他就可以回到平川了。不料，半路上堵车，一堵就是两小时，待陈忠阳赶到市委常委会上时，已是晚上七时半了。

陈忠阳十分疲惫，进门就嘶哑着嗓子骂："真操蛋，咱平川的烂路再不修，我建议把市委的小车都换成直升机算了，免得当紧当忙时误事！"

吴明雄接上来说："我同意陈书记的意见，市委小车班可以考虑解散，商调驻平川空二师派一个中队的飞行员来帮我们驾驶直升机，可以在我们市委大楼顶上搞个停机坪嘛！这话两年前我就和郭书记说过……"

束华如打断了吴明雄的话头："好了，好了，都不要开玩笑了。陈书记总算到了，咱们开会吧。我先通报一个抢救郭书记的有关情况，以及钱向辉书记的电话指示精神。然后，再请组织部孙部长给大家宣读下午五时刚收到的省委发来的电传。"说罢，又看了看肖道清，问："肖书记，你看是不是就这样？"

肖道清点了点头，补充道："郭怀秋同志治丧委员会名单和追悼会的规格恐怕也得在会上定下来，尽快报给省委。我还想亲自到省城去一趟，请咱们的老书记谢学东代表省委参加追悼会。郭书记是倒在工作岗位上的，我们把丧事办得好一些，隆重一些，不论对郭怀秋书记的亡灵，还是对郭书记的家属、亲友，都是个安慰嘛。"

陈忠阳见束华如和肖道清摆出的这副架势，心中已有数，看来米长山的情报很可靠，省委确已决定由肖道清暂时出来收拾局面了。

肖道清也实在滑头，年纪轻轻，竟这么世故，省委的电传还没宣布，他就先一步提出要到省城去一趟。真是去请原平川市委书记谢学东参加追悼会吗？鬼才相信呢。他不就是去跑官嘛！谁不知道谢学东现在是省委副书记呀，谁不知道郭怀秋、肖道清和谢学东的热络关系呀。

陈忠阳不动声色地看着肖道清，心里却在说：我的小书记呀，你先别得意，你的两条腿未必就能跑过我陈忠阳的电话！你肖道清得记住，现在的省委书记还不是谢学东，到底谁来做平川的一把手，还说不准呢。

平川政治舞台的巨大帷幕还没拉开。那么，更换主角，改变平川未来历史走向的可能性就还存在。

民，为首的是金龙集团副总裁兼矿长田大路。

事件发生以后，省电力局徐局长怒气冲冲地把长途电话挂到了尚未结束的市委常委会上，责问市长束华如和主管政法的市委副书记吴明雄，平川地区还是不是共产党的天下？还有没有法制？

束华如对市电业局三天两头拉闸断电窝了一肚子气，今天省城的这位徐局长又以这么一种口气和他说话，心里益发不满，便不想理睬。吴明雄却很清醒，认为不能意气用事，否则，会更加深地方和电力部门的矛盾，遂打了电话给民郊县委书记程谓奇，要程谓奇立即赶往河东村处理事件。程谓奇刚接完吴明雄的电话，县供电局刘局长也赶到了县委，向程谓奇告状。

这当紧当忙的时候，金龙集团董事长、总裁兼村党支部书记田大道又耍起了滑头。程谓奇让人四处打电话找田大道，河东村的人一概说田大道出差了，不在家。然而，程谓奇在刘局长的陪同下坐着县公安局的警车一进村，田大道却从金龙集团办公大楼里钻出来了，一见程谓奇的面，就做出一副很惊讶的样子说："哟，哟，这不是程书记吗？出了啥事呀，害得你半夜三更往我这儿跑？"

娄子一下子捅到了省里、市里，而且又造成了民郊东部两个乡停电，这实在让程谓奇生气。程谓奇站在门厅里，当着供电局刘局长的面，指着田大道的鼻子骂："田大道，我看你简直他妈的就是田强盗！欠了人家供电局一年多的电费不付，竟还敢砸人家的变电站！真反了你了！"

田大道益发显得惊讶："什么？什么？砸变电站？谁砸变电站了？这不是无法无天了吗？！"遂对身边一个年轻人说，"小四，快给我把大路找来，问问是怎么回事，别是河西村庄群义他们惹了事，弄到我们头上了吧？！"

程谓奇说："错不了，河西村的庄群义没你这么大的胆！"

田大道说："程书记，这可说不准呀，老话说了，不叫的狗最会咬人哩。"

程谓奇也有点疑惑了，以为原本势不两立的河东、河西村，这回为了共同的用电问题走到了一起，便一边向田大道的办公室门口走，一边说："就算河西村的人也参与了，你田大道也脱不了干系，我就不信没有你，这事能闹起来。"

刘局长说："我看没有河西村的事。河西村从来不欠我们的电费，上个月我们已给河西村改了线路，也没停过河西的电。"

到田大道的办公室刚坐下来，被田大道称作"小四"的年轻人，带着为首肇事的田大路来了。

田大路一进门就冲着田大道说："哦，书记出差回来了？"

田大道应道："回来了，回来了。"转而便问，"变电站是怎么回事呀？"

田大路说："我正要向你汇报呢。"

田大道摆摆手："你别向我汇报了，就向县委程书记汇报吧。"

田大路便向程谓奇汇报说："程书记，这事怪不得咱村上的人呀，他们供电局根本不买咱县委的账，明明知道县里抗旱紧急会议精神，仍断了咱的抗旱用电。"

程谓奇一怔："哦？断了抗旱用电？"

刘局长叫了起来："什么抗旱用电？我们拉掉的是他们小煤窑的线路。"

田大路说："我们十几台水泵用的都是这路电。"

刘局长说："那我管不着。我只知道执行局里的规定：凡拖欠电费一年以上的，一律予以断电。断电通知书也早就下达给你们了。"

田大路抓住了话柄，冲着程谓奇叫："程书记，你听见了吧？你听见了吧？我们抗旱的事，他们供电局不管，那我们有什么办法呢？村民们只好强行送电，我们劝也劝不住。"

田大道阴阳怪气地说："供电局不让咱抗旱，咱就不抗旱嘛。咱可以去找县委，找市委解决嘛，咋能乱来呢？我们地里的庄稼就算全旱死了，又有啥了不起？程书记和县里能让咱饿肚皮吗？！"

程谓奇狠狠地瞪了田大道一眼："你少给我说这些酸话！"遂又皱着眉头问田大路："村民们究竟是强行送电，还是冲砸了人家的变电站？怎么会造成大面积停电的？"

田大路说："村民们不懂电呀，自己动手，就出了事嘛。"

程谓奇说："这就不对了嘛，你们为啥要自己动手呢？为啥不把抗旱的道理给变电站的同志讲清楚，让人家送电呢？这就错了嘛！"

刘局长说："程书记，他们不是错了，是犯了法。变电站有没有被冲砸，你亲眼看看就知道了。"

说罢，刘局长领着程谓奇出门去变电站现场。

到现场一看，变电站真被冲砸了，大门和一截院墙被推倒了，一台变压器也着了火，现场一片狼藉。空气中弥漫着烧焦的胶皮味，肇事的农民却不见了踪影，油灯的灯光下，只有供电局几个夜班工人在守护现场。

一见这景象，程谓奇心里就明白了。田大道这回打着抗旱的旗号，算是把变电站好好收拾了一下，解气倒是解气了，可无疑是犯了法。好在这田大道还算聪明，紧紧抓着抗旱的旗号不放，县委便有了回旋的余地。

正这么想着，刘局长说话了："程书记，这就不要我多说了吧？破坏电力设备是个什么罪，大家都清楚。我们省局徐局长已经说了，今天这个恶性案件你们不依法处理，对停电地区我们就不恢复送电，你们看着办吧！"

田大道说："好，好，程书记，你别为难，就让公安局抓我吧！"

程谓奇脸一黑说："你以为我就不能抓你？我就不信河东村金龙集团离了你田大道就会垮台！"

田大路忙说："怪我，怪我，这事与我们书记无关。我们书记出差了，出事时他不在家。真要抓，就抓我吧。是我没能拦住村民们。"

程谓奇厉声说道："你们现在都别在我面前充英雄。我和你们说清楚了，这事县委一定要严肃处理，该抓谁就会抓谁。还有就是，你们欠人家供电局的电费得尽快给人家！"

田大路不高兴了，问程谓奇："程书记，你是我们的书记，还是人家供电局的书记？"

程谓奇说："我是共产党的书记，就是要依法办事，秉公办事！"

田大路说："他们断了我们的抗旱用电，你为啥不管？"

程谓奇说："你们为什么拖欠人家一年多的电费不缴？"

田大路说："我们没钱。"

程谓奇说："你们是全县最富的村，开了八座小煤窑，办了好几个厂子，钱都弄到哪儿去了？"

田大路说："不是让你们县委、县政府借走了吗？前年一百二十万，去年一百万，至今没还。去年的一百万说是县里自建电厂，要我们投资，现在电厂在哪里？我们出了这么多钱，用不上电，你们反过来怪我们，还讲不讲良心？"转而又对刘局长说："我们欠的电费，你们就找县政府要吧！"

程谓奇这回真生气了，可又拿田大路无可奈何。这个田大路不是他本家哥哥田大道，他那副总裁不是镇里、县里任命的，而是因为在开窑上有一套，被田大道聘的。这人既不是村干部，又不是党员，说轻说重，你只能听着。

田大道见程谓奇脸都变了色，心里禁不住有些怕，这才说话了，对田大路训斥道："咋，这河东村的家你当了？让供电局找县里要钱，你狗胆不小！"遂又对刘局长说："既然我们程书记已说了话，欠你们的电费，我们他妈缴。可有一条，你们得保证我们的煤窑、工厂用电，不能说拉闸就拉闸。"

刘局长说："电力的紧张情况你们又不是不知道，超负荷就得拉闸，这是没办法的事！"

田大道说："你没办法，那我也没办法，这电费咱就欠着吧，反正人不死账不赖，啥时你们能保证正常供电，我他妈啥时把欠账给你们一次结清。"

刘局长说："那好，你们村这几座小煤窑从今往后就别开了！"

程谓奇忙打圆场说："好了，好了，都别吵了，大家都有难处嘛，还是要互相体谅嘛。小煤窑的事我们先不谈，抗旱用电得有保证呀，真闹得两个乡的机井水泵都开不了，将来庄稼绝收，谁能担得起这个责任呀。刘局长，我看，你们还是赶快抢修送电吧，眼下抗旱的任务很重啊。"

刘局长一脸不快地问："程书记，那咱就把话说清楚：毁坏的设备算谁的？肇事者你们处理不处理？"

程谓奇说："毁坏的设备自然要让河东村赔，肇事者也要处理。不过，我看还是一般的工作纠纷嘛，你们双方缺少谅解，才造成了这次误会冲突嘛！"

田大道很有眼色，忙说："是的，是的，还不都因为电力紧张吗？谁都不好怪的。我看，哪天我做个东，请变电站的同志们吃顿饭，我来赔个不是，这事就算过去了。刘局长，你看好不好？噢，对了，我还给你留了两瓶'五粮液'哩。"

不知是"五粮液"起了作用，还是程谓奇软中有硬的话起了作用，刘局长的脸色和缓了些，迟疑了一下说："好吧，好吧，看在程书记的面子上，我现在就给市局汇报，尽早抢修，争取明天恢复送电。"

程谓奇长长地舒了一口气，拍了拍刘局长的肩头说："那就拜托你了，多给你们市局讲点好话，可不要再激化矛盾了。你们这变电站咋说也是在河东村的地盘上，大家都是低头不见抬头见的，还是要和为贵嘛。"

然而，出了变电站大门，程谓奇却对田大道训斥说："你这狗东西胆子真大，差点捅了大娄子！你知道不知道？吴书记电话里的口气是要抓人的！"

田大道讨好地说："我知道有你程书记在，谁也抓不了人。"

程谓奇说："这你就错了。刘局长真要咬着你一个破坏电力设备的罪名不放，我非抓人不可。"

田大道满不在乎地说："刘局长才不会咬我呢，他们这帮电大爷得我的好处少了？这回对付变电站，我也没打他们一个人。原先也没想冲砸，我只让村民们围住变电站，逼他们送电，可这么多人一哄而起，难免有几个阶级敌人趁机捣乱，局面就控制不住了，就出了事。"

程谓奇定定地看着田大道："你不是说你出差了吗？咋又不打自招了？！我看你是找死！"

田大道赔着笑脸不敢作声了。

程谓奇叹了口气说："田大道呀，你这暴发户的坏样子能不能改一改呢？这样下去，迟早要栽跟斗的，你懂不懂？市场经济是法制的经济，不能再像以往那样乱来，你知道不知道？"

田大道连连说："我知道，我知道，这回我也是急了眼，小煤窑的一路电全给拉了，都不出炭了，我一天的损失少说也得十几万呀。"

见田大道提到了十几万，程谓奇说："哦，对了，还有一件事，我正要和你商量呢。你看能不能借点钱给胜利煤矿的曹书记？曹市长前天专门打了电话给我，说是他做担保，让我向你商借五十万。"

田大道皱着眉头说："又是胜利煤矿。去年你程书记做担保，让河西村借给他们的六十万，他们到今天还没还一分呢。"

程谓奇说："这我知道，也和曹市长提了。可胜利煤矿现在实在是太难了，八千多人要吃饭呀，你们河东村帮一把好不好呢？"

田大道说："这要帮到哪年哪月呀？程书记，你看这样行吗？我捐给他们三万，这五十万你就别借了。"

程谓奇一脸不快："好，好，你真不借这五十万，我也不求你。不过，日后再出啥事，你田大道也别来找我。还有，这次冲砸电站的事也没完，该咋调查处理，咱就咋调查处理。国家有法律嘛。"

田大道慌了："别，别，程书记，我这不是和你商量嘛，你真说要借，我能不借吗？"

程谓奇哼了一声："是自愿借的吗？"

田大道苦着脸说："自愿，当然自愿。您程书记不搞强迫命令，对我们从来都是说服教育，这谁不知道。"

程谓奇听得出田大道话中的讥讽，却装作不知，挺亲热地拍了拍田大道的肩头说："这就对了嘛。你不想想，你这小煤窑是咋发起来的？以往你讹人家胜利煤矿讹了多少次呀，造成了多少国有资产的流失呀？现在你三、四号井的两部绞车还是人家的吧？"

田大道怕中了程谓奇的新圈套，没回答程谓奇的话，却反过来将了自己县太爷一军，一副诚恳的样子问："程书记，咱县里的电厂啥时建呀？咱要自己发了电，就再也不要看人家的脸色了。"

程谓奇随口应付道："快了，快了。"

田大道说："您该不是又拿了我们的钱去发扬共产主义风格了吧？上面的精神我可知道，不准一平二调呢，政策上允许一部分人先富起来。"

程谓奇眼一瞪说："你怎么连我这个县委书记都不相信？咱县的电力资源这么紧张，不自建电厂行吗？我说要建电厂就一定会建电厂。至于什么时候建，你等着就是。反正我算你一百万的股份。"

田大道说："还有利息呢，多少也得算点吧？"

程谓奇不耐烦地说："好，好，利息也照算你的。真是的，你们河东村越富越吝啬了。"

田大道嘿嘿直笑:"亲兄弟也得明算账呢。"

…………

这夜还算平安,一场很可能闹上法庭的冲砸事件,在程谓奇连唬加诈的圆滑调理下,竟以很平和的方式解决了,这实在有点出乎大家的意料。

第二天一早,程谓奇在电话里轻描淡写地向吴明雄汇报时,吴明雄半疑半信,一再追问:在民郊县变电站事件中,河东村的村民是否触犯了刑律?程谓奇矢口否认,说是双方都很克制,连架都没打,所以,只是很一般的工作纠纷,而且,县里已妥善处理完了。

程谓奇可没料到,省电力局徐局长会那么顶真,竟在第二天派人到民郊变电站来看现场。后来,还把拍下的现场照片寄到北京的电力报上去发表,害得程谓奇被吴明雄狠狠地训了一通,还被迫代表县委、县政府到市电业局去登门道歉。

因为有程谓奇和民郊县委、县政府顶着,市里终于没抓人,河东村金龙集团这只聚宝盆还在招财进宝,这才让程谓奇多多少少得到了点安慰。自然,程谓奇也没能让惹是生非的田大道好受。从市电业局道歉一回来,程谓奇就把田大道叫到县里,拉开架子,重新开张,很系统地臭骂了田大道一通之后,罚田大道当场捐款给县城新建的儿童乐园买了十只猴子、一只狗熊,才算最后拉倒。

四

作为一个有四十年党龄的老党员,一个地方国营煤矿的党委书记,曹心立在任何时候都力求保持一个领导者的尊严和权威。可这份尊严和权威到七月十日晚上再也保持不住了,为了八千多工人的吃饭问题,曹心立下了很大的决心,终于厚着脸皮向自己平时最瞧不起的二儿子曹务成开了口,想让曹务成的联合公司借几十万元给矿上买粮,以免矿上大食堂断炊关门。

为避免可能出现更大的难堪,曹心立没去曹务成设在平川市内的联合公司办公室，也没到矿党委，而是把曹务成和他所谓的秘书马好好叫到家里谈的。开谈时，曹心立让浓妆艳抹的马好好回避一下，曹务成却不依，说马好好不是外人，实际上也算曹家的媳妇，啥事都没必要瞒她。

这让曹心立很生气。马好好算曹家哪门子媳妇？曹务成明媒正娶的媳妇是袁静，马好好充其量算曹务成的妾。然而，今晚却不好和曹务成较真了，人穷志短，明明知道曹务成是在向他示威，也只能眼睁眼闭，先把这口气咽下了。

在十五瓦灯泡的昏黄灯光下，做着矿党委书记的老子吭吭呛呛地对做着皮包公司总经理的儿子说："务成，你知道的，咱胜利煤矿走到今天这一步，根本不是你爹的责任。这座八千多人的中型煤矿，是大跃进年代搞起来的。当时干啥都瞎吹，只算政治账，不算经济账。明明没有多少煤可采，却硬要成立指挥部，搞大会战。结果，煤没采出多少，人倒留了一大堆，搞到今天，陷入了绝境。今年上半年，咱矿几乎绝产了，八千多工人大部分只发生活费，每个职工每月六十元。这点生活费咋过日子呀？我们党委千方百计想办法，组织转产自救，又四处借钱，才勉强在大食堂临时开了伙，把生活费折成饭票发给工人们，让工人和他们的直系亲属一起吃食堂。"

曹务成这时还不知道曹心立代表矿上向他借钱的意图，便冲着曹心立笑笑说："这不是很好嘛，放开肚皮吃饭，很有点共产主义的意思了嘛。"

曹心立苦笑着说："务成，我没心思和你斗嘴、开玩笑。你先别插嘴，听我说完好不好？昨天，总务科王科长跑来和我说，矿上连维持三天的米菜钱都没有了，情况相当严重。消息一传出去，工人情绪很不稳定，搞不好，真要到市委、市政府门前去集体上访了。"

曹务成说："那你找市里呀，找郭怀秋，找我大哥呀。我大哥这副市长不是管工业吗？白吃干饭呀？！"

曹心立红着脸解释说："市里给我们的组织生产自救的担保贷款，已是三千多万了，银行再不愿给我们一分钱贷款了。几个地方答应借给我们的钱也没到位，我想来想去，只好把我们家里的三万多块存款先拿出来应急，也想请你的联合公司临时借个十万二十万给矿上，就算我这当爹的求你了。"

曹务成愣住了，略一沉思，便顿着脚叫道："爹，你开什么玩笑呀？！咋想起来找我这不务正业的皮包公司借钱？你们堂堂一个国营煤矿，借我一个皮包公司的钱，就不嫌寒酸丢人吗？"

曹心立连连叹气："这些话你别再说了，就算我过去骂过你，这时候你也别和我计较了。你好歹总是矿工的儿子，总不能看着矿上八千多父老兄弟饿肚子吧？总不能看着你老爹作难吧？"

曹务成眼皮一翻："你作什么难？我看你是自找的。你都六十一了，早该退休了，还管这些烂事干什么？工人真要去静坐示威，你让他们去好了，让郭怀秋和咱曹大市长去对付。"

曹心立忍着气说："务成啊，这可不行哩！我是个老党员了，只要一天不退下来，当一天胜利煤矿的党委书记，就得为党负一天的责任嘛。我向市委，向你大哥保证过，有我曹心立这个矿党委书记在，胜利煤矿的工人就不会上街。"

曹务成对马好好挤了挤眼，笑道："好好，你服不服？现在还就有这样对党忠心耿耿的布尔什维克，我老子就是一个。"

马好好忍着笑，努力正经着说："真是难得呢，曹总，我看，咱要真有钱就借点给曹书记吧。"

曹务成不干，手一拍，对马好好说："好好，你别在这里充好人好不好？你又不是不知道，咱账上哪还有多少钱呀？再说，咱的钱不也是高息拆借来的吗？百分之三十他们胜利煤矿敢用呀？"

曹心立有点不相信："什么？年息百分之三十？这不是高利贷吗？！"

马好好点点头，很认真地说："百分之四十的高利贷我们也借过呢，去年我们就借了一百二十万嘛。"

曹心立没好气地说："真靠得住有百分之四十的高息，我还搞什么生产自救呀！"

曹务成道："是嘛，当初我劝你们矿上百分之三十把钱借给我，你不干，还骂我骗到你头上来了。现在你看看，你生产自救的项目哪个成功了？石英石卖不出去，瓷砖厂的瓷砖也卖不出去。"

曹心立一怔："我们矿上的事，你咋知道得这么清楚？"

曹务成笑了："我是干啥吃的？商品社会，信息不灵还行呀？都像你们国营企业这样，赖在国家怀里，糊里糊涂吃大锅饭，咱改革开放的伟大事业哪还会有希望呀？！"

曹心立说："我看，都像你这样四处骗，咱改革开放才没希望呢！不管怎么说，我们只要生产就创造了价值。你们倒来倒去，创造了什么价值？！"

曹务成连连摆手："咱不争论，不争论，这次是你老爷子找我，不是我找你老爷子，你说咋办吧！我帮你拆借高息贷款，你用不起；这布尔什维克的责任你又要负，咋解决这难题，你发话吧。"

曹心立一时竟不知该说啥。

马好好像是曹务成肚里的蛔虫，已揣摩出了曹务成的心思，便说："曹书记，我看，你们可以在石英石和瓷砖上做点文章嘛，赔点本卖嘛，只要价钱合适，我们联合公司可以帮你联系一下。"

果然，曹务成正是在打石英石和瓷砖的主意，马好好话一落音，就接上来说："市场经济有市场经济的规律呀。爹，你很清楚，让我贴上高息借给你们十万、二十万是不可能的。你看这样好不好？你们把手上三百多吨石英石和所有瓷砖全处理给我，问题不就解决了吗？"

曹心立疑疑惑惑地问："这些石英石和瓷砖我们国营企业都卖不出去，你皮包公司就能卖出去了？"

马好好笑了："曹书记，和你这么说吧，在我们联合公司就没有卖不出去的东西。去年我们进了一批冷冻了八年的烂黄鱼，不照样卖出去了？！我们曹总本事大着呢……"

曹务成狠狠地瞪了马好好一眼，马好好识趣地打住了话头。

然而，已经晚了，曹心立那根阶级斗争的弦绷了起来，愣愣地看着曹务成问："小子，你莫不是想骗我吧？"

曹务成说："这是哪里话？我先付定金后拉货，咋能骗了你？又不是让你付钱买我的东西。"

曹心立还是怀疑，想了想说："那我和肖矿长商量一下，明天答复你。"

正说到这里，车队队长孙大林摸黑跑来了，气喘吁吁地对曹心立说："曹书记，坏了，坏了，大伙儿正在老煤场集合，十几部卡车都开出来了，要趁夜进平川哩。"

最担心的事到底还是发生了！曹心立脸一下子变得苍白，沙哑着嗓子，焦虑地问："肖矿长知道吗？"

孙大林说："肖矿长已让保卫科的人把三个矿门都封闭了，眼下正在老煤场做工人的工作。"

曹心立起身就走："快去看看。"

曹务成忙说："爹，你别去，闹不好那些急了眼的工人会打你的！"

曹心立像没听见，三脚两步出了门，去了矿上老煤场。

老煤场已是一片混乱。足有上千号人围着十几辆卡车和两部破客车，等待上车往平川市内进发。最头里的一辆载满人的破客车已打着了火，试探着缓缓往前开。年轻矿长肖跃进带着矿办公室的几个干部拦在车前，一边随着破客车的前行被迫后退着，一边大声劝说着什么。

曹心立见这情形急了眼。他知道，只要这部领头的客车打开了通道，后面十几部车都会跟着冲出去的，封闭的三个矿门根本拦不住他们。而只要头一批工人被趁夜送进城，群访静坐就成了事实。他这个党委书记就失了职，就没法向市委交代了。

没顾得多想，曹心立便把挡在面前的人群拨开了，三脚两步冲到破客车前，死死拦住破客车，竭尽全力吼道："停下，都给我停下！有什么话，你们找我这个矿党委书记说！"

不知是车上的司机没听见，还是司机故意和曹心立作对，客车仍不停下，引擎轰鸣着，还在往前移动。曹心立两手死死抓住车身，半截身子渐渐没入了车身下。

身边的矿长肖跃进和办公室的一帮人都惊叫起来。

在众人的惊叫声中，客车终于停下了。

利用停车的机会，曹心立让肖跃进和办公室的同志帮忙，哆嗦着瘦小的身子，爬上了客车车顶，愣了好半天，才对工人们说了第一句话："同志们，我们是产业工人，是国家的领导阶级，咱再难也不能给国家丢脸呀！"

曹心立这话一说完，人群中当即有人乱喊乱骂：

"屁话！产业工人连饭都吃不上了，国家就不怕丢脸吗？"

"真是的，还领导阶级呢，我们连自己的肚皮都领导不了！"

"走，走，咱不听曹书记的，他这官太小，说啥也没用。咱找市委去，找郭怀秋去，问问咱郭书记，社会主义要不要保障劳动者的权利？社会主义兴不兴饿死人的？连大食堂都吃不上了，这还是社会主义吗？"

曹心立心里真难过，下面工人说的话，其实都是他想说的话。入党四十年了，党委书记也做了十八年，他哪一天不是在为国营的社会主义企业工作？他再也没有想到，到头来社会主义制度下的国营企业，竟连工人的肚子都没法管起来了。这都是咋回事呢？难道改革开放就是为了让田大道、曹务成这种不仁不义的人富起来，而让国营企业的工人饿肚子吗？

然而，曹心立敢这样想，却不敢这么说。作为一个矿党委书记，他若顺着工人们的话头这么说，就要犯方向路线错误了。

于是，人们的叫嚷声稍一停歇，曹心立便抓住大食堂的问题大声说："谁说咱连大食堂都吃不上了？谁说咱要饿肚皮了？这是造谣！现在，我代表矿党委向同志们担保，胜利矿的问题一天不解决，大食堂就开一天，绝不会让任何一个同志饿肚子！绝不会！"

这话一说，下面安静了不少。

曹心立叹了口气，又说："同志们，你们也清楚，市委、市政府对我们面临的困境不是不知道，也不是撒手不管，半年多来，拨款贷款已经给了咱三千万，转产安排一直在进行着。就在今天上午，市委吴明雄副书记还说了，对我们这种历史遗留问题，一定要会同各方面，在条件许可的前提下逐步解决。你们今天如果不听我的劝阻，一定要到市委、市政府去静坐，那我也代表矿党委声明一下：后果自负！矿党委在今后安排工作时要对你们的行为做出考虑的！"

这番话一说，把工人的情绪压住了，一时间老煤场上竟一片静寂。

也在这时，矿长肖跃进爬上了车顶，趁着局面已被控制的有利时机，黑着脸下起了命令："我在这里也宣布一下：天一亮，在大食堂吃过早饭后，各单位要组织大家学习，必须点名，无故缺席者的名单，一律报到矿党委来。但凡不参加明天的学习，跑到市委门前静坐的，日后就自谋出路去吧，矿上对你的事再不负责！"

下岗工人们最担心的就是自己的出路，他们心里都很清楚：他们能和市委闹，却不能和矿党委闹。在未来的工作安排中，决定他们命运的不是市委，而是矿党委。因而，肖跃进的话一落音，许多人已自动离去了，没走的，也鼓不起冲出矿门的勇气了。

曹心立这才松了口气，又和颜悦色地说："同志们，今夜的事，我看就到此为止好不好？大家的心情，我和肖矿长都能理解。所以，矿党委对今夜的事不予追究，只希望这类事情不要再发生了。我还是那句话，我们是产业工人，再难也不能给国家丢脸！"

让司机把卡车、客车开回车库，劝着老煤场的工人全部散去，天已蒙蒙发亮了。

在空荡荡的老煤场上，精疲力尽的曹心立对肖跃进说："肖矿长，你还得辛苦一下，马上去和曹务成谈判。这位曹总答应买咱那些积压的石英石和瓷砖。"

肖跃进一脸惊喜："真的？怪不得你敢讲大食堂不会关门呢？！"

曹心立苦苦一笑："找这位曹总帮忙，我真正是病急乱投医了。你和他谈判时千万要小心，可不能上他的当。他这种奸商鬼花样多着呢，像我这种老家伙是斗不过他了。"

肖跃进说："曹书记，你也不要把务成想得太坏，他做生意总要赚钱嘛，咱只要算清自己的账就行了。"

曹心立很认真地说："我的儿子我知道，你就得把他想得坏一点，这叫防人之心不可无。我把话说在这里：你肖矿长有本事从他手里多弄些钱出来，我代表胜利煤矿八千多职工向你鞠躬致谢。你要真被这小子骗了，我就让大家到你家去开伙！"

肖跃进笑了："好，好，你老书记都六亲不认，那我也就不认他这个老同学了，该咋和他谈，我就咋和他谈。你放心，我给他来个不见鬼子不挂弦，再不会上他的当的。"

不料，待曹心立领着肖跃进回到自己家，才发现曹务成开过来的桑塔纳不见了，曹务成和马好好也都没了踪影。老伴刘凤珠说，曹务成和马好好已回了平川市里，临走时留下话了，说是如果胜利煤矿真想处理手头那批甩不掉的臭货，就到联合公司和他具体谈。

曹心立一听就来了火，儿子不在面前，找不到儿子发火，就冲着老伴叫："咋叫甩不掉的臭货呢？这些石英石、瓷砖是我们矿上转产的头一批产品，凝聚着咱矿工人的心血，若不是火烧眉毛，老子才不处理给他呢！"

肖跃进劝道："老书记，别气，别气，务成说的是生意场上的行话，卖不掉的东西，人家都叫它臭货呢。"摇摇头，又苦笑着说："想想我都后悔，早知咱生产的这些石英石和瓷砖都没销路，当初真不如拿这笔转产资金去做生意了。"

曹心立更生气了："你这是胡说，咱生产了，就创造了价值！"

肖跃进说："什么价值呀？我算了一下，咱这些老爷生产的石英石、瓷砖就算都有销路，全按市场价销出去，算上贷款利息仍然亏本。石英石厂和瓷砖厂的近两千工人非但没创造出价值，还给咱净赔了近二十万！"

曹心立说不出话了。

肖跃进迟疑了一下，又说："老书记呀，有些话我早想和你说了，可怕你听不进去，反而生我的气，所以就一直忍着。"

曹心立心事重重地说："都到这一步了，还有啥不能说的？你说吧，说轻说重了都没关系。"

肖跃进这才说道："老书记呀，咱不能啥事都怪市里，也不能把啥都推给历史呀，咱自己也有责任嘛！我们矿到这种地步了，上上下下还心安理得地吃大锅饭，还不去研究市场，这怎么行呢？这样下去，市里就是再给我们三千万，咱吃光败尽，日子还是没法过！"

曹心立再也没想到自己一手提拔上来的矿长肖跃进会直言不讳说出这种话来。

肖跃进继续说："被动地等着市里安置也不是办法。市里有市里的困难嘛！在这种经济滑坡的情况下，谁救得了谁呢？因此，我就想，先把大家的吃饭问题解决掉，下一步，咱们这些头头真得坐下来好好开个会，认真清理一下工作思路了。不能光想着当维持会长，咱既要维持，也要发展，要让大家看到希望。否则，工人们真有可能走上街头的。"

曹心立愣了好一会儿，终于点了点头，说："好吧，我接受你的建议。"

这天上午，在肖跃进坐着矿上的破吉普到市里去找联合公司曹务成谈判时，曹心立心力交瘁，一下子病倒了。躺在矿医院简陋的病房里迷迷糊糊吊着水，曹心立的心在滴血。他禁不住一遍遍问自己：这是怎么了？难道他这个尽心尽职的矿党委书记真的跟不上眼下这个改革开放的时代了吗？这究竟是他出了问题，还是这个时代本身出了问题？

第三章　台前与幕后

一

市委常委会结束的当天夜里，肖道清竟甩下一大摊子事不管，连夜驱车九百里跑到省城去了。次日早上，束华如一到市政府上班，就接到肖道清从省城挂来的长途电话，说是他已在省委副书记谢学东办公室里，马上要向谢书记汇报工作，问束华如还有什么事情没有？束华如心里不高兴，可又不便在电话里多说，便略带讥讽地交代了一句："肖书记，你别太累了，来日方长，要注意身体呀。"

放下电话，束华如的情绪就变坏了，越想越觉得肖道清做得太过分。肖道清提出要到省城去，他不想阻拦，也不便阻拦，可肖道清连夜就走却是他没想到的。按他的想法，肖道清就算走，也得在今天上班后，和他碰一下头再走。家里的事这么多，一桩桩都火燎眉毛，有的事还得拍板做决定，他总要和肖道清这个共同负责人商量呀。现在倒好，这个共同负责人手一甩走了，许多事情只能先搁在一边了。

到市委主楼一看，又见了一景：市委办公室的几个年轻人正一头汗水地忙着给肖道清搬家。把肖道清三楼办公室的东西大都搬到了二楼郭怀秋的办公室里，郭怀秋的办公桌和遗物则摆了一走廊。

束华如真是火透了。郭怀秋尸骨未寒，肖道清竟想到了占下郭怀秋的办公室！本想上前去问问，谁让搬的家？可没容他开口，市委秘书长叶青却从郭怀秋的办公室走出来，先问起了他："束市长，肖书记搬到郭书记这里来，是不是你定的？这……这好像也太急了点吧？郭书记的追悼会毕竟还没开嘛，遗物万一丢了几件，可就……"

这真让束华如有苦难言。束华如强压着一肚子火，不耐烦地摆摆手，模棱两可地说："搬家这种事我管不着，不过，郭书记的东西不能少，少了一件都得由你们市委办公室负责！"说罢，掉头就走，"噔噔噔"上了楼，去了吴明雄办公室。

这一早上，真把束华如折腾得够呛。

常委会上定下的郭怀秋治丧事宜要马上落实，肖道清在省城跑官，陈忠阳又躲着不见面，束华如只好把昔日做过自己上级的吴明雄硬拖出来，"共同负责"，去征求郭夫人对治丧工作的意见。郭夫人不是郭书记，不那么好说话，一口咬定郭怀秋是倒在工作岗位上的，不能算病逝，要算因公殉职。为悼词和讣告的措辞又争个不休，耗去了整整一上午时间，也没能解决问题。快十二点时，吴明雄坐不住了，说是有两个重要的会下午非开不可，要先走一步。束华如知道，自己一人和郭夫人更没法谈下去，加上手头也有许多事要处理，便也起身告辞了。

在机关小食堂吃饭时，束华如对吴明雄说："你看这事闹的，郭书记说走就走了，平川这一摊子事咋办呀？我都愁死了。"

吴明雄说："别愁，别愁，愁也没用。我看，你就权当郭书记还活着，该干啥照旧去干啥好了，至少目前得这样。"

束华如直叹气："吴书记，你是我的老领导了，我的底你清楚。不瞒你说，现在我心里真是空落落的哩。"

吴明雄说："在这种时候，你这种心态可不能流露出来！就是硬撑，你也得撑住，总还有我们大家嘛！"

束华如感叹地说："大家要都像你吴书记这样负责就好了！我只怕有些人只想升官，不想负责任，你没看见有人把办公室都换了？"

吴明雄笑了笑："这你就随他去嘛，你总不能让人再把肖书记的办公桌硬搬出来呀？"

束华如原还想和吴明雄再深谈一下，把自己对肖道清和陈忠阳的看法说一说，不料，副市长曹务平和市公安局长毕长胜一前一后来了电话，说是郭怀秋去世的消息已传了出去，平川机械一厂不少待岗工人借口悼念郭怀秋，喊出了要无能之辈辞职的口号，欲往市政府集体上访，目前事态还在发展中。

情况严重。

吴明雄接过电话，起身就走。走到门口，吴明雄匆忙地对束华如交代了一句："老束，我马上把公安局警卫科长派给你，你该干啥干啥。在这种非常时刻，你一市之长的阵脚千万不能乱！"

束华如问："要不要马上和肖道清通一下气？"

吴明雄沉吟了一下说："我看还是先不告诉他吧！"

束华如想想也对，人家把"无能之辈辞职"的口号都喊出来了，自己再去和肖道清讲，岂不是自找难堪吗？对目前平川的现状，应负责任的首先是郭怀秋，其次就是他这个市长。

束华如心里乱得很，也烦得很，有一阵子，甚至想到机械一厂去一趟，和那些不明真相的工人见个面，告诉他们，在过去郭怀秋主持工作的两年多里，他过的什么日子。然而，最后还是镇定了下来，在警卫科长的陪同下去了国际工业园，继续主持召开昨日没开完的现场工作会议。

在会上，束华如指出，不管郭怀秋书记在与不在，日本大正财团都要来，工业园起步区的收尾工作一定要在七月底前全部完成。工业区门外的配套国道，要突击拓宽五十米。自来水厂要马上动作，加班加点临时接条管线过来。就算不能从根本上解决问题，也得先把表面文章做好。

工业园主任江伟鸣再次提出资金问题。

束华如手一摆，说："你没钱，我也没钱。你们要滚动发展。"

江伟鸣嘀咕说："滚动发展谈何容易？出租厂房，卖地，就算有主顾，也都不是马上就能进钱的。日本人八月初就来，咱等不了了。"

束华如叹了口气说："要不，就想法再贷点款吧，反正债多不愁，虱多不痒了，三个亿的贷款都欠着，再多欠个千儿八百万的又算什么？！"

财办主任挺为难："束市长，这只怕也不行呢。建行和工商行早就有话了，就是流动资金贷款也不会再给我们了。"

束华如说："多说说好话，多做做工作嘛。告诉他们，只要大正的日本人一过来，国际招商成功，我们还贷是不成问题的嘛！"

江伟鸣说："这些话我们早说过，曹市长也和他们说过，问题是，人家银行可没咱这信心。人家行长见咱就躲，咱请人家吃饭人家都不敢来呀。"

束华如沉下了脸："那你们除了伸手问我要钱，还能做什么？昨天郭书记倒在了这里，今天你们是不是也想让我倒在这里？我现在先把丑话说在前面：问题怎么解决我不管，反正我下个星期再来看，要还是这种不死不活的样子，我看可以考虑把你们换下来！"

这话一说，大家都不敢作声了。

束华如缓和了一下口气，又说："和银行讲清一个道理，咱国际工业园真要因为这千儿八百万的资金上不去，这已贷下的三个亿就更还不了了。我们和银行现在可以说是一根线上的两只蚂蚱，一荣俱荣，一损俱损呀。"

离开国际工业园，束华如按计划赶往市供销大楼，参加了全市乡镇企业工作会议。坐在车里，浏览了一下秘书小白送来的会议材料，束华如意外地发现，民郊县河东村金龙集团上半年的产值竟达七千万，心里生出一丝难得的喜悦，当即问小白："这个金龙集团的头儿是谁？"

小白说："是田大道，民郊县的名角。"

束华如说："好，在全面紧缩的经济形势下，这个田大道能把一个村的产值搞到七千万，真是有能耐。我看可以树个典型，让大家都好好向他学学。"

小白说："束市长，只怕还得慎重一些才好。这个田大道名声可是不太好哩，就在昨天还惹了事，把民郊变电站包围了。"

束华如的脸挂了下来："哦？昨天冲砸变电站的是他呀？！"

尽管如此，束华如在讲话中还是三次脱稿提到了河东村的金龙集团，再三强调金龙集团的发展经验应该好好总结一下。原还想见一下田大道其人，可一看时间来不及了，只得作罢。讲完话后，束华如又马不停蹄地去了平川纺织机械厂，参加纺织机械集团总公司的国有资产授权经营签字仪式。

平川纺织机械集团总公司是由机械工业部、纺织工业部设在平川的重点大型企业。这是由北方纺织机械公司、平川纺织机械厂及其下属十二个分厂为龙头，以市属骨干企业——平川铸造总厂、纺织机械修配厂等二十七个相关纺织机械厂家为成员，新组建的一家跨行业、跨地区的特大型企业集团。在此之前，郭怀秋曾五次赴京和机械工业部纺织工业部商谈，做了大量的工作。最后确定：在集团成员行业归口不变的前提下，打破条块分割，将集团成员的全部现存国有资产授权给新成立的平川纺织机械集团总公司统一经营。

上个星期，北京的批文终于拿到了，郭怀秋却不在了。

在授权书上签字时，束华如心里直打鼓：谁知道这个纺织机械集团未来的路怎么走？这两年全国的纺织行业和机械行业都不景气，日后集团工作若搞不好，国有资产不能保值增值，这板子打不着去世的郭怀秋，还得打到他束华如的屁股上，不明真相的人又得骂他无能了。

想到此，心头不禁有些酸涩。

看着面前的纺织机械集团总经理兼党委书记张大同，束华如说："咱这个实体化集团公司可是郭怀秋书记生前抓的一个点呀，将来它能不能搞好，我就看你张大同的了。"

张大同近乎悲壮地说："束市长，你放心吧，不论怎么困难，我们纺织机械集团都一定要为中国纺织机械工业的大发展杀出一条血路来。"

束华如点点头说："好，我等着听你们的捷报。"

这日，束华如本打算留在纺织机械集团吃晚饭，饭后和张大同好好谈谈。却不料，在饭桌上刚坐下说了几句话，手机就响了，吴明雄打电话过来，先说了一下机械一厂闹事工人的情况：厂里的工人已经散去，估计今天不会再发生什么事情；后又说国家安全部来了一位副部长，问束华如是不是过来和副部长见见面，陪他在香港大酒店吃顿饭。

束华如不想去。

吴明雄提醒说，这位副部长可是管三产的，手里有钱，有可能在工业园投资。

这句话让束华如改变了主意。

赶到香港大酒店，天已完全黑下来了。

宴会还没开始，束华如一进门就看见，吴明雄正坐在虚席以待的宴会厅里打电话。电话里谈的内容仍是平川机械一厂。吴明雄要公安局长毕长胜不要掉以轻心，仍要注意突发事件发生的可能性。

束华如情绪很坏，却强笑着问："咦，咱们的部长客人呢？咋还没来？"

吴明雄说："部长正和咱们安全局伍局长和经委的权主任在楼上客房谈投资意向呢。"

束华如问："那我们是不是上去看看他们？"

吴明雄说："算了，算了，人家马上就下来了。"

在等待部长的时候，束华如用手机拨了个长途到省城谢学东书记家，找肖道清。省城那边接电话的是谢书记的夫人，谢夫人先说肖道清不在，待得束华如叫着"周大姐"自报了家门，谢夫人才笑着，喊肖道清接了电话。

束华如不提机械一厂的事件，只向肖道清通报了一下上午向郭夫人征求意见的情况，要肖道清快些回来，说是郭夫人的工作恐怕还得他出面来做才好。肖道清却在电话里说，自己还要向省委书记钱向辉汇报工作，一下子还走不了。谢学东也接过电话说，省委对平川市委新班子的安排很慎重，想多听听各方面的意见和建议，因此，肖道清可能要在省城多待两天。另外，省委组织部马上也要派人到平川去征求大家的意见。

放下电话，束华如对着吴明雄摇摇头，带着明显的嘲弄口吻说："吴书记，肖书记还要向钱书记汇报工作，郭夫人和市里这一大摊子事，还得咱们来对付。"

吴明雄点点头说："是呀，是呀，革命的分工不同嘛。"

束华如一下子把肚里的火全发了出来："肖道清这种样子，以后的工作能干好吗？一千万人口，二万八千多平方公里的土地，问题堆成山，他肖道清真对付得了？我就不信！学历和资历可不等于实际工作能力。"

吴明雄摆摆手说："这不是咱们考虑的问题，班子总没最后定嘛。咱们想到的，省委不会想不到，也许省委会外派一个市委书记过来吧？"

束华如抬起头，紧盯着吴明雄突然地说："老领导，你，你就没想过做这个市委书记吗？！"

吴明雄大吃一惊："老束，你开什么玩笑？你又不是不知道，我今年五十六岁了，又没有文凭，哪有这个可能？"

这时，国家安全部的那个副部长和几个随行人员，在伍局长和经委权主任的陪同下，来到了宴会厅。束华如和吴明雄不好再谈下去了，二人不约而同地站了起来，做出一副轻松自然的样子迎了上去……

二

宴会结束，已是晚上九点多了，吴明雄回到家，还没坐稳，陈忠阳的电话就到了，说是要过来谈谈，问吴明雄有没有空接见一下？吴明雄不好推辞，便对陈忠阳说，就算是你陈书记到我寒舍来访贫问苦吧！

在等待陈忠阳的当儿，吴明雄陷入了沉思。

现在，平川的政局已进入了一个十分微妙的时刻。一场填补权力真空和权力再分配的角逐已在平川和省城同时开始。今日的平川不平静，今日的省城也不会平静。此时此刻，谁也不会闲着。肖道清在省城不会闲着，也许连肖道清的后台谢学东也不会闲着，那么，作为三朝元老的陈忠阳怎么会闲着呢？

事情很清楚，郭怀秋虽说在平川留下了一个烂摊子，可也留下了一份未来得及交接的政治遗产。这份政治遗产除了权力，还包括班底。肖道清没有能力对付平川这个烂摊子，却有得天独厚的条件接过郭怀秋的大部乃至全部政治遗产，且又表现得如此迫不及待，势必要引起束华如和陈忠阳的极大不满。

吴明雄看得清楚，束华如嘴上虽然不说，心里却明白他将面临着什么。如果省委真让四十三岁的肖道清出任市委书记，那么，束华如就将在肖道清接受郭怀秋政治遗产的同时，背起历史和未来双重的政治包袱。干好了，成绩算肖道清的；干不好，责任必然是束华如的，因为他是两个班子的市长，难辞其咎。而肖道清这个按计算机标准程序选拔上来的年轻干部，却又绝不是能做一把手的材料，干好的可能性微乎其微。束华如和肖道清的合作，不但对束华如可能是一场悲剧，对平川地区也可能是一场悲剧。束华如大事不糊涂，终于忍不住把他推了出来。

而陈忠阳呢？出于对郭怀秋班子和肖道清势力的双重不满，断然不愿看到郭家班子和肖家班子的新合流。陈忠阳五十八岁，马上要到二线去了，不可能再盯着一把手的位子。他唯一的选择就是推动省委各方面的关系，争取外派一个书记，甚至再外派一个市长。真能如此，吴明雄绝不怀疑陈忠阳和这个外来班子合作的真诚性。陈忠阳将在离开平川政治舞台的时候，把自己在平川三十年的经营交给他们，同时，为自己的晚年留下一条宽阔的退路。

因此，对今天发生在机械一厂的事，吴明雄便怀疑陈忠阳的影响力。陈忠阳不是一般的人物，进常委班子，做市委副书记都比他要早得多，在云海市工作多年，有一批以云海籍干部为主体构成的新老班底。机械一厂党委书记兼厂长邱同知就是他的手下干将。厂里出事时，邱同知竟在外面和人喝酒。找到他和他谈话时，他还硬得很，明确说："不但市长无能，我看市委书记也无能！七万人待业就是无能的证明！"吴明雄气得要死，却也拿这个邱同知没有办法。他心里很清楚，邱同知嘴里说出的就是陈忠阳要说的话。

果然，陈忠阳进门一坐下，寒暄了几句，就直言不讳地问："吴书记，你觉得咱平川还能再让一帮无能之辈继续折腾下去吗？"

吴明雄笑道："也不好这么说吧？咱们可都是市委班子的领导成员呀。无能的责任，咱多少也得分担一点吧？"

陈忠阳气呼呼地说："要分担你分担，我可不分担！你心里其实比我还有数，在谢学东手下，在郭怀秋手下，我们想干的事能干得了吗？谢学东在任上干了什么？抓了个厕所问题，还好意思满世界吹，今天竟成了省委副书记。郭怀秋根本就是个书呆子，只会照搬书本，上传下达，机遇一次次丧失。闹到今天，咱平川要什么没什么，人均产值全省倒数第一，人均占有道路全省倒数第一，三资引进、外向型经济全省倒数第一，贫困人口近一百万。是不是？"

吴明雄说："这都是事实。可要知道，咱们平川历史上就是经济欠发达地区，三千年古城，打了两千五百年仗，加上黄河水灾，底子确是太薄呀。"

陈忠阳不高兴了："明雄老弟，咱们今天交交心好不好？就算过去我们在工作上有些误会，可面对今天这种局面，为了对未来负责，咱们两个当初一起跟老省长搞水利的老同志、老朋友能不能开诚布公地好好谈一谈？"

见陈忠阳提到了老省长，吴明雄没话说了，认真地想了想，笑了："好，那我们就来一次青梅煮酒论英雄吧！不过有一个前提：这次谈的全是个人意见，而且出门不认账。"

陈忠阳点点头："好，咱就出门不认账吧。"

吴明雄这才站起来，在客厅里踱着步说："老陈，你的观点我基本赞同。平川确是丧失了几次大发展的机会，人家经济过热，咱这里从来没热过。而一搞经济调整，我们又首当其冲，大批工厂开不出工资。底子薄，基础差，市财政基本上就是吃饭财政，谁在台上也不敢搞大动作。比如说水的问题，都知道要从根本上解决，非得上'南水北调'工程，可谁也拿不出这笔巨款。再比如说路，九十年代了，咱的道路水平还是七十年代，甚至六十年代的，制约我们的经济发展，也卡人家的脖子呀。"

陈忠阳问："你认为肖道清当书记，能领着我们大干一场吗？"

吴明雄摇摇头："这我不知道。"

陈忠阳手一挥："我看不会！这个人除了会拉帮结派，拍谢学东的马屁，没那个气魄，也没那个能力，更没有那份心！今天上午，他跑到老省长家里去了，老省长就给他出了水、路、电三道大题目，把他问个张口结舌。老省长说，咱肖书记年轻呀，还想往上爬呀，你让他把身家性命押在平川，他愿干吗？"

吴明雄说："就是愿干，也还有个能力问题嘛。"

陈忠阳道："对，这也是咱老省长的看法。所以，老省长在电话里和我说了，想来想去，只有一个人做平川的市委书记最合适。"

吴明雄问："谁？"

陈忠阳挤了挤眼："你猜猜看？"

吴明雄说："是南方哪个市的同志吧？"

陈忠阳笑而不答。

吴明雄不愿和陈忠阳猜谜语，正经说："老陈呀，我知道你这两天没闲着，一定是缠着老省长给咱外派个得力的书记来，是不是？你一说要到我这里谈谈，我就猜到了。"

陈忠阳仍不回答。

吴明雄明确说："在这里，我可以表个态，只要有利于平川的改革开放，经济发展，谁来，我吴明雄都支持，我可不搞关门排外那一套。"

陈忠阳这才拍手笑道："咱老省长说了，最合适做平川市委书记的人就是你吴明雄。"说罢，还学起了老省长的口气，"这个吴明雄管过农业，管过工业，管过政法，比较全面，又有能力，有气魄，可以把平川交给他。谁说他没上过大学呀？他上的是社会大学嘛，而且是博士研究生的水平嘛。"

吴明雄怔住了，愣愣地看着陈忠阳，好半天没缓过神来。

老省长这么说可是非同小可。全省各级干部谁不知道？老省长二十世纪三十年代在本省几个市创建过地下党组织，抗战时期领导过平川的抗日武装，新中国成立后一直在省里工作，德高望重。老省长为人正派，敢讲真话，敢于坚持真理，颇有号召力。五年前彻底退下来了，可说话照样有人听。

更关键的是，现任省委书记钱向辉早年在老省长手下做过多年处长。

这就是说，到省城跑官的肖道清这回算是跑砸了。他跑通了谢学东，却没跑通讲原则的老省长。也许，恰恰因为他去老省长家跑，才引起了老省长的警觉，落了个鸡飞蛋打。

陈忠阳说："老弟，你等着吧，如果没有什么意外的话，我估计这一两天省里就会找你去谈话。"

吴明雄用平静的口气问："老陈，你认为我干得了吗？"

陈忠阳说："我看你干得了。"

吴明雄摇摇头："只怕也难，面上的事咱先不说，就这你一团、他一伙的干部状况，就够让人头疼的了。我们俩在常委会上发生的那次冲突，好像也是因为干部问题吧？"

陈忠阳笑了："那次就不提了，后来老省长也批评过我。我和老省长说了，我不是冲你吴明雄来的，而是冲肖道清来的。大漠的曹务平能提副市长，为啥米长山就不能做云海的市委书记？"

吴明雄说："老陈，我也不怕你生气，认真地讲，米长山不论是能力还是素质，都比曹务平差一些。我是对事不对人。"

陈忠阳摆摆手："好，好，老吴，咱不说它了，还是谈正经的。老省长让我带个口信给你，让你马上给他回个电话。"

吴明雄想都没想，便说："这个电话我不打，我可没有跑官的瘾头。"

陈忠阳说："你看你这个人，这电话是老省长让你打的，你要不打，他骂娘你别怪我。"

吴明雄苦苦一笑："我宁愿让老头骂娘，也不想自己往火坑里跳。"

三

老省长夜里十二点打了电话来，开口就骂："吴明雄，你这同志到底是英雄还是狗熊呀？怎么，郭怀秋倒在任上就把你吓倒喽？连个电话都不敢给我回喽？你当年带着十万民工挑河泥的劲头哪去了呀？还敢污蔑平川，说那里是火坑！怎么？怕我老头子害你，把你推进火坑火葬呀？！"

吴明雄说："老省长，您别发火，我确是怕人家背后议论，说我利用您的威望，到您那儿跑官。"

"你没到我这里跑官，心虚什么喽？退一步说，就算跑了也不怕嘛。只要是出以公心，真想把平川的事情搞上去，自己又有能力，怎么就不能毛遂自荐喽？！一九三八年，刘眼镜——就是你们大漠县委书记刘金萍的父亲，毛遂自荐去当大漠区临时书记，我就批了嘛。他一年不就给我拉起了支八百人的队伍嘛。吴明雄呀吴明雄，你这人就是有个臭毛病，太清高，只有高中水平，却清高得像个洋博士。不是陈忠阳几次及时打电话过来，我都不知道平川现状糟到了这个样子喽！"

吴明雄悬着心问："陈忠阳都向您汇报了些什么？"

"全是好事。待业人口超过警戒线。三百二十一家企业亏损，总额累计近五个亿。国际工业园悬在半空中，上不去，也下不来。大热天，自来水每天只供应两小时。全市经济形势还在恶化，社会秩序不稳定。今天更好，机械一厂待岗工人连无能之辈辞职的口号都喊出来了，对不对喽？"

吴明雄只得硬着头皮说："情况确实够呛，郭怀秋书记去世也太突然。

待岗工人闹事的背景，我正让有关方面查。"

"不要查喽。我看待岗工人这个口号也没大错喽，无能之辈不要不拉屎占个茅坑喽。怀秋倒在岗位上了，钱向辉同志很同情，也很难过，可也婉转地指出：两年半之前，人就用错喽！怀秋有研究生文凭，可以去当大学校长，却不能做这种决定一方兴衰的封疆大吏嘛！"

老省长口气严峻，吴明雄不便插话，也不敢插话，只好握着话筒静静地听。

"现在，又到了决定平川兴衰的历史关头，这种用人上的失误，我们不能再犯喽，也犯不起喽！今天下午，钱向辉找我和一帮老同志征求意见时，我们一帮老同志很明确地说了，我们要对平川一千万人民负责，要对两万八千平方公里的土地负责，要对未来的历史负责，像肖道清这样缺乏实际工作能力的干部，绝不能再摆到重要领导岗位上去喽！"

情况已经明朗了，看来，老省长和省里一帮熟悉他的老同志带着满腔热情和真诚的希望，向省委推荐了他。

果然是这样。

"省委要求我们推荐一个合适的人选，我们八个老同志一致推荐你吴明雄喽，还有两个你想不到的人也极力向我们推荐你喽。"

吴明雄问："是哪两个同志？"

老省长呵呵笑着说："是束华如和陈忠阳喽，一个现任市长，一个资格最老的市委副书记，你想得到吗？"

这倒是吴明雄没想到的。

郭怀秋去世当天，省委做出临时安排后，有些人就猜测，束华如有可能出任市委书记，而由肖道清来当市长。没想到束华如竟向老同志们推荐了他。而陈忠阳的推荐就更想不到了。一年多前，为了米长山和曹务平的任用问题，两人在市委常委会上大吵了一场，后来就不大来往了。

老省长很感慨："这两个同志是出于公心呀！尤其是陈忠阳，和你干架归干架，该讲公道话的时候就讲公道话，难得呀！也正因为这样，才引起了省委的重视。钱向辉同志和我说，这样看来，由你吴明雄来组这个班子可能是最有利的。"

　　吴明雄很紧张，握着话筒的手湿淋淋的，全是汗。

　　老省长继续说："现在，钱向辉同志要我老头子先问问你喽，平川地区八个县市，两万八千平方公里的地盘，一千万人口，你打算怎么搞喽？你有没有志气干一番改天换地的大事业喽？"

　　吴明雄讷讷道："老省长，这事来得太突然，您让我想想，让我想想。"

　　老省长说："那就好好想想喽！平川地区一多半的地方是革命老区，别的不说，仅一九四九年那场大决战，平川支前的队伍就是一百万。现在，贫困人口也是一百万。这两个一百万总在我脑子里转，有时想想，彻夜难眠啊，内心有愧啊。"

　　吴明雄说："这怪我们下面的工作没做好，是我们有愧。"

　　老省长说："知道就行，古人云：知耻近乎勇。不知耻，不知愧，总强调客观因素，工作是做不好的。所以，我老头子提醒你一下，钱向辉找你谈话时，你少强调客观原因，要像当年在水利工地上一样，再重的担子也接过来，要准备把身家性命押上去！要立足于打一场九十年代的大决战！"

　　吴明雄周身的血脉一下子热了起来，仿佛看着老省长一身泥水立在当年大泽湖的水利工地上，正目光炯炯地盯着他，给他下命令。

　　老省长最爱说的一句话就是，把身家性命押上去。

　　现在看来，他也许真要把身家性命押上去了。

四

　　彻夜难眠。

　　立在五楼居室窗前，面对着平川七月的夏夜，吴明雄一支接一支地抽烟。

　　窗外的夜空无星无月，一片漫无边际的黑暗。整座城市黑灯瞎火，难得见到几处亮点。因着夜深的缘故，远处火车站的火车吼叫声听得清清楚楚，益发映衬出四周的静寂。

　　没想到，真没想到，在决定平川未来历史的一个重要关头，他吴明雄已经五十六岁了，竟会被一批以老省长为代表的德高望重的老同志郑重推上前台，套用一句广告术语，就是"隆重推出"。既然隆重推出了，他就得在这四处起火冒烟的舞台上隆重上演。他真不知道自己将给历史留下一幕壮剧、正剧，还是一幕悲剧、闹剧。

两年多前，决定谢学东上调省城，省委在酝酿平川市委书记人选时，曾考虑过他。最终决定起用郭怀秋，除了谢学东的因素外，主要还是干部知识化的问题。他高中毕业，从村文书、会计干起，当过乡长、县长、县委书记，一步步做到市委副书记。因为工作繁忙，三十八年中，除了到省党校进修过六个月，再没跨进过学校的大门。原以为人生景致已基本定格了，却没料到，竟还有这最后壮观的一景。这壮观一景出现时，他除了原有的知识化问题外，又多了个年龄问题，而省委若是都破格认可了，便足以说明省委对他寄予多大的希望了。

然而，也正因为如此，吴明雄才益发感到自己即将接过的担子有多么沉重。不是到了这种非他莫属的地步，一向以稳健著称的省委书记钱向辉，绝不会向老省长表态破格起用他这个大刀阔斧型的工农干部。

思绪像开了闸的河水一样，咋也收不住。平川两万八千平方公里土地上的人和事，一桩桩，一件件，潮水般漫上心头。历史与现实，困难与希望，紧紧交织缠绕在一起，剪不断，理还乱……

想到后来，吴明雄禁不住笑了：自己这是怎么了？钱向辉还没有代表省委和他谈话，自己想这么多干什么？！也许省委到最后一分钟还会改变主意，他这么一厢情愿地把自己摆到舞台主角的位置上，被人知道可是不太好哩。

恰在这时，也没入睡的老伴端了碗面条送到了客厅里。

吴明雄吃面条时，老伴便说："这官当多大才叫大呀？你已是市委副书记了，还真想当这个市委书记呀？这穷地方，人家郭怀秋搞不好，你吴明雄就搞得好了？！我看呀，这差事你能推最好还是推了。"

吴明雄笑了笑，应付说："推啥呀？省委现在也没最后定下让我干嘛！"

老伴说："不是我泼你的冷水，闹不好，你就是第二个郭怀秋。"

吴明雄看着老伴，认真地说："你这话不对，我可不是郭怀秋！我不干这个市委书记则罢，若是真干了，就一定得干出点名堂来，不但要改变平川的城市形象，也得改变改变咱平川人的形象。改革开放搞到今天了，咱平川人也得有个新形象了，不能老这么灰头土脸的，让人瞧不起，你说是不是？"

老伴点点头："这倒是实话。"

吴明雄却又说："不过，若是省委最终不让我干，历史不给我这个机遇，那我也就只有为别人鼓掌喝彩了。就算是肖道清干，只要他实心实意干点大事、难事，我都会全力支持他。"

老伴叹了口气说："你能这样想就好。"

不料，话刚落音，省委书记钱向辉的电话就打了过来。

吴明雄下意识地看了一下表，已是深夜两点十分。

钱向辉在电话里说，省委关于平川班子配置安排的常委扩大会议刚刚结束，经慎重研究，已决定由吴明雄出任平川市委书记。钱向辉要吴明雄辛苦一下，马上赶赴省城去见他，还特别交代，连秘书都不要带，就一人来。

五

省委副书记谢学东带着一脸疲惫对肖道清说："省委关于平川班子的调整，我看是有道理的，也是正确的。要知道，平川是个大市、穷市，基础差，包袱重，问题不少，现在又面临着经济滑坡，不安定因素太多，确实需要像吴明雄这样比较全面，既有实际工作能力，又有责任心的同志来顶一顶。"

肖道清呆呆地看着谢学东，心里想着要自然，要微笑，可酸楚还是禁不住涌上心头，说话的声音也变了调："吴明雄已经五十六岁了，又没有文凭学历，省委这样安排，符合中央精神吗？这样搞下去，我们干部队伍还要不要知识化、年轻化了？"

谢学东说："道清同志，这叫特事特办嘛！不能说省委这样安排就不符合中央精神。省委有省委的难处，省委也有省委的考虑。省里一些老同志说吴明雄同志是社会大学毕业的，我看说得有道理。论实际工作经验你确实不如吴明雄同志呀！连陈忠阳和束华如都这么看呀！你知道不知道？"

肖道清默然了。

谢学东点了支烟抽着："不过，吴明雄岁数偏大，终究是个过渡人物，了不起干三四年。所以，道清同志，我劝你还是要把眼光放长远一点，要真心实意地和明雄同志合作，协助明雄同志做好平川的事情。在这里，我还要提醒你一点，对省委的安排，不要说三道四，你在我面前说说不要紧，不分场合乱说就会产生很不好的影响。"

肖道清点了点头："我知道。"

谢学东又交代说："当然喽，好好配合明雄同志工作，并不是说处处事事搞无原则的一团和气。在原则政策问题上，还是要充分讨论，头脑要清醒，不要糊里糊涂犯错误。比如说那个南水北调工程，我做平川市委书记时，有些同志就主张上马呢。我听了听汇报，吓了一大跳：工程总资金八个亿，水利专项资金和财政资金能凑八千多万，还有七亿多的缺口，有人竟要自筹。咋个筹法？还不是乱摊派吗？三个县财政倒挂，一百万人没脱贫，我们怎能让人民勒紧裤带给我们创造政绩呢？"

肖道清赞同说："吴明雄是有这个毛病，好大喜功，开口闭口总要干大事。"

谢学东严肃地说："我说的不是一个吴明雄，你们整个平川班子都要注意这个问题！"继而又说，"过去，有我，有怀秋同志把着舵，平川总算没出大乱子。现在，平川情况这么困难，又这么复杂，会不会触礁翻船呢？我有些担心啊。因此，你说你想离开平川，我是第一个不同意的。为什么？就为着对党、对人民负责嘛。你年轻老成，政策性较强，留在平川，对稳定大局是有利的。"

肖道清情绪好了些，大睁着两只眼睛问："这也是钱书记的意思吗？"

谢学东有些不悦，摆摆手说："钱书记的意思我怎么知道呢？！"

肖道清仍自顾自地说："我揣摩钱书记也是有这个意思的。你不想想，吴明雄真要在平川捅了娄子，钱书记能脱得了干系吗？中央到时候不找他呀？！"

谢学东说:"也不要现在就说谁要捅娄子嘛,这不好!"

肖道清却固执地想从谢学东嘴里多掏出点东西来,又说:"从钱书记和我谈话的口气来看,他对平川过去的工作不太满意,老省长这帮人又跟在后面乱叫一气。钱书记会不会把吴明雄当作大炮用一下,真的放手让吴明雄在平川放几把火呢?!如果这样……"

谢学东打断肖道清的话头说:"道清同志呀,你这些议论已经超出组织原则了,算是题外话吧。言归正传,不论怎么说,你还是要服从省委决定。大事讲原则,小事讲风格,要尊重明雄同志,主动搞好班子的团结。"

肖道清提出了最后一个问题:"谢书记,你看陈忠阳这次能不能调整下来?这个人你是知道的,和你,和郭怀秋都搞不好,和吴明雄过去就有矛盾,日后恐怕也难搞好,况且年龄也大了。"

谢学东说:"这要征求明雄同志的意见,如果他不反对,原则上是要调下来的,钱书记好像也有这个意思吧!"

肖道清心里有底了,振作精神说:"谢书记,和你这么谈谈,我心里舒畅多了。你放心,我肖道清任何时候、任何情况下都会经得起考验的。"

说这话时,肖道清已在心里暗暗提醒自己,一定要学会忍耐,不就是三四年的时间吗?他毕竟才四十三岁,日后的路还长得很哩!就算吴明雄有本事,能撑个四年,他也不过四十七岁,只要能像谢学东一样稳稳当当不犯错误,这封疆大吏的位置迟早还不是他的吗?就像歌里唱的那样,只要忍过了孤独的现在,该来的就一定要来,也一定会来。在不久的将来,历史的掌声必然为他响起来。

肖道清默默地想着。

然而,有一点太尴尬了:离开平川到省城时,他太自信了一些,已认定了平川一把手的位子非他莫属,办公室换得早了一步,这事搞不好会让人笑话。不过,也不怕,只要把责任推给秘书就行了,调换办公室时,他肖道清副书记根本不在平川,必然是秘书乱作主张嘛!批评一下秘书,把办公室再换一下就是了。

第四章　戏中戏

一

机械一厂党委书记兼厂长邱同知一直认为自己最了解老书记陈忠阳，知道陈忠阳不但是肖道清的死对头，还看不起市委书记郭怀秋和市长束华如，经常把资不抵债的机械一厂当张牌打，借以证明这帮当权者的无能。

前天晚上，待岗工人得知了郭怀秋去世的消息，酝酿着要闹事，邱同知没向主管副市长曹务平汇报，也没向局里汇报，却在夜里十二点跑去找陈忠阳汇报。

陈忠阳不解地问："郭怀秋去世，与待岗工人有什么关系？他们闹啥？"

邱同知说："工人们都议论说，郭怀秋是好书记，没有官架子，又从不大吃大喝，是累死在岗位上的，他这一死，机械一厂就更没希望了。"

陈忠阳说："基层的工人们只看表面现象！我看，就是郭怀秋不死，也应该自己辞职。无能之辈都辞职，机械一厂才会有希望，平川才会有希望！"

邱同知连连感叹："是哩，是哩。"

陈忠阳又说："你还不知道吧？郭怀秋不在了，可能又上来个更无能的肖道清。你可以告诉厂里的工人，这个肖书记比郭书记还好，不但不大吃大喝，连烟都不抽一根。"

邱同知试探着问："老书记，你看我们怎么做工作？"

陈忠阳手一挥："我不管，你让他们找肖道清、束华如去！"

回去后，邱同知揣摩来揣摩去，自以为揣摩出了陈忠阳的意图：肖道清接郭怀秋的班，老书记能乐意？能不给肖道清一点颜色瞧瞧？没准这时候老书记还就想让工人们闹一闹呢！

这么一来，邱同知和厂里其他领导非但没去做工作，反而有意无意地把"无能之辈都该辞职"的话四处乱说了一通，以至于在厂里造成了一场混乱。一部分工人打出了悼念郭怀秋的旗子，另一部分工人喊出了"无能之辈辞职"的口号。

这么一闹，马上惊动了公安局长毕长胜和主管政法的副书记吴明雄，邱同知也被骂得狗血喷头。吴明雄别的不管，只要求稳住工人情绪，还说机械一厂只要出乱子就拿他邱同知是问。

更要命的是，昨天好不容易才劝走的工人，今天又来了，说是要到市政府集体上访。邱同知心里真发了毛，想到吴明雄昨天那个凶样子，便不敢儿戏了，让党委一个副书记带着人堵住厂门，自己急忙去给陈忠阳打电话，讨主意。

陈忠阳接到电话很火，开口就责问他："怎么能这样闹呢？！昨天在厂里闹，今天又想到市政府去闹，你这个厂长到底想干什么？！"

邱同知说："老书记，你说你不管，我就以为让工人闹闹是你的意思。"

陈忠阳大怒："我的意思？我陈忠阳是中共平川市委副书记，会让你领着待岗工人到市政府上访吗？是我疯了，还是你邱同知疯了？！"

邱同知的脸一时间变得苍白："你不也说无能之辈都该辞职吗？"

陈忠阳严厉地说："我说无能之辈都该辞职，是我个人的看法，也只是在你这种老同志面前随便说说，不代表任何组织。这你都不明白吗？"

邱同知张口结舌，再也说不出话来。

陈忠阳却还在说："如果你用这种话来影响待岗工人情绪，我饶不了你！你邱同知是个副处级党员干部，要有党性，有立场，不要趁机制造混乱，害人害己！我警告你，吴明雄马上要出任平川市委书记，和吴明雄闹下去会是什么后果，你要好好想想。"

邱同知本能地问："不说是肖道清做市委书记吗，咋又变成吴明雄了？"

陈忠阳说："这是省委的最新决定，也是最后的决定，你们不要再胡闹了。怎么闹出的乱子，你邱同知就怎么去收场！"

然而，要收场也难。

工人们无论打着什么旗号闹，都是为了工资。厂子停产三个月了，每人每月只发八十元生活费，不少人夫妻两个，甚至一家三代在机械厂工作，生活确实困难。如果不从根本上解决他们的困难，不安定的因素就没法消除，平息了昨天有今天，压下了今天又有明天。就是他不在工人们面前乱说，工人们也要闹的。

平川机械一厂落到今天这一步，应该说与郭怀秋、束华如有很大关系。

早在一年多前，平川机械一厂就不景气了，库存大量积压，资金沉淀，债务负担越来越重，已接近资不抵债的地步。这时，经陈忠阳介绍，美国SAT 公司远东部总裁郑杰明来了，要全资兼并平川机械一厂。郑杰明拿出的方案是，SAT 公司承担平川机械一厂的全部债权、债务，并投入二百万美元在国际工业园重建新厂，而在机械一厂原址上盖一座二十八层的国际大厦。

郭怀秋和束华如认为，SAT 公司这个兼并方案的实质是，借兼并之机近乎无偿地获得平川机械一厂靠近市中心的一万六千平方米地皮。而当时全国房地产业的低迷还没开始，地价普遍较高，接受这个方案平川方面吃亏太大。另外，政策上也较难把握。于是，郭怀秋和束华如提出，还是以合资为宜，国有土地作价入股，哪怕 SAT 方面控股也可以。

这样一来，SAT 公司远东部总裁郑杰明又不干了。郑杰明曾是平川地区有名的造反派头头，在"文革"期间做过云海革委会主任，了解中国国情，现在又成了假洋鬼子，对兼并国有资产有着一种近乎疯狂的热情。他曾在一些非正式场合公开预言：一场瓜分中国国有资产的浪潮即将来临，洋人、官人和一批有实力、有后台的私营企业主必将成为这场瓜分的第一批受益者。他要的是这种掠夺式的受益，不是搞扶贫解困，合资方案自然不愿接受。

这时候，机械一厂本身也出了点意外。那时日子还过得下去，靠贷款还能发发工资，许多干部职工就对把厂子迁到远离市中心的国际工业园去不满意，嫌上班路太远。在职代会上，竟有十八名职工代表联名反对接受SAT的兼并方案，整个厂区一片非议之声。

平川机械一厂兼并的事就这么搁浅了。这让邱同知很失望。

SAT的方案提出后，郑杰明背地里送给邱同知一千美元，还许诺说，只要他全力帮忙，把兼并搞成功，SAT公司将聘他为SAT机械公司总经理，给他不低于六位数的年薪。也正因为如此，邱同知才没去找陈忠阳的门路，从这个破产的厂子调走。

郭怀秋一死，邱同知认为兼并的机会可能又来了，他半夜往陈忠阳家跑，就是想听听陈忠阳的意思。陈忠阳自始至终都是兼并方案的支持者。陈忠阳从另一个角度看问题，认为被SAT兼并之后，首先，平川机械一厂两千多工人的后路问题解决了；其次，二十八层的国际大厦立起来了，经济欠发达的平川有一座标志性建筑，形象上也好看；再次，国际大厦的建设、管理、使用，至少可以再解决三五千人的就业问题，从长远看是有利的。

然而，郭怀秋和束华如不听陈忠阳的，具体管事的副市长严长琪又是党外人士，也只能听书记、市长的，陈忠阳和他一谈，他就摊开手苦笑，口口声声说自己是个打工的……

放下电话，望着窗外办公楼下越聚越多的人群，邱同知陷入了深思。

现在看来，陈忠阳这个老滑头是用不着机械一厂这张牌了，真正想用这张牌的恐怕也只有他邱同知了。想到被工人们闹得急了，新书记吴明雄和陈忠阳也许会拍板接受SAT的方案，那么，他就算工作不力，被市委免了职又算什么呢？只要能到未来的SAT机械公司去做美国方面的总经理，挣那六位数的年薪就成。万一两头落空也不怕的，最终总还有陈忠阳垫底。这个老书记对平川机械一厂的事可是说过不少不三不四的话的，他若一口咬定陈忠阳为了个人的政治目的，暗示、支持他操纵工人闹事，他陈忠阳说得清吗？

二

十五层的时代大厦位于市中心的中山路上，是落成没多久的全市最高建筑物，东眺龙凤山，西望故黄河，北面隔着内环路，正对着平川机械一厂一片灰暗破旧的厂房。当顶层缓缓转动的旋厅将华义夫老先生的目光送向北方时，老先生的眼睛一下子睁大了，在坐椅上欠了欠身，指着平川机械一厂一片灰黑的房顶困惑不解地问："这种黄金宝地上怎么还会有工厂呀？"

时代大厦老总陈晶笑着说："要迁走的，市里正和美国的 SAT 公司谈判，由 SAT 公司远东部在这里盖一座大厦，二十八层高哩。"

亚太公司董事长柏志林说："这事好像还没定下来吧？听说 SAT 的那个假洋鬼子郑杰明心太黑，想趁着现在经济滑坡，机械一厂发不出工人工资，狠勒咱市里一把。"

华老先生来了兴趣："咋个勒法？"

柏志林说："工厂准备迁往国际工业园，让出的这块黄金宝地差不多等于白送。市里自然不干，可又没和 SAT 翻脸，现在还悬在那里。"

华老先生点点头，不作声了。

华老先生的女儿华娜娜却说话了，问柏志林和陈晶："你们二位咋没想到把这块黄金宝地搞过来？既然等于白送，那么与其送给美国人，就不如送给我们中国人了。"

柏志林苦苦一笑说："华小姐，你又不是不知道咱中国人的毛病：从来都是宁予外人，不予家奴。当年蒋委员长不是这么干的吗？现在大陆不少官员还是这么干。"

华娜娜问："他们为啥要那么干？"

柏志林说："好对上面吹牛呀！报表数字往上面一报，看，我们又引进了多少外资，改革开放成果累累。"

陈晶说："也不能完全这样讲，市里也有市里的难处。这块地就算白送给我，我也不敢要。为啥？我没钱盖这座二十八层的大厦呀！为座十五层的时代大厦，我欠下的贷款就得还十年了。”

华娜娜说："你们真是太没生意头脑。可以先卖楼花嘛，既能在国内卖，也能在港台海外卖，三分之一的楼花卖出去，建设资金不就有了嘛！"

柏志林插上来说："是的，我们亚太公司正想联合国内几家公司这样做，许多工作已经开始着手进行了。如果可能，我很想听听华小姐更具体的建议。"

华娜娜似乎想建议什么，华老先生却用意味深长的目光将华娜娜制止了。

也恰在这时，负责陪同华家父女的市台办白主任陪着副市长严长琪进来了，大家更不好深谈下去了。

这是一月一次的平川工商界老总聚谈日，旋厅里的人很多，寒暄应酬之声此起彼伏。严长琪和白主任走出电梯后，与熟人一路点头打着招呼，来到了华老先生父女面前。

严长琪笑眯眯地握着华老先生的手，热情地说："欢迎，欢迎，华老先生，从某种意义上说，我们可以算同志了。"

白主任介绍说："华老，我要特别说明一下，我们严副市长是民革——就是中国国民党革命委员会平川市负责人，他父亲严文将军曾带着手下的一个整编师在民郊县起义，新中国成立后做过我们省的民政局长。"

华老先生挺惊讶："哎呀呀，想不到，真想不到，严文兄的公子也做了副市长了。"继而又摇头苦笑，"当年，严文兄一起义，我可就惨喽，连夜就跑呀，先是汽车，后来是马车，过了大漠河，又辗转一个多星期才到了省城，把个平川市政府的牌子挂到了一家小旅社里。小旅社的名字现在我还记得，叫'大方旅馆'。"

严长琪笑道："你肯定在大方旅馆里把家父骂得不轻。"

华老先生说："可不是吗？我们都骂严文兄叛变附逆，还幻想着老先生创造奇迹，国军大捷，早日还府平川哩！没想到，就此一别竟是四十二年，我这个当年本省最年轻的市长，也已七十有二，成了十足的老朽了。"

说罢，老先生抚着下巴上稀疏的胡须，唏嘘不已，感慨万千。

严长琪说："家父后来也提起过您，说您终还不是旧官场上的党棍政客，在平川做市长时，还是想为老百姓干点事的，想重修钟鼓楼和东坡亭，为此，还和警备司令大吵过一场。是不是？"

华老先生说："可不是吗。为修钟鼓楼和东坡亭，我备了一部分石料、木料，全被他们拖去建地堡工事了。老先生那时要消灭共产党呀，要决战呀，哪容得你好好做事情？到了台湾，我这个丧失了城市的市长变得一钱不值，痛定思痛，才被迫弃政从商。"

故乡逢故人，华老先生情绪激动。

喝着清茶，望着旋厅外的景色，华老先生开始谈古论今。

"我们平川真可以说是个战乱不已的古城了，春秋战国时代，屡兴屡灭；楚汉相争之际，战尘蔽日；三国鼎立之时，烽火连年；元代、清代，两次遭屠城惨祸；到了近代，先有中日两国的会战，后有国共两党的决战。从古打到今，打得这座三千年古城连古城墙都没有一堵。说起来真让人伤心呀。四十二年前离开平川时，我记得很清楚，老东门外响着轰隆隆的炮声、枪声，十里长的中山路上满是国军溃兵，龙凤山下一片大火。我当时就想，这个城市又完了一次。"

严长琪提醒说："华老呀，不但是战乱，咱平川还有一害呢，就是黄水呀。"

华老先生点头道："对，对，有史可证的黄河改道，黄水淹城就有五次。"

陈晶插上来说："就在建这座时代大厦时，我们发现，这座城下还有两层被埋在下面的旧城遗址。后来，文物部门让我们移位，让出遗址位置，准备日后发掘。"

柏志林也插了上来，毫不隐讳地说："要我看还有一害哩，那就是解放后无休无止的运动。你斗我，我斗你，一个个斗红了眼，斗昏了头，就从没好好搞过城市建设，四处灰蒙蒙、脏兮兮的，直到今天也没有从根本上改变过来。"

台办白主任有些害怕了，出于职业上的谨慎，忙说："改革开放后总是好多了嘛！我们不能急嘛，路总要一步步走，饭总要一口口吃。"遂又把脸转向严长琪，"是不是呀，严市长？"

严长琪笑了笑，没作声。

华老先生也不好多说什么，便把话题岔开了，转而问严长琪："令尊大人现在可在平川？若在，哪日我去看他，和他老兄叙叙旧情。"

严长琪说："家父去年在省城过世了。"

华老先生叹了口气："太遗憾了。"

一阵默然之后，严长琪问："听说华老的华氏集团实力雄厚，华老是台湾数得着的几个财团董事长之一，是不是？"

华老先生微笑着，未置可否。

严长琪又说："华老何不在平川家乡投点资呢？我们搞的国际工业园计划专开个港台投资区哩。"

华老先生仍是微笑，不说话。

这时，华娜娜说话了："严市长，国际工业园昨天白主任和曹市长陪我们去看过了，坦率地说，目前还不具备投资办厂的条件。家父说了，日后条件成熟，华氏集团是可以考虑的。家父建议你们在工业园内尽快上一个大型火力电厂，同时，解决工业用水和道路问题。"

严长琪说："这些问题我们都知道，也想尽快解决，可主要是没有资金。"

华老先生突然开了口："电厂，华氏可以考虑投些资。电业经营本来就是我们华氏的主业。我们华氏在台南，在台中，在大马和泰国投资的所有电厂大都很成功。如果国际工业园能把水和路的问题解决，这个电厂也许会有前途。"

华娜娜很吃惊："爹，您咋说变就变了？"

华老先生冲着女儿笑了笑，没做任何解释。

严长琪则大喜过望："华老此话当真？"

华老先生点点头："我这次来平川，就是带着投资的想法来的。老夫我是平川人嘛，又在四十二年前做过旧政府的平川市长，现在老了，就算不赚钱，也总要为家乡尽点力吧！"

严长琪握着华老先生的手，连连说："好，好，华老，谢谢您，我代表平川市政府谢谢您，您老是在我们最困难的时候支持了我们呀！"

华老先生很严谨，马上声明说："哦，严市长，你先不要忙着谢我，目前还只是意向，真正做出投资决定，恐怕还要有个过程。"

这时，旋厅的方向再次转到了北面，华老先生又看到了平川机械一厂那片破旧的厂房，遂用漫不经心的口气问："严市长，这片厂子和美国的SAT 公司谈好没有？国际大厦什么时候开工呀？"

严长琪一怔："华老对兼并这家机械厂有兴趣吗？"

华老先生点点头："说白了，我是对这块黄金宝地有兴趣。在同等条件下，我想优先取得它的使用权。"

华娜娜看出了父亲的意图，忙说："我们华氏集团目前正向宾馆业扩展，如果能把对电厂的投资和对国际大厦的投资一并考虑，华氏方面可能更容易接受些。"

严长琪想了想说："好吧，你们华氏先拿出个意向书，市政府将根据你们的投资意向书，在最短的时间里给你们一个答复。"

华老先生说："好，我返台后马上派一个洽谈组过来，我女儿娜娜不走了，就代表华氏集团负责在平川的所有投资事宜。"

时代大厦老总陈晶和亚太公司董事长柏志林都愣住了。他们直到这时才发现，华老先生可不是个迂腐的老朽，这个精明过人的老头子已盯住了平川机械一厂这块肥肉。

三

亚太集团是全市最大的一家民营科工贸一体化公司，董事长柏志林在平川可谓大大有名。五年前，柏志林取得了经济学博士学位后，在平川工学院任过半年副教授，后来就办了留职停薪手续，拉着王书生、李同林、林娟三个大学同学，集资十万元，想成立一家私人合股的实业公司。当时，工商局对私营性质公司的审批很严格，柏志林几经周折也没把执照办下来，便在无路可走的情况下，投书省报，引发了一场关于"对博士生办私营公司应该怎么看"的讨论。

一种观点认为，柏志林等四人均为国家花钱培养的博士生、大学生，毕业后不用学到的知识本领为国家服务，却去开私营公司，为自己赚大钱，无论是从道理上讲还是从道义上讲，都是说不通的。因此，这种私营公司根本就不应该批准成立。

另一种观点则认为，在当前的中国经济中，私营成分比例还很小，而且，又大都是素质不高的个体工商户，真正意义上的私营企业家还没出现。因而，政府从政策上应该鼓励像柏志林这样高素质的博士生、大学生杀进民营企业领域。这家公司不但要批，还要尽可能给予支持。

后来，省委书记钱向辉看到了有关这场讨论的内参，当即在内参上批示说："我们有些同志的目光是不是太狭隘了一点？这些博士生、大学生开办一家民营公司就不是为国家服务吗？我看未必。他们如果把公司办好了，既解决了一部分人的就业问题，又活跃了地方经济，国家还可以收到税款，有什么不好呢？当然，我们也要加以引导。柏志林等人文化水平和素质都比较高，又有专长，我看，可以鼓励他们向高科技方面发展，政策上给予扶持。请学东同志考虑一下，让他们试一试，天塌不下来。"

看到钱向辉这个批示后，当时的平川市委书记谢学东马上召见了柏志林，和柏志林谈了两个多小时，建议柏志林将实业公司改为高科技公司。柏志林十分愉快地接受了谢学东的建议，三天后，在工学院后门旁一间三十平方米的平房前，将"亚太科技实业发展公司"的牌子挂了出来。

科技发展公司的牌子挂出后，柏志林以进行科技咨询装潢门面，并没真的去搞什么科技项目。在最初一段穷困的日子里，柏志林把主要精力投入到了公关活动上，竟和北京一家工业防腐研究所挂上了钩，一举拿出公司全部资金的百分之六十——六万元，以亚太和那家研究所的名义，在平川承办了工业防腐技术研讨会。研讨会结束后，公司账上只有三千元钱了，一家防腐专业杂志的老总又跑来要赞助，柏志林大笔一挥，又批了两千元。同伴们都很吃惊，以为柏志林疯了。柏志林却笑着说："三千元和一千元有什么两样？不都是小钱嘛，我们要的不是这些小钱，而是大钱！你们一定要记住：我们是做大事的，要有大气魄。账上还有一千块钱，够我们吃方便面就行了。我估计，二十天后，我们的大买卖就要来了。"

真让柏志林说准了，不到二十天，一笔笔工业防腐的大生意就来了。亚太公司和北京那家研究所在防腐技术的推广应用上都赚了大钱。三年后，亚太公司的小楼就建了起来，亚太科技实业发展公司也变成了包括房地产公司等五家子公司的亚太集团总公司。至去年底，集团总公司的全部资产已达三千万，成了全省数得着的几家大的民营企业之一。

看出华老先生拟兼并平川机械一厂的真实意图后，柏志林回到亚太公司即召开了公司高层人员的对策会议。在会上，柏志林说："为了机械一厂那块黄金宝地，华氏集团突然决定在平川投资了，这非常出乎我们意料。我原想通过华小姐的关系，使我们亚太成为华氏集团在平川和大陆的代理，现在看来，我们与华氏合作，并联合北方房地产开发公司、东海住宅集团公司，吃下国际大厦的计划可能要落空了。"

房产公司总经理王书生说："不可能吧？昨天晚上在香港大酒店吃饭时，华小姐不是还说吗：就平川现在的条件看，华氏五年内都不会在平川投资。"

柏志林说："那是华小姐说的，不是华老先生说的。这位华老先生可不是华小姐，他可是个十足的老狐狸，先不谈那块地，而是大谈建电厂，哄得咱严市长咧着嘴直乐。后来，老先生才提出了把建电厂和国际大厦一总考虑。我认为市里有可能接受华老先生的方案。"

证券部经理林娟说："那也没关系，咱们设法和华氏合作不行吗？成立个中外合资的国际大厦项目公司，让他们在港台海外卖期房，咱们在国内卖期房，利益均沾嘛！"

柏志林说："这怎么可能？华氏集团不是一般的小企业，人家在港台大名鼎鼎，能看得起我们亚太这种民营小公司？能让我们利益均沾？"

王书生点点头："是啊，人家就算要合作，也会和北方房地产开发公司合作，不会睬我们的。"

林娟摇摇头，笑着说："也不见得。我们董事长和华小姐打从去年在深圳头一次见面就黏黏糊糊的，关系很不一般，我看，没准就能谈下来。女人嘛，只要真爱上了一个男人，那是没有理智的。"

众人都会心地笑了。

柏志林挥挥手说："别开玩笑，几个亿的大买卖，人家哪能这么轻率！"

公司总裁李同林认真地说："老兄，这倒不是开玩笑，我看有可能哩。

要知道，华氏没有在大陆投资的经验，找个有经验的国内合作伙伴也顺理成章。况且，尘埃终未落定，SAT的郑杰明还跃跃欲试，我们的合作对他们就更重要了。"

柏志林觉得有道理，便用目光鼓励李同林继续说下去。

李同林又说："华氏和我们合作，还有两点对他们也是很有利的。其一，正因为我们是小公司，股本的投入不会太多，所以，未来均沾的利润就很有限；其二，我们是民营公司，在经营手段上很灵活，这是华氏很需要的。我的意见是，咱们不妨开诚布公地和华小姐先谈谈，听听她的口气，再决定下一步的动作。"

柏志林点点头，问身兼财务部主任的林娟："如果和华氏合作，我们能投入的资金有多少？"

林娟说："三百多万吧？如果把手头的电真空、小飞乐股票和国库券都卖掉，大概能凑足七百万。"言毕又说，"不过，股票现在卖不划算，我昨天还和上海通了个长途，'眼镜'估计，上交所涨停板的规定可能要取消，我们手头的电真空和小飞乐至少还有一倍的涨幅。"

柏志林交代说："真要再有一倍的涨幅，立即让'眼镜'出空，一张股票也不要留，这种价位是很荒唐的。八百多年才能把本钱拿回来，只有疯子才去买它！"

林娟不同意柏志林的看法，说："董事长，世界上任何一个国家的股市都有这么一个疯狂投机的早期阶段，市盈率超出一万倍的都有。我们认为，目前在上海交易所上市的就这么几个股票，粥少僧多，疯狂大涨是很正常的。"

柏志林说："这我知道，我只是要你们证券部注意，这种事长不了，该收场就得收场，要趁着经济收缩期，吃进些好项目，比如这座国际大厦。"继而又问，"下个月，你能给我弄够一千万吗？"

林娟点点头："应该差不多吧。"

柏志林笑了："那好，我今晚就去和华娜娜见面。你只要有一千万，我就敢按五千万谈。这样，我们亚太的股本至少可占整个项目股本的百分之十，到时我保证收回投资，再白赚两三个层面的大厦。"

林娟又开起了玩笑："没准你还能再赚华小姐两个私房钱哩。"

柏志林不高兴了："你们说说，我柏某人是那种吃女人软饭的小白脸吗？！"

李同林忙说："不是，不是。不过，你在表现男子汉气魄时，可也别出卖我们公司的利益呀！"

大家都笑了。

柏志林哭笑不得，面前这两男一女都是他的老同学、老朋友，又都知道他和老婆离了婚，现在独身一人，就老动员他去做华家的女婿。他们哪里知道，他和华娜娜只不过是逢场作戏而已，而其中一个重要的原因，就是为了亚太公司的经济利益。

当然，今晚到平川宾馆免不了又要来一场无耻的友情演出。

四

华娜娜身上充满青春的气息，怎么看也不像一个四十三岁的女人。两只乳房大大挺挺的，腰身细细的，浑身上下丰满圆润，却又几乎找不到多余的脂肪。在深圳湾大酒店包房里第一次同浴时，柏志林曾带着一脸惊讶问过华娜娜："你的身材咋保持得这么好？"

华娜娜说："天天健身嘛。"

柏志林不信："健身能健到乳房吗？你的乳房咋也这么挺？"

这让华娜娜很骄傲。她便夸张地挺起胸，把柏志林的脸孔按到自己双乳上，撒娇地说："这叫丁香乳嘛，你尝尝有没有丁香味呀？"

柏志林那时还不知道华氏集团到底有多大，华娜娜在华氏集团里又居于何种地位，只把她当作一个富有的风流女人，在心理上没有什么畏怯，床上的事做得很好。还和她吹自己的亚太公司，大讲他和他的同行们如何了得，怎么做工业防腐的生意啦，怎么炒股啦，当初又怎么派人四处收购没人要的国库券呀。

华娜娜记得最清楚的是，柏志林搂着她，很有信心地说："娜娜，你信不信？我只要这样干上十年、八年，总会成为亿万富翁的。"

她当时还沉浸在精神和肉体的双重欢快中，身子像蛇一样紧紧缠绕着柏志林，真想说：只要我愿意，明天就能让你成为亿万富翁，我可是华氏集团唯一的继承人哩。然而，她没说。她怕吓着了这个大卫一样俊美的小弟弟。

那一夜真是销魂荡魄，让华娜娜回味了许久。后来，华娜娜总想，这与其说是一场情和性的冒险，倒不如说是一场生命冒险。从在舞会上情不自禁地倒在这个男人怀里开始，她就知道，从今以后，她也许得经常来大陆走走了。老家平川将不再是个虚无缥缈的古城，而会变成一个实实在在的相思地。

完全是因为柏志林的缘故，华娜娜授意手下拖延和深圳业务公司的谈判，多在深圳湾大酒店待了三天。在这三天里，华娜娜日夜和柏志林在一起，跳舞、唱歌，尽情挥霍生命的时光。也正是在这三天里，华娜娜发现，她的大卫不但是个情场上的好男人，也还是个生意场上的好手。当她知道大陆民营企业的现状后，对柏志林白手起家搞起的这个小公司，就不能不佩服了。

后来，回到了台湾，华娜娜几乎每周和柏志林通一次电话，才有了今天他们华氏父女郑重其事的平川之行。赶赴平川之前，华娜娜是真心希望华氏集团在平川投资的。这样，她在照应平川生意时，就能常来会会柏志林了。然而，看到平川的现状，华娜娜的心一下子凉了半截，再没敢劝过父亲一句。倒是父亲在发现了市中心的那块风水宝地后，突然改变了主张，让她又惊又喜。

在时代大厦的旋厅，就已悄悄约好，和柏志林夜晚见面。

吃晚饭时，华娜娜就坐立不安了，这情绪连陪同他们的台办白主任和严市长都看出来了。好不容易吃完饭，父亲和严市长、白主任还说个不停，华娜娜便推说累了，身子不适，先回了自己房间。一到房间里，马上洗澡换了睡裙，重新化了晚妆，只等着和柏志林身与心的再度重逢。

时间在焦灼不安的等待中仿佛凝结了，房间里一下子显得很静，自己的心跳都听得见。好几次走廊上响起了脚步声，她以为是柏志林来了，可那脚步声却又远去了，消失了，让她禁不住阵阵失望。

　　终于，门铃响了，柏志林走了进来，华娜娜未及关上门，就忘情地扑到了柏志林怀里，吊在柏志林的脖子上一阵亲吻。这一瞬间，时间的间隔消失了，在华娜娜的印象中，今夜只是去年深圳湾大酒店那夜的继续，好像这中间的空白并不存在。

　　柏志林却有些生分的样子，搂她的手微微有些发抖，也不敢像在深圳湾大酒店那样肆无忌惮地在她身上抚摸，亲吻。她撩开睡裙，把柏志林的脑袋揽到了自己胸前，柏志林还挣开了。

　　抚着被华娜娜搞得蓬乱的头发，柏志林说："娜娜，来，坐下，一年多没见面了，我们还是先谈谈吧。"

　　华娜娜点点头，依在柏志林怀里坐下了，轻柔地抚着柏志林的脸膛讷讷着问："你……你这一年多想我了吗？"

　　柏志林笑着说："想你，也怕见你。在深圳时，我哪知道你是什么人呀？哪知道华氏集团会是这么大的一家公司。又一想，自己还和你瞎吹过，真是愧得不行哩。"

　　华娜娜笑道："你就是那种样子才可爱。今天你爱吹什么只管吹。在你面前，我不是华氏的副董事长，只是个爱你的女人而已。"

　　柏志林说："可没这么简单哩，只怕我会让你失望了。"

　　华娜娜响亮地在柏志林脸上亲了一下，说："我才不会失望哩。别以为我会要求你为我做什么。就是什么也不做，只要能和你在一起待几天，我就很满足了。"

　　柏志林看得出，华娜娜对他是一片真心，挺感动地点点头说："那就好，只要有机会，我就常来陪你。"

　　华娜娜拽起柏志林说："先陪我冲凉吧。"

　　于是，旧戏重演，二人双双脱衣同浴。

　　最终玩到了宽大的双人床上。

　　从床上，到地下，后来又到床上，华娜娜娇声呻吟着，喘息着，最后竟失声尖叫起来，吓得柏志林忙用手去捂华娜娜的嘴……

　　许久，许久，二人才紧紧相拥着完了事。

　　柏志林坐起来抽烟，华娜娜把头埋在柏志林怀里说："你知道吗？老头子到平川来投资，是为了他的故乡，我却是为了你哩。"

柏志林说："我正想和你说这事呢。平川机械一厂那块地皮我可是盯了好久了，我万万没想到你家老爷子也会对那块地皮感兴趣。"

华娜娜禁不住怔了一下，旋即轻描淡写地说："老头子做事就这样，总爱心血来潮。登上时代大厦前还和我说，平川目前条件太差，华氏是不可能投资的。不料，见了严市长，谈得一投机，主意马上就变了，让我都感到意外。"

柏志林说："我看与严市长一点关系也没有，是你家老爷子在平川机械一厂的地皮上发现了商业机会，顺手就抓住了。也怪我，我若是早发现了这一点，就说 SAT 公司已把事情搞定了，你家老爷子也就没戏唱了。"

华娜娜反驳说："这可不一定呢，老头子一旦发现商业机会，就会紧紧咬住不放的。"

柏志林叹了口气："我得承认，你家老爷子厉害。"

华娜娜不想让这久别重逢的销魂之夜如此度过，便搂住柏志林说："好了，好了，这事八字还没一撇呢，咱先不谈它了。"

柏志林却非要谈，亲吻着华娜娜说："娜娜，咱们合作干一回好不好？我们亚太可以拿出五千万来参加大厦项目。"

华娜娜笑了，敷衍说："好，好，等这事定下来后，咱们再商量吧。咱们之间还有啥不好商量的呢？"

说这话时，华娜娜对柏志林多多少少有些失望。她真担心柏志林为了国际大厦的项目，把和她的感情搞得变了味。今夜和昔日深圳那些不眠之夜已不好比了，今夜的空气中，商业气氛太浓。

然而，她仍是那么需要他，当他再一次俯到她身上，在她全身上下亲吻时，她便想，也许为了她自己和这个给她带来无限快乐的男人，华氏都不该在平川投资。

不和相好的情人做生意，这是华娜娜二十年来一直遵循的商业原则。

第五章 大幕拉启了

一

省委书记钱向辉和副书记谢学东带着组织部孙部长等一行六人，送吴明雄到平川去上任。三辆奥迪从省城出发时是上午九时，出了省城，整个上午基本上在邻省宽阔平坦的柏油大道上行驶。快十二点时，进入平川地界，车子开始颠簸起来。路面坑洼不平，道路也变窄了，四车道成了两车道，每部车尾都拖着滚滚浓尘。钱向辉根本没向窗外看，便对坐在同一部车里的吴明雄说："吴书记呀，现在大概进入你的地界了。是不是呀？"

吴明雄向车窗外扫了一眼："噢，是合田县，还有十公里就是合田县城。"

钱向辉摇了摇头："咱们省门和你平川的市民形象可都不太好哟！司机同志有句话嘛，叫作汽车跳，平川到。我看你上任后，得把这路的问题抓一抓，可以先修三省接壤的几段。一年修一点，时间长了，路况就会慢慢好起来。"

吴明雄说："钱书记，我们哪有钱呀？每年拨的那点钱连路面的正常养护都不够。你们省委领导既知道平川的路涉及省门形象，就该让有关部门多给我们平川一点修路的专项资金嘛。我们平川反正是经济欠发达的地区，丢点脸面倒不要紧，咱经济大省可丢不起这个脸呀！"

钱向辉脸一绷，佯怒道："你少给我来这一套，怎么，想赖我呀？郭怀秋当了两年多市委书记都不赖我，你老兄还在上任途中就想赖我一把呀？"

吴明雄笑了："我哪敢赖您呀，我是想认真落实您的指示嘛。我想，如果省里能给一点，我们市里出一点，再从别的渠道想想办法，路的问题才好解决嘛。钱书记，您也知道，不但是这条路，还有平川市内和市县公路，都够呛呢。国际工业园就受路的拖累。我也不问您多要，您看着给，最重要的，还是要给政策，得让我们放开手脚干一场。"

钱向辉说："这还差不多，我以为你要狮子大开口哩。"

吴明雄说："其实，我要的主要就是政策。我今年五十六了，根本没想到过您和省委还会选择我做平川市委书记。可既干上了，我自然就要干好。用您的话说，就是要为官一任，造福一方。"

钱向辉点点头说："省委相信，这次的选择没有错，有些不同的议论让我顶回去了。我相信你吴明雄有气魄、有能力稳住平川的经济和政治局面，至少不使它进一步恶化。你在省委汇报时谈到的立足于大发展的总体思路是对头的，不过不能急躁，平川的落后现状不是一天形成的，你吴明雄不能幻想在一天内把问题全解决了。这不现实。目前，稳定压倒一切，要千方百计解决下岗工人问题，停产、半停产企业问题。"

吴明雄说："我分管过两年工业，最近又在抓企业解困，情况比较了解。我觉得，虽然造成企业困难的客观因素很多，但根子还在我们的旧体制上。长期以来形成的铁饭碗、铁交椅、铁工资是个很大的问题。企业搞垮了，厂长经理该提拔的照提拔，该调走的照调走，这怎么行？工人的整体素质也在下降，抱着铁饭碗，拿着铁工资，企业好坏与谁都没关系，能不亏？能不垮？因此，我早就有个想法：能不能尝试一下在平川把这旧体制改革一下呢？"

钱向辉沉吟了好半天才说："这不是一个平川的问题，是全省、全国都普遍存在的一个大问题，也是迟早非解决不可的问题。只是在平川这种经济欠发达地区，又是在这样一种经济滑坡的情况下，你们带头尝试好不好呢？有没有风险呀？有多大的风险呀？你老吴要考虑好了。你们市委一班人也要坐下来好好研究，千万不能激化矛盾，搞出乱子呀。"

吴明雄想了想说："我认为正是因为经济滑坡，很多企业已到了生死存亡的关头，才更需要尽早进行这种深化改革的尝试。改革本身就是为了稳定嘛，而且是长期的、根本的稳定。当然，进行这种尝试不可能一点风险没有，可大家都不去担风险，这改革的路就很难走下去。老省长常说，我们的改革是一场不流血的革命，我认为很有道理。这种尝试的另一个意义就是进行一次观念上的革命，要使每一个人都明白，国家本身不创造任何价值，吃着社会主义的大锅饭，让国家把一切都包下来是不合理的，也是不可能的。"

钱向辉皱着眉头思索着，没作声。

吴明雄继续说："钱书记，我知道您的担心，我这也只是初步的想法，真要这么做，还要搞一系列的调查论证。在稳定这一点上，我和您的想法一样，是坚定不移的。深化改革本身就需要一个稳定的政治、社会环境。所以，这种深化改革的尝试既不能搞疾风暴雨，也不能剑拔弩张，而是要平稳推进。"

听到这里，钱向辉才表态说："可以先搞一下试点。不过，配套措施要跟上，社会保障体系要建立起来。这种改革尝试涉及千家万户，涉及许多工人群众的切身利益，必须慎而又慎，一定要保持清醒的头脑。开始时力度不宜太大，必须真正做到平稳推进。"

吴明雄点了点头："我明白。"

钱向辉又说："老吴，你知道不知道？在省委常委会上，有些同志就是担心你走过了头呀。你向省委表态说，为了从根本上改变平川的落后面貌，你愿不计荣辱毁誉，可有些同志怕的就是你不计荣辱毁誉。有个别同志私下里就和我说嘛，吴明雄真要是捅出娄子，省委和我这个省委书记都是脱不了干系的。"

吴明雄心头掠过一丝不悦，笑了笑说："钱书记，真要想做平安官，我吴明雄也会做。反正平川在历史上就是经济欠发达地区，大家都知道，连中央都知道。我稳住局面，干上几年，再把烂摊子交下去，谁也说不了什么。可这不行呀，改革开放对平川来说是本世纪从没有过的大机遇，不充分利用这个大机遇好好做点事情，平川老百姓会指着我们的脊梁骨骂娘的！被一个落后地区拖着，你这个省委书记的日子只怕也不会好过吧？"

钱向辉笑笑说:"你老兄搞不好日后会成为争议人物哩!"停了一下,又说,"不过,你不要怕,既要稳妥,又要大胆地干,省委对你是有基本估价的。"

吴明雄说:"我倒不怕,只是不知道你们省委怕不怕呀?"

钱向辉挂起了脸:"废话!省委要怕,还敢让你去做平川的一把手?!"

吴明雄说:"那好,咱们订个君子协定行不行?在不违背中央和省委有关方针政策的前提下,您让我放开手脚干。我不要求您和省委表态支持,只要求您和省委在争议问题没有事实结论时,也不要急于表态反对。"

钱向辉点点头说:"这要求不算高,我看可以接受,至少我个人是可以接受的。"

吴明雄说:"真出了问题,您和省委该怎么查处就怎么查处。我说过不计荣辱毁誉就能做到不计荣辱毁誉。日后不论是个什么结局,对您和省委都不会有任何怨言的。"

钱向辉被吴明雄的真诚打动了,颇动感情地拍了拍吴明雄的肩头说:"老吴,你不要误解了我的意思。我再三强调稳妥,绝不是要你安于现状去混日子,而是提醒你注意策略。不能啥还没干成,就被告状信告倒,中箭落马呀!别人不清楚,你老吴还不清楚吗?平川这地方很复杂,什么人没有?郭怀秋这么一个温和的书生还有人告他,你上台后要放开手脚做事,能没人告你?"

吴明雄默然了。

钱向辉又说:"我们老省长总喜欢说一句话,叫作'押上身家性命'。可我认为,现在和平年代的情况和过去战争时期不同了,我们绝不能把改革开放这种不流血的革命演变成一场流血的动乱。我们要有押上身家性命的精神,却不能当真押上身家性命。这就要求我们各级领导干部具有更高的领导水平和领导艺术。郭怀秋倒是把自家性命押上了,可平川的被动局面仍然没有改变,我心里真难过,也觉得对不起他呀。"

吴明雄心里热乎乎的,望着身边这个以稳健著称的省委书记郑重地说:"钱书记,您的意思我全明白了,我一定会按您和省委的指示精神去做。"

直到这时，钱向辉才说起了班子的问题，问吴明雄："下一步对平川班子的调整，你有什么想法？陈忠阳同志已五十八了，是不是去二线？还有肖道清同志，要不要省委另行安置？"

吴明雄反问钱向辉："省委是怎么考虑的？"

钱向辉说："如果你不反对的话，打算让陈忠阳到人大去，肖道清留下，由你们研究提名再增补两个市委常委。"

吴明雄想了想，认定陈忠阳不能走。陈忠阳虽说是个刺头书记，却也是一种制衡肖道清帮派势力的力量。在山头帮派还没法根除的现实情况下，这个三朝元老的存在，不论对市委常委班子和全市干部队伍的稳定，还是对未来的工作都将起到有益的作用。

于是，吴明雄试探着说："钱书记，我看陈忠阳同志最好还是不要动吧？老陈这人虽说有不少缺点，可终究是老同志，工作经验丰富，也还是想干事的，不如等他到年龄时自然下来算了。"

钱向辉沉思了片刻，突然笑了，指着吴明雄的额头说："你挺聪明嘛。"

吴明雄也没多说什么，只道："我完全是从工作考虑。"

钱向辉说："可以，省委尊重你的意见。"

然而，进了合田县城，在县委招待所吃饭时，省委副书记谢学东却和吴明雄说："老吴呀，这个陈忠阳可是个帮派人物呀，怀秋同志生前对他有个评价，说他不像个市委副书记，倒像个忠义堂堂主。你把他留在班子里，对今后的工作是不是有利呀？你可要三思哟！"

吴明雄笑着说："谢书记，怀秋同志的这个评价我看有些片面哩。在平川搞山头帮派的不是陈忠阳一个，问题的存在也不是一天了，如果现在只把陈忠阳一人搞到二线去，也许会影响一些云海干部的情绪，我看倒是对工作不利。"

谢学东不动声色地"哦"了一声。

吴明雄又说："对大家常说起的帮派问题，我是这么看的，既不能说没这种现象，也不能把问题估计得那么严重。我们有些同志长期在一起工作，彼此之间熟悉了解，接触多一些，这也正常嘛！所以，我觉得班子还是要以稳定为宜，一切看工作表现，不要因人画线。”

谢学东笑了，用筷头敲着桌面，对钱向辉说：“钱书记作证噢，老吴既然这么说，那么，平川的班子日后闹起纠纷，我可是不负责的。”

钱向辉马上说：“你不负责，我可得负责哩！老省长说了，平川一百万贫困人口的脱贫问题不解决，他死不瞑目。我就指望老吴给我解决这个一百万的问题哩，对平川的事哪能不管呢？！”

谢学东有些窘，赔着笑脸说：“我这是和老吴开玩笑呢。”

吴明雄也笑道：“钱书记，您放心，我才不会大事小事都找您呢。我就盯准谢书记了，谢书记可是做过我们平川父母官的，他真不管我们的事，我就到他家里去静坐，还要他管酒，管饭。”

钱向辉说：“好，到老谢家吃大户，你一定要喊着我，他的好酒藏在哪里我可知道呢！”

众人都笑了。

在众人的笑声中，钱向辉想，老省长真没看错人！这个吴明雄不愧是社会大学毕业的，不但有气魄，有能力，想干事，而且政治经验也挺丰富，从他对陈忠阳的去留态度和对小山头的评论上，就可以看出其含而不露的成熟风格了。

也许，他对这个即将上任的市委书记的担心，完全是多余的。

二

尽管前面有警车开道，进入平川城乡接合部后仍是寸步难行。眼见着平川就在面前，三辆奥迪就是进不去。狭窄的路面上一部车挨着一部车，从平川市内的三孔桥一直排到市区外面的那片采煤塌陷区。公安局长毕长胜急得一头汗，见到吴明雄差点没哭出来。

吴明雄问：“到底是怎么回事？堵得这么严重？”

毕长胜说：“三孔桥前的国道上出了车祸，一辆河南的日野载重车撞上了江西的一辆小面包，我正让人把日野往沟下推，可日野装了二十吨货，路又前后堵着，起重机械进不来……”

钱向辉皱着眉头问吴明雄："到你们市委还有多远？"

吴明雄说："不太远，大约四五站路吧！"

钱向辉说："那就下车步行吧。"

毕长胜阻止说："这不行，不安全哩。"

钱向辉拉下了脸："堵在这里就安全了？！"

吴明雄当即果断地对毕长胜说："听钱书记的，就步行！你让公安局的车在三孔桥那边等，一路上多注意些就是。"

毕长胜应了声"是"，马上命令身边的几个交警保护着钱向辉、谢学东一行向市内三孔桥方向走，自己跟在后面，用对讲机向市内调车。

这办法无疑是最聪明的。一行人穿过长达两三里路的堵车队伍，走到三孔桥对面时，市公安局的两部警车正好开了过来，载上大家顺利地到了平川市委大门口。

束华如、肖道清、陈忠阳和市委其他常委们都站在主楼前迎候。

钱向辉一从警车里走出来，肖道清就发现这个省委书记脸色不好看，本想抢先迎上去和钱向辉握手，却不敢了，眼见着束华如到了钱向辉面前，向钱向辉伸出了手，才小心地凑了过去。

束华如问候说："钱书记，一路上辛苦了！"

钱向辉点点头，一句话没说。

省委常委、组织部长孙安吉笑笑地讥讽说："还是你们辛苦嘛，我们只是偶尔来一下平川，你却天天在平川嘛，天天要受这个罪嘛，真是苦不堪言呀，比黄连还苦呀！是不是？束市长？"

束华如红着脸连连说："我们工作没做好，我们工作没做好。"

谢学东也批评说："华如啊，你们这路也实在太不像话了。你们说说看，就这种样子，你们的国际工业园谁敢来投资？要是我，我就不来。"

束华如连连点头："是的，是的。"

肖道清这才过来和钱向辉、谢学东握了手，握手时，便看着吴明雄说："吴书记主持工作，我看这种情况很快就会改变了。"

吴明雄马上说："肖书记，你莫不是在钱书记和谢书记面前将我的军吧？我吴明雄就算是块铁，又能打多少根钉？改变这种落后状况，还是得靠咱们大家嘛！"

钱向辉说："当然得靠大家。不过，我个人认为，在中国目前这种特有的国情条件下，一把手是起决定作用的。从某种意义上说，一把手的面貌，就决定了一个班子的面貌，一个地区的面貌。搞好了，你这个一把手功不可没；搞坏了，你这个一把手也推脱不了自己的责任。老吴，这话你要记住了，日后平川的一切，我都唯你是问。"

这话让肖道清听得心冷。

钱向辉话中的意思很清楚。首先，是对郭怀秋主持平川工作很不满意，而且当着这么多人的面流露出来了；其次，钱向辉对吴明雄是很看重的，确实在吴明雄身上寄予了很大的希望，也必然会给吴明雄很大的自主权。从此以后，他恐怕真得处处小心，努力摆正自己和吴明雄的关系了。

后来，由束华如在前面引着，市委常委一班人陪着钱向辉等省委领导到了一楼电梯口。电梯太挤，走在后面的肖道清本想等下一部电梯。不料，却被谢学东拉了一把，肖道清就上了电梯。

真是要命，电梯刚起步，只提升到一楼和二楼之间，竟停了电。

电梯不动了，顶灯不亮了。电梯里的省、市领导们陷入了黑暗沉寂中。

钱向辉很不高兴地问："这又是怎么回事呀？"

大家都屏住气，谁都不敢作声。

钱向辉真是火透了，又提高声调问："谁来给我解释一下呀？"

吴明雄这才说："钱书记，可能是停电，三个月前我被关过一次。"

钱向辉说："老吴呀，你既有受害经验，那请你告诉我，我们大概要被关多长时间呀？如果时间长，我看可以考虑在电梯里召开这次常委扩大会议了。"

孙安吉也说："你们看，这多有讽刺意义呀，省委书记、副书记，市委书记、副书记，这么多官僚被关在同一部电梯里，只怕在全国都找不到第二例吧？！"

束华如讷讷地说："这个责任在电力部门。"

陈忠阳带着一腔怨气说："束市长，你别说了，里外还是我们的工作没做好！平川的经济要是搞上去了，有实力上个大电厂，电力能这么紧张吗？我们能受这种窝囊气吗？！在省里开会咱受气，没开口和人家说话，气就短了半截。在自己家里还是受气，今天连钱书记也跟着咱倒霉，咱还有啥好说的？！"

肖道清清楚，陈忠阳是借题发挥，便想为郭怀秋说几句公道话。

不料，没容他开口，钱向辉却又在黑暗中说话了："对嘛，陈书记这种态度是可取的。我们不要总怨天尤人，强调客观。啥都很好，省委还要你们这些市长、书记干什么？！大家一定要记住，平川就是经济欠发达地区。平川的干部，首先是你们这些负责干部要有多流汗、多出力的思想准备，必要的时候连身家性命都要押上去！"

说到这里，电梯动了起来，电灯也亮了，大家都松了口气。

到达四楼，钱向辉走出电梯时，才又对吴明雄说："老吴，我的想法改变了。看来老省长是对的，为了把平川的经济搞上去，可能真要有一批同志押上身家性命的！包括你这个市委书记在内。"

三

郭怀秋的遗体告别仪式是在全市干部大会后举行的。在全市干部大会上，钱向辉代表省委宣布了吴明雄的任职决定，告别仪式的主持人就由肖道清换成了吴明雄。钱向辉因为要赶回省城接待一个来访的美洲国家元首，没能参加，就由谢学东代表参加。

是一个雷声轰鸣的日子，天不算太热，有阵阵雷暴雨。吴明雄到平川宾馆接了省委副书记谢学东，赶往十字坡火化场时，正值一阵暴雨袭来。雨挺大，车前的挡风窗上水流如注，刮水器几乎失去了作用，视线也很差，车子像在水中爬。

谢学东没抱怨，望着车窗外水淋淋的天地，反倒很欣慰地说："这场雨要是能下下透就好了，旱情多少能缓解一些。平川这地方就怕伏旱呀。老吴，你还记得吗？我到这儿主持工作的头一年，不就遇上了伏旱吗？十几年未遇的伏旱，市委机关大热天都没水用。"

吴明雄说："可不是吗！我还记得，为了机关同志的生活用水，你让我调来了环卫处的洒水车，挨家挨户去送水，整整送了一个星期。这事机关的同志到现在还记得哩，都说你谢书记关心大家的生活。"

谢学东摆摆手说："这种小事不值一提。"

吴明雄说："可我觉得，水的问题还是要从根本上解决，南水北调的工程非上不可，而且早上比晚上有利。"

谢学东说："如果有这个经济力量，明天就得上，一天都不能拖。可问题是，咱们平川有这个经济力量吗？老吴呀，你想想，几年前上这个南水北调工程就要八个亿，现在至少得十个亿了吧？还有路，城里城外的路，四条国道，八条省道，你昨天信誓旦旦地对钱书记表态说都要修整，要搞六十公里的环城路，电厂你也想上。好，我给你算个账，引大泽湖水入大漠河十个亿，环城路五个亿，城内道路改造，少算点，三亿，电厂再算你二十个亿，加起来多少呀？三十八个亿。我的同志，咱平川全年的财政收入是多少？满打满算也不过四亿多。这就是说，你不吃不喝，还得透支近十年的财政收入，才能完成这个美好设想。这实际吗？"

吴明雄笑了笑，婉转地说："谢书记，你算的只是死账，活账你没算。你想，我要是能把经济搞活，外资能引进来，这就有一部分资金可以用了吧？给优惠，保证人家赚钱，国内的资金也能吸引一些过来吧？还可以集资、贷款嘛！办法总是人想出来的，只要你去想，总有路可走。当然，我现在还没想好，心里也没数。"

谢学东说："心里没数，就要稳妥些。宁愿慢，不能乱。这不是我的思想，是钱书记的思想，也是省委的思想。在这一点上，怀秋同志已有了教训。国际工业园上马时我就说过，太不切实际。怀秋同志不听，还要我帮他在省委说话。我也希望平川好呀，也想让大家对平川刮目相看呀，心一软答应了，就有了这个吊在半空中的国际工业园，也把怀秋搞死在这上面了。"

吴明雄可没想到谢学东当初竟是反对国际工业园上马的。在他的印象中，谢学东对国际工业园一直很热情，去年整顿开发区时，还替国际工业园打过一次掩护，让郭怀秋过了达标关。

谢学东叹了口气，又说："当然了，怀秋同志总的来说还是比较稳的，平川才没出什么大乱子。这很不容易呀。我们不能因为怀秋同志做事稳当，就把他视为无能之辈。我看忠阳同志的情绪有些问题，在常委会上的表态很不得体了，是项庄舞剑嘛。这么一个勤勤恳恳的好同志累死在工作岗位上，他还一口一个无能之辈，什么意思？就是以死人压活人嘛，埋怨省委，埋怨我嘛！若不是大家都知道你老吴和忠阳同志的关系，还会以为是你指使的呢！"

吴明雄谨慎地说："谢书记，老陈这人你还不了解吗？从来都是有口无心，咱还是不说他吧。"

这时，车到了城北的十字坡火化场，暴雨也停了，吴明雄和谢学东钻出车时，天空一片瓦蓝，阳光炽热刺眼。二人立在大太阳下，不约而同地用手罩着眼，向空中瞭望，脸上都出现了失望的神色。

谢学东说："看来老天爷还是不给面子呀。"

吴明雄也说："这种雷阵雨总是下不长的。"

他俩一前一后进了贵宾休息室，吴明雄看到了束华如，看到了肖道清，也看到了刘金萍等一帮大漠干部，就是没看到陈忠阳。再细瞅瞅，云海市委、市政府的负责干部竟没来一个。

吴明雄真的不高兴了，没和谢学东打招呼，就把具体管事的市委办公室主任叫到门外问："陈书记怎么没来？是不是没通知到？"

办公室主任说："通知到了，陈书记说，他太忙，来不了，让我代办了花圈。"

吴明雄气呼呼地说："马上打电话给陈书记，就说是我说的，要他把手上的事丢下，再重要的事都丢下，来晚点不要紧，但一定要来！"

办公室主任应了声，转身走了。

吴明雄正要回贵宾室，大漠县委女书记刘金萍却叫着"吴书记"走到了吴明雄身边。吴明雄马上想起大漠县的连年械斗，便问："今年旱情这么重，你们泉旺乡又打了吗？"

刘金萍怔了一下说："还好吧。"

吴明雄说："什么叫'还好'？打了还是没打？死人没有？死了几个？"

刘金萍说："我就是为这事找你的，又死了一个人，是上泉旺的，我们县里正在处理。原因还是为了水源,我和黄县长还有常委们商量了一下,又打了个报告,想请市委考虑一下,能不能就下了这个大决心,把大泽湖水引进来!"

吴明雄问:"报告在哪里?"

刘金萍说:"前几天交给了肖书记。"

吴明雄又问:"肖书记怎么说?"

刘金萍讷讷地说:"肖书记说市里没钱。"

吴明雄点点头:"肖书记说得对,市里是没钱,而且,三到五年内都拿不出这笔钱来。"

刘金萍大胆责问道:"那咱就眼看着农民们年年械斗,年年死人?!"

吴明雄偏着头看着面前这个女县委书记,说:"那你刘金萍说怎么办呀?没有钱,还又要干事,而且是这么大的事,有没有行得通的好主意呀?你们都想想,想好了找我谈。"

刘金萍高兴了,正要和吴明雄说说自己自筹资金的想法,吴明雄却被市长束华如拉走了。走了几步,吴明雄又回过头来对刘金萍说:"哦,还有个事差点忘了,老省长向你父亲刘老问好,还让我捎了两瓶'茅台'给刘老,你哪天来拿。"

刘金萍说:"吴书记,我哪天找你时再拿。"

吴明雄点头应着,进了贵宾室。

贵宾室里已是一片哭声,郭怀秋的夫人、孩子已被接来了,郭夫人不知听到了什么风声传言,一边哭,一边说:"老郭呀,你死得真不值得,累死在岗位上都没落到好话呀!如今的人哪还讲良心呀!"

谢学东在一旁劝道:"不要这样说嘛。对怀秋同志,省委是了解的,平川一千万人民是了解的。组织上给了怀秋同志很高的评价嘛!平川本来就是我省的欠发达地区,谁也没指望它在哪个人任上就一下子发达起来。然而,我们一任任同志忍辱负重努力工作,把基础打好了,平川就会一点点好起来。到了那一天,大家都会深深怀念怀秋同志的。"

郭夫人又哭着说:"有人说老郭搞工业园,把三个亿扔到水里去了,才弄得那么多工厂开不上工资。"

吴明雄说："这是毫无根据的。我可以代表市委、市政府负责任地说一句，国际工业园和工厂的效益滑坡完全是两回事。国际工业园郭书记没搞完，我和束市长还要接着搞下去，不久的将来大家都会看到，郭书记投下的这三个亿没有扔到水里去，也许会变成三十亿，三百亿。"

郭夫人受了感动，抹着泪，拉着吴明雄的手说，"我听老郭说起过，当初反对上国际工业园的，常委班子里就你吴书记一个人，可当初支持他的人现在都变了，连大气都不敢喘，只有你还敢这么说。"

吴明雄说："我当初反对的不是上工业园，而是反对在那时上。现在看来既然国际工业园迟早总要搞，郭书记搞得早一点也好嘛。早一点困难大一些，但总投入就小一些。"

谁也没想到，就在这时，肖道清口口声声叫着郭书记，失声痛哭起来。

在肖道清的哭声中，吴明雄想，这个悲伤的日子也许是具有历史意义的，哀乐和眼泪将送走小心翼翼的旧时代，而一个大开大合的新时代已经来到了。如果一千万干部群众都能为了自己今后的命运和未来的幸福押上身家性命，那么，平川地区的全面起飞还用得着怀疑吗？！

经历了长期的困顿、磨难和迟疑，今天，大幕终于拉启了。

那么，就开始吧……

四

"……困难与机遇共存，风险和成功同在。我们的同志在看到困难的时候，一定要看到机遇；在想到风险的同时，更要看到成功的希望之光。如果机遇和成功的希望大于困难和风险，我们就要毫不动摇地去做。我们市委领导班子应该有个共识，那就是：为了自己肩负的历史使命，为了平川地区一千万人民的长远利益和根本利益，要敢于抓住机遇，勇于承担风险。

"要有带领一千万人民使平川全面起飞的大志向，不要开口闭口就是经济欠发达。知道欠发达，就要迎头赶上去，挂在嘴上说什么？谁会同情你？谁也不会同情你，只会更瞧不起你！日后再到外面开会，我们的同志就是要争取往前面坐，就是要争这口气。水、电、路都要尽快上，没有资金怎么上？大家拿主意，想办法，想得过了头也不怕。要敢想，想都不敢想，我们还能干什么？！

"精神面貌要变一变，思想观念要变一变，不能再满脑袋的小农思想，小经济意识，不能再满足于吃饱肚子。今天只为吃饱肚子，明天很可能就要饿肚子。前两个月，我在合田公路上看到一条标语，上书十个大字：'以山芋起家，靠加工发财。'我很不高兴，问那个乡党委书记，靠地瓜干能起得了家、发得了财吗？这就是典型的小农意识，连大农都不是！人家江南一个村办厂的产值比你一个县都多，你就是全县种十年地瓜也赶不上人家。

"我们城里也是这样，大锅饭把人养懒了。有些工厂连开工资都要靠贷款了，厂里的农民临时工还不辞掉，脏活累活还没人干。这怎么得了？这样下去，我们的国营企业还有什么希望？还有什么前途？！曹务平同志分管工业，你搞一搞调查研究，看看这个问题到底怎么解决？铁工资和铁饭碗能不能试着给他端走？还有干部问题，我在这里提个建议：亏损企业的干部、人事一律冻结；无德无能的，就地免职；企业不扭亏，一个不能他调。这事请组织部、人事局拿出一个方案来，报常委会研究。

"还有一点，要在这里着重申明一下。在以我为班长的这届市委领导班子里，谁都不得鄙薄前人。要知道，谢学东书记也好，郭怀秋书记也好，都是认认真真干工作的好同志，好领导，为了平川，他们是尽了心，尽了力的，郭怀秋书记连命都赔上了。我不想听到任何人在我面前对他们说三道四，评头论足。坦率地说，你我现在都没这个资格。

"最后说一下班子的团结问题。作为一千万人民的领导者，我们这个班子的团结与否，从某种意义上讲就决定了整个平川的兴衰荣辱。有些同志告诉我，说是我们这个班子里谁是谁的人，谁是哪个帮。我说，这很奇怪，我做了六年的市委副书记都没看出什么帮派来，你怎么就看出了？我不认为我们这个班子和我们平川的干部队伍中有多么严重的帮派问题，只是知道有些同志因为历史上的工作关系来往多一些。我在这里要表个态：同志之间来往多一些没关系，可若是这种来往造成不正常的好恶，影响到工作，影响到市委的决策，我这个市委书记是绝不会答应的。当然，目前这种问题还不存在，我只不过是提前打个招呼而已。

"至于我个人，我向同志们保证：在今后市委决定的一切工作中，我首先起带头作用，把全部精力用到工作上，绝不以权谋私，绝不拉帮结派，绝不对自己的同志耍政治手腕。我要求自己做到：对任何人都不分亲疏，只看工作表现，工作能力。希望班子里的同志们监督我，提醒我，形成一种既讲原则，又高度团结的好风气，使得我们这个班子能成为一个堪担历史重任的坚强战斗集体，一千万平川人民脱贫致富的带头人。"

在平川市委新班子的第一次常委扩大会上，吴明雄如是说。

平川市委常委班子的新老常委们就此记住了吴明雄这番即兴式的讲话，同时，也认识了一个全新的吴明雄，作为市委书记的吴明雄。

嗣后回忆起来，束华如还说：

"我真正认识吴明雄就是在他首次主持的常委扩大会上。我再也想不到，刚刚开过一个前市委书记的追悼会，在那么一种沮丧气氛下，吴明雄竟有如此信心和勇气，竟讲得如此具有感召力。我看，这里面除了权力的因素，更多的可能还是个人气质、领导水平的因素。平川干部队伍的帮派问题本来是人所共知的，也是最让人头疼的，吴明雄处理得很好，既不点破它，也不放过它，警告得含蓄而有力，后来事实证明，也真起了作用。我当时就意识到，有这样一个市委书记在身边，平川不会再有受制于人的市长了。我束华如可以甩开膀子轰轰烈烈干一场了。因此，吴明雄话一落音，我就带头为他鼓起了掌。这是我一生中少有的几次真诚掌声。"

新任市委常委曹务平也说："应该承认，吴明雄是个政治家。他的政治是为平川人民干大事的政治，不是谋求个人升官发财的政治。他想干事，就不能不顾及平川的历史状况和现实状况。尽管他也和大家一样清楚，谢学东、郭怀秋都没能把平川的事情办好，可他非但自己不议论，也不许别人议论。一个'不鄙薄前人'，既表现出了吴明雄政治上的成熟，也表现出了吴明雄作为一个政治家的胸怀。对常委班子的调整，同样体现了这一点。留下了陈忠阳，同时，又提名我进常委班子，形成了事实上的制衡机制，又落得让陈忠阳和肖道清都皆大欢喜。皆大欢喜不是目的，做事才是目的。吴明雄要做的事还真不少，第一次主持常委扩大会议，就一件件一桩桩都提了出来，要大家想办法。那当儿我就有了预感，这个市委书记会把大家搞得屁股冒烟，让你根本没有时间、没有精力再去搞那些钩心斗角的小把戏。"

肖道清却另有看法。

肖道清在吴明雄身上看到了权力对人的巨大作用力。

在当天的日记中，肖道清写道："权力的作用力是巨大的，它改变人，塑造人，同时也腐蚀人。这种腐蚀不仅仅指个人生活的堕落和私欲的膨胀，更是指政治野心的无限扩张。从某种意义上讲，政治野心的无限扩张给党和人民事业带来的危害性更大，引发的后果更严重，而且也更有欺骗性。假如吴明雄个人生活堕落，毁掉的可能只是吴明雄，而吴明雄政治野心的扩张却可能毁掉平川人民的安居生活。我想，这个农民出身的市委书记从掌握权力的第一分钟起，大约就准备拿一千万平川人民的身家性命做本钱，进行一场政治豪赌了吧？赌赢了，他青史留名；赌输了，他回家养老，一个多么聪明的老同志。自然，吴明雄今天只是务虚，仅限于提出问题，还没有动手押宝，那么或许还有回旋的余地？或许还有制约这种权力野心的可能？我说不清。"

第六章　工农兄弟

一

胜利煤矿坐落在民郊县万山镇上，拿工资、吃商品粮的工人阶级曾让河东、河西村的农民兄弟羡慕了几十年。河西村党支部书记兼万山集团总裁庄群义至今还记得，当年为了能到矿上当工人，自己曾付出了怎样的一份心酸。因为矿上采煤征地，河西、河东村每年都有几个进矿干工的名额，大家就为了这几个名额你争我夺。河西村的大户是田姓，庄姓是外来户，当时，公社和大队掌权的是田家人，所以，每年的招工名额大都被田家人占去了。为了争取做工人的权利，从部队复员的庄群义带着庄姓社员和大队书记田老三恶干了一场，一气之下讲了些出格的话，结果被作为阶级斗争新动向抓了典型，庄群义挨了批斗，还被押到公社关了半个多月。从公社放出来后，田老三明确地告诉庄群义："做工人，吃商品粮的梦，你姓庄的就别做了！只要我田某人当一天大队书记，你就得给我下一天的地。既是吃白芋干的命，你就得认。"

庄群义不认命，先是四处告田老三，告不赢，便带着一帮本家兄弟到胜利矿的矸子山上淘炭，这大抵可算是河西村最早、最原始的乡镇个体工业了。那时，河西大队一个壮劳力每天只挣八分钱，而淘炭一天能挣两元多。三人一个炭塘，再不济也能淘出二三百斤炭来卖。仅仅两个冬天，庄群义就在河西村第一个盖了新房。

这又成了阶级斗争新动向。

大队书记田老三一口咬定庄群义是挖社会主义大矿的墙脚，又把庄群义游斗了一回，还开除了庄群义的党籍。其时，农村城市都吃社会主义的大锅饭，乡矿之间的经济矛盾还没有暴露，乡矿领导在政治上是高度一致的，两边同时割资本主义尾巴，大会批，小会讲，可就是没法把以庄群义为代表的一帮农民弟兄的资本主义尾巴彻底割下来。你这边才毁了他的老炭塘，那边他又掘出了新的炭塘；矸子山上，你刚赶走这伙人，那伙人又拥上来了。

庄群义和河西村农民弟兄追求富裕生活的意志就那么坚决。

河东村的田大道也是那时候冒出来的。

田大道淘炭时兼带偷炭，可谁都拿他没办法，这人太邪，有一身祖传的武功，据说还有三十六个结拜弟兄。有一回偷炭，被矿保卫科抓了，放出后只三天，保卫科长就吃了闷棍。后来，田大道用卖炭得来的钱在河东村造了一座土碉堡似的两层小楼，号称"总统府"，落成时门旁公然贴着一副对子，一边是："一个工，八分钱，不够社员买盒烟"；另一边是："学大庆，学大寨，哪有淘炭来得快"；横批是："能富就行"。这在当时就闹过分了，无产阶级专政机关抡起了铁拳头，用推土机推倒了田大道的"总统府"，以现行反革命罪将田大道正式逮捕，判刑三年。

公审田大道时，庄群义也在场受教育。庄群义印象最深的是，田大道对啥都满不在乎，临要押上公审台了，竟还问公安局的人要烟抽，说是不让他抽口烟他就不上台。公安不但不给他烟抽，还用皮带抽他，他就躺在地上破口大骂。

田大道的被捕判刑，仍然没有遏制住两个村农民弟兄发家致富的热情。大队和矿上抓得一松，矸子山半腰上四处都是炭塘；抓得一紧，农民弟兄又拥到了矿门口和运煤铁道上，扫捡道路上的煤，扒搂运煤的火车。

这种对自由经济的热情，也渐渐影响到了胜利矿的工人家属。大约在七十年代中期，不少工人家属也上了矸子山，而且还在矿区周围的荒地上开出了不少大大小小的菜园子。那当儿，曹心立已到胜利矿当了政治部主任。曹心立便在全矿干部职工大会上说："我们胜利矿是在小生产者汪洋大海的包围之中。河东、河西村的小生产者，蚕食着我们社会主义的大矿，也蚕食着我们工人阶级的思想。"

蚕食后来就发展到了集体哄抢。

不知从什么时候起，河西、河东生产大队的农村干部们和胜利矿那些吃商品粮的煤矿干部不那么一致了。两村的农民弟兄一而再、再而三地到矿内的炭场抢炭，穿着土染尿素口袋布服装的大队书记们却不愿管了。再后来，大队干部们也和落后社员同流合污，带队套着马车到矿上"借炭"，还"借"得理直气壮。田老三就公然说过："这些炭本来就是我们地下的，我们借点用用理所当然。"

事情就这么奇怪，庄群义们出力流汗淘炭是挖社会主义墙脚，集体哄抢倒不是挖社会主义墙脚了。从公社到县里，地方干部们都明里暗里护着田老三们，使得田老三们的胆子越来越大，就差没把胜利矿的大井架子扛走了。

对此，庄群义很不以为然，从心里认为这样干太无赖，背地里总把田老三称作活土匪。还讥讽说，与其到矿上抢炭，倒不如拉起基干民兵，端起枪直接去抢银行了。对这类哄抢事件，庄群义一次也没参加过。

庄群义有庄群义的行为准则和道德准则。

到了八十年代，开始改革开放，情况又变了。河西、河东村都开起了小煤矿，乡镇企业走到了中国经济的前台，乡矿矛盾也进一步激化。为了争夺地下的煤炭资源，乡矿双方的官司一直打到市里、省里。后来，市里在请示省有关部门后，作了一条硬性规定：河东、河西的小煤矿只能开采海拔 -180 米以上的边角煤，主采区和深部煤田不准开采。河西的田老三、河东的田大道偏不管这一套，四处打洞子，把个胜利矿淘得个千疮百孔，为此还闹出了人命。有一次，田老三和两个井长下井去检查工作，正巧胜利矿那边放炮，煤壁炸穿，田老三当场死亡，两个井长重伤……

庄群义就是在田老三死后出任河西村党支部书记的。

公正地说，新上任的庄群义一开始并不想沿着田老三的路子走下去，继续和胜利大矿争资源。然而，河西村的八座小煤矿已无一例外地扩张到了胜利矿的腹地，他已无法改变这一现实了。他又看到河东村的村民在田大道的带领下，打通了大矿的巷道，把大矿的炭老往自己窑口拖，也就忍不住了，便也动起了手。干脆让会计带着现钞下井，当场给大矿的工人点票子，在二三百米的井下搞起了工农联盟。

今天，胜利矿是完结了，河东、河西的十五座小煤矿把胜利矿包围了，吞食了。河东村七座小煤矿的年产量达到了五十万吨，河西村也达到了四十万吨，而胜利大矿的年产量却只有二十多万吨。

随着胜利矿一起完结的，还有胜利矿工人那份天生的优越感。在河东、河西农民建起的小洋楼群面前，万山镇工人住宅区的平房显得那么破败。去年，当曹心立代表胜利矿开口向庄群义借钱时，庄群义心里真是感慨万分。想到当年因为田老三的缘故，没有到大矿去当工人，还生出了几分庆幸。

庄群义承认，河东、河西村的农民弟兄能富起来，是占了胜利矿不少便宜，可庄群义心中还是能找到平衡的。那就是，这分便宜他不占，河东的田大道也会占，其他人也会占，那他为什么不占呢？既然大家都知道国有资产从本质上来说就是无主资产，他庄群义做一做这资产的主人，总比田大道这类人做这主人要好吧？至少他比田大道仁义，矿上揭不开锅时，总多少还能帮矿上一把。

然而，庄群义不承认胜利矿是被农民弟兄的小煤矿挤倒的。

庄群义和曹心立说过，胜利矿与其说是被谁挤倒的，不如说是病入膏肓，自己倒掉的。庄群义很形象地举了一个例子，说这就好比去集上卖菜，我们农民弟兄自己挑着菜去卖，谁要想不付钱从我们手里拿走一棵菜，我们都不会答应。你们工人弟兄呢，要请人替你们挑着菜去卖，到了集上后，见到亲朋好友再送送人情，再好的买卖也得让你们闹砸了。

为了不让工人弟兄的买卖彻底砸掉，更为了河西村万山集团的进一步发展，庄群义自打去年把六十万元借给胜利矿后，就一直在琢磨，咋着在河西村农民弟兄发家致富的同时，也拉扯着胜利矿的工人弟兄一起发？胜利矿-220米那片采区的储量不小，若是能来个合理合法的工农联盟，一起开采，对双方都有好处。这样，河西村压倒河东村，成为民郊县第一个亿元村也就有希望了。

河东村一直是河西村的对手。田大道当年不服田老三，现在也不服庄群义。开矿之初，两个村双双蚕食胜利矿时，两边的当家人为了自身的利益都坐不到一条板凳上去。这几年胜利矿衰败了，已不成其为对手了，双方的矛盾就更突出了。田大道太霸道，讹矿上，也讹河西。他的两个井越界开采，被庄群义对照图纸抓个正着，还不认账，差点酿发一场流血冲突。河东村紧靠国道，交通方便。河西村窝在里面，想通过河东村修条五百余米长的路，田大道就是不允许，连县委书记程谓奇出面都没把工作做通。田大道也不说不让河西村修路，只说这路在河东村的地上，得河东村自己修，可说了两年，就是不动。

对胜利矿，田大道也无情无义，自己抖起来后，就再不愿和人家来往了，老怕人家的穷气沾到自己身上。还四处招摇，宣称，只要国家政策允许，河东村金龙集团迟早有一天要把胜利矿买下来。气得曹心立逢人就说："什么叫暴发户？你们看看河东村田大道的嘴脸就知道了。"

田大道对胜利矿的无礼，反倒促使庄群义对胜利矿更加热情。有事没事，庄群义每月总要到矿上跑跑，和党委书记曹心立、矿长肖跃进聚聚。田大道老说要买下胜利矿，庄群义就想，与其田大道买，倒不如让他庄群义来买了。当然，这话不能说出来，说出来就伤人了。按庄群义的想法，目前最好的途径还是合作，搞联采，待到日后条件成熟了，兼并这么一个困难重重的衰败煤矿也不是没有可能的。所以，得知胜利矿工人闹事，曹心立病倒，庄群义便又坐着桑塔纳，带着一大堆营养品笑眯眯地赶到了胜利煤矿医院。

曹心立却已出了院。

庄群义车头一掉，轻车熟路赶到曹家。

在曹家门口停了车，刚钻出车门，庄群义就听见曹心立在气呼呼地骂人，骂的竟是年轻矿长肖跃进，点名道姓的。庄群义一下子踌躇起来，一时间进也不是，退也不是，愣愣地在车前立着。

曹心立的声音很大，根本不像个刚出院的病人，话声就像响在庄群义耳边："你这个矿长是干啥吃的？我再三和你说，要你小心，可你还是上了人家的当。现在你还有什么话可说？你不是很能干吗？还口口声声不当维持会长，要面对市场。这就是你面对市场的结果？要我看你肖跃进倒还真不如就把这个维持会长当当好算了！"

肖跃进也很火："曹书记，你说话不能带情绪。不论咋说，我总还从曹务成的联合公司拿回了八万块钱的现金，让大食堂开了门，那些猪下水也还能吃。你怎能说他就骗了我？余下的几万款子他不在三个月内付清，我就和他打官司。"

曹心立的声音更大了："打屁的官司！曹务成是个什么东西，我这个当爹的不知道吗？几千号人天天要吃饭，你肖跃进不清楚吗？你耗得起吗？工人们闹起事来，是你这个矿长负责，还是我这个党委书记负责？！你说！"

庄群义这才朦朦胧胧知道，穷得连饭都吃不上的胜利煤矿竟又被联合公司的曹务成骗了，而且是在肖跃进手里被骗的。被骗的详情和细节，是肖跃进后来告诉庄群义的。庄群义听后哭笑不得，直说曹务成缺德，还问肖跃进，曹心立这么个本本分分的老书记，咋就养了这么个奸商儿子呢？

自然，这么一来也给庄群义梦想的联采带来了绝好的机会。

二

曹务成的联合公司是在前几年煤炭紧张时倒卖煤炭起家的。河东、河西，还有胜利矿出的煤炭，他都倒过，主要是倒给江南的乡镇企业。究竟发了多大的财，谁也不清楚。你说他有钱，他总向你叫穷；你说他没钱，他又牛气冲天地声称要把这里买下来，把那里买下来。他的生意越做越精，买了谁家的东西都不及时给钱，老是拖着、欠着，催得急了，就拿别的货顶账。联合公司上上下下都知道曹务成的经济主张，那就是"主动进入三角债，利用三角债创造合法利润"。

联合公司从来没有十足付款买过任何人的东西，用曹务成的话来说，十足付款哪怕赚了也算赔。曹务成善于利用杠杆原理追求高额暴利，往往用很少的资金就做起了很大的生意。他曾预付十五万元钱，拉走河东村小煤矿五千吨炭，炭款至今没结清。年初，田大道发狠要揍他了，他才用十几吨猪大肠、猪肺管和一千两百台老式电扇抵了债。害得河东村的农民兄弟三天两头吃猪大肠、猪肺管，吃到现在都还没吃完。一千两百台老式电扇没法向村民摊派，就在河东村金龙集团的仓库里锁着，不少已生了锈。

曹务成和肖跃进签下合同，决定全数吃进胜利矿的滞销瓷砖、石英石时，又故技重演，只给了肖跃进一张八万元的现金支票，就带着肉联厂管基建的王厂长来拉瓷砖了。

这自然又是一笔赚钱的买卖。

按曹务成的设想，这些瓷砖既顶了过去拖欠肉联厂的许多陈年烂账，又能再从肉联厂的冷库里拖出几十吨根本卖不动的猪肺、猪胰子来顶付胜利矿的余下货款，这么两下里一倒，三百多吨石英石等于白赚。

昨天，曹务成领着王厂长到胜利矿拉瓷砖的路上，就自我感动地和王厂长说："王厂长，不是冲着咱多年的交情，我绝不会用这么好的瓷砖换你们三号库的那批臭货。你不想想，如今是啥年头了，谁还会吃那冷冻了好几年的猪肺、猪胰子？这些玩意儿，人家国外都直接往垃圾场倒，还得付垃圾费，我按四百块一吨给你们厂算账，全是看了你老王的面子。"

王厂长说："四百块一吨，也就合两毛钱一斤，差不多等于白送给你了。"

曹务成说："我给四百块一吨都高了，这些烂货老不出手，你们要不要付冷库的库房费、电费？你们亏得不更大吗？"

王厂长承认说："正是这么想，我们才给你这批货的。不过，那么多瓷砖，我们新厂房只怕连十分之一都用不完。"

曹务成说："用不完以后再用，瓷砖又不会像猪下水那样过期变质，还不占库，不用电，多好呀。"

王厂长想想也是，便认为这回曹务成总算为肉联厂干了一回好事。

王厂长指挥着几辆卡车装瓷砖的当儿，曹务成又跑到矿长办公室和肖跃进说："老同学，我好歹总干过几天矿工，我老爹又做着你们的矿党委书记，我赚谁的钱，也不能赚你们胜利矿的钱。不说你们现在困难了，就是不困难，这钱也不能赚。我完全是为了给你们帮忙，学一次雷锋。"

肖跃进说："你曹务成学雷锋也好，不学雷锋也好，我都不管，我只要求你按合同办事，把余下的款子赶快打到我们的账上。"

曹务成连连说："跃进哥，你放心，放宽一百八十个心，不就是那么点钱嘛，我在肉联厂三号库里的三十吨猪下水一卖掉，钱就来了。按两块钱一斤，四千块一吨算，不就是十二万了吗？不行，你就拉我的猪下水来改善工人生活。我这就给你立字据，好不好？"

肖跃进想到曹心立的叮嘱，对曹务成保持着高度的警惕，便找肉联厂王厂长问了一下。王厂长宁要瓷砖，不要那批马上要过保质期的猪肺、猪胰子，不想黄了这笔生意，便证实说，曹务成确有三十吨猪下水存放在肉联厂三号库。肖跃进才放了心，又和曹务成签下了以三号库猪下水做抵押的补充合同。

价值二十多万元的瓷砖全拉完了，肖跃进才发现上了曹务成的当。

肖跃进原以为猪下水包括猪的五脏，开了三号库一看才知道，竟全是最不值钱的猪肺和猪胰子，气得差点没昏过去。

曹务成还振振有词地说："跃进哥，你能说这不是猪下水吗？猪胰子和猪肝不是一样的味吗？猪肺也好呀，大补呀，最近我还出口一批到俄罗斯。俄罗斯国宴上都用，没准叶利钦总统都吃过。"

肖跃进恨恨地看着曹务成问："你还有点良心没有？我们都到这份儿上了，你还忍心坑我们？"

曹务成马上说："好，好，这三十吨猪下水你不要，我还是给你们钱。等我把猪下水出口给东欧哪个国家后，加上利息付钱给你，要人民币给人民币，要美元给美元，不过时间就难说了，也许得一年两载。"

肖跃进一把揪住曹务成的衣领："我揍死你这个孬种！"

曹务成一点都不怕，竟还笑道："跃进哥，你真要揍了我，咱这笔账就算结清了，你只怕连这批猪下水都落不下。我欠人家平川电扇厂十八万还一分没还呢，就是拿猪屎去抵账，人家都要。三角债嘛，全国性的问题，我们有什么办法，是不是，跃进哥？"

肖跃进冷静下来，松开了曹务成。

曹务成整了整衣领，才又说："这就对了嘛，市场经济是法制经济，不能动不动就来粗的。说心里话，跃进哥，我们是多年的老同学了，我对你还算讲良心的，好歹总给了你们三十吨肉类产品，也是你们很需要的产品。工人弟兄们要补一补呀，要不，社会主义的优越性咋体现呢？"

肖跃进说："你少扯淡，四千块一吨卖冻猪肺给我们是不行的。"

曹务成说："那你说多少钱一吨？"

肖跃进说："最多两千块一吨。"

曹务成当即大叫起来："跃进哥，我看你不如杀了我吧！两千块一吨我不亏死了？至少也得三千块一吨。"

肖跃进说："不行咱就打官司。"

曹务成说："打官司你准输，我们是有合同的。"

肖跃进没办法了，只得说："两千五百块一吨，我认栽。"

曹务成想了好半天才说："好，好，看在咱多年老同学的分儿上，就给你们按两千五百块一吨算账了，余款三个月内全给你清，这够意思了吧？跃进哥！"

肖跃进哼了一声："你别喊我跃进哥，你喊我孙子吧！"

说这话的时候，肖跃进的心里凉透了，那时他就知道，这一回他是在劫难逃了，也许还包括他的改革计划。不过，和老书记曹心立闹翻他可真没想到，也没想到河西村的庄群义会在这个时候把乡矿联采的计划提出来。

<h2 style="text-align:center">三</h2>

庄群义进门后，曹心立还在火头上，黑着脸不作声。

肖跃进也憋着一肚子气，可又不便当着庄群义的面再吵，便强作笑脸和庄群义闲扯。

庄群义开初没提联采的事，只问："咋的，二位又碰上麻烦了？"

肖跃进苦笑着说："庄书记，你放心，就是碰上再大的麻烦，我们也不会向你们借钱了。早先借的那六十万，我和曹书记想起来就是心事。"

庄群义摆了摆手说："我今日是来看曹书记的，不是来要账的，肖矿长提那茬儿干啥？！"

肖跃进说："你不提，是你仁义；我不提，就是装蒜了。"

庄群义笑着说:"你就是提,也还是装蒜。光提就是没钱还,你还不如不提呢,省得让我也跟你一起烦心。"

肖跃进叹了口气说:"庄书记,我和你说实话,不但你们河西村的钱我们一时还不了,这回,还得由曹市长做担保,再向河东田大道借五十万呢。"

曹心立这才闷闷地说:"这个田强盗只怕靠不住!答应借钱都一个多星期了,连他的鬼影子都没见到,矿上一去人找他,他就躲。"

庄群义看着曹心立笑道:"这就把你曹老哥愁病了,是不是?"

曹心立说:"可不是吗?!再这么下去,只怕我和肖矿长的命都得葬送在这里了。"

庄群义说:"我看你们不要去找田大道了。你们又不是不知道,这个暴发户既不讲良心,又不仗义。你们要真想借他这五十万,还得让曹市长再去找县委程书记。田大道只买程书记一人的账。程书记攥着田大道的狗尾巴哩。前几天程书记让这大盗给县里的儿童乐园捐猴子、捐狗熊,他就老老实实捐了。听大伙儿说,县城里的大人孩子,都冲着黑狗熊愣喊田大道。"

曹心立被这话逗笑了,说:"你庄书记又损人家。"

庄群义说:"我才不损他呢,我只是觉得这小子太不凭良心。大家心里谁不清楚?河东也好,河西也好,如今能富起来,还不都是因为靠着一个国营的胜利煤矿吗?我们河西八个井长六个是你们矿上退下来的老人。他们河东的煤窑顾问也全是你们矿上的人。"

曹心立不客气道:"还不止这些吧?我们胜利煤矿的地下资源也被你们挖得差不多了吧?去年,田大道的二号井不就和我们的大井贯通了?整个大井的通风系统都被他破坏了,就这样,他田大道还敢让人到矿上来闹,还敢把驴马往我们的大井架上拴。你说说,这是什么事?若不是程书记亲自赶来,还不知闹到啥地步呢。"

肖跃进看了曹心立一眼,话里有话地说:"要我看,咱们这些国有资产的管理者也都有责任。说穿了,从上到下对国家都不负责,才造成了国有资产和资源的严重流失。"

庄群义忙打哈哈:"国有资产也没流失到别处去嘛,不还在咱国境内嘛。往深处想想,这也不完全是坏事。我们农民弟兄富起来以后,还是可以拉你们工人老大哥一把的嘛。"

曹心立眼睛里有了些亮色，盯着庄群义看了好半天，才迟迟疑疑地问："这回，你庄书记庄董事长还能拉我们一把吗？"

庄群义马上点头道："当然要拉一把了，我就是为这事来的嘛。河东的田大道不讲良心，我庄群义却不能不讲良心哩。"

接下，庄群义从从容容地端出了自己的计划：利用胜利矿现有的资源、人员、设备，组建一个年产十五万吨左右的联合采煤队，单独核算，河西村承包经营。所需资金全由河西村的万山集团出，经济责任也全由万山集团负。不论亏盈，万山集团均按一定比例向胜利矿上缴管理费。

肖跃进听罢，当即表态说："这是好事，既安置了一部分人员上岗，矿上又有了些稳定的收入，我看可以马上动手搞起来。"

曹心立没急于表态，只问："我们现在是采一吨煤亏几十块，你们万山来干，有把握赚钱吗？"

庄群义说："赚多赚少不敢说，总是能赚到的。"

曹心立又问："生产技术谁负责？"

庄群义说："生产技术由你们矿上的同志负责，只是得由我们聘。经营管理就全是我们的事了，我们负亏盈责任嘛。"

曹心立认真想了想说："这是不是说，你小小一个河西村把我们一个国营县团级大矿的经营权、管理权全拿走了？我们这些全民所有制的干部工人要替你们这些农民打工了？"

庄群义平和客气地说："曹老哥，不能这样讲的。你县团级国营大矿还是县团级国营大矿，该咋经营还咋经营；你们那些全民所有制干部工人还是全民所有制干部工人，与我们河西村都没关系。我说的只限联采这一块，你们的干部工人不愿来应聘也没关系，我们也可以从外地招聘嘛。"

肖跃进对曹心立的话明显有情绪，一脸不快地说："县团级国营大矿也好，全民所有制也好，饭总是要吃的，都到了吃不上饭的地步了，咱还有啥可骄傲的？！"

曹心立冷冷地看了肖跃进一眼说："你这是什么意思？这是骄傲的问题吗？这是政策问题。如果我们违背了政策，决策不慎，干部工人闹起来怎么办？"

　　肖跃进忍不住地说："老书记，我也不怕你不高兴，坦率地说一句，我认为严重的问题就在于教育工人。如果真能让河西村的农民弟兄来教育一下我们的工人同志，我看没坏处。"

　　曹心立说："你这话是极其错误的。毛主席说，严重的问题是教育农民，从来没说过严重的问题是教育工人。"

　　肖跃进说："我的老书记，难道眼前的现实你还没看透吗？正是长期以来全民所有制，国家把一切都包下来的政策，才在很大程度上造成了咱今天国营工矿企业的困局，也造成了工人阶级队伍素质的退化。你不想想，如果从一解放就不搞吃大锅饭那一套，谁还会理所当然地赖在国家怀里要吃要喝？"

　　曹心立说："你的意思是，我们几十年的社会主义都搞错了？"

　　肖跃进说："社会主义并没搞错，错的恰恰在于没有坚持社会主义按劳取酬的原则。不论工人也好，农民也好，都得按劳取酬。"

　　曹心立说："你还是错了。你说我们的工人同志现在赖在国家怀里要吃要喝，那我问你，我们工人同志当年创造的财富哪儿去了？不是都被国家拿去搞建设了吗？现在讲市场经济了，让我们背着这么沉重的历史包袱去和庄书记他们这些乡镇企业竞争，这合理吗？"

　　肖跃进说："这正是我下面想说的话。国家应该以某种形式把我们创造的财富的一部分还给我们的工人，比如，从企业的国有资产中扣除。"

　　曹心立说："这样一来，我们胜利矿的国有资产可能就是零。"

　　肖跃进说："那么，胜利矿的现有资产就是八千工人的，工人也就真正成了煤矿的主人。真能这样，我看胜利矿便有希望了。"

　　曹心立不屑地说："真这么干，我看就没有社会主义了，就没有国营企业了，中华人民共和国也该叫中华民国了。"

　　肖跃进说："老书记，我这是在和你讨论问题。胜利煤矿到这一步了，你我这种当家人还不该把问题往深处想想吗？"

　　曹心立讥讽地说："你肖矿长想得也太深了，我看能把问题想得这么深的人，都该到国务院去当总理，当个矿长真太屈才了。"

肖跃进生气了，还想坚持说下去，庄群义却插上来道："算了，算了，你们别争了，越争离题越远。这个联采方案你们再研究吧。我觉得对咱们双方都有好处，而且目前对你们的好处也许更大一些，至少比伸手问别人借钱强。"

曹心立原倒是想向庄群义借钱的，听庄群义这么一说，便不好再开口了，只得说："这事我和肖矿长，还有其他同志商量一下，请示市里以后再定吧。"

肖跃进故意让曹心立难堪，冷冷地问："曹书记，联合公司的八万块又用完了，不马上搞联采，以后的吃饭问题咋解决呀？"

曹心立不提联采的事，眼皮一翻，冲着肖跃进叫道："我正要问你呢！你找曹务成要钱去！"

肖跃进起身走了，走到门口气呼呼地说了句："曹书记，你放心，曹务成欠的钱，我肖跃进负责要，要不来我包赔！可我也和你说清楚，就你现在这种状态，我真很难和你共事了！"

曹心立火透了，吼道："不想干你就辞职！"

肖跃进点了点头说："可以，和联合公司的账一结清，我马上向市里打辞职报告！这种不死不活的洋罪我早受够了。"

这让庄群义很尴尬……

庄群义在肖跃进走后，也起身告辞了。

不料，曹心立磨磨蹭蹭地把庄群义送到门口后，却一把拉住庄群义的手说："庄书记，你别走，陪我再说会儿话，好吗？"

庄群义知道曹心立心里难过，迟疑了片刻只好重新坐下了。

曹心立眼圈红了，嘴角抽搐着说："我是这个国营煤矿的党委书记呀，我要对党负责，对国家负责，也要对八千多干部职工负责呀。我刚才在气头上，不论说了啥，你庄书记可都不要生气呀。"

庄群义："我不生气，不生气。我知道你难，实在是太难了。"

曹心立又说："我心里从来没有瞧不起你们农民的意思。别说你们现在富起来了，就是早先你们贫穷时，我也没有瞧不起你们。"

庄群义婉转地说："可我记得你当政治部主任时说过，胜利矿是在小生产者的汪洋大海包围之中，只怕你现在还是这个观点哩。"

曹心立叹了口气道："岂止是包围？现在小生产者已把胜利矿淹没了。"

庄群义动情地说："那你这个老党委书记就没想过吗，今天这些脱离了土地的农民还是传统意义上的农民吗？还是小生产者吗？他们建起了这么多工矿，成立了这么多集团公司，为社会创造了这么多工业财富，从某种意义上说，是不是也成了工人阶级的一部分？难道工人和农民的身份是天生不变的吗？改革开放搞到今天，我们一些观念是不是也得变一变了？"

曹心立愣住了。

庄群义又说："如果你曹书记承认我们万山集团是新兴的产业集团，我们村里的新一代工人是全新意义上的工人，那么联合开采，共同发展，又有什么不好呢？至少我们总可以给国家多纳些税吧？"

曹心立想了好一会儿，才说："这么，这么说，还是，还是我辞职吧，你和肖矿长去搞联采。只是，我也不怕丢脸了，你看，你们再借给我们几十万好不好？就算是先付联采管理费了。联采的事你放心，我会全力去做工作，不行就走曹副市长一次后门了。"

庄群义松了口气，很大度地说："曹书记，就是没有联采这回事，你要借钱，我也得借给你。我可不是田大道，任何时候都不会忘了自己是咋富起来的。"

曹心立感动地握着庄群义的手，连连说："庄书记，你仁义，你真仁义。"

庄群义说："不要这么说，谁都有为难的时候。曹书记，你马上派人跟我去拿支票吧，五十万够不够？不够，我就再多借点给你，就算我们河西新兴的产业集团帮助你们胜利矿传统的工人阶级了。"

四

曹务平当了副市长后，工作太忙，很少回家，有时回来，也是坐坐就走，几乎不在家里吃饭。母亲刘凤珠便有了意见，说是自己这个大儿子官当大了，连家门都不认了。不但在家里说，还和街坊邻居说，绝不是故作姿态的炫耀，而是很真实的抱怨，有时还会抹起泪来。每逢到这时，曹心立总说，这叫忠孝难两全，不能怪务平的。

这天下午，曹心立到矿上去了，刘凤珠正听着广播里说，市委常委、常务副市长曹务平在民郊县金龙集团检查工作，这位市委常委、常务副市长突然回来了，进门就对刘凤珠说："妈，你准备一下，晚上我要在家吃顿饭。"

刘凤珠很意外，也很高兴，连连应着，准备上街去买菜，还问儿子："你还请谁吗？"

曹务平说："请弟弟务成。"

刘凤珠更高兴了："好，好，你们弟兄俩真该在一起坐坐了。务成就喜欢吃我做的鱼，我马上到集上买两条回来。"

曹务平却把母亲拦住了，说："你哪也别去，就到矿上大食堂弄点冻猪肺、冻猪胰子回来，务成就喜欢吃这个，我知道的。"

刘凤珠这才发现曹务平的脸色不对头，便问："你也知道了务成和矿上做的这笔买卖了？"

曹务平没回答，看了看腕上的手表问："务成咋还没回来？"

刘凤珠手一拍说："这我哪知道？你又不是不清楚，你这弟弟开个联合公司满世界做生意，和你一样是大忙人，不年不节的，他回来干啥？"

曹务平黑着脸说："我上午和他的秘书马好好通过电话，要他回来的。他今日要敢不回来见我，就有他的好看。"

刘凤珠担心地问："务成和矿上做这笔生意是不是又打你旗号了？"

曹务平说："这他不敢。我在许多场合都声明过了，我没有这么个不要脸皮的弟弟。"

刘凤珠说："这话也说得太绝了些。他真做错了啥，你这做哥的该批就批，该骂就骂，哪能不认自己的亲弟弟？"

曹务平火了，埋怨道："妈，你不要老护着他，再护下去，他连你都敢骗！这回他骗了我爹，骗了胜利矿，乱子捅大了。胜利矿三十多人联名告状，说我爹和曹务成的联合公司合伙坑人，把我也牵扯上了。妈，你说说看，我这副市长还有脸见人吗？！"

刘凤珠怕了，忙问："这事你爹知道不知道？"

曹务平说："他哪知道？人家的告状信是直接寄给市委的。肖道清书记昨晚找了我，把信拿给我看了。两毛钱一斤的陈年冻猪肺，他这混账东西一块多一斤卖给矿上，这算什么事？！人家能不怀疑我爹吗？！"

既涉及党委书记丈夫和市长儿子的面子，刘凤珠认真了，再没多说什么，忙按着曹务平的交代，到矿上去了。

临出门时，曹务平又说："叫我爹也回来，等咱曹务成曹总一到，我就在饭桌上现场办公！时间不能拖得太长，晚上七点我还要回市里开市长办公会。"

母亲刘凤珠一走，曹务平便陷入了烦躁不堪的思索中，越想对曹务成越恨。这个不争气的弟弟分明是在毁坏他的名誉和前程，他甚至认为曹务成是故意的，成心要他难堪。作为没有任何后台和背景的矿工出身的干部，他曹务平走到今天这一步是多么不容易！在市委、市政府南北两个大院里，他从不多说一句话，从不错走一步路，真有些林妹妹初进贾府的心态。他兢兢业业、拼命工作，就怕别人说闲话，可今天还是让人家肖道清找到门上来了！难道这个一母所生的亲兄弟真是他的冤家吗？！

这时，门口响起了汽车喇叭声，片刻，曹务成攥着手机，夹着公文包，进了家门。曹务成身后照例跟着娇艳照人的女秘书马好好。马好好背着个意大利进口的名牌真皮小坤包，努力做出一副庄重的样子，可曹务平咋看咋觉得马好好像妓女。

曹务成进门就说："曹市长，听说你在百忙之中要接见我，我扔下一笔几十万的生意不谈，按时赶来了。"

曹务平看了看表，冷冷地问："我叫你几点来的？"

曹务成说："不是说六点吗？现在才五点四十。"

曹务平："我说的是五点！"

曹务成把脸转向马好好，问道："是五点吗？你怎么说是六点？市委领导很忙知道不知道？我们怎么能耽误市委领导的宝贵时间呢？这是你的工作失职，这月的奖金我是要扣的。"

马好好白了曹务成一眼，对曹务平说："曹市长，别听你弟弟胡说。他中午喝多了，一直睡到快四点才起来，不是我硬催，他根本就不会来。"

曹务成这才笑了："哥，你说德国鬼子咋这么能喝？中午三斤'五粮液'没够。"

马好好又说："他又胡扯了。中午喝酒我也在场，哪来的德国鬼子？他是和肉联厂王厂长一起喝的。"

曹务平不耐烦地摆摆手说："好，好，不说这个了，你们能来就好，我有些正经事要和你们谈谈。"

曹务成问："是不是有啥好事要照顾我们联合公司？"

曹务平说："当然有好事了。市里想筹集一些解困资金，你们是不是给我捐两个？"

曹务成笑道："我还正想请你这个大市长帮我解解困呢！现在三角债太严重啊，我们真是不堪重负了。"

曹务平讥讽说："你的买卖这么好，还不堪重负？肉联厂卖不动的冻大肠、冻猪肺，不都让你转手卖了？我这副市长也是你的受益者呢。中午在河东村金龙集团吃饭，品尝了你的猪大肠，今晚还要尝尝你的冻猪肺。据说味道都不错，还出口到东欧、俄罗斯了？创了汇，挣了不少美元？"

曹务成怔了一下，忙说："哥，你别提这事了。这事我早忘到脑后去了，我现在已不卖猪下水了。其实不好卖呀，国内没市场，国际上也没市场。我现在搞高科技了，准备替大韩民国推销投影机。"

曹务平可不想让曹务成滑过去，根本不管曹务成的所谓高科技，桌子一拍，直截了当地道："够了，我的曹总！你自己做的事，你自己清楚。其他烂事我现在先不管，胜利矿的事，我今天得管，你坑人家多少，就给我吐出多少！"

曹务成也叫了起来："我坑了谁？我是在帮着矿上解决困难，也帮着肉联厂解决困难，这是三方情愿的事，都有合同！别说你只是个副市长，就是市委书记吴明雄也管不着我！"

曹务平再没想到曹务成会这么强硬，脸都气白了，可又不好当着马好好的面发火骂人，失去一个领导者的风度，便缓和了一下口气说："务成，我现在不是以一个副市长的身份和你说话，是以你哥哥的身份和你说话。

你想想，你好好想想，想两个问题：第一，在胜利矿工人同志这么困难的时候，你这么做自己良心上说得过去吗？第二，咱爹做着胜利矿的矿党委书记，我做着管工业的副市长，会产生什么影响？你想没想过这事对我的影响？"

曹务成不承认曹务平哥哥的身份，冷冷一笑，说："曹副市长，我不用想就可以回答你：第一，商品经济就要依法办事，按经济合同办事，不存在什么良心问题。如果这笔买卖胜利矿认为我是诈骗，他们可以到法院告我。第二，咱爹当他的党委书记，你当你的副市长，都与我这个生意人毫无关系，你们从来没有利用你们的权力帮过我什么忙，现在凭什么要我为你们的名声负责？况且，你在好多地方都说过，你从来就没有我这么一个一身铜臭味的弟弟。那么，我又怎么能影响了你这个一身正气两袖清风的市委领导？！"

曹务平真想以兄长的身份劈面给曹务成两个耳光，可曹务成偏一口一个曹副市长的叫。曹务平便黑起脸，使出了副市长的威严："很好，很好。曹总你说得很好，我这副市长倒从没想到过你们联合公司能处处依法办事。这就好嘛，我就让工商局从贵公司的上级主管部门查一查，看看你这个皮包公司到底是怎么回事。"

曹务成马上说："不要查，我现在就可以告诉你，打从你去年骂过我后，我就改换门庭投靠了威虎山。我现在的主管单位不在平川了，在深圳，深南大道 456 号，名号太平洋（国际）集团公司，我每年都要到那里缴一次管理费。"

曹务平说："那么，各种税费缴纳得也不错吧？你曹务成这么懂法，肯定不会偷税漏税，对不对？市税务局的王局长经常去找你聊聊天，想必你是很欢迎喽？"

马好好慌了，忙对曹务平说："曹市长，你可别来这一手。如今哪家公司不在税上做点文章，避点税呀？"

曹务成却说："这我也不怕，就算查出我偷税漏税又怎么样？我当市长的哥哥丢得起这个脸，我就丢不起这个脸吗？！"

曹务平气得脸都白了，手哆嗦着，指着曹务成骂道："你……你简直是无赖！"

就在这时，曹心立和刘凤珠一前一后进了门。

曹心立见到曹务成，二话没说，冲上去就是一个大耳光，打得曹务成一头歪倒在马好好怀里。

马好好吓得直往墙角躲。

曹心立也指着曹务成的鼻子骂："你这个不要脸的东西，你自己丢人还不够，还害得我和你哥跟着你丢人，让人家工人把状告到市里。你哥和你讲法，老子不和你讲法！这二十万元的瓷砖钱你敢不付，老子就用家法打断你的狗腿，让你从这里爬出去。"

曹务成这才软了，捂着脸讷讷说："哪来的二十万呀？那些猪下水，你们就白吃了？"

曹心立说："你那些猪肺、猪胰子的价钱老子都问过了，就四百块钱一吨。这钱我们认，包括运费。"

马好好试探着说："总、总还得给我们一点管理费吧？"

曹心立根本不理马好好。

马好好还想再说什么，曹务成已是心灰意冷，阻止马好好说："算了，算了，咱不和他们再说了，他们这是做生意吗？他们这是用权势压人，用封建家长制讹人！哪给你讲理呀！"遂又把脸孔转过去，对曹心立和曹务平说，"好，好，我服你们了。我在深圳都没栽过，今天算栽在你们两个封建家长手里了。我在这里声明：从今往后，我要再和你们做一分钱的生意，我就不姓曹！"

曹心立说："你早就不该姓曹！你曹务成说姓曹，我曹心立都不敢说我姓曹！"

曹务成说："好，我走，往后，再也不会上这个门的。"

一直提心吊胆的刘凤珠忙上前拉自己的小儿子："务成，你这是胡说些啥呀？你哥今天可是专门为你来的，还说要和你喝两盅呢。"

曹务成说："妈，咱曹市长摆的可是鸿门宴哩！"说着，曹务成拉着马好好就要出门。

曹务平叫了一声："慢。"

曹务成在门口回过头，问："又咋的了？"

曹务平说："曹总，你这么懂法，咋就忘了把字据留下来？出了门你要不认账，人家肖矿长和曹书记咋办呀？"

曹务成只好老老实实写下字据，言明在一个月内将总共十八万货款付清。

刘凤珠泪眼蒙眬地看着曹务成，还想多留小儿子一会儿，在曹务成写字据的当儿又说："你就算要走，也得吃过饭再走呀。"

曹务平也说："是呀，这些肉类产品都拿来了，你自己就不尝尝？"

曹务成不理自己母亲，只对哥哥说："我不能制造国有资产新的流失。"又说，"曹市长，我看你们这些官僚都少吃些，我们国家才会有希望。"

曹务平笑了起来："想不到我们曹总还能说出这么忧国忧民的话。"

曹务成说："别以为就你们当官的忧国忧民。我们小百姓更知道改革的艰难，封建主义的可恨……"

曹务成走后，曹务平才问起了胜利矿的工作。

曹心立当即将庄群义的联采计划向曹务平作了汇报，刚汇报完，曹心立就说："务平，自打你到市里做了官，我可从来没找你走过后门，这一回，我就走你一次后门了，不论咋着，这联采的事你都得批。"

曹务平笑着说："其实，你不走我的后门我也得批。万山集团庄群义这主意不错，于国于民，于你们双方都有利。联采这一块可以完全按乡镇企业的办法来办，一定要活起来。"说罢，曹务平又惊异地问，"爹，你的思想咋就突然变过来了？咋就把国营大矿的架子放下来，和农民弟兄合作了？"

曹心立说："庄群义他们现在哪还是农民呀？他们早已成了工人了，是这十年改革开放造就的新型工人嘛！工人又不是天生的，往上查三代，咱哪个不是农民呀？"

曹务平点着头说："你这观念不错，连我都觉得新鲜。不过，好像还不够准确。庄群义他们还有承包田嘛，新型工人的定位从理论上说不通。"

曹心立老实说："通不通，这观念都是庄群义的。我想想，觉得他说的也有一定道理，就和你这市领导说了。不过，虽是这么说，我还是觉得自己跟不上这个商品经济的时代了，加上年岁也大了，我想退下来。"

曹务平一怔："爹，你是真想通了，还是试探我？"

曹心立认真地说："我真想通了，胜利矿的党委书记我看可以让肖跃进兼，让他一手抓起来，一边和庄群义的万山集团搞联采，一边进行转产承包，这样搞两年，也许情况会慢慢好起来。"

曹务平沉思了一下，说："我看可以，你今年已经六十一岁了，按规定也得退了，早退下来，我面子也好看。"

儿子这话一说，曹心立心里却又难过起来，讷讷问："务平，你……你说句心里话，你爹是不是真不行了？这么多年的矿党委书记是不是当得不称职？"

曹务平看着老父亲满头华发，也动了感情："爹，没有谁说你这党委书记当得不称职，而是你的年龄早到站了。去年我劝你退，你不干，加上胜利矿这烂摊子也难收拾，就多留了一年，结果闹得你一身都是病，我想想心里也难过哩。"

曹心立说："务平，你别哄我老头子，你实说吧，我还能不能适应眼下这个商品经济的社会了？"

曹务平说："转变观念，总还是能适应的吧？"

曹心立却把脖子一拧说："有些东西，我还真就适应不了！就说务成吧，他算什么东西？凭啥他就发了？明明知道他坑人，咱还就没法治他，倒被他骂成封建家长。这也叫商品经济？"

曹务平说："曹务成是在钻政策和法律的空子，和商品经济没关系，随着法制的日益完善，这种事终究会逐渐减少的……"

这晚，身为常务副市长的儿子和身为矿党委书记的老子谈了许多，直到曹务平的司机小张来接曹务平去开市长办公会了，父子二人还在桌前喝着酒，谈着。

曹务平起身要走时，曹心立才又一次表态说："务平，爹这回说话算数，过几天就向市里打离休报告。"

送走儿子，做了十八年矿党委书记的曹心立，眼前一片朦胧，禁不住落下了一脸的老泪……

第七章　八千里路云和月

一

八月初，日本大正财团一行十人如期莅临平川市，大正先生的女儿大正良子也和夫婿中村先生一起来了。平川市委、市政府组织了一个以市长束华如为组长的接待班子，负责大正财团一行在平期间的一切活动安排。市委、市政府、市人大、市政协的一把手同时出面，为客人们隆重接风，大正良子夫妇和同行的日本客人都十分感动。然而，感动归感动，大正财团的客人们对平川国际工业园的综合评价还是很低。用中村先生的话说，鉴于市政基础设施不配套，投资环境不理想，现在就是谈招商意向似乎都还太早。

这时，平川地区八县市的旱情益发严重了，连着三个多月没下雨，北部、中部地区不少河流、水库、水井干涸，横贯平川全境的大漠河断流，近九百万亩晚秋作物无法播种，中秋作物严重减产已成定局。平川市区的居民生活用水也受到了很大的影响，自来水厂每天上午和下午各供水一小时。

身为大正财团全权代表的中村先生注意到了这座城市的严重缺水现象，也注意到了国际工业园的缺水现状，竟驱车几十里，从工业园的新自来水厂跑到大漠河边的翻水站去看。

指着干涸狭窄的河床，看着水利局提供的图纸，中村先生问束华如：

"市长先生，指望这条季节性河流向工业园提供工业用水，是不是有点太浪漫了？"

束华如解释说："工业园内有双向管道，城里的老水厂也可以供水的。"

中村先生马上说："好像老水厂连你们城里的生活用水都难以保证了吧？"

轰轰烈烈的招商，以悄无声息的失败告终……

嗣后两天的气氛是沮丧而压抑的。束华如和接待组的同志们再也提不起精神；日本客人们也觉得尴尬，不再多谈国际工业园的事了，而是大谈中日非战的决心和中日两国人民的友谊。中村先生的父亲当年做过侵华日军的联队长，曾于一九四三年前后在平川地区的大漠县城驻扎过一年多，制造过"大漠惨案"。中村先生便和大正良子一起到大漠县去了一趟，代表自己父辈向大漠县死难的中国抗日军民谢罪，还以大正财团的名义捐助了一所小学。

离开平川的最后一个晚上，中村先生让大正良子请示了东京总部以后，才和束华如草签了一个国际招商的意向协议。协议措辞很美好，承诺也很隆重，却几乎没有什么约束性。

拿到这个照顾面子的协议后，束华如心灰意冷地找到吴明雄说："你看看，忙了两年多，投了三个亿，到头来就落了这么一纸空文，这叫什么事。郭怀秋书记若还活着，不知会气成啥样哩！"

吴明雄拍了拍束华如的肩头说："老兄，别垂头丧气的，这结果不早就在咱们预料之中了吗？"

束华如的情绪仍很低落："我再没想到会在水上出这么大的问题，老天爷真是一点面子也不给我们哩。"

吴明雄说："就是老天爷给面子也不行，靠一条季节性河流和有限的地下水，我们这座拥有上百万人口的中心城市是混不下去的。糊过今天，也糊不过明天；糊了日本人，也糊不了城里的老百姓。"

束华如叹气道："可国际工业园的事我们咋向平川市的老百姓交代呀？"

吴明雄说："咋不好交代？叫《平川日报》和电台、电视台照发消息，今天有这个意向协议，你还怕明天没有正式的投资协议吗？家有梧桐树，不愁凤凰不落。只要我们把基础设施和投资环境搞上去了，就算他大正不来，我们也可以自己到国际上招商的。"

束华如点点头说："倒也是。"

二

送走大正财团的日本客人，吴明雄让市委副书记肖道清和他一起到各县跑跑，事先就和肖道清言明了，此行的主要目的是搞调查研究，行程可能较长，一两天内肯定回不来，要肖道清把手上的事都安排处理一下。

吴明雄还和肖道清开了个玩笑，说："你这个管纪检的书记和我一起下去，下面那帮土地爷大概就不敢肆无忌惮地请酒了吧？"

肖道清既觉得突然，又觉得意外，咋也猜不出吴明雄的真实意图。常委会重新分工后，他分管的仍是原先纪委那一摊子，既不管下面八县市的工业，又不管八县市的农业，吴明雄让他跟着下县搞调查似乎没有多少道理。

肖道清不直接问，也笑着说："吴书记，你总不会是让我和你一起去搞廉政检查的吧？"

吴明雄说："当然不是。有件关系全局的、很重要的工作，我想和你商量一下，听听你的意见。我们还是一路慢慢说吧。"

第一站就是干旱严重的大漠县。

在前往大漠的路上，吴明雄很随意地问肖道清："政法委刚送来的这期情况通报，你看了没有？"

肖道清点点头说："看过了。"

吴明雄问："有没有注意到大漠县泉旺乡械斗案的处理情况？"

肖道清警觉了，问："怎么，大漠方面处理得不妥当吗？械斗时炸死人的凶手不是抓了吗？是下泉旺曹家的人，好多曹家亲戚来找曹市长说情，曹市长都没睬他们。上泉旺肖姓的人来找我，我也没管。这事县委书记刘金萍和县长黄建国都很清楚嘛。"

吴明雄说:"一个五十多岁的结核病患者会抱着几十斤炸药去炸河堤,还炸死了人?你肖书记就相信?就不怀疑这里面有名堂?"

肖道清苦笑着说:"你吴书记说会有啥名堂呢?凶手是自己投案的,证据、证词俱在。据刘金萍和黄建国说,在县委、县政府的直接过问下,大漠公安局和检察院的调查取证工作做得都很细,我们咋好毫无根据地随便怀疑人家县里的同志?这样,日后人家咋工作呀?"

吴明雄摆摆手说:"算了吧你!大漠县那套把戏,你我谁不清楚?年年争水年年打,打死人总有老弱病者出来自动投案,这边刚判完,那边就保外就医。黄县长这个老土地法制观念薄弱我早就知道,可没想到过去很讲原则的刘金萍也会跟着这么干。"

肖道清试探着问:"那你的意思是?"

吴明雄淡淡地说:"我不找别人算账,就找她刘金萍算账!她是县委书记,得对大漠的法治负责!这样不讲原则地瞎糊弄,械斗之风如何刹得住?她以为她这样做是发善心呀,我看才不是呢!明年再打起来咋办?再打死人咋办?!我问你。"

肖道清长长地叹了口气说:"刘金萍也难呀。说心里话,把她一个女同志摆在这么一个干旱贫穷的财政倒挂县,也真是难为她了。如果我们还这么苛求她,只怕良心上有点说不过去了吧?"

吴明雄说:"我不管她是男同志,还是女同志,只要是一方土地,就得保一方平安,一方兴旺,老是这么糊弄就不行!"

肖道清争辩说:"刘金萍可不是那种不求进取的干部,说实在话,大漠的事还真不能怪她。我是大漠人,我知道,这水的问题也不是一天两天了,市里不统筹,谁解决得了?前些时候,刘金萍还找过我,谈水的问题。"

吴明雄来了点精神:"哦?她有啥好主意没有?"

肖道清摇头苦笑:"她哪来的好主意?这个女县委书记大概也是急昏了头,竟建议我们在八县市同时集资,自筹六到七个亿上引水工程。我当时就和她说了,中央三令五申不准加重农民负担,我们这么干是行不通的。我和她算了一笔账。去了平川城里人不算,八县市总人口大约九百万,就算自筹六个亿,每个农业人口也得摊到六十多元,一个三口之家就是近两百元，而大漠县去年的人均收入才五百九十二元。"

吴明雄点点头说："是的，我们的农民太苦了，一直是脸朝黄土背朝天，从地里刨食，我们向他们伸手要这种血汗钱，确是很难张开口。可水的问题又非解决不可。现在看来，这不是个发展的问题，恐怕已是个生存的问题了——八县市农业人口的生存和平川一座中心城市的生存。问题就这么严峻！肖书记，你说我们这届市委该怎么办呢？"

肖道清直到这时还没悟出吴明雄让他一起下县的真实意图，还以为这事与他无关，想了想，很平淡地说："我们还是应该在不违背中央和省委精神的前提下，尽我们所能，多做一些力所能及的事吧。"

吴明雄不高兴了，说："你这话说得很符合原则，也很正确，可等于没说。"

肖道清脸红了一下，没再作声。

吴明雄却又说："肖书记，你是土生土长的大漠人，是喝大漠河的泥汤子水长大的，刚才你为刘金萍同志讲话时，我就想，你这人很公道，也有良心，十分清楚大漠的症结所在。现在，我倒要问你了，作为一个有良心的共产党人，一个大漠农民的儿子，你就没想过尽一份责任吗？你就忍心看着我们的农民为争水年年械斗、年年死人吗？要知道，对械斗的农民发些小慈悲，再讲些永远正确的空话，是解决不了一点实际问题的。我的同志！"

肖道清脸红得更狠，心里也惊疑起来，朦胧中已意识到，这次吴明雄拖他下县搞调查研究绝不是一时的心血来潮，只怕是有大文章，搞不好将影响到他未来的前途和命运。

果然，吴明雄把啥都挑明了："肖书记，我实话实说，这次让你和我一起下县，我是考虑了很久才决定的。下县干什么呢？就是要从根本上解决水的问题。我们这几天要沿着大漠河一路走到大泽湖，边看，边听，边研究，最终要拿出一个方案，报到市委常委会上去讨论拍板。这个南水北调工程，已不是干不干的问题，而是怎么干的问题。我这个市委书记打算亲自挂帅，你是我们市委班子中最年轻的副书记，我想推荐你全面负责这个历史性的工程。"

　　尽管已有了一定的心理准备，肖道清还是大吃一惊，问道："吴书记，那，我原来分管的一摊子交给谁？"

　　吴明雄说："谁也不交，还是你分管。你和陈忠阳书记不同，年富力强，可以，也应该多做些工作，做些大事，创点大业。这很辛苦，可对你是个锻炼。我吴明雄今年已五十六岁了，干不了几年的，未来的工作总要你们这些年轻些的同志做。你们就该早一点上场，演几出成功的大戏嘛。"

　　肖道清脑子飞快地转开了，他首先想到的是两个字：阴谋。吴明雄在对他肖道清玩阴谋。事情明摆着，野心勃勃的吴明雄想让平川八县市的老百姓勒紧裤带为他创造政绩，却又不自己亲自动手，而把他这个前途远大的年轻副书记推到第一线。干好了，功劳是他吴明雄的；干出乱子了，责任全是他肖道清的，他就将为此付出沉重的代价。

　　吴明雄偏说："肖书记，你好好想想，如果让你全面负责这么一个万众瞩目的重点工程，对你是不是有好处？还有一点，我说在前头，这个工程干好了，成绩是你的；干出问题了，全算我这个市委书记的。"

　　现在看来，根本不是什么成绩问题，而是出多大乱子的问题。谢学东书记最担心的事已经出现了，他肖道清真要跟着吴明雄这么干了，毁了自己的前程还是小事，搞翻了平川这条大船可是大事。

　　于是，肖道清压抑着自己的情绪，语气尽量平和地问："吴书记，这么大的事，我们恐怕还是要向省里汇报一下吧？另外，也可以想想，看有没有办法在不加重农民负担的前提下上这个工程呢？"

　　吴明雄呵呵笑了："你老兄说得对，我们不但要向省里汇报，还要向省里多争取一些资金。老省长说了，省水利局他亲自去谈，想法多要它几千万。谢学东书记那里你去跑，他可是我们平川的老书记，他不管我们平川的事可不行。我还弄清了，你有个中央党校的同学现在做省农行行长对不对？还可以找他贷些款嘛。这样估算下来，资金总缺口也就在四个亿左右，按三年工期算，每年不过一亿多。我们这次下去看看吧，自筹资金也许是可行的。眼下旱情严重也许正有利于我们的工作呢。"

　　肖道清问："对争取省里的资金，你就这么有把握吗？"

　　吴明雄拍了拍肖道清的肩膀说："老省长是老水利了，又在电话里答应过我，肯定没问题。你肖书记这边就更没问题了。我找谢学东可能要不到钱，你是必能要到的，农行也得你去。所以，这个工程总指挥非你莫属。我可知道把好钢用到刀刃上哩！"

这话倒让肖道清听得有点入耳了。如果吴明雄的本意想让他出面搞点资金，他还是愿意搞的。吴明雄说得不错，作为一个土生土长的平川人，他肖道清确有一份责任。因而，便表态说："那好吧，只要省里支持我们上这个南水北调工程，我就全力以赴到省里去搞资金。"

说过这话，肖道清就想，即使省里的资金和贷款能争取到，资金总缺口也还有四个亿，向农民摊派，仍是个重大的原则问题，他无论如何也得先向谢学东书记汇报了再说……

嗣后，关于资金的对话没有再继续下去。吴明雄转而谈起了自己许多年前和老省长一起搞水利的历史。肖道清也说起了自己当年在大漠工作的一些旧事。

过了漠河大桥，吴明雄不说了，让司机停了车，邀着肖道清信步走上大漠河堤。肖道清这才发现，大堤上停着一部三菱面包车，车旁聚着许多人，分管农业和水利的白玉龙副市长，水利局、农业局、财政局的局长们，还有一大帮工程技术人员都来了……

三

从大漠穿过新林县，进入云海，已是第二天晚上，调研的队伍越来越大了。一辆带前加力的吉普车和两辆小面包全坐满了人。到达三叉河镇后，云海市委书记米长山和市长尚德全又带着一帮人赶来迎接，一片小轿车停满了灯火辉煌的镇政府大院。

吴明雄有些不悦，问米长山："你们咋知道我要到三叉河来？"

米长山说："是陈忠阳书记打电话过来告诉我们的。陈书记也是老水利嘛，他说了，三叉河是您此行的必经之路，要我在这里等您。陈书记还说，您和同志们这么大热天跑出去，只带了几箱方便面和矿泉水，吃不好，睡不好，一路上挺辛苦的，让我好好招待一下。"

米长山根本没提肖道清。

吴明雄却对肖道清说："肖书记，你看，咱们接受不接受米书记他们的招待呀？这场酒咱们喝还是不喝呀？"

肖道清以为吴明雄要在部下面前表演廉政，便做出一副郁郁不乐的样子说："吴书记，咱喝得下吗？大漠和新林的老百姓连水都喝不上，咱还有心思喝米书记的酒呀？"

米长山这才眯起小眼睛，甜甜地叫起了肖书记："肖书记，你可别这么说，大漠、新林，有大漠、新林的情况，我们云海有云海的情况。我们这里离大泽湖近一些，陈书记在这里主持工作时，又特别注意上水利，所以，不论是大漠河，还是白马河都没断流。今天我们可有活鱼招待你们呢。"

吴明雄显然没有表演廉政的兴趣，米长山话一落音，便马上说："好，旱成这样，你们云海还能拿出活鱼来，这酒我和肖书记就喝了。"

肖道清便也说："吴书记说喝，我们就喝。一路上吃了好几顿方便面，大家也确实辛苦了。不过，酒钱可得由你米书记出啊。市纪委明文规定：对本市上级部门一律不准进行白酒招待。"

米长山笑着说："好，好，酒钱全由我和尚市长出。"

吴明雄忙道："别，别，光出酒钱，可是太便宜你们了。酒我喝，鱼我也吃，不过，酒宴捐你们云海市得拿。市里这回是痛下决心要上南水北调工程了，你米书记好歹也得给我认点捐呀！"

米长山一怔，说："吴书记，你这是来杀富济贫了吗？根据省里的精神，水利上的事，是谁受益谁出钱。我们云海三河汇流，是水网地带，基本上不存在水资源紧张的问题，你让我们云海认哪门子捐呀？"

吴明雄虎起了脸，道："你还好意思说？！大漠河在你们云海境内的这段细得像鸡肠子，下游能不断流吗？河道要加宽到一百五十米左右，白马河也要全面疏通，责任不小，事情不少。你们要么出钱，要么出力。相比之下，你们市比较富裕，我替你们考虑，还是出钱上算。"

市长尚德全苦着脸，直搓手叫道："吴书记，你真搞错了，我们市哪能算比较富裕呀？实在是虚名在外，苦不堪言哩！不信，您问陈书记，我们现在被三角债拖成什么样子了？"

吴明雄手一挥，说："好，好，先别叫，这事我们以后再说，不出钱也行。今冬明春，你们给我准备十五到二十万人上河工。"

尚德全和米长山都不作声了，愣了片刻，热情地招呼吴明雄和一行人吃饭。

酒宴几乎就是鱼宴。看到桌上各种各样的鱼，吴明雄马上明白了尚德全和米长山变相汇报工作的用意，便也指着鱼大发议论，大大表扬了米长山和尚德全以及云海的干部一通，要副市长白玉龙和市水利局把云海的水利工作经验好好总结一下，印成材料发到各县市，还说，要让《平川日报》专门来报道一下。

米长山这才高兴了，在祝酒时，代表云海市委、市政府表态说，不论市里上不上这个南水北调工程，云海的水利工作都会长期不懈地抓下去，任何时候，任何情况下，都不会拖市里的后腿。

吃过饭后，由米长山带队，吴明雄一行人上了叉河闸。

是一个星光满天的夜晚，一轮又亮又大的满月挂在中天，凉爽的夜风吹散了白日的暑气，让吴明雄感到十分舒心。

吴明雄问米长山："知道这座河闸是谁主持修建的吗？"

米长山说："这还用问？是陈书记嘛。"

吴明雄点点头，又问："是哪一年修的？"

米长山说："一九五九年，大跃进时。"

吴明雄说："准确地说，是从一九五九年到一九六一年。建这座河闸时我也在。这座河闸以南归陈忠阳，以北归我，我们带着三县二十万民工吃住在工地上。吃的是什么呢？是瓜菜，一部分粮食，一部分玉米棒心、干灰菜、槐树叶、杨树叶、芝麻叶。一九六一年大饥荒已经开始了，我们搞以工代赈，到底还是把大漠河水道头一次认真疏理了一遍，才有了后来近二十年的安定。"吴明雄把面孔转向肖道清和同行的人们，"今天，我们能不能再搞一搞以工代赈呢？像大漠、新林这样财政倒挂的穷县，我看完全可以搞以工代赈。穷地方没财路，冬春没事了，与其在家里晒太阳，吃闲饭，不如到河工工地上去出点力，吃工地大伙房的白菜烧肉、白面馍了。像云海、民郊这些经济比较富裕的县和市，老百姓手头有钱，活路又多，在乡镇企业干一天挣十几块，你让他来出这份力，又挣不到多少钱，他当然不干。他不干也好，就出些钱嘛，就像当年全民抗战，有人出人，有钱出钱。"

米长山问："如果是出钱，我们市大约要出多少？"

吴明雄说："这要最后算账了，估计不会多，你们市财政出一部分，每个农业人口也就是几十块钱吧？"

米长山说："县财政出一点倒还可以，问农民要钱，怕是不太好办哩。"

肖道清也再次提醒说："中央可是三令五申，不准加重农民的负担啊。"

吴明雄说："这不能单方面地说加重农民的负担。只要目光稍长远一点就能看到，我们今天这么做，正是为了整个平川地区农民的根本利益。水的问题解决了，土地增产，农民增收，不是可以永久性地减轻农民的负担吗？农业局的同志可以给大家报出一笔账来的。"

农业局郑局长马上报了一笔账："如果南水北调工程成功实施，沿途可增加水稻种植面积六十八万亩，扩大水浇地一百二十万亩，每年至少可以增产粮食十亿斤左右。"

米长山叹了口气说："农民就是农民，目光短浅，你这账算得再好，只要你今天不是给他钱，而是问他要钱，他就要骂你，就要告你。要不毛主席咋说，严重的问题是教育农民呢？"

吴明雄说："可我们这些共产党的市县负责干部，不能目光短浅，不能因为怕挨几句骂，就不工作，不做事！我看问题不在这里。我敢讲，现在站在我身边的同志们没有几个怕农民骂几句的。大家怕什么？怕的不是农民，怕的还是上面，是怕丢乌纱帽嘛！"

肖道清笑笑说："这也不是绝对的，也怕给党的事业造成损失嘛。"

吴明雄火了，说："怕这怕那不做事，给党的事业造成的损失更大！人家骂得也就会更难听，会骂我们是不知人民疾苦的冷血动物！"

肖道清怔住了，他再也想不到吴明雄会当着这么多下级干部的面，讲出这么严厉的话来。

吴明雄也觉出了自己的失言，缓和了一下口气，又说："我要声明一下，我这话可不是针对哪个人讲的，而是针对一些不做事，只会批评别人的批评家讲的。工程今冬上马，肖书记就是总指挥，大家都要全力协助肖书记的工作。"

肖道清想说，这事常委会还没定呢，可咧咧嘴，苦苦一笑，没说出来。

站在河闸上望着满天星月，吴明雄最后说："我记得美国前总统西奥多·罗斯福说过这么一段话，大意是：人民信赖的不是批评家，不是指出强人有何失误的人。人民信赖的是那些在角斗场上翻滚奋斗的人。这些人汗流满面，血迹斑斑，他们英勇地战斗，也许不断出现失误，因为做事就免不了有失误，然而，他们确实在努力奋斗，他们充满热情，洋溢着伟大的献身精神。他们如果有幸得到成功，那是他们奋斗的结果；如果他们不幸失败，至少也是敢于冒大风险后的失败；因此，绝不能把他们这些战士同既不知胜利为何物，又不知失败为何物的冷漠胆怯的人们相提并论。我希望同志们都做这样的战士。"

副市长白玉龙这才说："我很赞成吴书记的意见，就是挨两句骂，吃吃上面的批评，我们也得对一千万平川人民负责。有更好的思路，大家就提出来；没有更好的思路，我看就这么干算了。吴书记刚才说话时，我就想起了一个人，叫祁本生，泉山县周集乡党委书记，三年前第一个向农民集资办水利的人，我看这人就是个战士……"

吴明雄叫了起来："白市长说得好，也提醒了我。这个祁本生我们都要去见见，明天的日程我看就改一改吧，和泉山的同志就在周集见面，现场会也在周集开吧！"

四

三年前，二十六岁的祁本生从市团委调到泉山县周集乡任党委书记时，白玉龙是泉山县县委书记兼县长，吴明雄是主管农业的市委副书记。一到周集乡上任，祁本生就闹出了个沸反盈天的"摊派"事件。

为了修建"半山水库"，从根本上解决全乡抗旱排涝问题，祁本生主持乡党委做出了向全乡十余万农民每人筹资一百元的决议。决议做出后，祁本生跑到县委找白玉龙请示，白玉龙很明确地说，周集乡不是一般的地方，民风剽悍，旧时有诉讼传统，现在有上访习惯，这么做可能会出事，要祁本生三思。

祁本生三思之后，还是硬干了，三个月筹资一百二十万，亲自带队上了山。

这期间，白玉龙又找祁本生谈了一次，说："县委知道，这个水库是一定要上的，而且，早上比晚上有利。但是，因为是向农民集资，县委又不能表态支持，以免日后被动。"

这实际上是暗示祁本生，万一闹出事来，县委是不能承担责任的。

祁本生一听就明白了，对白玉龙表示说："白书记，我不要你县委表态，只要你县委不干涉。到时真需要有人做牺牲，就牺牲我祁本生一人好了。反正我内心无愧，是为周集人办好事，不是做坏事。"

白玉龙点点头，说："也好，你真能在周集风平浪静地把这件事做好，就为我们全县类似的工作探了次路，我个人祝你成功。"

然而，却闹出了很大的风波。

水库修到一半时，周集八个行政村三百多人联名的告状信寄到了省里、市里。省城某报还在读者来信栏目里，部分发表了告状信的内容，惊动了主管农业的吴明雄，也惊动了平川市委。

当时的市委书记谢学东大为恼火，在常委会上说，祁本生这个青年干部不知天高地厚，捅了大娄子，碰了"不准加重农民负担"的高压线，要吴明雄代表市委亲自去查处。

吴明雄再也忘不了那次查处。

是个大冷天，吴明雄在白玉龙和一帮市县干部的陪同下，把一身冰碴泥水、又黑又瘦的祁本生从工地上找来了，谈了不到十分钟的话，祁本生竟袖着手，守着一堆炭火睡着了。一个随吴明雄同来查处的纪委干部很生气，说祁本生态度不端正。在场的一个周集乡干部忍不住了，告诉吴明雄，祁本生是太累了。"摊派"的事见报后，祁本生把工程抓得更紧了，连着一个星期没下山，没吃过一次好饭，没睡过一次好觉。祁本生说了，他可能干不长了，得抓紧时间多做点事，别让农民的血汗钱真的扔进水里。

这让吴明雄感到了极大的震撼。

查处进行不下去了。

吴明雄和白玉龙都在谢学东面前为祁本生说情，并称，如果现在把祁本生撤下来，水库半途而废，周集老百姓的损失更大，倒不如让祁本生把水库工程干完再行处理。谢学东想想，也觉得吴明雄和白玉龙说的有道理，便把祁本生挂了起来。

两年之后，水库全部修好了，既发挥了蓄洪抗旱的作用，又养了鱼，有了经济效益，祁本生的使命也完成了。县委调祁本生到县水利局去做副局长。

万没想到，当年那些告祁本生的人们，这时已完全忘记了当年的告状信，又为祁本生打抱不平，说周集历任书记、乡长，没有谁像祁本生这样真心诚意为百姓做好事，做实事的；说祁本生在周集出了这么大的力，立了这么大的功，反从正科级降为副科级，是不公正的。许多人又联名上书县委、市委，苦苦挽留祁本生。结果，祁本生把这个乡党委书记多做了大半年，直到吴明雄出任平川市委书记，区县班子调整，才提为县委副书记，整个平川地区最年轻的一个县委副书记，离开了周集。

在周集一见到祁本生，吴明雄就问："小祁呀，知道我这次带这么多人来你这儿干啥的吗？"

祁本生笑了："这回大概不是查处我的了。"

吴明雄带着显而易见的亲昵说："还是查处你！你这小家伙，我亲自点名让你到市团委做书记，你都不去！不但不去，还说怪话，什么'既从幼儿园出来了，就再不想到幼儿园去玩那套排排坐、吃果果的游戏了'，是不是？人家组织部孙部长都告诉我了。"

祁本生说："吴书记，你真冤枉我了，我的原话不是这样的。孙部长找我谈话时，我和孙部长说，如果可能，我还是希望在下面做点实际工作，别让一个刚见了点世面的人人再回幼儿园了。"

吴明雄指着祁本生，对肖道清和随行的同志们呵呵直笑，说："你们听听，这叫什么话？我们市团委是幼儿园吗？就算它是幼儿园，你祁本生见了点小世面，就不能去当几天阿姨了？"

白玉龙笑着说:"小祁不去当阿姨也好,大漠河泉山县这一段就可以交给他了。我们眼下真是太缺这样不计个人名利干实事的年轻干部了。"

吴明雄不开玩笑了,很认真地说:"是的,如果我们的干部都能像祁本生一样,关键的时候敢于挺身而出,敢于不计毁誉,对人民的长远利益、根本利益负责,平川的事就不用发愁了。对于我们平川来说,现在最重要的问题,我看就是干部问题。只要有了一支解放思想、勇于进取的干部队伍,我们的事业就有了主心骨,就完全能够领导一千万平川人民轰轰烈烈干上一场,把平川彻底变个样!不要总是抱怨我们的群众。周集乡的事实证明,我们的人民群众是很讲良心的,谁为他们做好事,做实事,他们都看得清清楚楚。他们也许会一时错怪你,但他们必将永远记住你。"

吴明雄把祁本生叫到众人面前,要祁本生把自己的感受说说。

祁本生不愿说,讷讷道:"这都是过去的事了,还说它干啥?"

现任周集乡党委书记张照金便代祁本生说话了。

张照金说:"当年上半山水库,可能会闹出风波,我们乡党委做决议时就想到了。后来祁书记调走,又闹出一场请愿风波,倒真是出乎我们的意料。一听说祁书记要到县水利局去当副局长,先是乡党委一帮同志给祁书记送行,后就是一些群众自发地给祁书记送匾,送镜子,送锦旗,连着几天乡党委大院闹哄得根本没法办公。祁书记一看不好,想夜里走,结果两次都没走成,使得县委改变主意又让祁书记在周集留了十个月。上个月,祁书记提了县委副书记,用咱老百姓的话说是升官了,才走成了,是从成千号父老乡亲泪眼相送的人巷中走过的。当时,祁书记哭了,我们党委几个同志也哭了。据周集老人们说,除了一九四五年送咱八路军老五团的一个政委,周集乡从没有过这样的场面。"

祁本生这才忍不住红着眼圈感叹道:"我们的老百姓太好了,也太容易满足了。我们当干部的只要真心实意为他们做一点好事,解决一点实际困难,他们都会带着感激之情来回报你。现在,只要一闭上眼,我就能看到那送行的一幕,心里就觉得愧,就觉着自己任何时候都该对得起百姓的这分厚爱,就不敢有丝毫懈怠。这回听说要上引水工程,听说吴书记和肖书记亲自带队沿大漠河搞调查,我就问了一下周围群众,大家基本上都赞成，都说这回市委和我们老百姓想到一起去了。所以，我表个态，我们泉山县作为引水工程的主要受益县之一，绝不和市委讨价还价，一定全力以赴完成市委交下来的工程任务。"

祁本生话一落音，吴明雄带头鼓起了掌。

肖道清、白玉龙和一帮随行人员也跟着鼓起了掌。

鼓掌时，肖道清就想，也许吴明雄真是对的？也许吴明雄会成为一个新的祁本生？更高层次上的祁本生？如果是这样，他肖道清做一做这个总指挥也就未必不是好事，他毕竟也需要一番显赫的政绩来支撑自己的前程哩。

肖道清心绪好多了，头一次公开表示了自己的态度。

肖道清说："走了三天，看了许多地方，今天在周集，我觉得最有意义。周集乡在祁本生同志强有力的领导下，先走了一步，走得很成功。从周集的经验来看，在老百姓经济能力承受得了的前提下，用老百姓的一部分钱，为老百姓解决一些根本性问题，是可行的，也是符合中央和省委精神的。吴书记已有了个总体思路，除了对上争取和市县财政调拨一部分资金外，贫困地区搞以工代赈，富裕地区搞以资代劳。希望大家都能有祁本生同志这样的工作精神。"

肖道清态度的转变，使吴明雄很高兴，在返回平川的路上，吴明雄说："肖书记，我们一定要趁热打铁，回家后马上动起来。先开个专项工作的常委会，统一思想，做出决定。给省里的旱情报告你亲自抓一下，可以在尊重事实的基础上写得严重些，争取向省里多要点钱。同时，把市抗旱指挥部变成引水工程指挥部，各项勘测、设计、筹资等前期工作都先做起来，到年底冬闲时，咱啥都准备好了，就拉出它一百万到两百万人上河工，这事就你负责。你看好不好？"

肖道清点点头说："好，开过常委会后，我马上带着报告到省城去一趟，主要还是抓大块资金的落实。我想，能少向农民要一点，我们就少要一点。"想了一下，又说，"这个引水工程，平川市也是受益者，我们能不能研究一下，也向城里的单位筹一些款呢？"

吴明雄手一挥，说："你别打这主意，城里有城里的事。城里道路咋办呀？得上马修嘛。我已让严长琪副市长和交通局的同志去搞调查研究了，看看能不能在农民同志治河的时候，城里筹资三到五个亿建一条环城路呢。"肖道清惊讶得几乎合不拢嘴，愣了好半天才说："吴书记，这……这……"吴明雄似乎没注意到肖道清惊讶的神情和惊讶的话语，看着车窗外飞旋的夜色，难得点起了一支烟，有滋有味地抽了起来。

车窗外，满天星月装点着一个扑朔迷离的暗蓝色世界。

第八章　杀出一条血路

一

《平川日报》工业口记者王大瑞是在看到"中国平川纺织机械集团总公司"的醒目大牌子后，才走进平川纺织机械厂大门的。可进了厂门，上上下下找遍了厂部四层的办公楼，就是没找到这个庞大集团的总部。后来，还是经人指点，才在厂办公楼后面一排破车棚里见到了集团老总，他在部队里的老战友张大同。

这个"集团"可真够寒酸的，连老总张大同在内，二十多个人全挤在三间连在一起的破车棚里办公。办公桌也不知从哪儿找来的，各式各样，甚至还有两三张中学生用的破课桌。尤其让王大瑞感到好笑的是，每张破桌子上竟还放有纸牌子，什么财务部，商务部，生产部，国内开发部，国际开发部。张大同的办公桌上放着两块纸牌子，一块是"总经理"，另一块是"党委书记"。

王大瑞在集团总经理兼党委书记的办公桌前坐下了，带着一些不屑的口气说："老战友，就这个样子，你也敢称自己是集团呀？我想替你吹吹都吹不起来哩！"

张大同这时正在接电话，一听王大瑞这话就笑了，用手捂着电话，忙中偷闲地说了句："谁叫你王大吹替我吹了？你老兄只要替我一吹，我准要难受好几天。"

王大瑞可不管张大同的电话，指着张大同的额头直叫："大同，你不凭良心！你说说，我这个工业口的首席记者对你咋样？你哪个伟大时刻没有我王大瑞在场？这回国有资产授权经营，成立集团总公司，我不又给你写了一大篇？"

张大同挥挥手，示意王大瑞不要说了，自己对着话筒从容不迫地谈起了集团的工作："……好，好，王厂长，你不要和我扯皮了，市委市政府的文件早就发给你们了。我在公司党委会上和董事会上也都已说得很清楚了，我这个集团公司不是翻牌公司，也不是个管理机构，我是一级法人，你们集团的成员厂只能是二级法人！我受平川市政府的全权委托，经营本集团这四个亿的国有资产。我说话就要算数。你们今天十二时前不把原法人执照送到我这里来，一切后果你们自己负责！"

这边电话刚放下，另一部电话又响了。

张大同仍是那么从容："哦，是许书记？怎么？集团的 13 号文件你也看不懂？看不懂不要紧嘛，多看几遍总能看懂的。我告诉你，这不是我张大同个人的意思，是市委、市政府的意思。这不叫权力上交，这叫规模经营。前几年企业权力下放是对的，是改革；今天成立集团公司，对纺织机械行业的国有资产经营进行全面统筹，攥成拳头，形成规模，也是对的，也是改革，而且是更深层次的改革。这话也不是我说的，是吴明雄书记和束华如市长反复说的，你要还不懂，可以直接到市委、市政府去咨询。"

放下电话，张大同挺感慨地对王大瑞说："如今做点事真难哩，许多厂子连工资都发不了，他那小官僚和一级法人当得还有滋有味。你不给他动硬的，他就敢不睬你。"

王大瑞这才对张大同有了点敬意，口气也变了，说："老战友，没想到你这破地方还挺牛呀？还真就管着四个亿的国有资产了？"

张大同说："可不是吗？集团的二十多家成员厂，现在都归集团统一经营。根据市委、市政府的精神，有些厂子要在现有的基础上扩大规模，有些厂子要关掉，还有些厂子要转产。在这种情况下，不把权力收上来怎么行？"

王大瑞说："这也叫改革？这不是改革了半天又转回来了吗？过去我

们老说要尊重企业的自主权，要政企分开，权力下放。你老兄做纺织机械厂厂长时，还怂恿我写过文章为你呼吁呢！"

张大同说："那时是那时，现在是现在。现在，像我们这种国有大中型企业的改革应该有点新思路了。我这两年常到国外去谈项目，走出国门才知道，人家美国一个公司的经营规模超过我们中国几百家同类公司和工厂的总和。我们还各自为政，在这里小敲小打地瞎折腾，哪辈子才能走向国际大市场？哪还有可能去占有国际市场的份额？机械行业更不同于一般行业，没有规模是不行的，是非亏不可的，尤其是在这种经济滑坡的时候。还有汽车行业也是这种情况。我们今天之所以这么做，就是要为平川，也为中国纺织机械工业杀出一条血路来。你王大吹可以在这方面好好替我们吹吹。"

王大瑞半开玩笑半认真地说："这没问题，你说咋吹，咱就咋吹。我王大吹本来就是改革的吹鼓手嘛！"

这时，胸前别着生产部标志的一个女同志，带着一个满头大汗的中年人过来了。

生产部的女同志说："张总，第二铸造厂和三纺机厂的合并谈判进行不下去了。第二铸造厂变卦了，硬说这不是合并，是被三纺机厂吃掉了，一个正科级厂变成了人家的一个车间。"

满头大汗的中年人是三纺机厂的刘厂长，刘厂长跟上来说："张总，实在不行，我看还是摆一摆吧。说实在话，我宁愿新建一个铸造车间，也不想要这么个亏本的破厂。"

张大同光火了，命令道："集团定下来的事你们都要执行！生产结构必须调整，你们谁说了都不算。你们现在都是二级法人，对外没有独立地位，集团对你们的合并是内部事务，谁不干就撤谁！"

刘厂长说："张总，你最好亲自到第二铸造厂去解释一下。"

张大同不理，对着破车棚的另一角叫了一声："冷书记，你过来一下。"

集团党委副书记冷海生过来了。

张大同对冷海生说："你马上和刘厂长到第二铸造厂去一下，再次宣布集团的合并决定。如果二铸还不干，你立即按党发2号文的规定，将二铸的厂长、书记就地免职！二铸搞成这个样子，这两个人还一天到晚只知道喝酒，这样的干部我看早就该下台了！"

冷海生应了一声，带着刘厂长和生产部的女同志走了。

这时电话又响了，张大同对着电话"喂"了一声，听听没声音，便又和王大瑞说起话来："你这大记者找我干啥？是不是真想替我吹吹？帮我的集团造造革命舆论？"

王大瑞刚想开口说明自己的来意，张大同却又对着电话说了起来。

电话是市长束华如打来的，了解集团近来的整组情况。

张大同说："束市长，你放心，有你和吴书记的全力支持，这块骨头我张大同啃定了。集团所属单位的所有人员，我一个不会推给市里。我还有些野心呢，如果市里同意，我还想把平川机械一厂和钢结构厂也并到集团里来。"

束华如在电话里说："我看可以考虑。这样既扩张了你的集团，也帮助市里解决了两个困难企业。不过,这事还要找曹市长和严市长具体商量,听说严市长正和台湾华氏集团谈着机械一厂的兼并问题哩,不知进展如何。"

张大同很高兴，说："好，有你的话，我明天就去找曹市长和严市长。"临放下电话时，张大同才用开玩笑的口气问了一句，"束市长，你们市里可能已接到不少告我的信了吧？"

束华如问："你害怕了？"

张大同说："只要你和吴书记都不糊涂，我才不怕呢！"

这回放下电话后，张大同肃静了一会儿。

王大瑞不敢怠慢，忙把自己这次的来意说明了："老战友，我这次来还真就是想替你们集团造造革命舆论哩。我们报社和市企业家协会联合编了一本书，书名叫《平川明星企业与平川企业明星》，顾问是市委陈忠阳书记，主编就是我。我做主编，能不想着你这个老战友吗？我就把你这个著名企业家和你们这个著名集团都排在里头了。"

张大同乐了："你还真给我认真吹上了？我现在有啥可吹的呢？集团刚建起来，关系还没理顺，一大半成员厂亏损。你亲眼看到的，我尽在发火骂人，浑身冒烟。"

王大瑞说:"这正是你和你们集团的可贵之处呀。刚才看着你工作的时候,我就想,你真是一个九十年代的乔厂长,我真是服了你了。所以,我已把文章的题目想好了,就叫《新乔厂长上任记》。"

张大同手直摆:"不行,不行,我又不姓乔。"

王大瑞以为有门,又说:"那就叫《破车棚里的集团公司》。"

张大同说:"这更不行!你是吹我还是损我呀?我的集团正在谋求和美国 KTBL 集团公司合作,你说我在破车棚里办公,那美国佬还相信我呀?"

王大瑞不愿在这种枝节问题上多费口舌,便说:"好,好,题目你定吧,只要给我一万块钱赞助,我负责给你老战友吹好点。"

张大同愣了:"什么?什么?一万块钱赞助?你老兄看看,我这三间办公室里的全部家当值不值一万块?不行,你就把我这个老总拖出去卖了吧!"

王大瑞点着张大同的额头直笑:"看看,小气了吧?小气了吧?手头玩着四个亿的国有资产,问你要一万块的赞助你还叫!别说我还在书里吹你,就算不吹你,让你赞助一下文化出版事业,你也得够点朋友嘛。"

张大同说:"老战友,我不和你开玩笑,这四个亿可没有一分钱是我张大同个人的。而且,现在也是我最困难的时候,我已三个月没拿到工资了,我也请你看在老战友的份上,晚几日,等把我养肥了点再宰我,好不好?"

王大瑞没话说了,干笑了半天,起身告辞。

张大同在送别王大瑞时,开玩笑问:"老战友,没有钱给你,你还替不替我们集团吹呀?"

王大瑞一本正经地说:"这叫什么话?没有钱,该吹也得吹。我说过嘛,我王大瑞就是改革的吹鼓手!"

张大同乐了:"好,你这老战友既有情义,又有艺术良心,等我真肥起来了,准让你第一个下刀!"

张大同话一落音,三间办公室里就响起了一片压抑不住的笑声。

在笑声中,副市长曹务平走了进来,见到王大瑞就说:"哦,王大吹也在呀?怪不得这么热闹。这回你王大吹是吹改革之风,还是吹不正之风呀?"

王大瑞苦笑道:"曹市长,你看你,做领导的也和我们小记者开玩笑。"转过身,又郑重地对张大同说,"张总,你定个时间,我来采访你,题目我又想了一个,就叫《杀出一条血路》。"

曹务平拍手赞道:"好,这题目准确有力,不但是一个张总和一个纺织机械集团,我们平川的工业几乎都面临着怎么杀出一条血路的问题!"

二

见一见民营亚太集团公司董事长柏志林真是很不容易。

进了亚太公司小楼门厅,王大瑞把印有"国家职称记者"的名片递给门厅的公关部小姐,小姐只在名片上扫了一眼,就笑笑地,却又是冷冷地问:"王先生找我们董事长有事吗?"

王大瑞说:"我是《平川日报》的王大瑞,要和你们柏总谈点很重要的事情。"

公关小姐仍是笑笑地、冷冷地问:"您和我们董事长预约了吗?"

王大瑞真有些火了,又一次重申说:"我是《平川日报》的王大瑞,著名工业口记者,文章经常上一版,有国家职称,小姐你都没听说过?"

公关小姐这才把拿在手中的名片认真看了看,看过后仍是摇头,还笑着问:"什么叫国家职称记者?我们所有职称系列不都是国家规定的吗?"

王大瑞的眼睛在小楼内四处看着,不屑地说:"我不和你说,你不懂。"公关小姐淡淡地说:"我在工院做过讲师,也有您说的国家职称呢。"

这让王大瑞极是窘迫,他没想到,亚太的公关部小姐竟有讲师职称。过去王大瑞只听说柏志林是博士生、副教授,不知道亚太公司的大部分员工都是高学历、有职称的年轻知识分子。

王大瑞的口气一下子谦和起来,以商量的口吻说:"要不,小姐您把我的名片送给柏总,请他约个时间,我来采访他一下。"

公关小姐这才说:"先生请等一下,我去问问董事长,看他现在能不能抽出点时间和你谈谈。"

过了片刻,小姐回来了,说:"先生请稍候,我们董事长正和台湾华氏集团女老板商量点事，马上就好。"

果然是马上就好。

没一会儿工夫，亚太董事长柏志林就从楼上下来了，很热情地握着王大瑞的手摇着说："欢迎，欢迎，著名的大记者能到我们民营公司采访，是我们亚太的荣幸。"继而，又反过来向公关小姐介绍说，"王记者不是一般的小记者，是很有名的工业记者，文章经常上一版，是平川的大名人哩。"

王大瑞受了公关小姐的冷遇，现在真有点受宠若惊了，也对柏志林赞道："你柏总更是大名人呀，不但在平川有名，在省里也有名呢，连省委书记、省长都知道你。"

柏志林握着王大瑞的手哈哈大笑："这么说，王大记者对我和我们公司的情况还有些了解了？"

王大瑞极自信地说："岂但是有些了解？是非常了解哩。早先关于民营公司的讨论我就参加过，在报社的一次座谈会上，我做了全面支持您和贵公司的长篇发言。我说了，中国工业的真正希望实际上就在你们这帮敢想敢干的年轻人身上。我当时就想给您写文章，因为工作太忙，拖到了现在。现在呢，我们报社想编本书，为咱市的企业鼓与吹，我头一个想到了你们亚太。我想提出一个很深刻的，也是很现实的问题：为什么在全国和全市经济都普遍滑坡的情况下，你们民营企业仍能高速发展呢？"

柏志林说："好，好，这个问题提得很好，我可以让我们这位马小姐和你好好谈谈。"

王大瑞明显有些失望，带着一脸的困惑问："这位马小姐是？"

柏志林说："马小姐可不是一般人物，是我们公司公关部经理，一直代表我和我们公司对外发布新闻。去年在省里，还主持过我们公司的新产品发布会呢。"

说罢，柏志林当着王大瑞的面，很坦然也很大方地把公关部马小姐叫到了一旁，低声交代说："快把这几天的《平川日报》都找来，看看有没有这个王记者什么狗屁文章？另外，王记者开口要赞助时，不论数目大小，你都先答应着。我一看就知道他是来要赞助的。"

马小姐不解地问柏志林："平白无故，我们还真给他赞助呀？"

柏志林说："你不懂，我是想让他好好吹吹我和我们公司，让华娜娜小姐下定和我们合作的决心。这意思我不好说，得由你透给他。可以和他说清，只要吹得好，啥都好商量。谈好条件后，就带他上来见我和华小姐。我再强调一下，一定要他当着华小姐的面吹他那句'中国工业的真正希望在咱们亚太这帮年轻人身上'。"

马小姐笑道："柏总，你也真就好意思。"

柏志林苦苦一笑，说："我真是没办法了，华小姐实在太难对付。"

交代完，柏志林让王大瑞和马小姐在公关部办公室亲切交谈，自己又急匆匆上了楼，说是不能冷落了台湾客人。

走进办公室，再见到华娜娜时，柏志林重又把一个男人的自信写到了脸上。坐在真皮高靠背的转椅上，看着华娜娜和华娜娜的女秘书吴小姐，柏志林说："华小姐，我看，我们可以重新开始了。"

华娜娜笑着说："算了吧，柏总，你还是去接待《平川日报》记者吧，我们今天先谈到这里。"

吴小姐也说："柏总，你冷落了著名记者可不好，在台湾，这种有名气的大记者，你送大红包请都请不来。"

柏志林摆摆手说："什么大记者、小记者呀？对这些记者我都烦死了，三天两头来，我们公司做点什么都是新闻，根本不让你有片刻安宁。我敢说，只要我们合作搞国际大厦的风声一透出去，明天《平川日报》头版就会发消息，电台、电视台也会拥出一大堆记者来采访。"

华娜娜笑问道："柏总不是在作秀吧？"

柏志林说："作什么秀？你们不要小看了我们亚太。我们和华氏集团虽然不能比，可我们毕竟是平川最大的民营公司，是平川乃至全省民营经济的一面旗帜。市委、市政府对我们一直采取扶持政策，新闻舆论对我们的动向也十分关注。所以，你们下决心和我们合作是不会吃亏的。"

华娜娜说："给你们百分之五的股份，你还说我不真诚，咱们怎么谈得下去呢？"

柏志林说："我又不是问你要干股。我在合作意向书上写得很清楚嘛，在建国际大厦的三年中，亚太保证按双方议定的计划和方式投足三千万。

三千万咋着也得占百分之十到百分之十五嘛。"

华娜娜直摇头，说："你哪来的三千万呀？我可提醒你，柏总，房地产利大风险也大。万一大陆的房地产在谷底徘徊三五年，你的期房卖不出去，你咋和我们华氏兑现你协议书上的诺言？"

柏志林说："我可以向银行贷款嘛。"

华娜娜挥挥手说："算了吧，柏总！我可是摸过底了，大陆银行对你们这种民营企业在贷款上控制得本来就很紧，对你们搞固定资产投资，控制得就更紧了，对不对？所以，我劝你们再想想，还是量力而行为宜。"

柏志林说："我再重申一下：我们亚太公司不是一般意义上的民营公司，是民营公司的一面旗帜，不论是政府还是银行，对我们都是扶持的。"

这时，公关部马小姐带着王大瑞来了。

柏志林做出一副不快的样子，对马小姐说："马经理，我叫你和王记者谈，你咋又把王记者带到我这儿来了？"

马小姐说："王记者有几个很重要的问题非要当面问问您呢。"

柏志林叹了口气，似乎很无奈地对王大瑞说："好，好，问吧，问吧，给你十分钟的时间，好不好？"

王大瑞连连点着头说："好，十分钟就十分钟。"

华娜娜和吴小姐相互对视了一下，起身告辞。

柏志林一怔，上前将华娜娜拦住了，说："你们就在这儿稍坐一下，我和王记者说好了，就十分钟嘛，马上就完。"

华娜娜说："你们就多谈一会儿吧！我该说的话已说完了，也该走了。"

这让柏志林很着急，几乎想把华娜娜硬拉到沙发上坐下来，可终于没敢，这是在亚太的办公室，不是在平川宾馆华娜娜的包房里。

柏志林只好眼睁睁地看着华娜娜和吴小姐出了门。

华娜娜走到门口，又转过身子，对柏志林道："买卖不成情义在，柏总，别忘了晚上到香港大酒店吃海鲜哦。"

柏志林想都没想就说："不行，我没时间。"

华娜娜不生气，妩媚地一笑说："那就改在明晚吧。"

华娜娜走后，王大瑞马上摊开笔记本，急不可耐地开了口："柏总，您是我市乃至我省企业界的明星企业家，我和新闻界的同仁们一直认为，您身上寄予着中国工业的希望，我想问……"

柏志林拍了拍王大瑞瘦削的肩头，一脸沮丧地说："王记者，你啥也别问了，咱们就随便扯扯吧。"

王大瑞看了看身边的马小姐，有些不解地说："是马小姐说的，让我好好吹吹您柏总，先当面吹，然后再在报上吹。还说定了赞助我们报社一万元。"

柏志林苦笑着说："人家台湾老板都走了，你还吹啥？！我要你当面吹，是当着人家台湾华老板的面吹，不是当我的面吹。"

王大瑞白了脸，讷讷问："那……那你们答应的赞助，还，还给不给了？"

柏志林说："你又没替我们吹起来，我们怎么好赞助呢？"

王大瑞说："这不好怪我的，台湾那个女老板自己要走，您都留不下来，我又有什么办法？所以，我觉得您就不必计较这点小细节了。文章我还是要写，还是要给您在三版'企业家风采'栏目里发，然后出书……"

柏志林说："算了，算了，我既不是政府官员，又不是国营企业的领导，不想往上爬，对宣传自己一点都不感兴趣。我只对和台湾华氏的合作项目感兴趣，可我们平川这地方太穷，观念太落后，民营企业根本没形成气候，这个滑头女老板不相信我，也不相信我们亚太公司！"

王大瑞怂恿说："那就更应该好好宣传啦。只要我的文章发出来，您看着好了，台湾的女老板一定会主动跑来找你。"

公关部马小姐跟着建议说："柏总，我看王记者的意见是可以考虑的。不行，就赞助五千，让他们发个广告性的短文章。王记者也不容易呀。"

王大瑞立即表示说："五千也行，也行。"

柏志林火了，不理王大瑞，绷起脸来对马小姐说："马经理，你胡说什么？我们公司是不是钱多得没地方花了？他们报社是国家事业单位，有国家的大锅饭吃，我们呢？得自己挣着吃，每一分钱都不能乱花。"

马小姐还是坚持说："我主要是考虑王记者太难。"

柏志林更火："报社又不是王记者的，他难什么？"

马小姐这才说："柏总，刚才我和王记者在楼下聊天时才知道，王记者的夫人不在了，女儿又有白血病，为治病已花了几万块，家里啥都卖光了。王记者四处拉赞助，既是为了报社，也是为了多挣点钱给女儿看病。"

柏志林一下子怔住了，看着头发花白的王大瑞，好半天没说出话来。

王大瑞有些窘，忙说："不谈了，不谈了，我个人的事与报社没关系。"

柏志林却问："我要是给你们报社一万元赞助，你王记者能得到多少？"

王大瑞心头又浮起了希望之光："按规定，赞助和广告的个人提成是百分之五，可考虑到我的特殊情况，报社领导专门研究了一下，可以给我提到百分之十，一万的话，我能得到一千。"

柏志林当场决定："那好，对你们报社我不赞助，对你个人，我亚太公司赞助一千元整，而且是无偿赞助，不要你王记者给我们写一个字。"

王大瑞连连摆手："这不行，这不行。"说罢，就要走。

柏志林一把将王大瑞拉住了，说："有什么不行？你王记者别以为我们民营公司都是些见利忘义的奸商。"遂又对马小姐说，"快叫财务部杜经理来一下，给王记者开一张现金支票。"

王大瑞真是羞愧极了，挣脱柏志林的拉扯，匆匆走了，临下楼梯时，才红着眼圈说了句："柏总，我王大瑞真心谢谢你，可我无功不受禄，不能拿你们的钱！"

柏志林追出门说："王记者，你站住，日后我总要请你宣传的。"

王大瑞这时已到了楼下，仰着一张苍老的泪脸最后说了句："柏总，我……我代表我女儿谢谢你和亚太公司的好意了。"

三

王大瑞前脚到家，女儿王媛媛后脚进门。

王媛媛面色苍白，满头满脸的汗水，额前的鬓发被汗水粘在半边脸庞上，上身的真丝小褂也一片片湿透了，累得只有喘气的份儿。可是，她很高兴，一进门，见着王大瑞就喊着"爸爸"，扑了过来。

王大瑞扶着瘦弱病态的女儿，心疼得要命，连声埋怨："媛媛，你咋这么不听话？医生叫你不要出去，不要出去，你咋还是出去了？你不要命了吗？！"

王媛媛兴奋地说："爸爸，今天我是非出去不行哩！我到我们碾米厂去了，去为我们厂的命运投下庄严的一票。我们那个下了台的老厂长伙着几个人四处告状，告大贵哥，一直告到市委、市政府。今天市粮食局来了个副局长，是老厂长的后台，主持全厂一百四十二名干部和工人开会，要对大贵哥这个新厂长进行民意测验。爸，你说我能不去投大贵哥一票吗？我一听说就去了。加上我这一票，大贵哥正好得了九十五票，刚刚超过三分之二。没有我这一票，大贵哥是九十四票，就没有超过三分之二。副局长有言在先，若大贵哥的信任票不超过三分之二，局里就要考虑对厂里这个班子做调整。"

王大瑞知道女儿对年轻厂长田大贵的那一份深情，强忍着心中的痛楚，做出一副高兴的样子说："好，好，你这一票很关键。我们报社评职称，评委会投票时，有的人就差一票没被评上国家记者职称。"

父女俩挤在厨房弄晚饭时，女儿又说："一宣布投票结果，大贵哥可高兴了，厂里的姑娘、小伙子们也当场欢呼起来。还唱起了歌，'咱们工人有力量，嘿，每天每日工作忙'。只有老厂长和那个副局长挂着脸。听说市里深化改革的文件已下来了，铁饭碗、铁工资、铁交椅都要搬走，谁有真本事谁上，我们这个小厂子看来也有希望了。"

王大瑞一边洗着菜，一边想：女儿一颗心都在田大贵身上了，根本不清楚这种改革对她意味着什么。是的，田大贵这小伙子很能干，碾米厂在他手里可能会有起色，可对女儿来说，却并没有多少实际好处。女儿工作不到两年就得了白血病，现在已病休了一年多，能保住每月一百块的生活费和一点可怜的医药费就不错了。

于是，他便叹口气说："媛媛，大贵当厂长是好事，可你要记住，这与你关系并不太大，你主要还是养病，不要对大贵和厂里抱太多不切实际的幻想。"

女儿很懂事地点点头："我知道，厂里很难，大贵也很难。深化改革对我这个治不好的病人来说，可能一点好处也没有，可它对我们厂肯定有好处。我相信，大贵哥他们会靠这些改革措施在平川创造出奇迹来！也许到那时……到那时，我们的日子也、也会好过些，再也不用爸爸您四处拉赞助，为我筹集医药费了。想到爸爸您身为党报记者，为拉点赞助四处求人，我心里就难过得想哭。我就想，如果我的病能好，如果还有下一辈子，我就守在爸爸您身边，伺候爸爸一辈子。"

王大瑞心里一酸，禁不住落下了两行热泪。

为怕女儿看见，王大瑞忙用衣襟揩了揩脸。

王媛媛点着煤气炉，开始炒菜时，王大瑞才缓过点情绪，故作轻松地说："媛媛，你是不知道你老爸哩。其实呀，你老爸拉赞助挺容易的。你老爸是国家职称记者，又是党报工业记者，认识这么多厂长、经理，到哪儿开开口不能要个三万、两万呀？今天我随便走走，就要了两万五，咱能提两千五百元，加上报社同事们捐的钱，下月的医疗费不就够了？"

王媛媛说："下月不一定去了，我觉得还好。"

王大瑞生气了，说："胡说！你比医生高明？叫你去你就去，别啰唆。"

王媛媛哭着说道："爸，您别瞒我了，谁不知道现在经济滑坡？咱市哪有多少效益好的企业呀？您那赞助好拉吗？您别以为我不知道，那些厂长、经理们都叫您王大吹，骨子里都看不起您呀！所以，爸，能省一点，咱还是省一点吧。既是绝症，咱就认吧！我不能把您的身体和名誉都拖垮掉。"

王大瑞把两只颤抖的手搭在女儿肩上，沉痛地说："媛媛，我的好女儿，你既知道爸爸这么难，就得好好治病，好好活下去。"

这话题太沉重，父女二人后来都不谈了。

吃饭时，女儿又谈起了田大贵和田大贵身边那几个年轻朋友。

女儿带着陶醉的神情说："爸，您不知道大贵哥他们对我有多好，和他们在一起时，我就把自己的病全忘光了，一起笑啊，唱啊……"

说着，便唱了起来：

> 甜蜜蜜，你笑得甜蜜蜜，
> 好像花儿开在春风里。

在哪里，在哪里见过你？

你的笑容这么熟悉，

我一时想不起。

哦，在梦里，梦里见过你。

是你，是你，梦见的就是你……

有人鼓起了掌，掌声很响。

含泪沉浸在女儿动人歌声中的王大瑞这才发现，原本虚掩着的门被推开了，碾米厂厂长田大贵，带着他两个年轻同伴走了进来，三人都在鼓掌。

女儿不唱了，高兴得跳了起来，连忙招呼客人们在屋里唯一的一张沙发上坐下。

王大瑞只认识田大贵，起先还以为另外两个年轻人是碾米厂的年轻工人，听女儿介绍才知道，那两个二十多岁的年轻人，一个是厂总支副书记，一个是副厂长。

女儿自豪地对父亲说："我们厂这个新班子怎么样？大贵厂长兼书记二十六岁，汤副厂长二十三岁，俞副书记二十四岁，平均年龄二十四点三三岁，只怕整个平川市也找不出这么年轻的班子了吧？"

王大瑞习惯地说："好，好，太好了，有时间我就写篇文章给你们吹吹。"

女儿冲着父亲嗔道："又来了！你就不能说宣传吗？老是吹吹。"

王大瑞笑了："对，宣传，有机会我就帮你们宣传。"

田大贵很认真地说："王老师，您还真得帮我们宣传一下呢！不要看我们只是个一百多人的小厂，我们和纺织机械集团一样，也是市委、市政府深化改革的头一批试点单位哩。我们这个小班子的构成，不但是市粮食局，连市委组织部孙部长都亲自过问哩。没有市委组织部的全力支持，我们那个只会喝酒的老厂长和那个只会卖计划粮的副局长没准真会把我们搞垮呢。"

王大瑞问："你咋得罪他们了？"

田大贵说："我哪得罪他们了？我是按市委、市政府的改革精神办事。

其一，把市委、市政府深化改革精神变成具体措施，一一落到实处；其二，走得更远了一点，打破了国营企业的用人机制。我们一上台就宣布了一条：凡是企业急需的人才，不管户口，不论级别，不拘性质，都可以来我们厂工作。不到半个月，真就来了一批能人干将，有农村乡镇企业的采购员，有集体厂的技术员，还有河南的大学生。我们就想筹资改造现有厂房和设备，上一条豆奶粉生产线。这下子不得了了，老厂长四处告，四处问：这个平川碾米厂还是国营企业吗？田大贵和他那两个穿开裆裤的小伙计想干什么？"

汤副厂长也说："粮食局有些领导也说话了，说是碾米厂不是幼儿园，不能让田大贵带着这么几个毛头小伙子胡闹。"

俞副书记说："最有意思的还是今天，赵副局长以为田厂长的民意测验票过不了大半数，没想到田厂长竟得了九十五票。这就说明，厂里有三分之二的同志拥护我们的改革，这就是人心。"

田大贵站起来，在屋里踱着步说："也不想想，不改革还混得下去吗？过去搞计划经济，你投多少粮，我碾多少米，吃不饱，也饿不死。现在国家把粮价放开了，谁还到你这国营厂来碾米？价格贵不说，态度又不好。好，厂子没活干了，从老厂长到工人，都抄起手做国家主人公，这就年年亏损，三年下来这么个小厂竟亏了两百八十万！还有脸说是政策计划性亏损！我在上任前一天的会上就说了，现在没有计划了，只有政策，市委给我们的是深化改革的政策，市场经济的政策！不走向市场，我们这个厂子就没有出路，大家就得失业！现在组织上和大家信任我，我就得带大家去闯市场。即使我田大贵不中用，撞得满头是血，大家还得闯下去，一定要为我们这个国营小厂闯出一条血路来！"

王大瑞也激动了，大声说："小田厂长说得好！闯市场就得有这种不怕撞得满头是血的勇气，就得有这种前仆后继的决心。这让我想起了鲁迅先生说过的话：'螃蟹有人吃，蜘蛛也一定有人吃过，不过不好吃，所以，后人就不吃了。对这种人，我们是应当极端感谢的。'我的意思是说，你们都年轻，就是闯出点乱子，也理应得到大家的理解和尊敬。"

说这话时，王大瑞就想，怪不得女儿对田大贵这么一往情深，原来这个田大贵不但相貌英俊，还是个有思想、有气魄的厂长。

三个年轻人和王大瑞谈了很多，不知不觉已是夜里十一点多了，起身告辞时，田大贵才掏出一个厚厚的信封，悄悄放到桌上。

王大瑞问："这是干什么？"

田大贵说："这是我们三人的一点心意。目前厂里要上豆奶粉生产线，资金很紧张，再也拿不出钱来了。我们凑了四千元，给媛媛先应应急吧。"

王大瑞忙把钱塞还给田大贵，说："这不行，媛媛已经拖累了厂子，哪能让你们个人再掏这么多钱？！"

田大贵说："王老师，过去，我们和媛媛在一个班组干活，和亲兄妹一样；今天，我们又成了媛媛的领导，从哪方面说，都不能不关心媛媛。你说是不是？现在厂子处在最困难的时候。媛媛也处在最困难的时候。只要我们咬咬牙，把这阵子顶过去，大家都会好起来。到那时，我们一定要把媛媛送到北京、上海最好的医院去治疗。"

女儿失声哭了起来。

王大瑞眼睛也湿润了。

透过蒙眬的泪眼，王大瑞看到，女儿郑重地接过了钱，贴在自己胸前摆了一会儿，又把钱还给了田大贵，哽咽着说："这些钱算我收下了，现在，我就用它缴厂里上豆奶粉生产线的集资款吧。"

田大贵怔住了。

汤副厂长忙说："媛媛，你又不是不知道，厂里规定的，离退休职工和重病号一律不搞集资。"

王媛媛嚼着泪说："我希望咱厂快好起来呀！咱厂好起来了，我才能好起来！大贵哥不是说了吗，到咱厂好起来了，就能送我到北京、上海最好的医院去治病。"

田大贵从汤副厂长手里拿过钱，点点头说："好，媛媛，你就等着吧，我田大贵要是做不到这一点，就……就……"

田大贵说不下去了，眼内噙满泪水扭头就走。

王大瑞没去送，也没让女儿去送。他知道，田大贵不愿让媛媛看到他这个年轻厂长的眼泪。

四

这天夜晚，王大瑞失眠了，躺在床上翻来覆去睡不着。一天中经历过的事情，见过的脸孔，全于黑暗中扑拥到眼前。从老战友张大同的纺织机械集团，到头一次接触的民营亚太公司，到女儿所在的小小碾米厂，和厂里田大贵那三个年轻人，无一不让他感慨万分。一种激动而又颇有些悲壮的情绪携雷挟电，呼啸着鼓胀在他心中，这种感觉已是许久没有过了。

大睁着两眼，看着发黄的蚊帐顶，王大瑞对自己说，王记者，你太渺小！你太庸俗！人家张大同在三间破车棚里，为国营大中型企业的深化改革，为中国纺织机械行业的明天，不顾一切地拼争着，像打仗似的。亚太的柏志林，为了自身的发展，也为了替平川的民营企业争口气，绞尽脑汁，忙个不停。只有你，王记者，眼睛光盯着人家的钱袋，为了拿那两个提成四处跑去凑热闹。你王记者别说和张大同、田大贵这些人比，就是和自己女儿比，都俗不可耐。女儿病成这样，还关心着她那小小碾米厂的命运，还把朋友们送她的救命钱交出去上生产线。而你呢，王记者！你这个平川工业口的资深记者，就不该为这些在改革第一线上冲杀拼搏的同志们做些什么吗？你当年的激情哪里去了？女儿尚且知道工厂好了，她的命运才会好，你王记者难道就不知道这个浅显的道理吗？平川的工矿企业不走出整体滑坡的谷底，你们《平川日报》的广告赞助都拉不着，每月的奖金都没着落。

里外是睡不着，王大瑞索性从床上爬起来，站在窗前去抽烟。

拉赞助的经历，让王大瑞于不经意中窥见了平川的工业现状，这现状颇像一幅悲壮而有气势的图画。困难重重的大中型国有企业要杀出一条发展壮大的血路，失去了计划经济保护的国营小厂也要在市场上杀出一条血路。吴明雄这个市委书记和今日的平川市委确是有胆识、有气魄的，竟在全国第一个进行这种深化改革的试点。还有抓大放小的政策，也实在是聪明。他王大瑞完全可以通过自己耳闻目睹的事实写出一篇好文章。

坐在破写字台前，拧亮桌上的台灯，王大瑞想都没想，就信手写下了文章的标题:《杀出一条血路来——平川市深化改革纪实之一》。

文章从纺织机械集团三间破车棚里的紧张工作气氛写起,到重病的女儿为了一个小小碾米厂的命运,把四千元救命钱交给自己新上任的年轻厂长结束。文中夹叙夹议,洋溢着一种少有的激情。

王大瑞在文章的末尾写道:

"一些长期束缚人们思想的旧观念被打破了,试点企业干部群众的商品经济观念、改革开放观念增强了。这种思想认识上的飞跃,其意义已远远超出了经济本身的命题。平川严峻的经济形势逼出了平川改革的新思路,试点企业的干部群众无不认识到,只有深化改革才能解放生产力,才能充分发挥社会主义制度的优越性。平川碾米厂重病女工王媛媛含泪泣血说出的话,从某种意义上讲正代表着人民群众欢迎改革、支持改革的心声。"

把写好的文章从头到尾看了一遍,王大瑞颇为得意,在朦胧的灯光下自己对自己说:很不错嘛,王记者!你还是有记者良心的,你还有热血!你写自己真心想写的东西还是能写好的嘛!这篇文章不但能在《平川日报》上发,也许还能被国家级大报转载呢!

考虑到可能会上国家级大报,王大瑞格外慎重起来,又用挑剔的眼光把文章重读一遍,这就读出了点问题:文章中几处提到的王媛媛可是他女儿呀,自己这么写好吗?知道内情的同志会怎么想?会不会认为他王大吹吹到自己女儿头上来了?

文章中关于女儿的几处文字十分精彩,可以说是这篇文章中最感人的地方,只有对病弱女儿倾注了深深父爱才能写得出来。

王大瑞想来想去,还是没下笔改掉这些文字,心里想,他写的都是事实,不是编造的,也不是要替女儿吹嘘什么,他吹嘘女儿有什么意义呢?女儿重病在身,既不想出名,又不想做官,谁爱说什么就让他去说好了。

他和自己挚爱的女儿也要在未来的生活中杀出一条血路来哩。

第九章　书记和班子

一

束华如真切地感觉到，在吴明雄出任平川市委书记的短短几个月里，平川的一切都在不知不觉中发生着变化，你说它是一场静悄悄的革命都不过分。这期间，没有任何大吹大擂的鼓噪和虚张声势的花拳绣腿。几乎是在没人注意的情况下，往日充斥电台、电视台的会议报道渐渐少了，《平川日报》上头版头条的市委、市政府领导应景作态的"重要讲话"少了，而关于解放思想、更新观念的署名文章却多了起来。吴明雄带头写，针对平川的具体情况，提出问题，征询解决问题的新思路。关于深圳、上海、苏南、海南等全国各地的改革开放的报道也多了起来。后来，根据吴明雄的指示，《平川日报》干脆搞了两个固定栏目，一个叫"八面来风"，一个叫"改革前沿"，专门转发这类的报道和信息。

市委、市政府各部门的工作作风亦随之发生了转变，机关大院里，人们的脚步急匆匆起来，守着茶杯、报纸混日子的人很难看到了。吴明雄在一次有三千人参加的全市干部大会上提出，要切实地以经济工作为中心，平川党政各系统、各部门都要行动起来，为经济建设做实事。每个单位，每个人都有义务跑资金、跑项目，为企业解决困难。吴明雄还特别指出，像市委宣传部、市委办公室、市政府办公室这样四通八达、神通广大的部门，要努力成为平川的城市公关部。

当肖道清在一次常委会上说起"党要管党"时，吴明雄说，党当然要管党，不过，不是在虚无缥缈的云里雾里管，也不能仅仅靠三天两头下文件，作决议来管，而是要在身体力行领导平川地区一千万人民进行脱贫致富的经济建设的过程中管。这样才能把党管好，这样一千万平川人民才会相信，中共平川市委不是在混日子，而是要干事业，要向贫穷落后的现状挑战。

在这么一种气氛下，许多过去想都不敢想的事，现在都很具体地提到议事日程上来了。比如说，南水北调工程，谁都认为是好事，可谁都不敢拍板上马，十个亿吓退了多少届平川市委领导班子呀。如今在这届班子任上要上马了，市委常委会八月份专门开会做了决定。决策者自然是吴明雄，束华如和常委们都全力支持。大家都知道，吴明雄可不官僚，做这个重大决策时，谨慎而小心，先是带着各部门的有关同志，驱车几天跑遍了沿河六县市，进行调查研究，后来又反复征询人大、政协许多老同志的意见，才给常委会拿出了个切实可行的上马方案。更绝的是，吴明雄不要别人，偏要怕负责任、又不想干事的市委副书记肖道清来抓这个工程。不管肖道清内心怎么想，一把手建议了，常委会又通过了，肖道清只能老老实实去干活，只怕他再也没有时间和精力去拉帮结派、四处跑官了。

面对全市经济滑坡的严峻形势，深化改革也在吴明雄的坚持下，由点到面地在全市铺开了。在专门研究工业问题的一次常委会上，吴明雄要分管的常务副市长曹务平和老资格的副书记陈忠阳负责。曹务平态度很坚定，陈忠阳开头倒是有些顾虑，怕闹不好会引发群访和集体上访事件。可事实是，随着深化改革的全面铺开，全市经济的滑坡速度大大减缓了，到年底一部分企业的效益奇迹般地搞上去了。由于配套建立了有效的保障体制，迄今为止也没有发生什么了不得的事件。《平川日报》记者王大瑞为此写的系列报道，被许多全国性报纸转载，引起了中央主管领导的高度重视，也把包括新华社、《人民日报》在内的大批记者吸引到经济欠发达的平川来。王大瑞因为那篇《杀出一条血路来》的文章，成了很有影响的记者，引起了束华如和吴明雄的注意。

束华如记得，最初看到王大瑞的文章时，自己落泪了。平川碾米厂身患白血病的女工王媛媛拖着沉重的身子到厂里投下的那一票，分量太重了；这位姑娘把三个年轻厂长、书记捐助的四千元交还给自己厂长时说的话太感人了。

当晚，和吴明雄谈起这番感慨时，吴明雄也说："老束，这位女工是在用自己年轻的生命投票，是投了咱们的改革一票啊！面对这么好的老百姓，我们除了拼命工作，还能说什么呢？！"

束华如说："这也提醒我们，在深化企业劳动用工制度改革时，要进一步落实和完善待业保险和社会保障机制，对富余下岗人员和老弱病残者的困难情况，我们一定要高度关注。"

吴明雄点了点头，说："不过，对像王媛媛这样有特殊困难的同志，可能我们目前的保险和保障机制都起不了多大的作用。我专门打电话问了粮食局，这个一百多号人的碾米厂，欠着银行两百八十万的贷款，哪能负担得了一个危重病人的医疗费呢？对这种情况，我们恐怕还是得呼吁全社会进行救助。"

束华如说："那我们是不是马上就把这件事做起来？平川这地方，虽说穷，可人好，豪爽侠义的，我相信大家都会伸出救援之手的。"

吴明雄笑了笑说："这回先不要向社会呼吁，我已想好了，以市委的名义向平川地区二十三万党员呼吁，募集一笔紧急救助基金，让王媛媛和那些暂时生活在困境中的人们知道，中共平川市委没有忘记他们，也没有忘记他们为平川的改革做出的牺牲。"

束华如当即说："好！这也是我们对人民的表态宣言！"

募集获得了意想不到的成功，短短一个月的时间里，全市二十三万党员共计捐款一百零四万，如愿建起了一个特殊的基金会。市委组织部长孙金原亲自将一万元现金送到了平川碾米厂。厂长田大贵代表王媛媛把钱收下了，并对着电视镜头和一大堆记者说，这一万元党员捐款就算碾米厂向紧急救助基金会暂借的，并代表平川碾米厂全体干部职工向市委保证，一定要把全国的豆奶粉市场打开，把厂子搞上去，最多两年之内，捐还基金会十万元。孙金原和组织部的同志都为田大贵的话热烈鼓掌。

一场静悄悄的革命就这样开始了。吴明雄主持的中共平川市委在领导这场静悄悄的革命的同时，树立了历届市委从没有过的威望。对此，省委书记钱向辉十分满意，在国庆前夕召开的省委工作会议上吴明雄代表平川头一个发言，介绍平川的工作和改革试验的情况。

在作总结讲话时，钱向辉明确表态说："平川的这个头开得很好。平川现任班子是个锐意进取的班子。平川负重前进的工作精神，全省各市都要认真学习。经济欠发达的平川尚且能平稳推进大胆尝试深化改革，经济发达地区就更应该在这方面多做些工作。"

在省里开会期间，平川的同志都忙得不亦乐乎。

吴明雄很会利用机遇，趁着平川工作被钱向辉书记表扬的大好机会，会上会下跑，找省委、省政府各部门要钱要政策。吴明雄先是和肖道清一起跑水利局、农业局、农行，落实南水北调工程的专项资金。后来，又拖着束华如跑交通厅，跑省建委，跑交行，为平川的烂路四处呼吁。不但吴明雄、束华如在跑，平川的同志都在跑。

散会后，平川的同志多留了一天，吴明雄搬出从不轻易出面的老省长坐镇，把一些管钱管物的头头脑脑和几大银行的行长们全请来吃饭，破例上了茅台。

举杯祝酒时，吴明雄便说："各位财神爷，各路诸侯们，你们都知道，平川穷，经济欠发达，要做点事很不容易，没有你们的支持就更不容易。我们的同志总说，人家省里的同志看不起我们，怕我们的穷气沾到人家身上。我和束市长就批评他们说，这是你们不争气嘛，你们心虚嘛。我和束市长今天就试着请了一下，这不，诸位大员全来了，都不怕我们的穷气沾到身上嘛。现在，我代表中共平川市委、平川市政府和一千万为改变自己命运而拼搏的平川人民，敬诸位一杯酒，感谢你们曾经给予我们的支持，和日后必将继续给予我们的支持。"

老省长也对省里管钱管物的头头们说话了："这顿饭不好吃呀，吴明雄请你们一次不容易，你们吃吴明雄一次也不容易。老百姓说'公仆一餐饭，小民半年粮'啊，对平川来说，可能就是一年粮喽。各位同志吃了平川人民一年粮，就得为平川人民帮忙做点实事喽。一个水，一个路，都是大问题呀，不从根本上解决，平川就上不去。而要解决，就需要大资金。吴明雄和平川的同志很努力，一直在想办法，大家也要帮着想办法，好不好呢？作为一个在平川工作过的老同志，我也敬大家一杯酒喽。"

束华如再也想不到，因为有老省长坐镇支持，平川方面请客花了两千五百元，却在落实了水利专项资金后，又多争取到了两千五百万的修路资金和三千万的银行贷款……

事后，有人向省委书记钱向辉打小报告，说吴明雄身为市委书记，为了地方利益，在省委、省政府的眼皮底下带头搞不正之风。钱向辉让秘书斯予之打电话给吴明雄，要吴明雄下不为例。吴明雄却把球踢给了老省长，说客是老省长掏钱请的，老省长为平川地区一百万贫困人口的脱贫问题忧着心呢。

斯予之心照不宣地呵呵笑着说："老省长个人请客就是另外一回事了嘛，吴书记，我就按你这口径去给钱书记汇报。不过，吴书记，你那里还是要注意一下哩，不要被人家钻空子。"

吴明雄问："是不是有什么不好的风声传到钱书记耳边来了？"

斯予之透露说："吴书记，我告诉你，你心里有数就行。现在已有一些告状信寄到省委来了，说你什么事都敢干，什么话都敢说哩。"

吴明雄一怔："老弟呀，你再说细点，都告了些啥呀？"

期予之问："吴书记，你们平川是不是有个国营碾米厂？是不是换了个叫田大贵的年轻人做厂长？你老兄是不是在市委常委会上说过，市里只管住一个田大贵，只要他有办法把厂子搞上去，就啥都不要管？"

吴明雄说："我是说过这个话。"

斯予之说："问题就在这里。据告状信说，这个田大贵把所有制打乱了，厂里乱七八糟，用的什么人都有，像个幼儿园。说田大贵敢这么做，全是你们市委支持纵容的结果。这个社会主义的国营厂已不姓社了，国有资产都变成了私有资产，要出一批新资本家了。很会上纲上线哩！"

吴明雄气了："这个百十号人的小碾米厂，在改革前，全部国有固定资产不到三百万，负债却是两百八十万，加上三十多个退休工人要养，哪还有什么国有资产可言？要按我的想法，这种资不抵债的国营小厂干脆全卖掉才好！”

斯予之在电话里又呵呵笑了:"看看，看看，你吴书记就是敢说话嘛！把这些国营小厂卖掉，有政策依据吗？"

吴明雄拿不出政策依据。

斯予之这才说:"吴书记，我再给你透个底，在许多问题上钱书记和你的看法都是一致的，对你们深化改革的充分肯定，已表明了钱书记和省委的态度。但是，吴书记，你能不能学得策略一点呢？有些事只做不说，有些事呢，只说不做嘛！别让人家抓住你什么把柄，和你纠缠不休，让你干不成事——你不是又要治水又要修路吗？"

吴明雄这才明白，钱向辉让斯予之打电话给他，是一片好意，便在和束华如提起这件事时，很感慨地说:"束市长，你看看，这就是咱中国的国情，你只要做事，就有人告你；你要拿它当回事，就别过日子了。"

从省里回来后，农村八县市按计划全力以赴准备上南水北调工程。吴明雄又找束华如商量，想趁着这种上下一心的气氛和省交通部门的支持，把规划中要修建的环城路提前上马，早一些解决平川的道路问题。

束华如知道，道路问题已被吴明雄提到了议事日程上，目前正在进行可行性论证，迟早要修，可是不是在这时候修，有点吃不准，便以商量的口气对吴明雄说:"吴书记，你再想想，如果水利和道路一起上，战线是不是拉得太长了点？工作力度是不是大了点？"

吴明雄问:"那你的意思是？"

束华如说:"我想，道路是不是能在水利工程搞得差不多时，再考虑全面上马呢？饭总要一口口吃嘛。我是怕万一两边的摊子都铺开了，因为资金或其他什么不可预见的原因收不了场，咱们这两个当家人就难堪了，这好不容易得来的大好局面也就被破坏了。"

吴明雄想了好久，才说:"老束，你的话也有一定的道理。这事咱先不定，你再想想，我也再想想，我们分头多征求一下各方面同志的意见再说吧。"

束华如后来征求了交通、建委一些负责同志的意见，大家的意见比较统一，大都赞成抓紧时间上环城路。都认为晚上不如早上，早上花钱少，可能两三个亿拿得下来，晚上就不一定了，一旦经济高潮来临，费用闹不好会加大一倍。

吴明雄再和束华如商量时，也和束华如说："美国三十年代经济萧条时，就干了不少基础工程，省下不少钱，也在一定程度上解决了失业问题。现在，我们利用经济在低谷运行的时机上，也有这类似的好处。另外，更重要的是，我们还可以借修路增强平川人民的自信心，把全市人民紧紧团结在一起，让大家都看到，只要我们上下一心，努力干事，就没有啥事办不到。和发达地区比，我们现在还差一大截，一时还拿不到团体金牌，可单项金牌，咱拼死拼活也得拿一二块回来。"

束华如细想想，觉得吴明雄说得有道理，就表示说："那咱们就担点风险拼一回吧，也许会拼出一个奇迹来！"

这就有了后来被认为是平川历史上最具开拓意义的一次市委常委扩大会。在这次会上，吴明雄将"解放思想，负重前进，自加压力，水路并举"的口号第一次提了出来……

二

平川市委常委扩大会议定在十一月四日上午召开，会期一天。市委办公室在十一月二日就通知到了每一个与会者。十一月三日晚上，陈忠阳打电话到吴明雄家里，问吴明雄："吴书记，明天会议的主要内容是什么？重要不重要？我请个假行不行？云海市有个活动要我参加，我也早就答应过的。"

吴明雄说："我的陈老书记，在这关键时刻你可别临阵脱逃呀。明天的会议你非来不可，水和路这两件大事都是你支持我干的，这次会上要具体落实了，你哪能请假？必要时，我还准备借重你这门大炮轰几下呢。"

听了这话，陈忠阳很高兴，认为吴明雄是把他引为知己的，便马上答应道："那好，我准时到会就是。"继而，又说，"吴书记，我可不会耍滑头，还真有些心里话想和你说说哩，不知你睡下没有？要是没睡下，我就过去了。你给我备点酒，再弄点花生米，咱们像当年在河工工地上一样，小酌一番好不好？"

吴明雄说："好，你就过来吧，我这里还真有瓶好酒哩。"

陈忠阳赶到吴明雄家时，已是夜里十一点多了，主管农业的副市长白玉龙和水利局、交通局的几个同志汇报完工作刚走，吴明雄家的客厅里一片狼藉，茶几上、沙发上到处都是图纸。

吴明雄将沙发上的图纸收拢了一下，请陈忠阳坐下来，然后，又让妻子拿出一瓶洋河酒和半包花生米，摆在茶几上，很抱歉地对陈忠阳说："看看，只有这点花生米了，瓜子倒还有，要不要？"

陈忠阳笑了："算了，算了，你还真以为我是来喝酒的？我不过是要和你说说话——算谈工作吧。"

于是，两人开始谈工作，意见完全一致，都认为要抓住当前这个有利时机，水、路齐上，就是要把战线全面展开。

陈忠阳特别提醒吴明雄说："老兄，老省长年岁大了，身体一天不如一天了，咱现在若不抓紧时间办这几桩大事，日后办起来麻烦只怕会更大。"

吴明雄笑了："你这家伙，又想赖咱老省长。"

陈忠阳说："不是赖。咱们不赖他，他不也在四处为咱平川呼吁吗？老省长心中可是装着一百万贫困人口早日脱贫的问题哩。所以，我就想，只要咱把水和路两条战线全拉开了，就算万一收不了场，也还有老省长可以指望。"

吴明雄说："我可没这么想。我敢把两条战线同时拉开，就敢保它能收得了场。你知道，我干啥都是有依据的，是反复盘算过的。在明天的会上，我准备摊开来和大家好好谈一谈。"

陈忠阳手一挥："谈什么呀？吴书记！有些事情还真就不能民主。郭怀秋倒民主，每次开会都议了不少事，可决定了多少？又落实了多少？我看，像治水修路这种明摆着的好事，看准了，你这个一把手拍板就是了。你定下来，谁敢不服从？"

吴明雄道："话不能这么说，这么大的事，哪能一个人说了算？我看还有必要再征求一下人大、政协和各方面的意见，上上下下要真正统一思想，才能把好事办好嘛。"

　　后来，话题不知咋的落到了肖道清头上。陈忠阳劲头来了，毫不掩饰地大讲肖道清的不是，认为吴明雄把南水北调这么一个具有历史意义的大工程交给肖道清来负责，可能并不妥当。

　　陈忠阳说："我断定肖道清没有这份使命感和责任心，也吃不起这份折腾。你吴书记想往他脸上贴金，他却可能往你脸上抹灰。明天会一散，工程就要上马，万一八县市一百几十万农民大军上了河堤，战线全面铺开，他突然瘫下来，你这个市委书记咋办呀？"

　　吴明雄说："我们不要总把自己的同志往坏处想嘛，至少到目前为止，我还没看出肖道清有往下瘫的意思。我和大家说得很清楚，谁愿意做事我都支持。人家肖书记现在愿意做事，我看大家就应该支持肖书记做事，少在一旁说三道四，这不好。你老陈又不是不知道，在争取南水北调工程大块资金时，肖书记三天两头去省城，找了包括谢学东书记在内的许多关系，是出了大力的嘛。"

　　陈忠明说："吴书记，我完全是为你好，我担心的正是他这一手。他三天两头去省城，可能会去搞点资金，可也搞小动作呢。昨天听省城的同志说，咱肖书记可是打了你不少小报告，连前几天大漠县移民纠纷也汇报给谢学东了。你等着好了，谢学东有话和你说哩。"

　　吴明雄有点吃惊，问道："你这消息是从哪来的？可能吗？移民纠纷我知道嘛，不就是拓宽大漠河河道，要迁几个自然村吗？肖书记自己经手处理的，他还打什么小报告？！是讹传吧？"

　　陈忠阳摆摆手说："好，好，就算是讹传吧。那么，八县市的集资情况，肖书记又落实得怎么样呀？你吴书记也没听到什么吗？"

　　吴明雄说："这个问题我正要在明天会上谈，以工代赈和以资代劳都要落实到人，由各县市的一把手负责，不能影响工程，具体情况都要向市委汇报。"

　　陈忠阳苦苦一笑："人家肖道清可早就在大漠干部和那帮县太爷面前四处放风了，说是按他的主张是不愿加重各县市农民负担的，但吴书记拍板定下的事就得执行。你揣摩揣摩他这话是什么意思？"

　　吴明雄反问道："你说是什么意思？了不起就是要我吴明雄对可能出

现的问题负责嘛！这有什么了不得？！若是连这个责任都不敢负，我吴明雄还做这个市委书记干什么？！"

陈忠阳不作声了。

吴明雄这才叹了口气说："肖书记真要这么瞻前顾后，最后瘫下来，我看也没啥了不起。不行，就你陈老书记上，老将出马，一个顶俩嘛。况且，你又是老水利了，啥场面没见过呀？"

陈忠阳呷了口酒，摇了摇头说："算了吧，吴书记，我可是真老喽，比不得肖书记喽，你还是把这份好金往他脸上贴吧，我用不着。人家肖书记实在是聪明呀，见好处不推，见风险不碰，还三天两头给省里的领导同志汇报着工作，日后能不进步吗？"

吴明雄不悦地说："你陈老书记哪来的这么多牢骚怪话呀？你老了，我不也老了？哪个人不是在一天天老下去？但我们的心态不能老嘛！不论咋说，这个世界和我们的事业都是青年人的，你不承认不行嘛！当然，有些年轻同志也有些毛病，有时候考虑问题自觉不自觉地把个人得失想得多一些，这也不奇怪嘛。只要他认真做事就好，不愿担责任不要紧，就你我这样的老同志担起来嘛！对这个南水北调工程我就想过，干好了，算肖书记的；干坏了全是我吴明雄的。我总觉得我们老同志就得像咱老省长一样，要有点胸怀，要让年轻同志踏着我们的肩头前进。只要认真做事，人家肖道清进步了有啥不好？"

陈忠阳问："吴书记，这是你的真心话吗？"

吴明雄说："咋不是真心话呢？对一个肖道清，一个曹务平，我就是想让他们多做些事，多得到一些锻炼。要知道，改变平川的落后面貌不是一朝一夕的事，平川经济的全面起飞也有一个艰苦的过程，我们的事业需要他们呀。"

陈忠阳郁郁不乐地说："无怪乎外面有人议论，说你吴书记重用大漠干部。"

吴明雄反问道："你就没听人议论说，我吴明雄也重用你老陈？"

陈忠阳承认说："也有人这样说，说老省长和你打了招呼，你才找了钱向辉把我留在常委班子里；还说，平川有个地区帮，就是你我这些当年专署下辖的县社干部。"

吴明雄手一挥："全是无稽之谈！我觉得奇怪的是，你老陈对这些不负责任的议论，咋就这么有兴趣？消息还就这么灵通？老兄啊，我看你要警惕呢，千万别被这些歪风吹昏了头，真就把咱平川市委当成了梁山上的忠义堂了。"

陈忠阳有些窘，怔了一下说："吴书记，我这还不都是为了你？怕你冷不防吃人家的亏呀。"

吴明雄说："人正不怕影子歪，我就不信这些不负责任的风言风语会把我吴明雄怎么了。你老陈真心为我好，就得支持我多做事。我一开始就说了，明天的会上我可能要借你这门大炮轰一下呢，你到时候可别哑巴了。"

陈忠明说："这一点你放心，到时候该说的话我都会说。"

告别吴明雄回到家后，陈忠阳已预感到明天的会不会平静，心里已想着要在会上点点肖道清，让这小书记心里有点数，别真以为大家都是傻瓜，看不透他那套鬼把戏。

当然，这么做归根还是为了吴明雄。吴明雄仗义，坚持把他留在班子里，他就得在当紧当忙时帮吴明雄一把。别说吴明雄是在为平川人民做好事，就算吴明雄做的事值得商榷，他也得毫不犹豫地支持吴明雄。

三

严长琪被束华如拖上车后才发现，车上根本没有司机。正纳闷时，束华如打开前车门，坐到了驾驶员的座位上，按了两下喇叭，亲自驾车上了路。

严长琪吓得直叫："束市长，这半夜三更的，你开什么玩笑？"

束华如说："谁和你开玩笑了？我是看得起你严市长，才带你去兜风呢。"

严长琪说："算了吧，你这可是绑架呀，我一点也不想兜风，只想倒头睡觉。明天一早不是还要开会吗？"

束华如说："是嘛，想到明天这个会，我都睡不着，你就能睡着了？"

严长琪说:"咋睡不着?我可是带着建委和交通局的那帮人跑了几天,骨头都要被咱平川的烂路颠散了,现在还晕晕乎乎像坐船似的。"

束华如说:"那就再颠一回吧,等日后路修好了,你这种坐船的感受就找不到了,岂不遗憾?"

是辆半新不旧的桑塔纳,牌号挺大,明显不是市委的,也不是市政府的。车刚开到中山路上,就被一个查带人搭车的交警拦住了。待看清开车的是市长束华如,交警吓了一跳,慌忙敬礼放行。

重新上路后,束华如对严长琪解释说:"我今天也够呛,陪农业部一位副部长跑了两个县,看引水工程现场,回来太晚了,司机小刘又刚结了婚,我就放小刘回了家。路过物资局时,问傅局长他们借了这台车。"

严长琪说:"怪不得那个交警敢拦哩。你也不发发市长的脾气,训他几句。不像话嘛,搞特权嘛,难怪老百姓有意见。"

束华如笑了:"我可不敢训他,今天我也违章呢。我只有学员证,按规定没有教练在身旁是不能驾车的。"

严长琪也笑了:"好,你这大市长带头非法开车,真若被交警扣住,让吴书记去领你才好哩,那可是一大新闻了,能上《平川日报》头版头条。"

虽说没有正式驾照,束华如的车开得却挺好。严长琪夸束华如,束华如便直夸自己的教练——司机小刘,说是小刘教练已经说了,他要是去参加路考是必能顺利过关的。

后来就说起了正事。

束华如问:"严市长,建委、交通局的同志好像已把环城路的初步设计方案拿出来了,是不是?"

严长琪说:"是的,三天前就拿出来了,吴书记也几次参与了方案的讨论。目前这个方案正在征求各方面的意见,分歧还不小。不过,现在的分歧已不是上不上的问题,而是上什么规模,什么标准的问题。"

束华如点点头,又问:"资金落实得怎么样?在水利工程全面开工的情况下,我们能保证环城路的资金需求吗?"

严长琪想了想说:"这一点我真没有多少数。按二级路,四车道的标准,我们这六十公里环城路也得两亿多。而若是按吴书记的意思,搞六车道的一级路，可能三个亿都拿不下来。"

束华如说："我给你报一下明账：省交通部门明年初，可以给我们安排两千五百万修路资金，省交行也答应给我们三千万基础建设投资贷款，市财政最多可以拨出三千万，加在一起就是八千五百万，如果是三个亿，资金缺口大约是两亿多。"

严长琪说："你这账和吴书记的账是一样，吴书记也和大家说明了，为这两亿多的资金缺口，大家都要去想办法。还说了，在任何情况下，都不能影响南水北调工程。真是给我们出难题呢。"

这时，车已出了主城区，到了龙凤山前。

束华如停下车，和严长琪一起信步走到山脚下的长风亭，居高临下望着入夜的平川问严长琪："如果市委、市政府决心要在这种情况下上环城路，资金这个难题最终有没有办法解决？可能出现的最大被动又是什么？"

严长琪想了想说："我认为，有这八千五百万做底子，先干起来是没问题的。资金缺口说起来是两亿多，可实际上也并没有这么多。这几天我沿规划中的环城路仔细看了一下，发现不少需拆迁的单位都是省里和中央各部驻平川的工矿企业。如果能得到这些单位的理解和支持，能让他们自己解决拆迁费用，那么，至少能省下几千万资金。环城路三分之二在民郊县，民郊是最大的受益县，又是我们平川经济实力最强的一个县，如果市里能说服民郊的程谓奇拿出几千万，缺口也就是一亿左右，最多不超过一亿三千万。

束华如拍打着长风亭上的围栏说："我看这两个办法都可行。我们上这个环城路不是为了自己。不论是中央各部企业还是省属企业，都是受益者，身在平川他们也为路所困哩。现在要为道路做点贡献。我们多做做工作，估计他们是乐意的。至于民郊，那就更没话说了，路修在你程谓奇的地界上，促进了你民郊地面上的繁荣，你不掏两个大子就行了吗？"

严长琪说："真能把这些措施都落到实处，上四车道的二级路应该说没多大的问题。可吴书记坚持自己的意见，一定要上六车道的一级路，路基要搞到六十米宽，这一来，资金上肯定有问题，还有拆迁量也加大了许多。"

　　束华如点点头："是的，平川最大的问题就是资金问题。不过，环城路既然下了决心上，我的意见也是尽可能把标准搞得高一些。时代在发展嘛，路修好一些，修宽一些，对日后有好处。当然，这只是我个人的意见，先上四车道二级路的意见，你也可以在明天的会上提出来，大家讨论嘛！"

　　严长琪说："免了吧，这是市委的常委扩大会，能扩大到我这个党外副市长去听听就不错了，我还多说啥？你们市委定了的事大家就执行嘛。"

　　束华如说："严市长，这你可得想好了，环城路只要一上马，具体就得你老兄去抓。早先吴书记向我建议过，我也希望你来抓。抓不上去，我可不管你是党内人士还是党外人士，反正我只知道你是副市长，我就唯你是问。"

　　严长琪说："你说得容易！整个环城路的拆迁面和工作量那么大，矛盾又那么多，我对付得了吗？关键时候，谁会买我这个党外副市长的账啊？我又没权撤谁换谁，从工作考虑，我看你和吴书记还是另请高明吧。"

　　束华如严肃地说："这你别担心，吴书记和我都会做你的后盾。你这副市长有职有权，完全可以向吴书记，向我，向市委组织部门建议撤换不称职的干部。"

　　严长琪受了些感动，这才说："好，好，我努力就是，你和吴书记这么信赖我，我还有啥好说的？干不好，你们先撤我吧。"

四

　　肖道清敏感地觉察到，曹务平自从进了市委常委班子，做了常务副市长，和自己的来往就明显减少了。有一次，省里来了个大漠籍的副厅长，肖道清和几个大漠干部邀曹务平一起私下聚聚，曹务平竟推脱不去。还有一次开区、县干部会议，会中聚餐，肖道清提议几个桌上的大漠同志共干一杯，曹务平拒绝举杯，公然说，这样影响不好，搞得一帮大漠干部都挺没趣的。

　　远在省城的谢学东书记也发现了曹务平这一变化，曾和肖道清抱怨说，这个小曹呀，如今当了常委，就只认一个吴明雄了，几次到省里开会都不来看看我。肖道清把这话带给曹务平后，曹务平才到谢学东家去了一趟，解释说，现在和过去不一样了，工作太紧张，自己每次都来去匆匆，省里哪个领导家都没去过。

谢学东更加不满意，私下里问肖道清，曹务平这个副市长比我这个省委副书记还忙吗？肖道清只好咧嘴苦笑。苦笑时就想，权力就是这样腐蚀着人的心灵和同志的情谊。只因为吴明雄做了一把手，占据了平川封疆大吏的位置，加重了曹务平的权柄，一向谨小慎微的曹务平竟也成了吴明雄的人，连省委副书记谢学东都不放在眼里了。

马上要开会了，为了能和曹务平说说心里话，交换一下意见，肖道清想了好半天，决定主动去找曹务平。肖道清认为，在最广泛的团结同志这一点上，谢学东书记无疑是值得他好好学习的。谢书记主持平川工作时，吴明雄尽给谢书记出难题，谢书记总是笑呵呵地听，笑呵呵地解释，从没公开批评过吴明雄，更没和吴明雄翻过脸，所以，直到今天，吴明雄都说不出谢学东一个不字。

不料，肖道清在电话里一说要到曹务平那里去，曹务平却说，这么晚了，还是我来看你吧。可话刚落音，竟又改了口，说是他正要到市政府机关去拿个文件，干脆在办公室谈吧，这样两边都方便。肖道清心里很不高兴，觉得曹务平做得实在太过分了，可在电话里却又不好说，迟疑了片刻，只好答应下来。

市委机关在上海路 32 号北院，市政府机关在上海路 21 号南院，离机关宿舍都不远。肖道清没去市政府所在地的南院，却去了北院。到了自己的办公室，泡好茶，才又打了个电话给曹务平，不由自主地就端起了点老上级的架子，要曹务平过来。

曹务平老老实实过来了，见面就说："肖书记，我正要找你汇报呢，胜利矿三十名干部群众告状的事已解决了，联合公司已在半个月前把十八万款子全打到了胜利矿的账上。"

肖道清点点头说："这就好，我们做领导的，一定要管好自己的亲戚朋友，不能让老百姓指着咱的后背骂娘啊！这件事我知道与你曹市长无关，你个人是很注意形象的，可出了这种事，咱们和老百姓说不清呀！我总不能让大喇叭筒子替你广播辟谣吧？"

曹务平说："是的，我气就气在这里。我都想好了，曹务成的这个联合公司只要让我逮住把柄，我立即封了它！"

肖道清笑道："算了，算了，不说这个了。你知道的，咱吴书记给我这个管纪委的副书记派了个好差事，让我兼抓南水北调工程呢，明天还要开会，咱今天还是先谈谈这件事吧。"

曹务平小心地说："这有啥可谈的？吴书记拍了板，常委会又做过决定，你肖书记放开手脚干就是了。我听吴书记和大家说，你老兄这阵子干得挺不错嘛，专项资金都弄到手了，还多弄了不少，是不是？"

肖道清叹了口气说："我的曹大市长啊，事情可没这么简单呢！专项资金能有多少？就算市县财政再挤出一点，缺口还是不小呀，让我伸手问底下要钱，我这手直发抖呀！八县市的土地爷们都向我喊穷，我受得了吗？还有大漠县几个村的移民问题，搞不好会闹到省里去。人家这几个村的房和地全让拓宽的河道占了，市里没钱，给的补偿太少，调剂周围的地，又引起了新的矛盾。我现在只要一接到下面那些县长、县委书记的电话就头皮发麻。曹大市长，我这里可不是你的工业口呀，难办着哩！"

曹务平笑了："肖书记，我看，你这叫看人挑担不吃力。你以为我的日子就好过？不说市委的各项改革措施都要进一步落实，我白日黑夜没个安生的时候。就在前天，吴书记还来找我，要我召集省、部驻平川的各企业负责人开会，商量集资上环城路哩。"

肖道清说："这事我知道，吴明雄也找我征求过意见。我明确告诉咱吴大书记，这太不现实，而且也大大超出了平川经济所能承担的限度。上个星期在省城见谢书记时，谢书记也说，这个老吴是发高烧了，烧得很厉害，至少一百度。谢书记让我带话给你，希望你我做做工作，让吴明雄冷静一点，不要拿平川一千万人民的前途做赌注，不要破坏了平川地区安定团结的大好局面。"

曹务平怔了一下，问："这是谢书记的原话吗？"

肖道清说："谢书记的原话比这还严厉。"

曹务平又问："那谢书记的意思是啥都不干喽？"

　　肖道清说:"谢书记可不是这个意思。谢书记的意思是,平川的水和路都要上,但要慢慢来,有多少钱办多少事,要量力而为。比如说引水工程,谢书记就认为没必要把河道拓得那么宽,也不一定就全线开工,可以一段一段搞。路呢,也是这个原则。环城路先不上,对老路慢慢改造,有个八到十年的时间,问题也就逐步解决了。你觉得谢书记的话是不是有道理?"

　　曹务平想了想说:"都有道理。谢书记自然有谢书记的道理,而吴书记也有吴书记的道理。"

　　肖道清说:"曹大市长,你别耍滑头,你今天就和我说说心里话好不好?"

　　曹务平这才很诚恳地说:"真要说心里话,我认吴书记的道理,不认谢书记的道理。为啥呢?因为吴书记的道理是立足于发展的硬道理。小平同志早就说过嘛,对于能源和道路,宁可欠债也要发展。你我都知道,平川的现状绝不是小打小闹、修修补补能解决问题的,现在不拼拼恐怕是不行了。"

　　肖道清说:"务平,我们是老同事,老朋友了,又都是大漠人,我有些想法也不瞒你。有个问题不知你想过没有?这样拼下去,拼垮了,他吴明雄下台,我们怎么办?做他这老头子的政治殉葬品吗?"

　　曹务平惊讶地看了肖道清好半天,才说:"道清,你真这样想?"

　　肖道清点点头说:"务平老弟,我的眼睛不瞎,谁对我们年轻人好,谁是想利用我们年轻人,我看得一清二楚。我觉得吴明雄的可怕就在这里,他拿党的事业开玩笑,也拿我们的政治生命开玩笑!还口口声声唱着高调,说是对你信任,让你有苦说不出。老弟,你可看清楚了,他吴明雄可不是谢书记啊!"

　　曹务平问:"肖书记,今天让我来,就是为了谈这个吗?"

　　肖道清发现苗头不对,笑了笑说:"是的,就是想和你谈谈这个良知问题。你我都曾喝过大漠河的河水,大漠农民的生活状况你我都是知道的,为了一个政治老人的野心,向经受了这么多苦难的农民搞这种摊派,我们于心何忍?"

　　曹务平提醒说:"肖书记,如果我没记错的话,根据市委常委会决议,大漠只搞以工代赈，没有以资代劳的任务。那么，让大漠的农民同志为改变自己的命运出点力，流点汗，有什么不可以呢？你可以问一问刘金萍，我们大漠的父老乡亲盼望的是什么？"

肖道清可没想到不管水利的曹务平会对水利的专项决议记得这么清楚，一下子窘住了。

曹务平却又缓和了一下语气说："道清，我们确是老同事、老朋友了。而且，在好几年中，你还做过我的直接领导，给过我不少帮助，你今天能不能虚心听我几句话呢？"

肖道清不想听，可却又不能不听，便木然地点了点头。

曹务平说："道清，你能不能不要想得太多，能不能就把身家性命押上一次，真心实意地支持吴明雄，把水利工程干好呢？你知道的，我和吴明雄没有任何渊源关系，我尊敬他，支持他，愿意一天只睡几小时陪着他拼，就是因为他心里除了工作再没有别的，就因为他在为平川人民干大事，干难事呀！"

肖道清摇了摇头，说："不对，我们的吴书记想为自己树碑立传。"

曹务平说，"退一步说，就算是这样吧，也不能说就是坏事，这总比不做事还想树碑立传的人要强些吧？总比抓个厕所问题就满世界吹，就名扬全国，要扎实得多，光彩得多吧？"

肖道清有些恼火地问："你在影射谁？"

一向小心的曹务平，这回却一点不怕，很平静地说："我没影射谁，只是在说一个事实。这个事实证明，吴明雄实在是个傻瓜，太不会做官。可恰恰因为这样，他才具有了那些聪明官僚所不具有的魅力，一种人格魅力。道清，你再往深处想想，是不是这回事？"

肖道清知道完全谈不下去了，面前的曹务平和大漠县委书记刘金萍一样，都已成了吴明雄意志的忠实执行者和追随者，昔日那个带着大漠色彩的干部圈子已无可奈何地分化了。

在这天的日记里，肖道清写道：

"……必须承认，作为平川市委书记的吴明雄确实具有一些政治家的个人魅力。这个老同志在上台不到半年的时间里，就能够把相当一批大漠干部和包括陈忠阳在内的许多云海干部笼络到自己身边，为自己的政治利益服务，应该说是一大奇迹。但构成这一个人魅力的基础不是别的，而是权力。权力太奇妙了，掌握权力的人在利用手上的权力改变别人命运的同时，便为自己抹上了这种叫作魅力的骗人的油彩。所以，从某种意义上说，魅力就是权力。"

五

肖道清知道，根据当今权力游戏的规则，当一把手主意既定时，常委会议也好，常委扩大会议也好，一般都不会出现什么公开反对的局面。聚集在权力中心的人们不是随着一把手的意志大唱赞歌，就是人云亦云跟着举手，从本质上说，是表现了一种在权力面前的集体无意识。这时，头脑清醒而又有主见的与会者想要改变这种局面是很困难的，他们表达不同意见的方法大都是婉转地提出问题。而要想回避表态，摆脱未来可能出现的麻烦和责任就只能是王顾左右而言他了。郭怀秋做一把手，讨论上国际工业园时，肖道清曾有过一次出色表演，在会上洋洋洒洒谈了半小时，竟让包括郭怀秋在内的全体常委谁都没听明白他究竟是支持国际工业园上马，还是反对国际工业园上马。

这次常委扩大会议也不出肖道清所料，会上会下几乎只有一个声音，参加会议的常委和有关方面的同志对吴明雄提出的"解放思想，负重前进，自加压力，水路并举"的口号，个个表现了异乎寻常的热情，对铺开摊子打一场人民战争，都一致支持。陈忠阳、曹务平这些人甚至说，"负重前进"，重从何来？重就重在历史上的欠债太多，而历史的欠债是要偿还的，本世纪剩余的时间已经不多了，我们今天如不抓住机遇，带领平川一千万人民拼一拼，打好这场世纪之战，就将留下永远的遗憾，后人提起我们时就会说，我们这些官僚全是一帮无能之辈。

陈忠阳、曹务平这帮人一个接一个大肆放炮，大谈使命与责任时，作为一把手的吴明雄就微笑着听，在笔记本上记，还时不时地插上几句话，把本就不冷静的气氛搞得更加不冷静。束华如就坐在吴明雄身边，也看着吴明雄的眼色说话。当有人提出，环城路是不是缓上，用修环城路的钱多办几个工厂时，束华如马上拿捏着吴明雄的腔调说，作为决策者，我们不能这么短视，道路基础建设是一座城市的立城之本，其意义不是办几个工厂可以取代的。

吴明雄也说，多办几个工厂当然也好，产值上去了，对上对下都好交代，我们的脸面也好看。可是，守着脚下的烂路，我们对历史和未来又怎么交代呢？因此，我建议我们的同志们还是挥洒一腔热血去认领面前这份历史责任吧。我们推脱不了。哪怕一时不被少数人理解，哪怕先挨人家几句骂，也得认领。

在一片热烈的气氛中，大家几乎忘记了还有他肖道清这个市委副书记的存在。

最后，还是吴明雄注意到了他的沉默，在下午具体讨论水、路工程的实施计划之前，要他也谈谈自己的意见。

平心而论，肖道清这时已不想多说什么了，大局已定，只有傻瓜和疯子才会在这种时候站出来发表不同看法。他肖道清太熟悉官场上这一套了，当年对郭怀秋都不讲心里话，今日如何会对吴明雄讲心里话呢？他现在谋求的只能是明哲保身，既保住眼前的政治利益，又保住未来的发言权和批评权。

于是，肖道清便说："听了吴书记、束市长和大家一上午的发言，很受鼓舞，也很受启发。看来，有些时候人还是要讲些精神的。大家精神都振作起来，很多看起来办不到的事，经过我们的努力也不是完全办不到。当然，精神也不是万能的，客观条件和客观规律也很重要。只要我们正视自己面对的客观条件，遵循事物的客观规律，我看，我们的事业就会得到长足的发展。"

肖道清注意到，这时，坐在对面的陈忠阳想说什么。

吴明雄摆摆手把陈忠阳制止了。

肖道清只装作没看见，喝了口水，继续说："发展是个硬道理，这话小平同志早就讲过。改革开放这么多年，我们平川有没有发展呢？我看还是有发展的，只是速度慢了些。什么原因造成的？还是客观条件。所以，我们今天谈发展，谈负重前进，都不能忘了经济欠发达这一客观条件。这一客观条件是坏事，可从某种意义上说，又未尝不是一件好事。毛泽东同志说过嘛，坏事有时也会变成好事。压力重，动力就大。唯物辩证法讲的就是这个道理。"

陈忠阳实在忍不住了，插上来道："肖书记，你的话我咋听不明白？对大家的意见，你究竟是赞成，还是反对？就明确表个态好不好？别又是主观，又是客观，越扯越远了，你总不会是想给我们大家上哲学课吧？"

这口气带着明显的讥讽，肖道清的脸拉了下来，冷冷地看了陈忠阳一眼说："陈书记，你稍微有点耐心好不好？我的意见还没谈完嘛！"

陈忠阳说："好，好，你谈，你谈。不过，我希望你能谈得具体一点，对水和路同时上马，究竟是个什么态度，别老是模棱两可，让人跟你一起犯糊涂。"

肖道清原来倒不想再多说什么了，现在却因为老对手陈忠阳步步紧逼的缘故，不能不说了："经济欠发达的客观条件摆在这里，水和路又要一起上，最大的问题是什么？就是资金。大家上午也都谈到了，南水北调工程资金有缺口，环城路资金也有缺口。我们一下子把两个工程全面铺开，一边向八县市农民伸手，一边向城里工人伸手，合适吗？违反不违反政策呀？会不会造成新的不安定因素？有没有政治风险？有多大的政治风险呀？希望大家都能想想清楚。据我所知，组织全市人民捐款修路在全国都没有先例。"

陈忠阳马上说："没有先例，并不等于说我们就不能尝试。改革开放以来，很多事情不都没有先例嘛，大家担点风险尝试着搞一搞，路子不就闯开了吗？"

曹务平也说："根据这一段时间的调查研究，我看没多大的风险。全市人民受路所困，意见一直很大，我们现在上环城路，从根本上解决问题，人民是从心里支持的。况且，捐款集资这一块只是小头，计划只是两千多万，如果我们的组织宣传到位，应该说没有多大问题。"

吴明雄笑眯眯地开了口："肖书记问题提得很好，陈书记、曹市长说得也很好。对这个问题，我是这么看的：我们平川人民一直具有自力更生、艰苦奋斗的优良传统，市区广大干部职工的觉悟程度、文化素质、经济收入也都比农民高，负担一般说来又比农民轻。新中国成立四十三年来，农民年年干水利，年年义务做贡献，我们城里的同志今天就尽这一次义务行不行呢？我看行。道路工程人人受益，也就人人有责。这责也不大，就是出五方土的工或者以资代劳捐四十元钱嘛。我认为这样做是能得到全市人民理解和支持的。当然，以资代劳款的募捐范围要说清楚，待业、待岗职工，离退休人员，没有经济收入的其他各类人员都不要搞。宣传工作要做好，报纸、电台、电视台要密切配合市委、市政府的部署，加大宣传力度。凡捐款超过四十元的，全在报纸、电台、电视台上公布名单，为工程建设做出贡献的所有人员，都记入光荣册。大家看，这样做好不好？"

束华如、陈忠阳、曹务平和大多数与会者都跟着叫好，宣传部长还当场表了态，说是平川的宣传机器这一次一定要开足马力，造成一种全党一心，全民一心，一切为了水路建设的大气候。

只有肖道清平淡地看着众人，笑了笑，随口说道："宣传总归是宣传，现在的老百姓可是很讲究实际哩，谁会花钱买这种虚名呀？"

吴明雄不高兴了："咋能说是花钱买虚名呢？我说肖书记呀，你是不是也太看低我们平川干部群众的觉悟水平了？"

陈忠阳跟着又逼了上来："肖书记，既然这也不行，那也不好，那么，我们是不是啥都不要干才好？有勇气，你就把这话明说出来嘛。"

肖道清听到吴明雄的话已是不悦了，见陈忠阳又这么当场让他下不来台，实在忍不住了，先怔了片刻，继而，把手上的茶杯往桌上重重一蹾，大声责问陈忠阳："陈书记，你这是在讨论问题，还是在找碴子？作为一个市委副书记，我难道没有发表自己意见的权利吗？吴书记，请问在这次常委扩大会上，我有没有发言权？"

会议气氛一下子紧张起来，谁也想不到平时总是一脸和气的肖道清会发这么大的火，而且，那话中的口气也不是只对一个陈忠阳了。

众人的眼睛都盯着吴明雄。

吴明雄很平和地对肖道清说："肖书记，你说下去，完全可以畅所欲言，不要说我们现在还没作决议，就是作了决议，你还可以保留自己的意见嘛。会前我们也交换过意见，我知道你对水路一起上马有些想法，现在就和大家谈谈吧，哪怕和大家的看法完全相反也不要紧，也算一家之言嘛。"

肖道清无路可退了，只得把话说到明处。斟酌词句时，心里就想，这一回他肖道清可是违反官场游戏规则了，搞不好会付出很大代价。因此，开口便说："首先我要声明一下，为了顾全大局，有些话我今天本不想在这里说，可吴书记要我说，我想，说说也好，总能开阔一下同志们的思路吧。"

会场上静得很，所有的目光都集中到了肖道清的身上。

肖道清打开了笔记本："谈三个主要问题。一、在南水北调工程全线上马的情况下，环城路同时上马真就那么合适吗？同志们设想一下，城外大漠河三百多公里河道上全面铺开一百五十万到两百万人上河工，是个什么景象？这种水利建设规模，在平川历史上从没有过。而在这种时候，平川城里还要上六十公里的环城路，又会是个什么景象？这景象太壮阔，也就太让人担心了，我不由地就想到当年的大跃进，当年的大跃进是决策的错误。那么今天呢？一旦出了问题，就是我们这些市委决策人的错误，在座诸位都有一份责任。在这里我要解释一下，我并没有推脱责任的意思。二、在现有的经济条件下，我们有必要把河道搞得这么宽吗？有必要把路修得这么宽吗？环城路的设计图我看了一下，路基六十多米，六车道，恐怕全国少见，现在真有这么大的车流量吗？符合客观实际吗？"

束华如插话说："这种一流的公路在世界上也不太多。美国洛杉矶到纽约的十号公路十车道，也才六十米宽。"

吴明雄接上来说："我要说明一下，把路搞得这么宽，主要是我的意见。我盯住的就是美国的十号公路。我的想法是，我们做一件事，不能光看眼前，还要把眼光放得长远一点，要为将来的发展留下余地。肖书记说得不错，几年内可能没这么大的车流量，可十年、二十年、三十年、五十年之后呢？因此，我就向有关部门的同志建议，我们的环城路也得有十车道的基础，将来需要了，把路两侧的安全隔离带一修改，也是十车道，可以保证在下个世纪不落后。我们前人把路修好一些，一步到位，后人的麻烦事就少一些，就不要再折腾了。好，肖书记，你接着说。"

肖道清见吴明雄确实在认真听取他的意见，并为此作解释，心里安然了一些，口气和缓了许多，可立场观点仍然十分坚定明确："第三点，也是最让人担心的一点，就是集资。城里的道路集资可能会好些，农村的水利集资困难很大，风险不小。我说这话不是没有根据的，我们农村干部队伍的素质不整齐，软一点，工程款集不上来；硬一点，就可能激化矛盾。我在这里先汇报一下：一期工程的集资试点很不顺利，许多矛盾已经暴露了。我最怕的就是，我们的农村干部不顾政策界限硬来，酿发重大事件。大漠县泉旺乡因为河道占地，这些日子已闹得风雨连天了。所以，我个人的意见是，环城路可不可以缓一步再上？集中人力、物力和资金，先上一个水利工程呢？这样，风险就相对小一些，我们回旋的余地也就大一些。路的问题，谢学东书记也有过话的，还是要慢慢来，可以先搞老路的拓宽改造，有个八到十年时间，问题也就解决了。好，我就说这么多，供吴书记和大家决策时作参考吧，这是不是泼冷水呢？我觉得不是，个别同志硬要这么认为，我也没有办法。"

会场上静了片刻，吴明雄说话了："大家都再谈谈吧，这么大的事，我们作为一个地区一千万人的决策者，一定要慎而再慎。我认为肖书记今天带了一个好头，那就是，在这种事关大局的重要的决策会议上坦率真实地讲明自己的观点。这种有话就说，不搞一团和气的精神是很可贵的。"

肖道清心里却想，算了吧，你一把手嘴上说我可贵，心里只怕认定我可恨哩。可你恨也好，骂也好，我就是要当众把话说清楚，免得到时候被你卖了还帮你这老头子数钱。曹务平是傻瓜，我可不是。

事实上，吴明雄定下的会议调子是无法改变的。

接下来的讨论仍是一边倒，除了在环城路的设计标准上大家有点不同意见，其他问题几乎完全一致。这全在肖道清的意料之中。肖道清心平气和地喝茶，再没和谁发生新的争执。

在机关食堂吃晚饭时，吴明雄坐到了肖道清面前，说晚上还要进行具体工作安排，问肖道清想不想调整一下自己的分工范围？

肖道清本能地警觉起来，问："咋个调法？"

吴明雄说："把政法口接过来，南水北调工程交给陈忠阳书记。"

肖道清不相信会碰到这样的好事，有些狐疑地问："这合适吗？"

吴明雄说："有啥不合适？陈书记是老水利了，水利工作经验丰富，他也愿意干。政法口责任重大，你原则性强，本身又分管纪检这一摊子，合在一起也顺理成章嘛。"

肖道清点点头，压抑住满心愉快，接受了这一新的安排。

这天的会一直开到夜里零点二十分。

散会回家后，肖道清才有些后悔：早知分工要调整，自己能从南水北调工程这个火坑里跳出来，真不该在会上放这一炮。

不过他却又想，也许正是因为放了这一炮，引起了吴明雄的忧虑，才让他得到了这一开溜的机会。

第十章　紧锣密鼓

一

纷纷扬扬的雪花飘了一天一夜，大漠河上下变成了一片银色世界。河里结了冰，冰上积着雪，河底混浊低浅的水流停止了涌动，大漠河已完全没有河的模样了。两岸来往的人们穿梭于河道间，差不多忘记了附近还有座石桥的存在。三五成群的孩子们带着狗在河堤上下的白雪中耍闹嬉戏，景象是古朴而祥和的。

坐落在大漠河边的下泉旺村村委会这时却因为讨论村子的整体迁移问题，气氛紧张。村委会主任兼村党支部副书记曹同清蹲坐在冲门的一张破椅子上，黑着脸一支接一支抽烟。十几个村委会成员和支部委员们大都围着屋中央的大火炉烤火，谁都不吭一声。

最后，还是曹同清捻灭手上的烟，开口说了话："老少爷们，我看咱也没啥可说的了，这就给县委刘金萍书记回话吧，按县委的安排三天内迁完，今天下午开始迁。南水北调工程是咱平川八县市一千万人的大工程，咱村不能拖后腿哩。"说着，曹同清伸手就要去抓办公桌上的电话。

"慢。"村委会副主任曹务军站了起来，"这事我看还得再想想。"

曹同清说："这还有什么可想的？大会小会开了不下十几次了，从县里开到乡里，开到村里。该说的话大家早就说了，该反映的问题也反映了。现在县委刘书记就坐在乡里等咱的回话，咱也得替刘书记想想。人家一个女书记这大冷天里还为咱们的事四处奔波，容易吗？"

曹务军说："刘书记不容易，我们就容易吗？咱祖祖辈辈住在这里，祖坟老林都在这里，一声迁移就走了，老少爷们能想得通？"

曹同清说："二叔，我看关键是我们这些党员干部要想得通。"

曹务军说："我就想不通。河道为啥要向咱这边拓宽？为啥不向上泉旺那边拓宽？还不是因为人家上泉旺肖家那边有个市委肖书记吗？肖书记分管工程，能不偏着上泉旺肖家吗？"

曹同清说："二叔，我再和你说一遍：人家肖道清书记这回真没偏过上泉旺的人，他分管工程时，河道图已设计好了。如今，肖书记又根据市委新的分工去管政法了，再不问工程的事，咱这样瞎猜是没依据的。"

一个支委接上来说："是的，是的，我也听说了，现在管咱这水利工程的是陈忠阳书记。我看，咱们还可以作最后一次努力，找找陈书记，看看能不能把河道图修改一下，把村子保下来呢？"

曹同清脚一跺："你们是不是疯了？三天后大漠河就要全线开工，一百多万人就要上堤干活，这时候还想改设计，这是做游戏呀？！"

大家又不作声了，屋子里一下子变得很静，火炭的爆剥声清晰可闻。

曹同清叹了口气又说："我们整个村子迁移，有个故土难离的问题，当然，集体和个人也有一定的经济损失。可上泉旺还有周边十几个村不也跟咱一起承担责任了吗？！他们匀给咱的地就一千多亩，县里、乡里还要给咱盖房，建新村，人家也得出人出力。大家想想，县里的工作就这么好做吗？你们不是也听说了吗，他们也在告哩。所以，我劝大家就不要再给上面添乱了。咱过去闹的乱子还少吗？年年争水，年年死人，死了人，抓了人，咱还不服气，怪上面不主持整水。现在市里、县里下了这么大决心上工程，咱作为受益者，哪还来得这么多毛病？！昨夜老支书在病床上又再三和我交代，要我给大家带个话：不要再和乡里、县里讲条件了，今天一定要开始搬迁，支部、村委的党员干部要带头。"

又没人搭茬了。

曹同清看看手表，见时针已指到了九字上，变得有些焦虑不安了："同志们，你们是不是非要我把老支书从县医院的危重病房里抬出来亲自和你们谈？"

曹务军摇摇头说："不是这个意思。大家是担心一村老少爷们的工作难做呀，原来还说是十天内搬，现在要求三天内搬完，力度太大，难哩。"

曹同清说："县里、乡里已想到了这一点，早给我们组织了车辆、人力，只要我们一个电话打到乡里，他们就连人带车一起过来了。他们现在不来，是怕造成误解，激化矛盾。"

曹务军直咂嘴："这大雪天的，新房又没盖好，咱咋和老少爷们说呀。"

就谈到这里，会计小莲进来了，说是听说今天要搬迁，一村的人都聚过来了，问曹同清咋办？是不是今天真就搬？咋向群众解释？

曹同清想都没想，就说："当然要搬，支部已做过决定的。"说罢，再不和屋里的支委、村委商量，一人披着军大衣出了门。

屋里支委、村委们你看看我，我看看你，也只好跟着出了门。

站在积满白雪的台阶上，望着一院子相熟的男女老少，听着四起的议论声，曹同清举起双手示意大家静一下。

然而，面对着下泉旺村这个历史性的时刻，父老乡亲们却没法安静下来，人群中说什么的都有。有些辈分高的老人还骂了娘，口口声声问曹同清，这么大雪天搬出去，还要不要人活了。

曹同清冲着乡亲们四下里作揖，直到大家安静下来，才说话了："叔叔大娘，老少爷们，同志们，乡亲们，现在大家的心情，大家的想法，我曹同清都知道，都明白，要不，我也就不配做下泉旺村的村主任了。咱难不难？咱真难。老家要丢掉，老林要丢掉，村前村后的果树庄稼等，都得丢掉。时间要求还那么紧，今天就得搬，三天内要搬完，大冷的天咱得先住柴窝、帐篷。可不搬行不行呢？不行。要影响工程。一百几十万人上河工，要解决啥问题？要解决水的问题。水的问题，是咱的生存问题，这个问题让我和老书记一想起来心里就难受。远的不说，就说去年，咱为水源和上泉旺肖家又打了一仗，炸死了人家一个，炸伤了三个，我家二哥曹同喜充当凶手去顶缸，保外就医的手续到现在还没办好。我二哥曹同喜真是凶手吗？当然不是。他得了几年痨病，连地里的活都干不了，会抱着炸药包去炸坝吗？"

不知咋的，眼中的泪流了出来，曹同清任泪水在脸上流，也不去擦。

"对炸死人谁该负责，谁心里有数。当时，县公安局让我和老支书查凶手，交凶手，我怎么查？怎么交？我三天三夜没睡着觉，只好决定自己去投案。老支书把我拦了，我二哥也把我拦了。老支书说，他身体不行，村里的工作要靠我，我这个村委会主任兼副书记不能胡闹。二哥去投案时，也当着老支书的面，拍着肩头和我说，要我带着老少乡亲们好好干，看看哪一天能不能把咱这旱根挖断。老支书当时敬了二哥的酒，还给二哥跪下了。我后来就想，就是为了把旱根挖断，别再出第二个二哥，我也得豁出命来做点事。"

谁也没想到，曹同清说到这里，"扑通"一声，对着人群当众跪在了雪地上。

"老少爷们，今天我也给你们跪下了，求你们看在年年去顶缸的咱的亲人的份上，看在那些死伤乡亲的份上，啥都别说了，马上动手搬家，好不好？"

曹同清这番话说到了众人的痛处，这番大礼更惊住了众人。

拥在前面的人们慌忙把曹同清拉起来，纷纷表示说，就听主任的，搬，马上搬，再难也不给村里找麻烦。

副主任曹务军这才说："好，大家那就快回家收拾一下，做搬迁准备。老人和孩子要照顾好，天冷路滑，绝不能冻伤、摔坏一个。"

曹同清也说："乡里和县里已调了些煤和柴过来，各家各户都快来领一下，人手紧张，有困难的家庭，乡里有车、有人来帮忙。"

一院子人四下里散开去的时候，曹同清给正在乡里开河工组织会议的县委书记刘金萍打了个电话，汇报了下泉旺这边的情况，要乡里的车开过来。

这让刘金萍很高兴。

刘金萍在电话里表态说："这很好，我这个县委书记感谢你们，大漠人民感谢你们，在这种大冷天里你们如果真能按县委的要求在三天里完成整个村子的搬迁，县里奖你们村两万。"

曹同清说："这两万真奖给我们，我们也不要，就作为我们的工程捐款吧。上这个水利工程还不是为了我们农民的根本利益吗？”

刘金萍说："好，你们能这么想，我们的工作就好做了。"

一个小时后，远方的雪野上出现了一支由卡车、手扶拖拉机、马车、驴车组成的杂乱而壮观的车队。县委书记刘金萍坐在打头的一辆解放大卡车里，带队向下泉旺村进发。

这时，雪又纷纷扬扬飘了起来，天地间变得一片混沌。

于一片晃动的混沌中，刘金萍咬着干面包，用手机向陈忠阳汇报："大漠一期十五万民工已全部组织到位。下泉旺三个村的移民工作，已于今日正式启动。我现在就在通往下泉旺的路上。雪很大。不知你们平川城里下雪没有？"

二

平川没下雪，和平川连在一起的民郊县也没下雪。不过，天却是干冷的，河东村的田大道进了县委会议室的门就夸张地哈着手说："大街上冻掉了一批驴蛋，这人蛋也差不多全冻硬了，走起路来碰得叮当响。"

县委书记程谓奇喝止说："田大道，你给我严肃点，也不看看是什么场合！"

田大道搭眼一看，见会议室里坐着几个乡县的女同志，流气收敛了些，四处点头打着哈哈说："好，好，我严肃，我田大道这人既胆小又绅士，一不敢冒犯领导，二不敢得罪妇女。"

白水乡的女乡长温秀如听了这话，故意大声和邻座的县政府办公室主任邢宝月说："邢主任，田大道是谁呀？咱县儿童乐园那个脏狗熊不是也叫田大道嘛？"

邢宝月说："温乡长，这你就不知道了，那个脏狗熊叫田大道，这个说话叮当响的田总裁叫田大盗，就是强盗那个盗，和熊山上的田大道是嫡亲弟兄。"

会议室里一片哄堂大笑。

田大道有些窘，冲着程谓奇直叫："程书记，你看，你看，我们河东金龙集团还能做好事吗？你程书记叫我为革命的花朵捐狗熊，我就捐狗熊；叫我捐猴子，我就捐猴子。可你听听，捐来捐去，我可一点好没落，自己也变成了傻狗熊。"

程谓奇说："做个傻狗熊有什么不好？狗熊憨厚，我们亚运会的吉祥物不就是傻狗熊吗？"

正进门的河西村党委书记庄群义不知就里，纠正说："程书记，咱亚运会的吉祥物不是狗熊，是熊猫，狗熊哪上得了台盘？"

程谓奇笑着说："那是我弄错了。"

原本是开玩笑，可庄群义一插上来，田大道就不认为是玩笑了，先用不屑的目光扫了庄群义一眼，继而就对程谓奇说："程书记，我这人太粗，上不了台盘，今天这会，我是不是就甭开了？让那些上得了台盘的人来开？"

程谓奇说："谁不开，这会你也得开。你田大道知道不知道呀？我这个乡以上干部会议，是破例请了你们五个村级企业集团的大将来的。不但请你们来，还请你们前排就座，会后还有酒宴招待，给你们一个密切联系县委的机会，你小子就不珍惜？"

田大道一下子警觉了："你程书记请我们？该不是要折我们的寿吧。"

庄群义也狐疑地说："水利工程的以资代劳款，我们可是缴齐了哩。"

程谓奇直摆手说："庄书记，田总裁，我们不谈钱，不谈钱，老谈钱就俗气了，也把同志间的感情谈薄了。"四处看看，见人差不多到齐了，程谓奇对女县长巫开珍说，"巫县长，咱开会吧。"

巫开珍首先传达了昨天市委、市政府关于水利、道路建设的工作会议精神，特别提到了市委书记吴明雄对民郊县水利集资工作的高度评价。吴明雄的评价文字，巫开珍在会上读了两遍，大意是说，民郊农民同志思想觉悟高，风格也高，为党和政府分忧，致富不忘国家；民郊县委、县政府顾全大局，措施得力、稳妥，为整个平川地区的水利集资工作带了个好头，开了个好头。

然而，市里的会议精神一传达完，巫开珍话头一转，又布置任务了。尽管程谓奇声明不谈钱，巫开珍却还是代表县委、县政府大谈资金问题。

说是一期水利工程的资金安排还有不足，全县缺额一百零六万。这还是小事，县里准备四下里挤挤自己解决。大事是，环城路同时上马，四分之三的路修在民郊地界上，民郊又是八县首富，不做贡献也说不过去。经和市里反复协商，决定民郊出资三千万，不算捐款，算投资。一俟环境路建成通车，连接两条国道的东环，可设一个收费站，逐渐收回投资。市委书记吴明雄特别指示，这三千万的投资，第一，不准向农民个人摊派；第二，不准向农民个人强借。县财政拿出一部分，不足部分可动员各乡镇、县属各企业自愿参加投资。

巫开珍县长一说完，程谓奇就以一副很愉快的样子接着说："水利集资我们走在了前头，道路建设咱也不能落后呀。有道是小路小富，大路大富，无路不富。这道路是建在咱的地盘上，而且还有过路费可收，这真是打着灯笼也难找的好事哩。上午县里开常委会时，有的同志就说嘛，要是县里能一下子拿出这三千万，干脆就县里一家投了。交通局的刘局长算过一个账嘛，说是一年过路费就能收四百到五百万哩。"

田大道胆大，插嘴说："这么好的事，我看就县里包下来算了。"

程谓奇一点不恼，看了田大道一眼，又对众人说："问题是，县财政一下子拿不出这么多钱，满打满算，年内县里只能拿出一千八百万左右，那一千两百万咋办呢？就得请各乡镇、各企业来投资了。这回咱既要执行市委指示，又要依法办事，要正儿八经签经济合同。县委、县政府的意见是，基本上以企业自愿为原则，一般不搞行政摊派，但是指标县里得分下去，每个乡镇四十到六十万。全县二十二个乡镇大体可以解决一千一百万左右。"

会场上议论声骤起。

程谓奇实在滑头，只装作没听见，还正经作色地说："这种好事，咱们就不多征求意见了。你们各位土地老爷散会后马上到财政局李局长那里去报到，领指标。回去后要立即进行动员，头一批资金必须在一月十日前到位。还是老规矩，一把手负责。好，就开这么个短会，咱们散会吧。"

一宣布散会，二十二个乡镇的乡镇长和书记们都围了上来，这个喊程书记，那个喊程书记，都说要就道路投资的事向程谓奇进一步请示。程谓奇绷着脸，四处点头打着招呼，径自突出包围，甩手走了。走到会议室门口，才回头说了句："有什么不清楚的事，你们找巫县长谈。我再重申一遍，这事一把手负责，谁也别想耍赖皮，别给我说没钱。你们谁没有小金库？真没人愿意投资，就从各乡镇的小金库里放点血出来！"

当天，程谓奇真就把田大道、庄群义等五个村级乡镇企业集团的头头们留下来了，没去外面营业性酒楼，却在县委机关食堂摆了一大桌，还上了火锅。

举杯祝酒时，程谓奇就说："各位都是我们民郊改革开放、经济建设的有功之臣。这几年不论是我程谓奇，还是县委、县政府的工作，都得到了你们的大力支持。今天，我敬诸位一杯酒，代表县委、县政府向你们致谢了。"

田大道笑问："程书记，你这一杯酒打算卖多少钱？"

程谓奇又摆起了手："我说过不谈钱，你田强盗是咋回事嘛！"

平湖丝业集团的费国清问："程书记，你真不谈钱呀？"

庄群义向费国清挤挤眼说："咱程书记不谈钱，谈投资哩。"

程谓奇笑道："投资咱现在也不谈。"

真就没谈。

程谓奇难得正正经经地和这些乡镇企业家们交心，说是自己也知道鞭打快牛没有道理，可当紧当忙碰上事，不打快牛又没办法。从心里想着要保护优秀乡镇企业，可有时候又不能不向企业伸手求援。还说，县委都这样干，只怕县里一些权力部门和乡里、镇里的土地老爷们更会这么干。

大家便七嘴八舌地诉起苦来。

程谓奇笑眯眯地听着，还很认真地掏出笔记本记了几笔。

后来，把笔记本一合，程谓奇说："正是因为知道这种情况，所以，我想来想去，就想到了一个兼职问题。如果你们都能兼个县人大、县政协的副职，处境可能就会好一些。这个问题，我们县委想专门研究一次，择优试点。"

田大道说："兼个虚职也没大用，谁会把我们这些土财主看在眼里呀。"

程谓奇说："可能对你这强盗没用，对老庄、老费他们总会有用的。人家可比田大道文明得多，也正派得多。再说，也从不和我讨价还价耍滑头。对这样的好同志，我们就是要给他相应的政治待遇！"

庄群义说："程书记，你别绕我们了，就是没有什么政治待遇，我们也得支持你和县委的工作。况且，整水修路总是好事，别说投资，就是捐一点钱也是应该的。你程书记别为难了，我代表河西村万山集团先表个态：不是还有一百多万的道路投资款没着落吗？我认二十万吧。"

平湖丝业的费国清，对程谓奇提到的政治待遇有不同一般的兴趣，见庄群义先认了二十万，就后悔自己落后了，一下子认了三十万。另两个主也跟着各认了十五万，感动得程谓奇频频举杯，直向庄群义、费国清等人敬酒。

程谓奇敬酒时就问："大家入股投资可都是自愿的吧？"

四人都说："自愿，自愿。"

程谓奇解决了四个自愿者，便把矛头对准了最难对付的田大道。

瞅着闷头喝酒的田大道，程谓奇很和气地启发说："田大道啊，你看看，五个大财主中，就你一个不自愿了，都四比一了。可我还是不强迫你，照样请你喝酒，这是事实吧？"

田大道像没听见，只说："程书记，你这酒真不错，可能窖了不少年吧？"

程谓奇白了田大道一眼，又说："说心里话，我真还看不中你投个二十万、三十万的，就是觉得你田大道落后了，形象不好呀。"

田大道仍是不入正题："程书记，你听说过新四项基本原则吗？"

程谓奇摇摇头，一副痛惜的样子："落后还是小事，大道啊，我觉得你还丢掉了一个很好的机会。你不想想，这又不是要你捐款，是投资，既有名，又有利。环城路一通车，年年收过路费，年年分红，还又落得个支持国家建设的好名声，只有傻瓜才会放弃。"

田大道说："这新四项基本原则我说给你听听：工资基本不动，老婆基本不碰，烟酒基本靠送，哎，老费，还有一条是什么呢？"

费国清哪敢在程谓奇面前说这些，忙摇头说："我也忘了。"

程谓奇见田大道这么装疯卖傻，死活不接他的话茬儿，真是火透了，

179

可又不好发作，只是暂时放弃了对田大道的说服教育，心想，反正你田大道是个生事精，只要哪天逮着你小子的狗尾巴，那就再也不是捐一只狗熊、几只猴子就能拉倒的了。

庄群义见气氛有些僵，便和程谓奇谈起了河西万山集团和胜利煤矿联采的事。说是根据这几个月的情况看，效果很好，对乡矿双方都有利，双方也都很满意。下一步，打算扩大规模，再组建一个联采队。

程谓奇马上借题发挥，说："庄书记，这就叫好心有好报嘛。你真诚待人，真诚助人，最终总是不吃亏的，是不是？有些同志就不这样呀，我这个县委书记做担保，要他借点钱给人家胜利矿救救急，他都阳奉阴违嘛。田大道，你别翻白眼，我说的就是你。"

田大道说："程书记，这你冤了我了，上个月，我亲自把支票送过去，人家胜利矿的曹书记和肖矿长硬不要哩。别说不给我这个保长面子，也不给你县太爷面子哩。"

程谓奇冷冷一笑："你少给我来这一套。你当我不知道呀？你看老庄他们和胜利矿一起搞联采发了财，眼红了，也想去捞一把，对不对？"

田大道嘿嘿干笑着，不言声了。

程谓奇又教训说："不要老认为自己了不起，老话还说嘛，一个好汉三个帮，我就不信你田大道能永远这么横下去。到横不下去那天，你咋办呀？我的同志！"

田大道心里已怯了，脸面上却不露出来，举起杯，对程谓奇说："来，来，程书记，咱喝酒，酒场上喝酒才是硬道理嘛。今天要是真能喝个痛快，我也就自愿一次了。"

程谓奇心中一喜，马上问："你自愿多少？"

田大道说："你程书记喝一杯酒，我自愿一万，喝一百杯，我就自愿一百万。"

程谓奇绷起脸，很认真地问："你这强盗说话算数吗？"

田大道大大咧咧地说："当然算数。"

程谓奇再不和田大道啰唆，伸手拿过酒瓶，一杯杯往肚里倒酒，也不吃菜。

令田大道和大家惊奇的是，平时几乎滴酒不沾的程谓奇，竟在短短几分钟里一口气喝了三十二杯酒，惊得大家目瞪口呆。

还是庄群义上去硬夺了程谓奇手中的酒杯。

程谓奇这时已现出了醉意，可仍坚持要喝够五十杯。

田大道怕真的闹出事，忙讨饶说："程书记，你别喝了，我田大道这回服你了，真服你了，我就自愿五十万了。"

然而，支撑着回到家，程谓奇便大吐特吐起来，胃里除了酒和水几乎没有别的东西，最后连血丝都吐出来了。

巫开珍闻讯赶来时，程谓奇已处在半昏迷状态。

巫开珍生气道："这个田大道也太不像话了，他是逼你玩命呀。"

程谓奇却一边呻吟着，一边说："巫县长，这，这不怪人家田大道，是，是我自愿的。你，你快派人到，到河东村金龙集团去拿支票，五十万。这一来，咱民郊县三千万的道路投资款就差不多了。"

三

水利集资全面开始时，尚德全从云海市调到合田县只有一个多月。

在云海市，尚德全任市长兼市委副书记，是二把手，到合田县任县委书记，做了一把手。这一把手和二把手之间的差别是很大的。做二把手，前面有一把手顶着，很多事用不着多烦心，就算出了问题，第一板子也打不到你屁股上。做一把手就不同了，大事小事得你拿主张，错了你负责任，老百姓骂娘也点名道姓骂你的娘。尚德全一到任，马上就明白了这一点。因而，他到任后很谨慎，重大事情全向老书记陈忠阳事先汇报，有些吃不准的问题，还悄悄挂电话找云海市的老搭档米长山商量。

米长山开头还帮尚德全拿点不大不小的主张，后来就烦了，说："德全呀，你小子胆子要大一点，思想要解放一点嘛，可别做扶不起的刘阿斗呀！为了提你这一把手，在市委常委会上咱老书记可是连老面子都使干净了。你不争口气，能对得起陈书记吗？你一定要记住，你现在是一把手，是合田县的封疆大吏，不能再这么婆婆妈妈的。你又不是不知道，你做合田县委书记，肖道清意见很大，背地里老说你没能力哩。"

尚德全说，"米书记，我还真不愿做这个一把手哩。"

米长山说："好了，好了，你别给我装蒜了。不愿做这一把手，你老往陈书记那跑啥呀？"

尚德全没话说了，只得好好干。就冲着老书记陈忠阳对他的一份厚爱，也得好好干。现在，老书记又做了水利工程的总指挥，自己主持的合田县是绝不能拖工程后腿的。拖工程后腿于公于私都说不过去。

事实上却拖了后腿。

合田不是云海、民郊，虽不像大漠县那样财政倒挂，却也不像民郊、云海那样富有，水利集资款老筹不上来，十万民工也没组织到位。这里面明明有地方势力干扰，可又让尚德全说不清道不明。主管农业、水利的副县长曾和尚德全说过，水利工程合田受益面积小，出这么多钱，这么多工不合理。尚德全把这话说给陈忠阳听，陈忠阳马上骂了人。尚德全说这话是那个副县长说的。

陈忠阳仍冲着尚德全发火："谁说的我都不管，我只找你这个一把手是问！还是那个话，不准违反政策，还得把款集到，把十万民工组织好。工作咋做，你尚德全去想办法！我建议市委把你放在合田，不是让你和我、和市委讨价还价的，是让你领着县委一班人多作贡献的。"

尚德全说："有的同志提议，不行的话，就动点硬的。"

陈忠阳说："动什么硬的？我提醒你一下，吴书记有言在先，一定要把好事办好，在任何情况下都不能搞国民党作风。如果哪个地方出现上房揭瓦、进屋扒粮之类的恶性事件，哪个地方的一把手就别干了！"

尚德全说："老书记，那你说我咋做才好？"

陈忠阳真火了："啥都要我说，还要你尚德全干什么？你自己解放思想，想办法解决去！"

自己解放思想，想办法的结果，就想到了"熬鹰"，即把全县没完成集资和民工组织任务的乡镇长们全集中到了县委大院学习，提高思想。思想提高不提高的标准只有一条：是不是完成了任务。哪个乡镇完成了任务，哪个乡镇的乡镇长走人；完不成任务的，继续学，而且夜以继日。县里一天开三顿饭，夜间加餐，额外供应方便面一碗。

按尚德全的想法，思想还可以再解放一点，力度还可以再加大一些，连乡镇的党委书记们也可以让他们来学习。县长夏中和死活不同意，说是把乡镇一二把手都弄来做了人质，下面就没人工作了，咱这款更筹不到。

县长夏中和明确提到了"人质"这个词，让尚德全听了很不高兴。可尚德全不好发作，这"鹰"得两人一起熬，人家本来就不太乐意这么干，自己这时再发起一把手的脾气，不是自己找麻烦吗？于是，便忍了。

当时，尚德全根本没想到会出事。开会是共产党的作风，可不是国民党的作风，开会还能开出问题吗？自己又没有叫下面的人去上房揭瓦，进屋扒粮；市委、市政府的方针政策，不但如实传达了下去，还以县委的名义发了个18号文件。这么做，正是怕下面出事。

不料，下面没出事，倒是县里出了事，会场上出了事。

是在所谓的会议开到第三天早上出的事。

两天两夜，五十多个小时过去了，市委文件和《平川日报》上的大文章已读了不下几十遍了，大多数乡镇长们思想觉悟得到了提高，被完成了任务的党委书记领回去了，只有七八个贫穷乡镇的乡镇长们还在和尚德全、夏中和一块熬着。

这时，温暖可亲的阳光已第三次射进合田县政府的小会议室，尚德全在斑驳的阳光中强睁着已是血红如灯的小眼睛，要求散落在会议室不同角落里的七个乡镇长们打起精神来。

累虽累了些，尚德全这时的心情还是挺愉快的。任务毕竟已完成了一大半，自己对老书记陈忠阳可以交代了，这比啥都好。

面对着最后这七八个乡镇长，尚德全竟有了开玩笑的心思，打着哈欠对夏中和说："夏县长，看来，开会是个好办法呀，很多问题可以在会场上得到解决嘛。"

夏中和想说什么，却又不好说，只对尚德全摇了摇头，苦苦一笑。

尚德全却又说，这回是对会场上的七八个乡镇长说的了："你们都说不是思想觉悟问题，而是有实际困难，可要我看，归根到底还是思想觉悟问题。思想觉悟提高了，还有什么困难不可克服？当年我们党在井冈山困难不困难？当然困难。为什么这么困难我们还是夺取了政权呢？就因为我们党有高度的思想觉悟。"

张王乡老乡长陶学珊歪坐在椅子上，有气无力地说："尚书记，我们思想觉悟这么低，你们县委干脆把我们撤了吧。别人我不管，你就撤我，这话我从昨天早上就说了。"

尚德全说："我昨天早上不也说了吗？我们谁都不想撤，就是要帮助你们提高思想觉悟。大家都是老同志了，不是不知道我们党的政策的嘛。我们一贯是思想批判从严，组织处理从宽。"

陶学珊差不多要哭出来了："尚书记，夏县长，你们就算我辞职行不行？我今年都五十九岁了，也快到点了。"

尚德全说："陶乡长，我问你，要是打仗的时候，面对敌人的枪口，你也说这种话，是什么行为？是变节行为！那不是辞职的问题，而是要开除党籍的问题。现在也是打仗，打一场九十年代的人民战争！你现在辞职就是变节！"

夏中和这时已看出了陶学珊情况不对，扯了扯尚德全的衣襟，悄声说："尚书记，我看就让陶乡长他们回去吧，毕竟已是两天两夜了。"

尚德全不听，手一挥，对县委宣传部的小刘说："还是读报，把《九十年代平川人民的历史使命》再读一遍。"

一听说还要无休无止地读报，房村镇镇长蒋凤鸣忙说："等等，等等，我的思想觉悟提高了，肯定提高了，让我再打个电话给房村，我估计我们白书记把款子和民工都落实得差不多了。"

为了便于同志们提高觉悟，尚德全的服务是周到的，小小的会议室里，临时安装了三部电话。

蒋凤鸣接通了房村，带着哭腔对那个白书记说："老白，咱可是多年伙计了，是不是？工作上一直配合得不错，是不是？这回你老兄可别玩我呀？我这思想觉悟再不提高，你就准备担架吧！好，好，一切就看你的了。"

放下电话，蒋凤鸣有了笑脸，对尚德全说："尚书记，我们房村没问题了，白书记马上过来，民工全组织好了，款子也差不多了，今天上午就过来。你看会我是不是就开到这里了？"

尚德全还没表态，夏中和已先表了态："好，蒋镇长，你可以走了。"

尚德全虽说不乐意，可因为夏中和已表了态，只好挥挥手放行。

蒋凤鸣出了会议室的门，一钻进自己的破吉普车里，倒头就睡着了，而房村的以资代劳款直到三天以后也没送来。房村的蒋凤鸣和白书记破天荒头一次欺骗了党，欺骗了组织。

就在蒋凤鸣的破吉普驰出县委大院时，会议室里出了事：张王乡五十九岁的老乡长陶学珊在琅琅读报声中昏迷过去。更严重的是，对陶学珊的昏迷，谁也没发现。尚德全在打盹，夏中和在打盹，大家便以为陶学珊也在打盹，待得尚德全点名要陶学珊谈认识时，才发现陶学珊已咽了气。

尚德全的脸一下子白了，加上自己也熬了两天两夜，气力不支，在张罗抢救陶学珊时，眼前一黑，也晕了过去。

史无前例的漫长会议到此全部结束。

据后来市委调查证明，这次会议竟长达五十六小时零四十五分。

四天以后，以蒋凤鸣为首的六个乡镇长联名向市委书记吴明雄和主管纪检的副书记肖道清告状，要求中共平川市委严肃处理违反市委工作精神，逼死人命的合田县委书记尚德全。

四

最先看到告状信的不是吴明雄，而是肖道清。吴明雄当时不在平川城里，而在大漠河沿线巡视。肖道清的电话打到大漠，吴明雄已驱车去了云海。肖道清的电话追到云海，吴明雄又去了泉山。吴明雄是在泉山县水利工地的誓师大会上，在一片彩旗和雪花共舞的天空下接到肖道清打来的电话的。这时，南水北调一期工程已全面开工，从大漠县到泉山县的大漠河沿线约六百里战线上，一百四十二万民工已披星戴月进入了改变自己历史命运的决战战场。

冒着大雪，吴明雄在临时架起的露天主席台上代表市委、市政府发表讲话，各县市的河工工地上都接了高音喇叭。开始时，吴明雄基本上是在读事先准备好的稿子，后来就脱稿讲了起来。

吴明雄说:"同志们,我们今天所从事的这个南水北调工程,是事关我市一千万城乡人民生存和发展的历史性工程,是利国利民、惠及子孙后代的长期战略性工程,市委、市政府是下了很大的决心才上马的。上马之后,我们就没有退路了,只能不惜流血流汗干好它!三年之内,一定要让大泽湖水百年不断、千年不断地流进平川城,流进我们大漠河两岸二万八千平方公里干渴的土地,从根本上改变我们这代人和未来几代人乃至十几代人的生存状况。这对大家来说,对我们一百四十三万民工同志来说,意味着什么呢?意味着一种责任,一种奉献。"

雪很大,随行的市委办公室主任给吴明雄和站在吴明雄身边的陈忠阳打起了伞。吴明雄一把推开了,很不高兴地说了一句:"把伞拿走,大家都在雪地里站着,我们搞什么特殊化!"

正对着话筒,这题外话主会场和分会场一百四十三万人都听到了。

吴明雄迎着风雪,继续说:"确是奉献呀,同志们!我们今天还很穷,政府很穷,大家也很穷,我这个市委书记知道,那几十块钱的以资代劳款是大家在手心攥出汗才拿出来的。我们机械不足,在这种天寒地冻的大雪天里,要人挑肩扛,把一方方泥土从几十米深的河道里挑出来,扛出来。苦不苦?很苦,很苦。我早说过,世界上再苦的活,也苦不过我们的河工了。可同志们记住,我们的肩头挑着的是未来的幸福,我们肩头上扛着的是历史的责任,后世将会因为我们今天的奉献而感谢我们。"

这时,泉山县委副书记祁本生递了一个纸条给吴明雄。

吴明雄根本没看,又说:"八县有八县的责任,平川城里有平川城里的责任。大家可能已经听说了,下周八号,城里的环城路也要誓师开工了,这番话,我还要到环城路的誓师大会上去讲。我们就是要依靠平川地区一千万城乡人民的智慧和力量,打一场人民战争,创造出属于我们这个时代的奇迹!"吴明雄讲话结束后,各县市代表在主会场和分会场纷纷表态。

这时,吴明雄才看了看祁本生递过的纸条,纸条上只有一句话:"肖道清书记请吴书记立即回电话,有要事汇报。"

吴明雄知道,没有十分重要的事,肖道清的电话不会追到这里来,遂走下主席台,到工程指挥部四处透风的大席棚里和肖道清通了个电话。

万没想到，肖道清开口就报丧，说是合田县委书记尚德全闯了大祸，非法拘人，逼死人命，蒋凤鸣等六个乡镇长联名告状。吴明雄一怔，问肖道清到底是怎么回事？肖道清多一句话都不说，只把六个乡镇长的告状信在电话里念了一遍，然后请示吴明雄，问吴明雄该咋办。

吴明雄真想发火骂人，骂闯下大祸的尚德全，骂躲在平川城里看热闹的肖道清。可握着冰冷的话筒，愣了好半天，吴明雄却谁也没骂，只对肖道清说："你先代表市委下去调查一下，看看到底是怎么回事，告状信的内容是否属实？"

这当儿，吴明雄内心里还希望告状信讲的不是事实。

肖道清偏问："如果属实咋办？我咋代表市委表态？"

吴明雄说："就是属实，表态也要慎重。"

肖道清又问："怎么慎重呢？你的意思是不是拖一拖？如果拖出麻烦，六个乡镇长告到省里，告到中央，我们怎么回答？"

吴明雄真火了："肖书记，我要你慎重，是要你拖吗？如果六个乡镇长告的都是事实，对尚德全只能按党纪国法处理！我说的慎重，是要你注意影响，不能让这件局部的事件影响到大局，影响到大家的情绪。要知道，我们是在怎样一种情况下拼命呀，我的同志！"

再不愿听肖道清没心没肺的话了，吴明雄挂上电话，回到了主席台。

誓师大会已进入高潮，泉山县委副书记兼县水利工程指挥部现场指挥祁本生正代表泉山县二十二万民工，向其他七县市民工发出一份倡议书。祁本生在倡议书中提出，要把市委的指示变成泉山县二十二万民工的意志和决心，要把一代人的奉献和一代人的拼搏精神铭刻在大漠河两岸，保质保量完成自己的任务。

市委宣传部的组织宣传工作做得真不错，主会场这边祁本生的话一落音，其他七县市马上一一响应，高音喇叭把几百里之外的声音及时传到了主会场上。

最后，陈忠阳以工程总指挥的名义，作了总结性讲话。

⋯⋯⋯⋯⋯⋯

誓师大会结束后，吴明雄和陈忠阳一起到了河堤上，挥锹装土。

这不在计划之中，泉山工程指挥祁本生劝吴明雄和陈忠阳回去。

吴明雄黑着脸说："你别管我，我活动活动筋骨，心里才舒服。"

《平川日报》记者，忙过来照相。

吴明雄火了，指着泡在河水里人头涌动的民工们说："把镜头对着我干什么？我能干多会工夫？照他们，把这种大场面照下来，发报纸头版头条，也给未来的历史留下点第一手资料！"

下力气干点活，出一身汗，心里的郁结之气消弭了不少，回到"巡洋舰"吉普车里，吴明雄脸色好看了些。以一种挺平和的口气和陈忠阳说起了合田县尚德全捅下的大娄子。

陈忠阳根本不信，一口咬定说："这不可能！尚德全这个同志别人不了解，我陈忠阳了解！他是个孤儿，是吃千家饭长大的，怎么会这么黑心黑肺地对待手下的同志呢？为了工作，他把得了重病的老婆和只有几岁的孩子扔在云海不管，前几天，他老婆还给我打电话告状哩。"

吴明雄问："六个乡镇长和咱肖书记都会说假话吗？陈书记，我看你要冷静些，不要为了尚德全，坏了咱干事的大局。"

陈忠阳还是说不可能。

为了证实自己的话，陈忠阳当着吴明雄的面，用手机给尚德全打了个电话。

电话一接通，听筒里就传来了尚德全的饮泣声。

这一来，陈忠阳知道大事不妙了，颤着心问："德全，你哭什么呀？这么说人家告的全是事实了？"

尚德全说："老书记，我对不起你。"

陈忠阳说："出了这么大的事，都出了人命，你咋不早告诉我？"

尚德全说："老书记，我没脸再找你了。"

陈忠阳气得大骂："尚德全，你简直不是东西！市委和吴书记这么信任你，把你摆到合田一把手的位置上，你竟这么捅娄子！你这是害己害人呀！这一来市委咋办？吴书记咋办？你别解释，我不听！你没想到开会也会开死人？混账话！你不想想，你多大岁数，那个老乡长多大岁数？！他架得住你这么折腾吗？！这回我不会为你讲任何话，你等着市委处分你吧！该警告警告，该记过记过。"

吴明雄叹了口气说，"老陈呀，只怕事情没这么简单，这个尚德全，我们恐怕要把他撤下来哩。"

陈忠阳一怔："他也是为了工作，也是好心嘛！"

吴明雄说："就算是好心，也不能这么乱来，搞国民党作风。"

陈忠阳气了："尚德全是为谁？他是为我这个工程总指挥，为你这个市委书记。你不想想，撤了他，只有肖道清这种人高兴，会让多少干事的同志寒心呀？！"

吴明雄也火了："不撤他，乡镇长们就要寒心，人民就要寒心，而我们押上身家性命所做的一切，都是为了人民。"

陈忠阳眼圈红了："好，好，老吴，我不和你争，我服你了，你既然这么讲原则，那就先撤我吧。水利工程这摊子是我分工负责，你把我撤下来，再把咱肖书记顶上去吧！"

吴明雄愣住了，过了好久，才仰天一声长叹："老陈，我们已经没有退路了，在这种关键时候，你这老伙计就别再逼我了好不好？你知道的，我吴明雄一生没求过谁，今天，我就求你这一次了。"

陈忠阳黑着脸不作声。

车窗外，雪越下越大，装了防滑链的"巡洋舰"，真像一艘舰船，摇摇晃晃飘荡在无边无际的雪野上。天真冷，坐在车里，吴明雄和陈忠阳还是觉得寒气逼人。

陈忠阳突然想了起来：这么冷的天，千万别把民工冻坏了，忙打电话给工程总指挥部，要值班指挥紧急向各工地调运取暖器材和白酒。继而，又打了个电话给驻平川某军军部，商调了四千件军大衣。

看着陈忠阳打电话，吴明雄心里已有了数，认定陈忠阳不是肖道清，这个老同志绝不会在这个时候拆自己的台的。于是，便把坐在身下的毛巾被往身上一裹，在车里睡了过去。

第十一章　站直了，别趴下

一

《平川日报》社的人没有几个知道实习记者吴婕是市委书记吴明雄的女儿，就连带着吴婕实习的王大瑞都不知道。社长兼总编彭永安却知道，有时就会把吴婕悄悄召到总编办公室谈谈困难，暗示吴婕于方便的时候，在父亲面前为报社的经济利益呼吁一二。吴婕不敢走父亲的后门，可又难以反抗彭总编那一脸苦涩而顽强的笑容，便在进入报社三个月后，私下里找到市长束华如，为报社"呼吁"来一台桑塔纳，让背躬如虾的彭总编"行有车"了。

这天快下班了，彭总编又让吴婕过去一下，吴婕就想，别是彭总编又想"食有鱼"吧？满心不想到总编室去，可又不能不去，便去了。去时就想好，只要彭总编提起"食有鱼"这类经济问题，自己就得断然回绝了。求父亲是没门的，束叔叔那里已求过一次，真是没办法了。

不料，彭总编这回根本没谈经济问题，而是递了一包材料给吴婕，要吴婕私下里转给父亲看看。父亲下乡没回来，回家后吴婕就把材料先翻了翻，这一翻才知道，竟然都是些反映问题和告状的读者来信。

最严重的一封信，是合田县一个名叫鲁文玲的退休女教师写的，说自己身为乡长的丈夫陶学珊如何被逼着连开了五十六小时所谓的会议，以至于死在县委会议室里。鲁文玲在信中问："吴书记，这种做法是否得到了市委的默许？市委该对这样一个基层干部的死亡负什么责任？"

吴婕看罢，激动起来，把这封信摆在最上面，还在这封信上写了几句很愤怒的话："书记大人，对合田那个县委书记，我看要依法严惩。这已不是违纪问题，而是犯罪了，非法拘留罪。不依法严惩此人，中共平川市委就没法向人民进行政治和道义的交代。一个小百姓的看法，仅供参考。"

没想到，偏在这时候，吴明雄一脸疲惫地进了门，一看吴婕还没睡，正坐在自己房里的办公桌前乱批一通，马上火了，说："小婕，你胡写些什么东西？你还怕我不够忙乱的呀？！"走到近前，扫了扫信上批的字，火气更大了，"什么？还不严惩此人就没法向人民进行政治和道义的交代？你知道什么叫政治呀？！"

吴婕说："我说了，这只是我一个小百姓的看法嘛了。"

吴明雄说："你这小百姓的看法不对，这世上的事情是复杂的，而政治就更复杂了。"

正说着，电话铃响了，是省委副书记谢学东打来的。

于是，年轻的女记者吴婕当即耳闻目睹了世事和政治的双重复杂。

谢学东先在电话里和吴明雄扯了几句闲话，其后便以一副责备的口吻说："老吴呀，你说说看，我当初的提醒对不对呀？这下子出事了吧？合田县六个乡镇长和死者家属全告到我这里来了。"

吴明雄马上警觉了："谢书记，您的消息来得很快嘛，是六个乡镇长告过去的，还是肖道清同志向您反映的呀？"

谢学东说："这么大的事，就算是肖道清先和我通通气，也是应该的嘛！"

吴明雄郁郁地说："可也反映得太早了些吧。这件事，我们还在调查处理之中，有了结果再向您和省里汇报，不是更好吗？"

谢学东说："老吴，你看你这个人，就是这样，过去听不进不同意见，现在还是听不进去，尤其是不重视常委班子内部的意见。比如说肖道清，一直是很稳妥的，政策性很强，多听听他的意见没坏处嘛，你就是不听。老吴呀，你不要以为他年轻，他可是少年老成哩。"

吴明雄没好气地说："是的，谢书记，肖道清是少年老成，有些同志甚至说，我们肖书记从来就没有年轻过！"

谢学东生气了，说："老吴，你这话是什么意思嘛？这种政策问题，肖道清不是没提醒过你，你睬都不睬，只知道一味蛮干，现在闹出人命了，还不知反省！"

眼见着板子要打下来，吴明雄不能不表明立场了，马上反驳说："谢书记，您可别搞错了，合田县委书记尚德全的个人行为，可不是我们平川市委的既定方针呀；肖道清反对的，也正是我和平川市委坚决反对的，为此，市委专门下过文件，反复要求各县市要把好事办好。"

谢学东说："这么说，你们的措施很得力喽？那我问你，尚德全这个不称职的干部是不是你们平川市委任用的？那个姓陶的老乡长是不是被尚德全逼死在我们中国共产党的合田县委会议室里了？你就回答我这两个基本事实。"

吴明雄说："尚德全这个同志自然是我们任用的，我们任用他是经过组织考查的，是有依据的。死人也是事实，可一定要说是被逼死的，也不太准确吧？如果你要我们为陶学珊乡长的死负责，那么，谁又该对郭怀秋书记的死负责呢？总不能让省委负责吧？总不能说是省委逼死了郭书记吧？"

谢学东说："老吴，我们不要扯这么远，就说尚德全。这个同志和陈忠阳关系很不一般，你知道不知道？把这个同志提上来，陈忠阳起没起作用呀？还有就是，他尚德全敢这么干，是不是得到了陈忠阳的纵容和支持呀？梁山忠义堂的作风不得了呀！陈忠阳做了水利工程总指挥，人家就要为堂主卖命了，哪还讲什么党的原则，人民利益呀？！"

吴明雄再也压不住心头的愤怒了："谢书记，我请您记住自己的身份，您是我们的省委副书记，是领导，在没有任何事实根据的情况下，您这样以主观揣测评价自己的同志，是很不负责任的！"

谢学东也不退让："吴明雄同志，我也请你记住，作为一个省委副书记，对这种逼出人命的恶性事件，我和省委都是要一管到底的！"

吴明雄说："很好，我将责成分管纪检的肖道清同志天天向您汇报有关此事的调查处理情况。同时，也希望您再想法多拨点款给我们，让我们六百里工地上的民工同志吃得好点，穿得暖点，不至于日后出现冻死人的事情，让您再为难。谢书记，您知道现在大漠河工地上的气温是多少度吗？我刚从工地上回来，向您汇报一下：平川北部一直在零下二十二度，中部零下二十一摄氏度，南部地区好些，零下十九摄氏度，不过一直有暴风雪。"

谢学东气道："工地上真要出现冻死人的事情，你吴明雄就该辞职！"

吴明雄说："就算我辞职，平川南水北调工程也下不来了，一百四十三万人马和几亿资金已在您和省委的全力支持下投下去了，就是苦着脸，叹着气，咱们也得背水一战了。谢书记，您说是不是？"

谢学东实在是无可奈何了，沉默了好半天，才叹着气说："老吴呀，我们都冷静点好不好呢？你辛辛苦苦整水修路是为了平川，我苦口婆心和你说这么多，不也是为了平川吗？昨天我还和老省长说呢，这种大工程，没有你老吴是干不下来的。"

吴明雄的口气便也缓和下来，勉强笑着说："谢书记，您不是我的老领导、老书记吗？不和您这老领导、老书记吵，我还能和谁吵？！不过，您放心，合田的事，我们一定会处理好。今天下午，我和陈忠阳已去了合田县张王乡，看望了陶乡长的爱人鲁文玲老师，代表市委向她慰问、致歉，也得到了鲁老师的初步谅解。对合田县委书记尚德全，我们一定严肃处理，准备把他撤下来。"

谢学东说："这很好，尚德全是要处理，否则，党纪国法何在？！不过，陈忠阳作为市委主管水利工程的副书记和总指挥，也是有责任的，起码要负领导责任吧？"

吴明雄心头一阵战栗。

谢学东口气平和地说："当然喽，这样一个老同志，马上要退了，真给个处分也不太好呀，你们看，是不是能劝陈忠阳提前退下来呢？当然，这只是我个人的建议，不代表省委，这要声明一下。"

吴明雄想了好一会儿才说："谢书记，对您个人的建议，我会认真考虑。不过，我认为，在这件事上，陈忠阳没有多少领导责任，如果要追究领导责任，也得由我吴明雄来承担，我是市委书记嘛。"

谢学东说："好，好，反正你们考虑就是。我再重申一遍：不论往日还是今天，我唠唠叨叨说这么多，都是为你们好，听也在你们，不听也在你们。我在平川和大家一起相处了好几年，当紧当忙时，总得尽点心意吧？"

放下电话，吴明雄疲惫急了，双手抱头，在沙发上呆呆地坐了好一会儿，才又强打精神摸起了电话。见女儿吴婕还在房里，吴明雄便捂着电话送话器说："小婕，你回房睡吧，爸还要和你陈忠阳伯伯通个电话谈点工作。"

夫人进来了，也嗔怒说："小婕，也不看看几点了，还待在这里干什么？明天还上不上班了？！"

吴婕出去了，走到房门口时，对父亲说了句："爸，我明白了，人家借题发挥大做文章，是项庄舞剑意在沛公哩。"

吴明雄笑了，问："谁是沛公呀？"

吴婕说："就是你和陈伯伯、束叔叔这些要干事的人。谢学东、肖道清自己不干事，也不想让别人好好干事，别人把事干出来了，他们不就难堪了吗？"

吴明雄严肃地说："小婕，不要这么信口开河。谢书记和肖书记都是好心，也是想帮着爸爸把事干好的。"

吴婕才不信呢，冲着吴明雄诡秘地一笑，说："这大概就是政治的复杂性了。你刚才脸都气青了，现在还和我这样说。"

这时，夜已很深了，机关宿舍大院家家户户都熄了灯，连院子里的路灯也熄了，只有吴明雄家的窗前还呈现着一方醒目的明亮……

二

陈忠阳看着坐在对面长沙发上一支接一支默默抽烟的尚德全，一阵痛惜之情像潮水似的鼓涌着涨上心头。十几天没见，尚德全已瘦得脱了形，胡子拉碴，眼窝深深陷了下去，额骨突出，右手夹烟的中指和食指被烟熏得焦黄，往日的精神头一点没有了。

陈忠阳怪嗔地说："德全啊，你能不能少抽点烟呀？"

尚德全笑笑，顺从地把手上刚点着的一支烟掐灭了，还叹着气解释说："因为心里烦，这阵子烟就抽多了。"

陈忠阳以一副长辈兼领导的口吻说："人生在世，总避不了有烦恼，谁没有烦恼呀？你以为我就没烦恼？问题是要正确对待嘛。"

尚德全下意识地把掐灭了的烟在手上揉着，平淡地说："老书记，您放心，我能正确对待，别说撤职，组织上就是给我再严厉一些的处分，我都没有怨言，咱自己闯祸了，怪谁呢？"

陈忠阳问："合田的工作都移交了吗？"

尚德全摇摇头说："暂时还没移交。"

陈忠阳一怔："为啥？"

尚德全苦苦一笑："市委免职的文件还没正式下，我交啥？趁着手上还有几天的权，能帮您老书记做点啥，就做点啥吧。这几天，合田的以资代劳款总算筹齐了，十万人也让夏县长带着上了大漠河。"

陈忠阳真感动，不让尚德全抽烟，自己却哆嗦着手点了一支烟抽了起来。

尚德全又说："老书记，您别安慰我。我知道，不是您要撤我，是吴书记要撤我。我一点都不怨您，这么多年鞍前马后跟着您，我也学了不少东西。说心里话，没有您老书记的一手培养，我这个吃千家饭长大的穷孤儿，绝不可能出息成市长、县委书记。"

陈忠阳猛吸了一口烟，缓缓吐着烟雾说："德全，这你错了。培养你的不是我陈忠阳，而是各级党组织。你这小同志可千万别把对党、对组织的感情，和对我个人的感情混为一谈。我陈忠阳是中国共产党的平川市委副书记，不是梁山忠义堂的堂主。至于今天撤你，偏不是吴明雄书记，恰恰是我，是我在市委常委会上提出来撤你的，这你没想到吧？"

尚德全愣住了。

陈忠阳叹着气："建议撤你，大概是我一生中最痛苦的选择之一，可我必须这么做。我难道不知道你闯祸的动机本是一片好心吗？我难道不知道你工作一直兢兢业业吗？今天我老头子为什么要这么做呢？就是为了顾全大局呀。今天的大局是，水和路要上去，平川地区一千万人民的生存状态要有个根本的改变，市委依靠人民，人民盯着市委，我这个共产党的市委副书记不能徇私，也不敢徇私呀。"

尚德全点点头说："我知道，这事闹大了，省里也有人盯着，我是在劫难逃了。"

人间正道

陈忠阳不接尚德全的话茬儿，接着自己的思路说了下去："顾全大局，就意味着有人要做出牺牲。别说你今天已铸下大错，就是没有错，该你牺牲时，你也得牺牲嘛。老省长常和我讲起这么一件事：一九四三年，日本人对我大漠抗日根据地包围扫荡，老五团一个连队为掩护纵队和地委机关撤退，奉命佯攻，强渡大漠河，当时都知道此一去再无生还之理，一百零四人还是去了，全牺牲了，最小的战士只有十四岁啊。"

尚德全说："这事我知道，大漠河畔现在还立着碑呢。"

陈忠阳又说："这是战争年代的牺牲。今天有没有牺牲呢？还有。我们上水，上路，向群众做工作时都说，要有奉献精神，要有牺牲精神。群众捐钱捐物，含辛茹苦上河工，做出了牺牲。如今，我们在犯了错误的情况下，牺牲掉自己的乌纱帽不也应该吗？！"

尚德全点点头说："是的。"想了一下，又补充了一句，"今天是我，也许明天就是你老书记和吴明雄了。"

陈忠阳苦苦一笑："这一点我也想到了，只要干事情，就免不了要犯错误，就免不了要有这样那样的牺牲嘛。"

二人的心情都很沉重，半晌无话。

沉默了好一会儿，陈忠阳才关切地问："德全啊，对下一步的工作和生活安排，你个人有啥想法呀？"

尚德全愣都没打，便闷闷地说："哪里跌倒哪里爬起来吧。"

陈忠阳摇摇头说："德全啊，我劝你还是不要留在合田了，要不回云海，要不就到平川来，全家都搬来。这么多年了，你老把个家当旅馆饭店，这回，也该好好歇歇，照顾一下老婆孩子了。你老婆的病现在怎么样了？"

尚德全眼中的泪一下子流下来了。

陈忠阳心中一惊，问道："你哭啥呀？"

尚德全眼中的泪流得更急："她死了，就在前天夜里，昨天下午火化的。"

陈忠阳眼睛也湿润了，嘴角抽搐着，讷讷道："怎么会这样，怎么会这样？"

尚德全挂着满面泪水说："是……是我害了她，她本来病得就不轻，一听说我……我出了事……"

尚德全哽咽着，说不下去了。

陈忠阳难过得别过脸去，过了好半天，才用命令的口气说："德全，我看，你就回平川吧？市里一时分不了房子，就先住我家，孩子也有人帮你照应，你女儿好像是叫尚好吧？"

尚德全噙着泪点点头说："尚好还记着你这个陈爷爷呢。"然而，对陈忠阳的安排，尚德全却不同意，把脸上的泪一抹，尚德全又说，"老书记，我尚德全还是跟你干！就和合田县的民工一起上大漠河，为你，为市委，也为党挽回点影响！别让人家说咱当干部的只会指手画脚。"

陈忠阳一怔，马上问："你上工地，小尚好咋办？"

尚德全说："放在家里呗。"

陈忠阳又问："你哪还有家？"

尚德全说："就是我岳母家。"

陈忠阳想了好半天，才点头说："好，那我就向市委建议，把你安排到我的南水北调工程总指挥部里来，先做些具体的事。说真的，我现在还正缺人手呢。"

尚德全说："不，老书记，我不要你安排，也不到你的总指挥部去。我就上河工，做合田县的现场副指挥，或者突击队长。"

陈忠阳不同意："德全，你今年已三十八了，能吃得消吗？"

尚德全很自信地说："三十四十正当年，我行。"

陈忠阳一把拉过尚德全的手，紧紧握着说："德全，好样的！我这个老领导谢谢你，也代表吴明雄书记谢谢你！吴书记就怕你受了这个大挫折，趴了窝，再也爬不起来呀！"

把尚德全送出大门，和他挥手告别时，陈忠阳心头既悲壮又苍凉，禁不住想起了"风萧萧兮易水寒，壮士一去兮不复还"的诗句。

三

在平川驻省城办事处刚送走省建行白行长，束华如就意外地接到了吴明雄从平川打来的长途电话。吴明雄在电话里告诉束华如，专题处理合田问题的市委常委会已开过了，合田县委书记尚德全已被撤职，合田县县长夏中和给予党内严重警告处分。吴明雄要求束华如马上到谢学东那里去一趟，向谢学东汇报一下情况，必要时，代表平川市委直接向省委书记钱向辉汇报。

束华如问："陈忠阳书记想得通吗？在常委会上是不是发了牢骚？"

吴明雄说："老束啊，这回多亏了陈书记呀，老同志终究是老同志，在关键的时候，水平和觉悟都看出来了。陈书记不但没发牢骚，还让受了处分的尚德全口服心服地到水利工地去做了突击队长。倒是肖道清，又借题发挥，大谈什么客观条件，说是教训要汲取，环城路开工还是要慎重，让大家七嘴八舌给顶回去了。"

束华如说："顶回去好，别说没问题，就是有问题，环城路工程也退不下来了。省交通局的专项资金和省建行议定的贷款马上都要到位。今天下午，我已代表平川市政府和省建行正式签了环城路贷款合同。"

吴明雄说："这很好。见到谢学东时，你再做做工作，看能不能再从省农业口挖点资金出来给咱的水利工程？如果要花些钱，你就大胆花，不要有顾虑。"

束华如说："吴书记，你是糊涂了还是咋的？在谢学东那里能把钱花出去吗？人家能吃咱这一套？"

吴明雄在电话里哈哈笑道："对，对，人家是清官，算我没说。"

放下电话，束华如马不停蹄地驱车去了谢学东家，知道谢学东爱惜自己的羽毛，别的不敢送，平川的土特产送了一些。有真空包装的原汁狗肉，有精装平川大曲，还有康康豆奶公司，就是昔日的平川碾米厂新生产的康康豆奶。

谢学东倒也不演戏，对家乡的土特产照单全收，还很惊奇地问束华如："束市长，这康康豆奶原来是咱平川的产品呀？前些时候到省城开过一个产品介绍会，我还以为是广东什么地方的产品呢。"

束华如说："就是咱平川碾米厂田大贵几个年轻人搞起来的嘛。一个破产的国营小厂，在市委、市政府的支持下搞了改革试验，面貌真是大变样了。现在，田大贵这帮年轻人可比我这个市长还神气，坐着飞机满天飞，遍中国找市场、搞合作哩。"

谢学东连连说："好，好，后生可畏，后生可畏呀！我看，中国改革的希望就在他们这代人身上哩。"

然而，一坐下来汇报工作，谢学东的态度就变了。束华如说到对尚德全的处理时，谢学东脸沉了下来；再说起水利工程上的困难，谢学东竟烦躁得听不下去了，一会儿要小保姆过来续水，一会儿向夫人交代琐事，束华如便识趣地住了口。

谢学东这时偏亲切地说："束市长，你谈，你谈，我听着呢。"

束华如说："也就是这些事了。我们的意思是，如果谢书记能帮我们做做工作，在旱改水方面再调拨点资金给我们，我们的日子就好过些了。南水北调不就是旱改水吗？省里提倡哩。市委常委开会时，我们大家都说，咱省里有人呢，这人就是您谢书记了。您是我们的老书记，我们的事您不关心，还有谁会关心？"

谢学东问："吴明雄也这么说？"

束华如说："可不是吗？！老吴一直说，平川的基础，是您和很多老同志打下来的；没有您和在平工作过的许多老同志，也就没有我们干大事的今天。"

谢学东不置可否地笑了笑："你束市长的意思是说，吴明雄很尊重我了？"

束华如点点头说："老吴在上任后召开的第一次常委会上就说过，我们谁都不能鄙薄前人，尤其是对咱谢书记。"

谢学东说："可我说的话，他吴明雄听过一句吗？我几次建议他把陈忠阳换下来，他动了吗？闹到死人的地步了，他还死护着负有领导责任的陈忠阳，想干什么？"

束华如小心地说："谢书记，据我所知，合田的事确与陈忠阳无关，完全是尚德全一手造成的。对此，陈忠阳也很生气，正是他在常委会上主动提出撤尚德全职的。"

谢学东"哼"了一声："这伎俩我懂，叫舍卒保车。"

束华如不敢作声了。

谢学东这才说:"束市长啊,你不想想,如果条件许可,谁不想为家乡,为人民多做点好事呢?古人,那些封建官僚尚且知道为官一任,造福一方,我们作为共产党人,人民公仆,又何尝不知道这一点呢?不知道这一点,我们还配做一个共产党人吗?!可我们做事要有个前提,那就是,要把人民大众真正装在心间,不能打着干事的旗号逼出人命。"

束华如强笑着解释说:"谢书记,也不能说合田的老乡长就是被逼死的,他本来就有心脏病嘛,我们是做过认真调查的。"

谢学东问:"这调查客观吗?在多大程度上是可信的?我和省委对此都是有疑问的,可能会在最近派人下去重新调查。"

束华如一怔:"这有必要吗?"

谢学东说:"咋没必要?到惊动中央,派调查组下来才好看吗?!"

束华如不言声了。

谢学东说:"鉴于这种情况,我建议你们环城路暂时先不要急着开工,全市的大规模捐款活动也不要搞,要稳妥一些,要多少钱办多少事,再不能出现合田这类事情了。当然,我这只是建议。"

束华如说:"可能已停不下来了,平川明天就要进行环城路的开工典礼。"

谢学东仰面一声长叹,啥也不说了。

回到平川驻省城办事处,束华如给吴明雄拨了电话。

电话一通,吴明雄马上问:"谢学东答应给咱多少钱?"

束华如没好气地说:"领导,你等着吧,人家马上要派调查组过来,可能顺便把整个省农业银行都给你带过来。"

吴明雄说:"那就算了,你快连夜赶回来吧,明天环城路要开工,誓师大会上可不能少了你这个道路工程总指挥哩。"

束华如问:"钱向辉书记那里我还去不去?"

吴明雄说:"既然谢学东要派调查组来,钱书记那里我看就先不要去了,别让钱书记为难。咱为人不做亏心事,不怕半夜鬼叫门嘛。爱咋查,就让他咋查去,查出问题我吴明雄负责;查不出问题,我也不和他计较,只希望他别误了我干正事。"

束华如说："老省长那里我是不是再去一下？昨天到医院看老省长时，我见他正在输氧，打吊针，啥事都没敢说。"

吴明雄说："那就别再说了，老省长是个火暴性子，眼里容不得沙子，咱积点阴德，让老人家多活两天吧。你快回来，就到环城路工程指挥部找我，我们要连夜开会哩。咱先说定，我们都等你束大市长一起共进早餐。"

束华如说了声"好"，放下电话，把公文包往腋下一夹，立马吩咐司机连夜赶回平川。

四

平川的夜是真正的夜，除了主要街道的老式路灯和居民住宅区的照明灯，再无多少可供辉煌灿烂的光源。对当时的平川来说，灯火辉煌之类的形容，还只是文化人书面上的夸张，与平川的现实距离很大。两个月前，《平川日报》上发表了记者王大瑞的一篇报道文章，文章中写道，"……市委、市政府的主要领导同志在平川辉煌的万家灯火中走街串巷，规划着这座城市的明天……"云云。吴明雄一看就火了，专门打了个电话给报社总编彭永安，问他，平川辉煌的灯火在哪里？堵得彭永安一句话也说不出来。吴明雄又说，正因为平川还没有辉煌起来，我们才要带领一千万人民去奋斗。

现在，驱车缓行在冬夜这座黑乎乎的城市里，望着车窗外空落无人的街巷，吴明雄很感慨地和同车的副市长兼环城路工程现场总指挥严长琪说："严市长，看来平川的辉煌可能要从今夜开始，要从你这个城建副市长手中开始哩。"

严长琪在车里一边干吃着方便面，一边说："吴书记，对环城路的电力设计，供电部门还是有些看法，说是装这么多新型路灯太浪费，一年光路灯电费一项就是两百万左右。况且，我们平川本来电力就严重不足。"

吴明雄手一挥说："咱别听他们的，现在电力不足，将来不会电力不足，我们不是要上个自己的大电厂吗？我们的大电厂建起来后，不但解决了国际工业园的工业用电问题，也从根本上解决了整个平川城的用电问题，到时候，只怕电都多得卖不出去呢。"

严长琪说："吴书记，对上电厂，你别太乐观，虽说我们和台湾华氏集团签了意向合同，可真正实施困难重重。主要障碍不在我们，也不在华氏，而在台湾国民党当局。根据台湾国民党当局的现行政策，著名台资集团对大陆基础产业进行规模投资是很难得到允许的。"

吴明雄说："可以变通一下，请华义夫老先生经第三地转投嘛。"

严长琪说："这个办法我们也想到过。华氏曾打算通过在大马的子公司，谨慎实施这个投资计划。不过，操作难度还是很大。这不是三亿五亿，是几十个亿呀，建设周期又这么长，就否定了。昨天，华氏的全权代表华娜娜小姐还来找我，问我们，如果华氏的投资一时过不来，这个电厂我们还上不上？怎么上？"

吴明雄说："当然要上，水电路是我们平川经济起飞的三大基础，缺一不可，拼着命也得上。我看，可以一方面继续寻求合资对象，一方面先把准备工作做好。如果情况许可，也可以投下几个亿，把一期工程先启动起来嘛。"

严长琪问："环城路咱还得要市民捐款呢，电厂的启动资金从哪来？总不能去带人抢银行啊。"

吴明雄说："谁叫你去抢银行了？你老兄多动点脑子嘛，想办法把别人的钱变成咱们的钱，把小钱变成大钱，能贷则贷，能拆借则拆借，能拉人家入股，就拉人家入股。对了，还可以向全社会的老百姓发电厂债券嘛！市财政做担保，五年还本付息，息口比国家银行高一两个百分点，能发不出去？"

严长琪说："发债券要省人行批，恐怕很难。"

吴明雄说："那你们就去跑省人行嘛，该央求就央求，该哭一鼻子也可以哭一鼻子，他不批，你就别走。我听说咱市旅游局有个姓刘的副局长，是个女同志，很会哭。束市长的钱袋捂得多紧呀，这女局长硬从束市长那哭来了两百万，搞龙凤山宾馆改造。跑省人行，你们就把她带着，叫她用动人的眼泪去对付银行，别只打内战对付咱自己的市长！"

严长琪笑了："吴书记，你是真能想。"

吴明雄望着车窗外的夜色，带着神往的表情说："平川的夜要在我们手上明亮起来，平川这座城市也要在我们手上美丽起来。严市长，你不想想，对一座城市的形象和尊严来说，两百万电费算什么？听说康康豆奶集团今年为豆奶粉做广告还花了八百多万哩。"

严长琪说："倒也是。"继而，又挺感动地说："吴书记，我看得出来，你太爱这座城市了，不但想着她的今天，还想着她的明天。昨天的会上，你提出在环城路内多建些公园，多留些绿地，我就想，你这个当家人是有远见的。"

吴明雄说："公园、绿地我们必须先下手呀。到下个世纪的 2020 年，根据国家的国土规划，我们平川市区人口将达到 300 万。那时的平川人要有相应的生存空间和生活空间，不多建些公园怎么行？今天咱们先把地占了，建成公园了，他日后还能在公园里盖工厂呀？"

严长琪点了点头："这也叫有权不用，过期作废了。"

吴明雄颇为感慨地说："严市长啊，我不知你真心里是咋想的，可我知道，从省里，到我们市里，都有些人对我不满意。认为我这个市委书记胆子太大，工作力度也太大，就在半小时前，还有人劝我，说是合田已出了事，要我稳一些，把环城路工程先停下来。可我能停下来吗？时间对我来说已经不多了，我今年五十七岁了，了不起干三年，也就是一千多个日日夜夜吧。许多事情，我今天不干，也许就永远干不成了。到退下来了，想想自己在位时没能完成那份历史责任，就会脸红心跳，无地自容哩。也正因为时间太紧迫了，我才一分钟都不敢耽误呀。"

严长琪说："合田的事我也听说了，好像谢书记很恼火。"

吴明雄说："只好让他恼火去了。反正我不想再升官，他也就拿我无可奈何了。了不起我下台嘛。可是，平川这摊子大事、难事，谁接手谁就得干下去。现在，咱平川可是箭在弦上，不得不发了。不管谁干，只要能负起这份历史责任，我在台下也为他鼓掌喝彩……"

说到这里，吴明雄突然发现了什么，要司机停车。

车停在城乡交接部的一座大石桥上，吴明雄从车里钻了出来，站在桥上，对着桥旁不远处的一片仓库、厂房看，看着，看着，就光火了，要司机拿来手机，当即拨了个电话给分管拆迁协调的曹务平。

接电话的不是曹务平，而是市政府副秘书长金大华。金大华一直跟着曹务平管工业口，曹务平进了常委班子，做了常务副市长，金大华仍跟着曹务平。

金大华问吴明雄："吴书记，您有急事吗？"

吴明雄很不耐烦："你给我找曹市长接电话！"

金大华说："曹市长累病了，高烧四十度，正在医院挂水。"

吴明雄"哦"了一声，只好和金大华说了："金秘书长，东环这边是怎么回事呀？省物资局的 112 仓库咋还没开始拆迁？112 仓库旁边的省煤炭局汽车大修厂我看不清，好像也没拆。"

金大华说："是没拆，原来说好拆的，人家又变卦了。情况还挺复杂，听说附近十二家省、部属企业已在私下串通过了，要市里付拆迁费。今天又传出话了，说是省里可能不同意我们马上上环城路呢。"

吴明雄火了："这谣言是从哪儿来的？谁说省里不同意上环城路？我们明天就要搞开工典礼，他们不知道吗？！"

金大华说："吴书记，您别急，反正东环这边是二期，开工还要晚一阵子，我们继续做工作就是。曹市长已和我说定了，明天再开省、部属企业协调会，就是用担架抬，也得把他抬到会场上去。"

吴明雄这才说："好吧，转告曹市长，让他好好休息一夜，今晚工程指挥部的会就不要参加了。明天的协调会一定要开好，不论咋说，东环这片仓库、房子十天内都得给我拆掉！"

不承想，吴明雄和严长琪赶到环城路工程指挥部时，曹务平已先一步到了，整个身子歪在破沙发里，吊针瓶子就在金大华手上提着。

一见吴明雄进来，曹务平马上挣扎着坐正身子汇报说："吴书记，你放心，东环那边不会误事，我已派人分头去做工作了。"

吴明雄不忍再批评曹务平了，拍了拍曹务平的肩头说："好，好，工作再紧张也还得注意休息呀。"

说话间，各路大将全到齐了。吴明雄定下的开会时间，没有一个敢迟到的。

会议说开就开，由副市长严长琪主持。首先，各路大将通报情况，从明天开工典礼的准备，到西环、北环一期工程的承包、落实；从这几天集资的进展，到全民宣传工作中的经验和问题，几乎都谈到了。

最后，吴明雄讲话。

吴明雄在讲话中，再次指出了东环、南环一带拆迁任务的繁重和紧迫，要曹务平万不可掉以轻心。同时要求宣传部进一步加大宣传力度，明确提出，在市民集中捐款的这一个月里，市电台、电视台除保证正常节目外，要二十四小时昼夜播音、出图像，公布捐款市民名单，报道有关新闻。

吴明雄很激动地说："只要我们坚信今天所做的一切真正代表着一千万平川人民的意志，我们的路就这么走下去。不管有多大的压力，多大的困难；也不管谁在我们面前背后说些什么，有什么风言风语，我们都得一步一个脚印扎扎实实走下去。我们的宣传就是要使平川的每一个干部群众知道，我们今天所从事的，是造福后人的千秋大业，是理直气壮的事业。

"当然，要做事情，尤其是做这种大事，难事，免不了要犯些这样、那样的错误，这不奇怪。在我们这个世界上，大概只有两种人不犯错误：第一种人是从来不做事的人，第二种人就是死人。犯了错误不要紧，能及时纠正就好。在这里，我代表市委、市政府通报一个情况：搞水利集资时，合田县委书记尚德全同志违背市委精神，开了两天两夜的长会催款，致使一个患有心脏病的老乡长死在会议室里，已被市委撤职。这个教训大家都要汲取，环城路的捐款一定要以自愿为原则，决不允许再出现类似合田的事件！

"不过，尚德全同志对自己错误的认识是好的，主动要求到水利工地上去当突击队长了。他向组织上表态说，要用自己的行动为党和政府挽回一些影响。这个同志虽然犯了很严重的错误，但这一点很好，他没趴窝！同志们，在这一点上，我们都要向这个同志学习，任何时候都挺直腰杆，别趴下！"

这番话说得与会者都有点摸不着头脑。

后来，省里连派了几个调查组下来，大家才知道，吴明雄的话是有所指的。

工程指挥部的工作会议开完后，天已蒙蒙亮了。各县市的县市长们又带着各自中标的工程队长进了门，和严长琪并一帮工程技术人员研究工程的实施问题。吴明雄这才躲到隔壁的房间睡了一会儿，且做了一个短促的梦。

梦醒时，束华如已站在吴明雄面前，笑着问吴明雄："领导，你打算在哪里请我共进早餐呀？"

吴明雄一看手表，马上叫道："糟了，已经八点半了，九点开工典礼，我们快走，看来只能在车里啃面包了。"说罢，就往门外走。

束华如跟在吴明雄身后，边走边说："领导，你也太不够意思了吧？我没日没夜地替你打工，你老请我啃面包。"

吴明雄回过头说："你替我打工呀？我看倒是我替你打工哩！别忘了，环城路的总指挥不是我，而是你这个大市长！"

第十二章　今夜星光灿烂

一

曹务平想，吴明雄的策略现在看来已经很清楚了，那就是：在更大的阻力来临之前，以迅雷不及掩耳之势把战线先行全面拉开，迫使可能的反对者和潜在的反对者们不得不面对一个轰轰烈烈的既成事实。这样一来，干事的主动权就掌握在了吴明雄手里，而批评的主动权则掌握在了别人手里。从为官的角度讲，这是愚蠢的；但从干事的角度讲，这又是极其聪明的。

原定环城路的开工期是在下个月。根据计划，应在为期一个月的全市捐款活动结束，东环线和南环线密集拆迁区的拆迁工作全部完成后，再行开工。没想到，水利工程那边偏偏出了个合田事件。在大家都还没意识到这合田事件将会带来什么后果的时候，吴明雄就敏锐地预感到了可能来临的风雨。于是，提出了西环、北环线作为一期工程，先行开工的建议。

计划大大提前了，各项工作再不能用天来计算，得用小时来计算。市委、市政府、人大、政协四套班子都高速运转起来，除了肖道清和那些抓水利工程的同志们，所有在家的市级领导在日常工作之外，都分担了道路工程上的任务，再没有什么日夜之分。有的专管拔电线杆，有的专管军事单位拆迁工作协调，有的专管跑资金。曹务平任务最重，因其是常务副市长，又重点抓工业，从一开始便被吴明雄派去和省、部属企业打交道，负责所有省、部驻平川企业的拆迁。

西环、北环比较空旷，只有平川矿务局的一家煤机厂和两个加油站要拆迁，工作倒还顺利，开工典礼前的最后四十八小时内，煤机厂的两个车间在整体爆破中倒下了，十五部推土机一拥而上，只用了两个小时，就把规划中的道路打通了。

东环、南环则比较难办。省、部属企业比较集中，有些企业还比较困难，像省煤炭局的一个汽车大修厂，连发工资都要四处借钱，你让他自己拆房子，自己负责安置，他当然不干。困难企业不干，效益好的企业就有了可比性，也不干。其中最要命的是省物资局的 112 仓库。112 仓库的日子很好过，省物资局又明令 112 仓库党委服从平川的市政规划，按期拆迁，可仓库主任兼党委书记许祖才就是不动。暗地里还结成同盟，串联大家都不拆。曹务平手下的同志一找到他，他就说，我好办，只要大家都拆，我当然拆；现在大家都不拆，我一家拆就不好了。

西环、北环的一期工程开工典礼这天，曹务平终于找到了突破口。上午，他在医院挂瓶时，就把金大华叫到面前，如此这般交代了一番，要金大华马上去找省煤炭局汽车大修厂的党委书记伍圣林。

金大华一听曹务平的主意就乐了，连连说："好，好，曹市长，你这点子好，就抓大修厂当个典型。大修厂只要带了头，事情就好办了。大修厂这么困难，都顾全大局，112 仓库和其他企业还有什么话说？"

大修厂党委书记伍圣林却不顾全大局，见了金大华没说几句话就想溜。

金大华一把拉住伍圣林说："伍书记，你不想想，你躲得了初一，能躲得了十五吗？今天你小子不和我谈，等到曹市长亲自来找你，只怕就更不好说了吧？"

伍圣林耷拉着眼皮说："就是吴明雄来找我，不还是这么回事吗？我这里的情况你们又不是不知道，想上吊都买不起绳。"

金大华说："是的，是的，你们困难不小，我们市政府已在和省煤炭局协商，请省局在经济上给你一定的补贴。"

伍圣林说："那好，省局啥时给钱我啥时拆。"

金大华说："我们和你们省局协商，总要有个过程嘛，你老兄带个头，先拆迁行不行呢？"

伍圣林说:"不行,我是不见鬼子不挂弦。"

金大华很神秘地问:"老兄,如果我不让你吃亏,你能不能先拆呢?"

伍圣林一听说不让他吃亏,马上来了精神,耷拉着的眼皮睁开了,亮着两只小眼睛问:"咋?金秘书长,市里能给我拆迁费吗?给多少?"

金大华说:"你很清楚,这条环城路你们在平川的企业都受益,也就都有责任做点贡献。拆迁费市里是不能给的,得你们企业自己解决。再说,市里也确实没钱。不过,对你个人的困难,市里倒可以帮忙。听说你有个从部队退伍的儿子还在家待着,想到市政府小车班开车是不是?"

伍圣林乐了:"哎呀,金秘书长,您的工作做得真叫细,我服了,服了。"

金大华说:"那好,你马上把你儿子的情况写一下,交给我,我负责三天内让他到市政府小车班上班。你呢,在下午的省、部属企业协调会上就带个头,表态无条件拆迁,好不好?"

伍圣林脸上的笑容却收敛了,说:"咋?金秘书长,你还真以为我会卖厂求荣,拿原则做交易呀?我儿子待业不错,我厂里还有几十个干部职工的孩子也待业呢!他们要知道我这么干,还不把我的皮扒了?!你要真不让我吃亏,就帮我把这问题总体解决一下吧。"

金大华不高兴了:"你还真指望市里把你这几十口子待业人员都安排了?这胃口是不是也太大了点?"

伍圣林说:"不是这意思。我是说,你能多解决几个,就帮我们多解决几个。你看解决十五个人行不行?小伙子、大姑娘们都不错哩。"

金大华想了想说:"最多五个。今年市政府招待所内招服务员时,可以考虑特批五个指标给你们。"

伍圣林说:"那就八个吧?这样,我的亏还是吃得很大呀。金秘书长,你不想想,我要扒掉小半个厂子,别的不说,光土建一项就得三百万,省局我又不敢指望,这日子怎么过呀。"

金大华说:"我知道你眼前日子难过,可我也知道你日后的日子好过。六十米宽的大路摆在你们厂门口,你一个厂占了二百多米的门面,啥生意不好做?别说汽车大修,就是飞机大修也能干了。另外,还可以出租门面,哪愁拿不回这三百万?"

伍圣林笑了："这倒也是。"

金大华又道："咱可说清楚了，给你这八个指标，你儿子的事，我们可就不管了？"

伍圣林想了好一会儿，终于点了点头："行，就这样定吧。"

在下午的协调会上，伍圣林的态度变了，第一个到会，坐在长条桌前吃瓜子时，就和 112 仓库主任许祖才说："咱凭良心想想，也觉得市里不容易呀。你看，人家曹市长病得这个样，又来给咱开会了。"

这时，发着烧的曹务平正被人扶着走进门，身后跟着金大华。

金大华想和伍圣林打招呼，伍圣林头一扭，装作没看见。

许祖才发现了异样，狐疑地问伍圣林："伍书记，你小子是不是被市里收买了，要当叛徒吧？"

伍圣林脸一红，忙说："什么话？你老许不想想，市里有钱收买我吗？"

许祖才想想也是，就没再说什么。

然而，瞅着金大华出去小便，伍圣林马上跟过去了，像地下工作者接头似的，站在小便池边又和金大华讨价还价："金秘书长，我可被你坑了，老许他们都骂我是叛徒了。你看指标能不能再多给我两个？就十个，多了我也不要。"

金大华应付道："好说，好说，关键看你今天怎么表现。"

伍圣林乐了："金秘，您放心，我一定好好表现。"

果然，伍圣林好好表现了。曹务平和金大华都还没开始点名，伍圣林就代表省煤炭局汽车大修厂第一个发言，先很慷慨地讲了一通曹务平和金大华在会上反复说过的大道理，又说了一通自己企业困难的小道理，最后说小道理要服从大道理。他这企业再难，也不能给平川市政府增加负担。

伍圣林一脸庄严地说："同志们啊，我们难，平川市政府不难吗？不难，他们会发动全市人民捐款修路吗？大家想想，我们的企业也在平川，就没有责任和义务吗？修好的路，我们走不走？我们要拆迁，这就是说，我们都在大路边，有这么好的路守在咱家门口，咱们还怕往后日子不好过吗？所以，尽管我们大修厂是最困难的，但我们还是决定第一个拆房，明天就拆，再不和曹市长、金秘书长讲任何条件。"

曹务平和金大华带头鼓起了掌。

伍圣林也真做得出，再不管昔日盟友的利益，竟笑眯眯地点名说："我们这么困难都想通了，都不提条件了，许主任、陈经理，你们这些有钱的主就更没话说了吧？就不好再拿我的汽车大修厂做挡箭牌了吧？"

许祖才等人气得直翻白眼，可也无话好说。最后，只得被迫一个个向曹务平表态，无条件拆迁。

这次协调会开得非常成功。散会后，曹务平觉得自己的病也好了一大半。

当晚，伍圣林找到了曹务平的办公室，当着金大华的面，落实内招指标的事。

金大华脸一板："什么内招指标？哪有这种事？！"

伍圣林一下子拉长了脸："金秘书长，你可是代表曹市长，代表市政府的呀，政府要是言而无信，日后谁还敢相信政府呀？！"

曹务平笑了，拍着伍圣林的肩头说："伍书记，金秘书长是和你开玩笑哩！"

金大华说："我可不和他开玩笑。曹市长，你不知道，下午咱伍书记在厕所里还逼我呢，要我额外再增加两个指标。"

曹务平说："厕所交易不算数，原来说定的八个指标照给。"

伍圣林这才松了口气，笑道："在厕所里，我也是随便说说嘛，哪有那胆子逼咱人民政府呀！金秘书长，你也凭点革命的良心，我下午的发言，可是比政府还政府呀，散会后，老许他们都问我，哪天到市政府上班。"

二

随着整组改革的深入和经济状况的初步好转，中国平川纺织机械集团一个月前终于告别了那排破车棚，有了自己像模像样的集团总部；书记、老总们也都有了属于自己的办公室。张大同的办公室最大，是个带会议室的套间。

环城路开工典礼的第四天，张大同突然通知集团一级的领导到他办公室开会，说是要落实一下南环线两个厂子的拆迁问题，再临时研究其他几件事。集团老总、书记们陆续到来时，张大同小会议室的 29 英寸大电视正不停地播放着平川市民的捐款情况。

场面热烈而生动。位于中山路口的中心集募站门前，等着捐款的干部群众竟排起了长队。电视台、电台的记者们手持话筒跟着排队的人群进行现场采访，要捐款的市民们谈看法。

市民的看法比较一致，都说这路早该修了，市委、市政府想的，也正是老百姓想的。一个出租汽车司机说，别说捐几十块钱，就是捐几百块钱也没啥了不得的，路修好了，不堵车了，两天就能多赚几百块。一个小学生捐了五十元钱，拿着大红的捐款证书说，这些钱是过年时家长给的压岁钱，买零食吃完也就完了，捐出来修路最有意义。一个中年妇女流着泪说，这路早该修了，若是早有今天，早把路修好，我儿子也许不会死，我儿子是在受伤后送医院急救的路上死的，救护车被堵在路上开不过来。所以，今天我认捐五百元，支持咱干实事的政府。

后来，屏幕上便出现了民营亚太集团公司董事长柏志林满面笑容的特写镜头。不知是电视台事先安排好的，还是柏志林又在借机做广告，这位董事长捐出的不是现金，而是一张放大了十几倍的支票票样，票样上赫然写着：亚太集团公司全体员工捐款二十万元。二十万元不是中文，而是阿拉伯数字，2 后面的那一连串 0 显得很有气势。

面对摄像机的镜头，戴着眼镜的柏志林风度翩翩，侃侃而谈，声称，亚太集团作为一个受惠于党和政府改革开放政策的著名民营企业，对社会有一份义不容辞的道义责任，对平川的基础建设更有一种责无旁贷的义务。尽管市委、市政府明确规定，对企事业单位一律不进行集体募捐，但亚太集团仍自愿捐款二十万，用于环城路某一座大型环岛雕塑的建设。并宣布说，这仅仅是个开始，亚太集团在平川未来的大建设中，将进一步依靠党和政府，为平川的经济起飞做出更大的贡献。

副总经理束万宏看着电视画面禁不住议论说："这个柏志林，真是个大滑头，捐了二十万块钱，买下一座大型环岛的永久性广告不说，还落得个支持环城路建设，热心公众事业的好名声，真他妈绝了。"

集团副书记冷海生却说："恐怕还不止这些吧？你没听这位柏总说吗，

他还要进一步依靠党和政府，为平川的经济起飞作贡献呢。我估计，他做出这副姿态，不仅只是做个永久性广告，背后肯定还有文章，说不准又瞅着哪块肥肉了。"

束万宏说："还不是机械一厂那块地皮吗？这位柏总可是盯了好长时间了。先是缠着人家台湾华氏集团的华小姐，现在看看华氏的投资意向合同没办法履行了，市里有可能把这块地皮划给咱们纺织机械集团，这小子又想到咱这边插一手了。不信，你问问张总，是不是有这么回事？"

张大同正坐在对门的长沙发上抽着烟想心事，勉强笑了笑，没搭茬。

束万宏又颇为不屑地说："这个柏总也不想想，你一个民营企业，说到底也就是个规模大点的个体户，胃口这么大，现实吗？再怎么改革，我们国家也还是公有制为主体嘛。"

张大同这才掐灭烟头说话了："老束呀，公有制为主体，并不排斥多种经济形式共同发展嘛。尤其是在我们这种经济欠发达地区，多种经济形式的共同发展就更重要了。前几天吴书记和束市长还和我谈起过，要我们在总体思路的把握上多动动脑子，一方面坚定不移地走强强联合，规模经营的路子；另一方面，也要把乡镇企业、民营企业的成功经验引进来，激活我们这种国有大型企业的内部机制。吴书记特别提到了亚太的柏志林，说这个人很有些办法哩。"

冷海生说："他再有办法，赚的钱再多，也是自己的，不是咱公家的。"

张大同说："不能这样看问题。赚的钱是他的不错，可他作为一个自然人能用掉多少？绝大部分还不是用于平川的经济建设了吗？这有什么不好？昨天，他带着个女公关跑到了我家里，要我死活把机械一厂的地皮弄下来，明确提出想参股盖大厦。我当时没答应他。现在想想，倒有个主意了。我们马上不是要搞股份制改造试点吗？你们看，能不能接受他们亚太来入股呢？柏志林说，他的亚太能拿出一千万，有他这一千万，我们环城路南线两个厂子的拆迁费用不就解决了一部分吗？今天，我们就在这个短会上先议议。"

正说着，另外一个副书记和一个副总经理也到了，张大同马上叫秘书关掉电视机，宣布开会，开宗明义就说："先通报一下情况：我们提出以兼并平川机械一厂为前提，自我消化两个厂拆迁负担的条件，市里还没有最后答复。这其中的主要原因恐怕是，美国 SAT 公司远东部的郑杰明又插手了。郑杰明从机械一厂邱同知那里得知台湾华氏无法履行意向合同，又把修改后的方案拿了出来，准备向市政府另外支付五百万元人民币的地价补差，取得这块黄金宝地五十年的使用权。在这种情况下，我们怎么办？南环两个厂子是不是还按原计划拆？拆了后，市里把地皮给了美国 SAT 公司，我们就被动了。不拆，曹市长不答应。今天上午，曹市长和金秘书长又连打了几个电话给我，话已说得很难听了。"

老总、书记们都不说话。

张大同又说："从顾全大局这一点上讲，我看，我们没有理由不拆，就是困难再大，也得拆。但是，从保护国有资产不向外资流失这个角度讲，我又不太赞同先拆。我想借这个机会给市里加点压力，把这块黄金宝地争取到手，把这座规划中的国际大厦变成我们未来的集团总部大厦。为此，我宁愿和民营亚太公司合作，也不想和外资合作。我希望这座大厦没有一丝美元的气味。"

束万宏提醒说："张总，你这话可不能在市领导面前说，这与我们积极引进外资，对外开放的大气候不相符哩。"

冷海生也说："要我看，真能和美国 SAT 公司合作也不错，总比和柏志林的亚太合作好。"

张大同不高兴了："同志们，你们怎么对民营企业有这么大的偏见？亚太再怎么说也是我们的民族资本，我们有便宜不让自己的民族资本占，还能让外国资本占吗？全世界哪个国家不在保护自己的民族资本？在这一点上大家都不要糊涂！"

老总、书记们又不作声了。

张大同叹了口气说："当然，到现在为止，地皮我们还没拿到手，我也还没想过让亚太插手机械一厂的地皮，但已想请亚太对我们集团参股，就是法人股，自然，这也得他们愿意。"

束万宏摇起了头，说："只怕柏志林不会同意。这人多精明呀，不见肥肉不下嘴，他会把钱往咱这庞大的烂锅里扔？"

张大同说："现在是烂锅，将来不是，对此，我张大同充满信心。另外还有一点，我请大家不要忘了：我们这个集团可是全省股份制改造的试点单位，将来很有希望成为上海证券交易所或者深圳证券交易所的上市公司。你们知道这上市公司意味着什么吗？"

这些长期计划经济造就出的书记、老总们大都不知道意味着什么。

张大同真想给大家上一堂关于股票，关于期货，关于现代经济的大课。然而，眼下却不是上这种课的时候，两个厂子的拆迁和机械一厂地皮的事必须解决。于是，他摇摇头，又回到了正题上："我们面对的就是这么个情况，大家看看怎么办吧。"

冷海生这才说："我赞成先顶一顶，不过，最好不要硬顶，还是软磨，反正南环这边一时也开不了工。"

束万宏说："软磨不如硬抗，我看倒不妨早一点和市里摊牌，请吴明雄书记明确表个态。"

又一个老总说："吴书记如今和陈书记的关系可是不一般，陈书记老想着以优惠条件吸引外资。如果吴书记受陈书记的影响，表态答应把地皮给了 SAT 公司，我们就连这点希望都不存在了。"

正这么说着，亚太集团的柏志林打了个电话过来，对张大同说："张总，告诉你一个最新消息，一个小时前，机械一厂那个汉奸邱同知，带着 SAT 的郑杰明到泉山水利工程指挥部去找陈忠阳了，百分之百是去谈地皮。"

张大同一怔，急问："你咋知道的？你不是在中心集募站表演捐款吗？我刚才还在电视里见到你呢。"

柏志林说："我就是在中心集募站听内线朋友说的，绝对可靠。因此，我建议你们马上去找吴书记，和吴书记好好谈谈，免得日后被动。"

张大同说："我现在到哪儿去找吴书记？吴书记是在水利工地上，还是在环城路工地上，谁知道呀？"

柏志林说："我知道，现在吴书记和束市长都在国际工业园门前的路段上，正陪着省交通局李局长看规划中的环岛现场呢。"

张大同不由地发了句感慨："柏老弟，我真服你了，信息这么灵。"

柏志林在电话里直乐："我在电视上做广告时不是说了吗？我这个民

营公司要依靠党和政府，当紧当忙时不知道党和政府在什么位置还像话吗？"言毕，又说，"张总，我对你老兄忠心耿耿，你这国营大集团得了好处可别忘了我这民营小兄弟呀。"

张大同说："当然不能忘了你柏总。我们书记、老总们正在开会研究和贵公司的合作呢，不仅仅是一座大厦的合作喽，想和你老弟更全面，更精诚的合作，请你们亚太集团参股，如何？你老弟有没有胆子把你们私人游击队的土枪、土炮都带过来，参加我们国军呀？"

柏志林不置可否，只说："张总，有您这样的大帅做国军司令，这事咱还不好商量吗？当务之急是，赶快把那块黄金宝地拿到手。若是陈书记先找了吴书记，吴书记有了先入为主的印象，你的工作就难做了。"

张大同觉得柏志林说得不错，遂中断了会议，马上驱车赶往国际工业园。果然，在国际工业园里见到了吴明雄。

这时，吴明雄和束华如正在启动区的综合大楼里向省交通局李局长介绍国际工业园的情况，一见张大同进门，便沉下脸问："张总，你们纺织机械集团那两个厂子是怎么回事？咋还不动手拆？还等什么？"

张大同说："吴书记，我正要向您汇报……"

吴明雄说："你别汇报了，我都知道。你们不就是盯着机械一厂的那块地皮吗？报告我看了。我告诉你，这事现在还不能谈。地皮日后能不能给你们，我和束市长都不敢说。你们若因此就不顾大局拖延拆迁，影响环城路工程，后果自负！"

张大同心里很怵，嘴上却仍在争："听说市里打算把地皮给美国 SAT 远东部的郑杰明？我们就有些急，怕国有资产会流失。"

吴明雄这才口气缓和了些："大同，这你不要担心嘛，我们共产党的平川市委和平川市政府不是清王朝嘛，我和束市长也不是慈禧太后和李鸿章，头脑很清醒，坚定不移地进行改革开放，但却决不会卖国。"

束华如也说："市里根本没考虑过把地皮低价转让给郑杰明，迟迟不能拍板的原因还在于台湾华氏集团。华氏不能如期投资电厂，责任在台湾当局，不在华氏。吴书记就想，我们做事不能太绝。现在，我们大体是这样设想的，其一，这块地皮给你们，由你们出面和华氏合作，尽可能争取最大利益；其二，在你们和华氏谈不拢，而你们又有实力独自开发的情况下，也可以由你们一家干。"

张大同放心了，转身告辞。

吴明雄追着张大同的背影又说了句："张总，不要再观望了，东环、南环的开工期要提前，你这个全市最大的国营集团要带个好头。"

张大同回头向吴明雄挥挥手说："吴书记，你放心，我连夜安排拆迁！"

驱车赶回集团总部时，天渐渐黑了下来。朦胧夜色中，几个集募站门前还有不少下了班的人在捐款。集募站的收音机都拧到了最大的音量，电台在不停地广播着一个个捐款者的姓名和捐款数额。

路过中山路集募站时，张大同无意中发现，自己年迈的父亲也在捐款的人群中。

一阵热流从心中涌过，中国平川纺织机械集团总经理兼党委书记张大同停下车，悄然走到捐款队伍的尾部，将口袋里仅有的一百五十元现金全掏了出来，递给一个戴红领巾的小女孩说："小朋友，叔叔没时间排队，你替叔叔把这些钱捐了，好吗？"

小女孩接过钱问："叔叔，你叫什么名字？怎么给你登记呀？"

张大同说："就这样登记：一个平川市民。"

三

王媛媛独自一个人在家里看着电视，听着广播，心渐渐热了起来。后来，就一遍又一遍地想：平川市委、市政府号召每一个有劳动收入的市民为环城路工程建设捐款，自己作为一个平川市民，无疑也该响应号召，捐出一片心意。

开头并没想过要捐八千元，只打算捐一百八十元。因为，到这天下午五时止，她手头只有这一百八十元钱。

没想到，五时左右，过去的厂长，现在的康康豆奶公司总经理田大贵来了，带了一万二千元给王媛媛，说是医疗费报销款。

王媛媛知道公司上了豆奶生产线后，日子好过多了，对医疗费及时报销深信不疑。然而，算了一下账，却发现不大对头，报销款多出了足有五千多元。

王媛媛便问田大贵："这五千多元是咋回事呀？"

田大贵往王媛媛的床头一坐，大大咧咧地说："哦，这是经公司办公会研究，决定发给你的医疗和生活补助。自费药品按规定不能报销，但大家都知道你的困难，就补助了几千块嘛。"

王媛媛说："这多不好，我病着，又不能给厂里作贡献，哪能拿这么多补助？下面不要叫死了？"

田大贵得意扬扬地说："叫什么？没人叫的。大伙儿谁心里没数？咱过去连工资都开不上，现在，本公司全体员工在我田总经理的英明领导下，加大了改革步伐，取得了初步的改革成果，有工资有奖金，平均每人每月都挣七八百块钱，哪个不满足？别说给你补助是办公会研究定的，就算是我个人定的，谁又能说什么？这支队伍我当家。"

王媛媛嗔道："看你说的，倒好像公司成了你田大贵的了。"把钱往田大贵面前一推，又说，"拿走，拿走，别气我了。"

田大贵拉着王媛媛白白的小手直笑："别气，别气，媛媛，我这人你又不是不知道，除了工作，也没啥别的爱好了，不过就是得意时爱吹两口嘛！不过，也就是在你面前吹，在别人面前还真不敢吹，怕被人逮着话把打我的小报告哩。"

王媛媛也笑了："只敢在我面前吹，你田大经理也真够威风的了。"

田大贵脸红了，想说什么，又没敢说，只紧拉着王媛媛的手不放。

王媛媛感到田大贵的手很湿，好像尽是汗。

本来这天可能会发生点什么，可偏在这时，原副厂长、现在的副总经理汤小泉找来了，吓得田大贵忙把王媛媛的手松开了，马上换了副很正经的面孔，以领导的口吻要王媛媛好好养病。

汤小泉没注意到这一幕，风风火火地对田大贵说，东北三家联营单位的老总们到了，要田大贵快回公司。

田大贵只好回去，临走时还交代说："媛媛，身体好一点后，就常到公司看看，厂里的兄弟姐妹都想念你呢。"

王媛媛心里说，只怕真正想念我的只是你田大贵哩。

田大贵走后，王媛媛心里热乎乎的，先是想田大贵的种种好处，想田大贵早先给她许的愿。大贵说过的，等把公司搞上去了，就送她到北京、上海最好的医院去治病。自己便对自己说，自己的病真要能治好，就把这一辈子都献给田大贵。最好是，她的病好之后，田大贵能碰上点啥事才好呢，比如，瞎了，跛了，她就心甘情愿地一辈子服侍他，那该多美？这念头让王媛媛吓了一跳：自己是怎么了？不把大贵哥往好处想，倒巴望着他倒霉，真是疯了。

后来，看到桌上那一万二千元钱，又想到了为环城路捐款。

现在她王媛媛有钱了，再捐一百八十元就不像话了。她王媛媛可不是个普通市民，而是个特殊市民，为了给她治病，厂里、报社，那么多好心人捐过款。市委的紧急救助基金会也捐助过她整整一万元医疗费。现在，集资上环城路，她该多捐点才对得起生她、养她、救助过她的平川哩。

这么一想，便取了八千元出了门，到了中山路集募站。

这时，天已黑了，集募站进进出出来捐款的人还很多，王媛媛转了好半天，也没见人稀少下来，就在附近的市第一百货公司转了转。在皮装柜台上看中了一件红颜色的短夹克，样子很新，街上还没人穿，就动了心，想把它买下来，可一问价钱，竟要四百多元，便没舍得。尔后，在化妆品柜台买了支五元三角钱的口红，又到楼下的快餐店吃了两元的盒饭，才又到了集募站。

正是吃饭时间，集募站里没人了，办公桌后面只有一个戴眼镜的中年人在记账，屋子另一边，还有个像是出纳的女同志在清点捐款。王媛媛进门时，屋子另一边的女同志没在意，倒是戴眼镜的中年人带着一脸微笑站了起来。

王媛媛问："你们下班了吗？"

"眼镜"说："没下班，上面有规定，只要有一个人来捐款，我们就不下班。"

王媛媛说："那好，我捐款。"

"眼镜"麻利地拿出市民捐款登记册和空白的捐款证书，准备填写，习惯地问："哪个单位？姓名？职业？捐多少？"

王媛媛把手上的小包往"眼镜"面前的桌子一放，将八千元全掏了出来："就这么多吧！"

"眼镜"一下子愣住了："这里多少钱？"

王媛媛有些腼腆地说："八千元，你点点。"

"眼镜"忙对着屋子另一头叫："章会计，你快过来，这位姑娘一个人捐了八千元。"

章会计过来了，惊讶地看着王媛媛说："我的大妹妹，你可千万要想好呀，八千元不是个小数目，捐出去可就不能反悔的呀！"

王媛媛说："我早想好了，不会反悔的。"

"眼镜"说："我劝你在办捐款手续之前再想想。"

王媛媛摇摇头："不要想了，你们收钱办手续吧。"

"眼镜"很负责任，坚持说："姑娘，你还是再想想，市委、市政府号召平川市民捐款，确有经济目的，另外更重要的却是，借此一举唤起我们平川市民热爱平川，建设平川的政治热情。环城路总投资大约要几个亿，靠市民们捐二千万是远远不够的。所以，市委、市政府要求大家的，只是在力所能及的情况下尽尽心意，捐个几十元、几百元也就可以了。"

王媛媛听不下去了，轻声说："你们这里不接受，我就到别处捐去了。"

"眼镜"这才住了口，和那个章会计一起点起了钱。

把钱收好，"眼镜"请王媛媛在捐款登记册上签名。

王媛媛先不愿签，后来拗不过"眼镜"，只得拿起笔，在自愿捐款者姓名栏里签上了"吴鸣"两个字。

"眼镜"和章会计先还没起疑，到再三追问之下王媛媛仍不愿报出单位地址时，"眼镜"才怀疑这可能不是真名。"眼镜"也不明说，灵机一动，要章会计拉住王媛媛，自己手忙脚乱地去找照相机，说是要给王媛媛照张相做个纪念。

"眼镜"大概是怕王媛媛消失在平川茫茫人海中再也找不到。

然而，王媛媛却执意要消失在人海中化作一滴水。

在同章会计拉扯时，王媛媛就想，我才不要出什么风头哩，就是想献出一片心，了却一段情。也许我会死去，可我的心，我的情，却永远留在了环城路上，当后人走在这条宽阔大路上时，她一定会含笑九泉的。

趁章会计一把没拉住，王媛媛风一般似的飘出了门，融入了平川无边无际的夜色中。

拖着疲惫的身子一步步往家挪时，时间已经很晚了。王媛媛以为父亲不会等她回家吃饭了。不曾想，下了解放路，搭眼就看到了父亲熟悉的身影。做记者的父亲正空着肚子站在巷口张望，焦虑不安地等着她。

陪着父亲吃晚饭时，已是十点多钟了，电视里正在播平川新闻。

"环城路工程指挥部消息：迄至今晚二十时止，全市市民捐款已突破两千四百万元，大大超过了工程指挥部的预期目标。环城路工程指挥部总政委、市委书记吴明雄，总指挥、市长束华如高度评价我市干部、群众的奉献精神。"

让王媛媛没想到的是，接下来，电视里就播出了关于她的新闻。

"最新消息：本台记者一小时前获悉，中山路集募点今晚收到一位年轻女性的八千元捐款，创下了迄今为止我市个人捐款的最高纪录。该年轻女性执意不肯留下自己的真实姓名和工作单位，仅在认捐登记册上署名'吴鸣'。环城路工程指挥部委托本台发出呼吁，请'吴鸣'同志速与工程指挥部联系，联系电话是558868。再重复一遍，联系电话是558868。"

之后，这个呼吁和这个电话号码在报纸上、电台里一次次出现，可王媛媛就是没拨过。一周之后，中共平川市委、平川市人民政府发出"致吴鸣同志及所有匿名捐款者的一封公开信"。公开信说，吴鸣同志，您和许多捐款市民没有留下自己的名字，可平川的城、平川的路将记住你们，你们的名字已永远留在了平川大建设的史册中。

那晚，王媛媛心情真舒畅，想笑，又想哭，人世间的一切都显得那么美好。

躺在床上翻来覆去睡不着，王媛媛就走到了阳台上，入迷地望着夜空出神。

夜色真美好，正是十五前后，一轮皎月于高远暗蓝的天幕上挂着，满天繁星闪闪烁烁，让王媛媛不由得想起了一部很久以前看过的电影。电影的内容差不多忘干净了，可那名字记得真切哩，叫《今夜星光灿烂》。

是的，今夜星光真灿烂！

第十三章　从省城到首都

一

列车缓缓地停稳在站台时，吴明雄从车厢的车窗内看到了平川市政府驻省城办事处主任居同安。居同安接车很有经验，站立的位置恰在软卧车厢门前，车门一打开，居同安就挤上了车，帮着吴明雄和随行的市委秘书长叶青提着行李下了车。

走在站台上，吴明雄就问："小居，我要你搞的调查，你搞了吗？省城几条主干道的峰值车流量有多大？"

居同安说："吴书记，等你到省委招待所住下，我再详细向你汇报。我们不但搞了实地调查，还把省城交通局多年积累的资料也看了，包括国民党和日本人时期的一些资料。"

吴明雄说："好，那我再给你一个任务：到省图书馆和各大学跑一下，把德国、日本和韩国战后恢复时期的资料多找一些来，重点是道路基础建设方面的。等我出国访问回来后交给我，或者交给叶秘书长。"

居同安应下了，后又随口问道："吴书记，你们这次不是到北京参加中央工作会议吗？咋又出国了？"

吴明雄说："和省委领导同志一起去北京开过中央工作会议，我和叶秘书长就从北京出境，在东京和严市长他们会合，三个国家，跑十五天，主要考察道路市政建设。"

叶青叮嘱说："居主任，吴书记要的这些资料，你要亲自跑，有些带不出来的就复印，不让复印就请人抄下来，中文版、外文版全要，时间有半个多月，应该没问题吧？"

居同安连连说："没问题，没问题。"

出站后，居同安引着吴明雄和叶青上了一辆崭新的豪华皇冠。

吴明雄一上车就说："小居呀，你可是比我阔气哟，都坐上这种高级车了。"

叶青也说："居主任，你的车可是超标了。按规定，你们这种处级单位只能用桑塔纳嘛。"

居同安马上叫了起来："我那台桑塔纳都跑到二十万公里了，束市长也不批我一台新车，连办公经费也不给了，要我们搞改革，自己创收买车、搞接待。束市长和我说：有本事在省城办公司赚钱，你居同安坐奔驰 500 我都不管；没本事赚钱，你就发扬艰苦奋斗的光荣传统，驾驶自己的两条腿去吧！"

吴明雄"扑哧"一声笑了："这个老束，还挺幽默的嘛。"继而，又说，"你居同安身份不一般，在省城就代表咱平川市委、市政府，有台好车也不为过，我放你一马，只装不知道。"

居同安讨好地说："吴书记，要不，我把这台车换给您？"

吴明雄说："我可不敢坐。"

居同安亲自驾车，驰出车站广场，打算直驱广州路 22 号省委招待所。

吴明雄看了看手表说："小居，时间还早，你带我们兜兜风，在省城主要干道上转一圈，好不好？"

居同安说："吴书记，坐了六个多小时车，你也不累？"

吴明雄说："坐车还累呀？大漠河水利工地和环城路工地上的同志才叫累哩。"

于是，居同安便开着车带着吴明雄满城转，转到能停车的路口，吴明雄还几次下车，用自己的大脚板量道路的路面，搞得过往行人很好奇地盯着看，还差点引来了交警的干涉。

吴明雄量马路时，居同安就把自己的豪华车停得老远，好像要和自己的市委书记划清界限似的。

叶青也站在一边远远地看，还摇着头对居同安说："咱这吴书记，真是走火入魔了，打从上了环城路，走到哪里都喜欢量马路。"

在胜利路和解放路交叉口，吴明雄正量着马路，一辆奥迪突然停到面前，把吴明雄吓了一跳，也把不远处的叶青和居同安吓了一跳。

再也没想到，奥迪里钻出来的竟是省委书记钱向辉。

钱向辉半开玩笑半认真地说："老吴啊，散步散到我们省城大马路上来了？我的车要是撞了你，算我的，还是算你的？"

吴明雄笑了："撞不着的。"随即又指着车水马龙的路口议论说，"这个交叉路口的设计有问题，这么大的车流量，我看当初就应该搞个立交桥。道路设计一定要超前。钱书记，你看，面前的现实证明，适应就是落后嘛。"

钱向辉点点头说："是呀，十几年前谁能想到我们的社会经济会有这么飞速的发展呀？"

吴明雄若有所思地说："所以，这种历史性的错误，我们平川今天不能再犯了，平川的环城路就是要搞第一流的。"

这时，居同安和叶青都过来了，过往行人也不时地往这边看。

钱向辉怕影响交通，便对吴明雄说："来，上我的车吧，我正要到招待所去看你们这帮市委书记们呢。"

吴明雄说："我们办事处的车在这儿呢。"

钱向辉说："你坐我的车，让他们自己走吧。"

吴明雄马上想到了合田事件，想到了道路和水利工程引起的风风雨雨，以为省委书记钱向辉可能要和自己谈些什么，私下里警告一二，于是，便上了钱向辉的车。

然而，钱向辉却没发出任何警告，甚至没主动提起合田事件和那些风言风语，而是和吴明雄大谈基础建设对经济起飞的决定性作用，讲的几乎都是外国的事。

钱向辉说："大家都知道嘛，日本和德国，作为二战的战败国，战后经济是建立在一片废墟上的。当时的国际经济学家们曾预言：日本和德国在三十年内翻不了身。可没想到，在很短的时间里，日本和德国的经济都搞上去了。这里面的因素当然很多，但有一点给我的启发很大。哪一点呢？就是基础建设。在战后最黑暗的日子里，当柏林和东京街头的少女们为一个面包、一个饭团在卖淫，昔日的白领从地上拾美国军人的烟头抽的时候，他们的战后政府也没忘记整个国家的基础建设。德国很多著名公路就是在那时修的，现在还在起作用，了不起呀。"

吴明雄的心一下子热了："我正要找这方面的资料哩，自己想看，也想请平川的同志们看看，进一步统一认识。钱书记，你能给我推荐一些吗？"

钱向辉说："回头我开个书目给你吧！"

吴明雄这才主动说："关于平川的水利和道路工程，钱书记，你是不是听到了一些议论？"

钱向辉极其简洁地说："说来说去，就是合田一个会嘛！"

吴明雄说："合田县委书记尚德全已让我们市委撤了。不过，这个县委书记从本质上讲还是个好同志，我们真是挥泪斩马谡呢。"

钱向辉绝口不谈尚德全，也不提具体事情，只说："对你们这些市委书记，我一直讲，你们权力很大，责任不小，关乎一个地方的兴衰。决策错了，要负主要责任的是你这个市委书记；发现问题不处理，要负责的，还是你这个市委书记。你主持的班子决策对头，对出现的问题，和某些很难预料的突发性事件，能不徇私，不舞弊，按党纪国法秉公处理好，我这个省委书记也就没啥好说的了。"

吴明雄完全听明白了：钱向辉实际上是在告诉他，谢学东并不能代表省委，作为省委一把手的钱向辉是支持他吴明雄干实事的，那些不负责任的风言风语，蒙骗不了这个省委一把手的眼睛。

这让吴明雄很欣慰。

然而，吴明雄没想到的是，就在他和钱向辉坐在车上谈话的同一时刻，大漠河水利工地上又出了事：水长县副县长兼水长县水利工程指挥司明春收受某皮包公司女经理方小芳区区八百元贿赂，竟将一批过了期的劣质方便面卖给水长段工地，以致造成四百三十二人食物中毒，引起了水长民工

225

的极大义愤，约一万三千人自当日十五时起宣布停工。

组织停工的领头人是谁，一时无法查明。

二

这个要命的电话是肖道清打来的。

时间是二十二时四十五分。

其时，吴明雄正在卫生间洗澡，是光着身子接的电话。

肖道清在电话里毫不掩饰地对吴明雄说："吴书记，因为事发突然，又事关重大，据我判断，水利工地上很有可能出现动乱，所以，我已同时向省委谢学东同志和省政法委作了紧急汇报了。"

吴明雄握话筒的手抖了起来，强压着才没发火，只冷冷地问："肖副书记，你凭什么判断水利工地上会出现动乱？你是不是唯恐天下不乱？既然你已直接向谢学东书记作了汇报，还找我这个市委书记干什么？！"说罢，吴明雄狠狠挂上了电话，拉开卫生间的门对正躺在床上看电视的叶青叫道："叶秘书长，给我要水长工地，找陈书记！"

招待所总机尚未把陈忠阳的电话要通，肖道清的电话又打进来了，非要吴明雄接不可，叶青只好把话筒交给吴明雄。

吴明雄没好气地问："肖副书记，你还有什么话要说？"

肖道清说："吴书记，你别发火嘛！我这样做也是为了对党的事业负责。一万三千民工罢了工，真出现动乱咋办呀？是管水利工程的陈忠阳同志负责呢，还是我这个政法书记负责呢？你吴书记心里总得有个数嘛。"

吴明雄说："我知道，你打这电话的目的就是要告诉我，这件事与你无关是不是？我明白了，请你挂上电话好不好？我在等水长工地陈忠阳同志的电话。"

肖道清仍不挂上电话，又说："你总得听我把话说完嘛。工地出事以后，陈忠阳同志要我派市公安局局长毕长胜到水长工地抓人，确切地说，就是抓水长县副县长司明春和水长县三山贸易公司经理方小芳。我觉得抓司明春有些欠妥当，其一，司明春是不是受了八百元的贿，还要调查；其二，就算司明春受了八百元的贿，也够不上刑事犯罪；其三，恕我直言，罢工民工要求逮捕身为副县长兼工程指挥的司明春，很可能是在发泄对水利工程本身的不满，我们抓了司明春，罢工民工极可能提出新的要求，对此，我不能不保持高度的政治警觉。虽然我对工程上马有保留，可在防止和镇压动乱这一点上，我是旗帜鲜明，立场坚定的。我把这些道理讲给陈忠阳听，请陈忠阳保持政治头脑的清醒，对一般群众多做政治思想工作，同时，好好排查一下为首闹事的民工头头，以便日后公安部门处理，陈忠阳就破口大骂，完全丧失了一个市委副书记最起码的风度。"

吴明雄问："这么说，到现在为止，你肖副书记除了打电话向上报告，什么事也没做，是不是？那我告诉你，这种最起码的风度我也没有，我也要骂你是不通人性的昏官！"

再也想不到，肖道清竟会这么纠缠不休，吴明雄把电话刚挂上，一分钟不到，他的电话又打进来了，没等吴明雄说话，就抢先说："吴书记，我知道你着急，所以，你在不冷静的情况下说两句气话，我不怪你。但我要郑重申明的是，我并不是不做工作，而是没法工作。首先，对这个水利工程的上马，我是有保留的，我之所以有保留，就是因为我们没有量力而行，我担心出乱子，给党和人民造成重大损失。事实证明，乱子不断，从集资开始就有人告状，接着就是合田事件和今天的水长罢工，顺便提一下，今天下午，市政府门口还有农民开着手扶拖拉机来群访，是束市长接待的，可能还是为了水利集资。其次，作为管政法的副书记，我必须从法律的角度考虑问题，不能不顾后果地一味蛮干……"

吴明雄再也无法忍受下去了，厉声打断肖道清的话头，一字一顿地说："肖道清同志，现在，我以一个市委书记的名义命令你，什么话都不要说了，立即放下电话！"

那边的电话这才很不情愿地挂上了。

没一会儿工夫，陈忠阳的电话打进来了，开口就说："老吴，你是不是在开电话会议呀？我的电话老打不进来。"

吴明雄没作任何解释，焦虑地问："工地上的情况怎么样？停工范围和事态有没有扩大？据肖道清说要动乱了？情况是不是很严重？"

陈忠阳愤愤地说:"按咱肖书记搞阶级斗争的办法,当然要出大事。我们的民工中有什么阶级敌人呀?他们是在忍无可忍的情况下,才停工的。他们出这么大的力,一天干十几个小时的活,身为水长县副县长的司明春竟敢串通一个荡妇坑害我们的民工,不抓能行吗?我从上午一发现问题,就请肖道清把市公安局的毕长胜派过来,他直给我打官腔。民工们停了工,他还是不理睬。实在没办法,我从云海市公安局临时调了一些人去,把司明春和那个姓方的荡妇都从窝里掏了出来,押到水长工地上当场上了铐子,用枪押走了,就是刚才的事。"

吴明雄说:"好,处理得及时果断!民工们的反应如何?"

陈忠阳说:"民工反应很好,好多民工流着泪在我面前跪下了,说是人民政府公道,不护贪官污吏,称我们是青天。现在,一万三千民工已全部复了工,正在陆续往工地上走,老吴,你听听席棚外的脚步声有多响。"

电话里果然传来了一阵急促而杂乱的脚步声。

陈忠阳又说:"民工们已表示了,停工失去的时间,他们会加班加点夺回来。你放心到北京开会去吧,水利工程方面不会出什么大问题。"

吴明雄真感动,声音哽咽着说:"老陈,代我谢谢水长县的民工同志们,谢谢他们对党和政府的高度信任。告诉他们,他们的要求是合理合法的,让他们放心,对水长县副县长司明春和那个姓方的经理,政府会从重从快依法严惩!"

最后,吴明雄又问:"四百三十二个食物中毒者的情况怎么样?有没有死人?"

陈忠阳说:"目前为止还没死人,估计不会死人,两百多人已出了院,在水长县医院治疗的大部分也不太重,只有十四个人没脱离危险期。"

吴明雄说:"要给水长县医院下个死命令,千方百计保证不死一个人!"

陈忠阳说:"这个命令我已代表市委下过了。"

吴明雄一颗悬着的心终于放下了,这才把肖道清在几次电话里说的情况向陈忠阳通报了一下,并提醒陈忠阳注意,可能谢学东和省政法委有关领导还会找他。

陈忠阳郁郁地问:"对咱这个肖书记,我们究竟还要容忍到什么时候？"

吴明雄沉默了好一会才说："他毕竟还年轻，我们都再看看吧！"

想到肖道清"顺便"说起的农民群访，吴明雄又挂了个电话给市长束华如。

束华如正在环城路工程指挥部里，一接到电话就乐了："怎么？领导，对我们这些打工仔不放心呀？半夜三更还查岗？"

吴明雄说："老束，别开玩笑，我问你，下午市政府门口是不是发生了农民群访事件，是不是水利集资引起的？处理情况如何？"

束华如说："这么点小事，我一去就处理完了。不是水利集资的问题，而是乡镇打着水利集资的旗号乱摊派的问题。泉山县有个乡，书记、乡长串通一气，把以资代劳款从每人四十五元提到八十五元，逼农民缴。农民知道市里规定的只是四十五元，自己缴八十五元上了当，就找市政府来讨说法了。农民同志们通情达理，都和我说，上水利，挖旱根，谁受益谁出资，这没话说，可层层加码就不对了，我们的血汗钱来得不易呀。我代表市政府当场答复了他们，并电话通知泉山县，要他们县里先替乡里垫退多收的款项，下一步查处该乡的党委书记和乡长，该撤的撤，该换的换，决不能看着这帮土皇帝横行乡里。"

吴明雄提醒说："重点查经济，我怀疑这里面有贪污问题。如有这类问题，要坚决依法处理，该开除党籍就开除党籍，该判刑就判刑！要这帮败类明白，谁污我平川市委、市政府的清白，破坏我们的建设，谁就得付出沉重的代价！"

束华如说："好，这也正是我的想法。"

放下电话后，吴明雄长长地舒了口气，对一直伴在身边的秘书长叶青说："这个肖道清，又在谎报军情！"

叶青说："人家政治上敏感，政策观念强嘛。"

吴明雄"哼"了一声说："那他最好到政策研究室去当主任！"

叶青眼睛一亮说："我倒有个建议：我们常委的分工可以再调整一下嘛，让肖书记去主管计划生育和党群。这可都是些政策性很强的工作，又是应该常抓不懈的工作。也省得他当紧当忙时误事，他目前分管的纪检、政法这一摊子太重要了。"

吴明雄沉思了片刻，笑了笑说："啥工作不重要呀？叶秘书长，你真以为计划生育工作就不重要？这是基本国策嘛，有一票否决权哩。我们平川是个有一千多万人口的大市，计划生育工作抓得松一松，一年就能多生十几万，不得了呀！他肖道清要是真能把这项天下第一难的工作抓好，也就算称职了。"

叶青马上说："那好呀，肖书记在常委里最年轻，应该迎着困难上嘛。"

吴明雄这才说："常委分工的调整，不能我一人说了算。我看，还是征求一下束市长、陈书记和大家的意见再说吧。"

这夜，吴明雄失眠了，躺在省委招待所的房间里翻来覆去睡不着，大睁着两眼，看着天花板发呆。后来，爬起来，到服务台找了两片安眠药吃下，才在黎明到来前熟睡了一阵子。

三

进京的特快列车从省城发车是上午九时，抵京已是半夜了。到万寿路中组部招待所住下来，吴明雄累得很，也困得很，想洗个澡好好休息，不曾想，省委副书记谢学东却主动找上了门，说是睡不着，要找点酒喝，点名要平川大曲。

吴明雄笑着说："谢书记，你不想想，到北京开会，大老远的路，我带平川大曲干什么？"

谢学东指点着吴明雄："咋？不主动缴械是不是？那我可就搜查了？搜出多少，我拿走多少，你可别心疼啊！"

叶青忙解围说："吴书记没带酒，我倒带了两瓶，是送朋友的，最新的仿古紫砂瓶装，谢书记，您恐怕还没见过呢。"

叶青把一瓶酒拿出来，往桌上一放，自己主动回避，出门找人聊天了。

谢学东待叶青走后，从灰中山装的大口袋里掏出一包花生米，又把酒瓶打开，往两个空茶杯里倒满了酒，招呼吴明雄说："来，来，老吴，一起喝两口，咱只喝不带，实实在在。"

吴明雄知道，谢学东肯定有话要说，便强打精神，走到谢学东对面的沙发上坐下了。坐下一想，自己还带了几包合田县新出产的红心山芋脯和红心地瓜干，就到包里找了出来，请谢学东尝尝。

谢学东尝过后，夸赞说："不错，不错。如今人们大鱼大肉吃够了，还就喜欢吃些野菜什么的。城里的孩子们各种高级的果脯、梅子吃多了，没准还就要吃山芋干、山芋脯哩。老吴，你真聪明，能想到开发合田的山芋干，有想象力，很有想象力呀。"

吴明雄说："谢书记，你可表扬错了。有想象力的不是我，而是合田大刘乡的一帮子新型农民。这山芋干的开发，是他们搞出来的，已经成系列产品了，上个月打进了上海和北京的超级市场。"

谢学东说："这总是你吴书记支持的结果嘛。"

吴明雄苦苦一笑："我可没支持他们，而是做了一回反对派哩！去年，在刚上任的第一次常委会上，我就公开批评过合田，说他们提出的'以山芋起家，靠加工发财'是典型的小农意识，连大农都不是。可人家没被我这个市委书记批倒，吓倒，照旧搞山芋的多种经营和开发，硬是闯出了一条因地制宜的致富之路，让我不能不认错呀。前一阵子，合田的红心集团成立，我写了贺信去，号召贫困地区的同志们向他们学习。就学他们这种不唯上，只求实的精神勇气。"

谢学东似乎从吴明雄的话中听出了弦外之音，稍微有些尴尬，浅浅抿了口酒，笑道："老吴，你现在倒是蛮有自我批评的精神了嘛。哎，你听没听下面的同志说起过'新三大作风'呀？"

吴明雄说："是不是这么几句：理论联系实惠，密切联系领导，表扬与自我表扬？这现象确实存在呀，比如说，我们肖书记就比较注意联系你这个老领导嘛。"

谢学东笑了，说："老吴，其实你不知道，对肖道清批评最多的，恐怕也就是我了。他这个人的长处和短处都很突出，老成、稳重、政策性强，政治上比较成熟，也廉洁自爱，有上进心。但是，终究还是年轻一些嘛，实践经验少一些，处理突出性事件的能力还差一些，碰到大一点的事情，有时就难免判断失误，惊慌失措。像昨天水长工地发生的事，完全没有必要这么慌张嘛！他半夜三更打电话给我时，我就说，天塌不下来。果然，一问陈忠阳同志，事情早处理完了。他向你汇报时，是不是也急得像热锅上的蚂蚁呀？"

吴明雄讥讽说："是蛮急的。不过，我们这位肖副书记急的不是水长出现的事情，而是急于摆脱自己的责任。这位同志虽然年轻，政治上确是很成熟了。"

谢学东摆摆手说："老吴，这就是你的误会了。你想想，他又不分管水利工程，对水长发生的事情，他有什么责任呀？他担心出现动乱，向我们汇报，提醒我们注意，是有政治责任心的表现嘛，有什么错误呢？"

吴明雄揣测，可能因为水长风波平息了，肖道清察觉到了自己的失策，又请谢学东出面作解释了，于是，便问："谢书记，是不是肖书记又打电话找了你？"

谢学东说："不是他找我，而是我找到了他，严肃批评了他，要他好好向你，向陈忠阳这些老同志学习。我对肖道清同志说，老同志在长期实践中摸索总结出的工作经验，是党的宝贵财富，是在任何书本中都学不到的。"

吴明雄说："他又没有错误，你批评他干什么？"长长叹了口气，又说，"倒是我们这些老同志，错误不少啊。谁敢说自己在一生的工作中没有错误？闹不好，日后还会继续犯这样那样的错误。只有肖道清，可能永远不会犯错误。"

谢学东明显感到吴明雄话中有话，便问："为啥他就永远不会犯错误？"

吴明雄说："他不干事嘛！"

谢学东摇了摇头说："怪不得肖道清说，你老吴对他有成见呢！肖道清做了这么多年的市委副书记，真就没干工作？不对吧？你是在说气话吧？不能因为他对水利、道路工程的上马有不同意见，你就这样评价他，这不公道嘛。我对水和路同时上马不是也有保留吗？你是不是也认为我不想干事？同志，平川的事情很多，不仅只有水和路嘛。"

吴明雄不愿再说下去了。

谢学东却又说："平川的市委班子一定要团结嘛，作为你们过去的老班长，我觉得我有责任提醒你们。我和肖道清同志多次说过这个问题，再三告诫他，要他尊重你这个一把手和班子里的每一个老同志、新同志，一定要大事讲原则，小事讲风格。今天，我也和你说说这个问题，班子的团结搞不好，你这个班长总有责任嘛。从北京回去后，你们开一次民主生活会，深入交交心好不好？"

吴明雄点点头说："谢书记，你这个提醒很及时，看来，我们是要开一次民主生活会了……"

后来，双方都小心着，天上地下扯了些别的，扯到快十二点，串门的叶青回来了。谢学东又和叶青说了几句闲话，才起身告辞。

叶青待谢学东走后才发现，两个茶杯里的酒几乎没动，便故意说："看来你们是酒逢知己千杯少了。"

吴明雄满面疲惫地苦苦一笑："实在是话不投机半句多哩！"

叶青问："谢书记找你谈什么？"

吴明雄说："你猜猜看？"

叶青说："又是兴师问罪吧？水长工地罢工了，出乱子了，不得了了，这都是你们蛮干的结果！你们就是听不进不同意见！就是不把肖道清同志的正确提醒当回事！吴书记，是不是？"

吴明雄缓缓地摇摇头说："错了，谢书记的领导水平可没这么低，水长工地的事怎么发生，又怎么解决的，他很清楚，谁是谁非，他也很清楚。他这回来和我谈班子的团结问题了。要我们大家在担着风险没日没夜工作的同时，一定要团结好头脑清醒的肖道清同志。"

叶青一怔，说："该不是肖道清猜到你想让他去主管计划生育了吧？"

吴明雄感叹说："否则，还能称得上头脑清醒吗？这位同志已意识到了自己面临的政治危机。这是一个多么敏感，多么精明，又多么善于经营自己政治前途的同志呀！这个同志若是能把一半的心机用到建设平川的工作上，平川一千万人民该有多幸运啊！"

叶青默然了。

第十四章　漫长的战线

一

大漠河像一条被热气腾腾划开了肚肠的巨龙，横卧在千里平川的雪野上。严冬已经过去，无限春意在大地的热土下缓缓复苏。从最北面的大漠县，到最南面的云海市，积雪逐渐融化，合田以南已看不到多少积雪的踪影了。然而，天仍很冷，六百里工地上的气温，连着几天一直在零下三摄氏度到五度之间徘徊。

春耕春播的农忙季节，在不经意中渐渐逼近了，南水北调工程进入了阶段性冲刺时刻，各县市工程指挥部调到工地上的民工和机械与日俱增。最多的一天，六百里大漠河上竟汇集了一百八十七万人马和包括挖土机、汽车、拖拉机在内的各类大小型机械二万五千多万台。驻平川某集团军也应平川市委、市政府的请求，出动了一个成建制的工程团，协助泉山、水长境内十几座重要桥涵的施工。

工程总指挥陈忠阳日夜坐着一辆满是泥水的北京吉普，颠簸在大漠河沿线，伴着吼叫与国骂，指挥调度全线工作，处理可能发生，而又确实天天发生的问题。这个平川市委资格最老、年龄最大的副书记，于日夜奔波中像是一下子又老了十岁，人也变得又黑又瘦，就像个老农民。有时在工地上，一些不认识他的民工竟把他称作"老大爷"，还问他，这么大岁数了，咋还来上河工呀？

　　自从水长县工地发生了食物中毒事件，陈忠阳就以工程总指挥部的名义通令各县工地，一律不得从非正常渠道采购任何食品，包括食盐在内。在此之前，工地上已发现有少量劣质缺碘食盐流入，所幸的是，都被及早查到并没收了。同时，陈忠阳也养成了一个习惯，到任何一个地方，先看伙房，查伙食，发现问题当场处理。

　　陈忠阳不论到哪里检查工作，从来都不事先通知，说来就来，说走就走，抓住谁算谁倒霉。平川八县市半数以上的县级指挥或现场指挥挨过他的恶骂。有个转业军人出身的现场指挥就喊陈忠阳老巴顿。大多数民工可不知道老巴顿是美军的四星上将，喊来喊去，就变成了"老八阵"，还有解释："谁敢蒙咱陈书记？咱陈书记可是老黄忠了，当年和老省长一起八次领人上河工，所以才叫老八阵哩，你们知道不知道？！"

　　这天中午，陈忠阳的北京吉普突然从泉山开往大漠，一路向北检查着，傍晚来到了下泉旺工地。

　　把车停在漠河大桥下，陈忠阳带着秘书小岳下了车，从北岸河堤一步一滑下到了河底工地上。

　　工地上，下泉旺村的民工正于休息中等待吃晚饭，满河底和朝南的一面堤坡上都是人，有的坐在满是泥水的大筐上，有的死了似的躺在地上，还有的三五成群聚在一起，高喉咙大嗓门的聊天骂娘。陈忠阳和秘书小岳从他们身边走过时，谁也没动一动，坐着的坐着，睡着的睡着，骂娘的照骂娘。

　　一个胡子拉碴的中年民工骂道："日他娘，老子宁愿去蹲监狱，也不想再这么拼下去了！这是人干的活吗？一天十四五个小时，没日没夜地抢工期，都不如劳改犯人！"

　　另一个民工接上来说："三哥，你要怨得怨自己的命！咱下泉旺不是穷命吗？咱他娘要有钱，也能拿钱出来'以资代劳'，谁还来玩这命呀？"

　　中年民工又骂："日他娘，我要早知道上面叫咱这么拼，就把家里的驴卖了，交集资款，才不到这里来当驴哩！"

　　又一个年轻民工说话了："算了吧，三哥！你家值钱的玩意，也就那头小青驴了，你要真敢卖了，三嫂就得一辈子把你当驴使，那还不如在这受几个月呢！"

聚在一起的民工都笑了。

年轻民工又说："就咱下泉旺一村人苦呀？这六百里工地上，哪县、哪乡、哪村不一样苦？南面的人苦得不更冤？就算不上工程，人家好歹也总还有水用，咱这可是最下游，不上工程就没法过。所以，咱今天苦点，说到底还是为了自己。"

这时，一个坐在大筐上抽烟的精瘦汉子说话了："小五子说得对，咱就是为自己嘛！整好了大漠河，不要年年为水打仗了，我这个村书记也就好当了，再用不着年年枉法，为死人、伤人、顶缸的人发愁。所以，老少爷们都得给我向五子学习，好好干活，少胡说八道！"

陈忠阳注意到了这个精瘦的汉子，走到面前问："老弟呀，这么说，你就是下泉旺的村支部书记喽？"

精瘦汉子认出了陈忠阳，忙从大筐上站起说："陈书记，你咋来了？"

陈忠阳笑眯眯地问："你认识我？"

精瘦汉子笑道："咋不认识？我叫曹同清，五年前您分管政法时，找您告过状哩，和我们老书记一起去的。"

陈忠阳说："为和上泉旺的械斗，是不是？你们真是远近有名哩。"

曹同清点点头，又指着面前的民工说："陈书记，我们庄稼人说话随便，其实也是累急了，都没有坏心，您可别往心里去。"

陈忠阳心情挺好，呵呵笑着说："是的，是的，你别和我解释了，我全理解。我累急了也得骂两声娘的。现在我也经常骂娘哩，在吴明雄面前都骂。"说罢，还用力拍了拍曹同清的肩头。

不料，曹同清"哎哟"一声痛叫，差点趴到了地下。

陈忠阳感到哪里有些不对劲，忙撩开曹同清披在身上的棉衣看，这才发现，曹同清两个肩膀已是一片血肉模糊，贴身穿着的破棉毛衫已和那些模糊的血肉紧紧粘连在一起了。

扶起曹同清，陈忠阳痛心地问："是抬筐压的吗？"

曹同清点了点头，又说："这两天不抬筐了，装土，不碍事的。"

陈忠阳关切地说："那也要小心发炎。"

陈忠阳请秘书小岳找了工地卫生员来，要卫生员想法处理一下。

卫生员也没法将曹同清身上的破棉毛衫和模糊的血肉分开，后来，只好用剪刀剪去了破棉毛衫，隔着曹同清肩上的残布，给伤口上了药。

曹同清挺不好意思的，说：“大家还不都这样？我们村不少人脚都冻肿了，脚上的鞋袜都脱不下来了。还有的人已累倒在工地上了。这都没啥，就是伙食问题大些，面全吃完了，尽是米，锅大，饭烧不透，老夹生，大家意见比较大。送来的菜也全吃完了，这几天天天吃过去扔掉的白菜帮子。”

陈忠阳一愣，问：“哦，有这种事？你们的县委书记刘金萍在不在工地上？”

曹同清说：“大概在前面十二里铺吧？听说中午十二里铺河道塌方，她从我们这儿路过了一下，没说几句话就走了。”

陈忠阳又问：“这里的伙食情况她知道不知道？”

曹同清说：“刘书记知道的，还说了，县里要想办法解决。”

陈忠阳想了一下，对秘书小岳说：“我们走，马上到十二里铺去，看看这位刘书记今晚上吃什么！”走了两步，又回过头对曹同清和身边的民工说，“今晚，同志们再艰苦一下，明天中午我陈忠阳保证你们吃上粉丝烧肉，吃不上，你们把我扔到菜锅里煮了吃！”

再上车，陈忠阳没笑脸了，一路上大骂刘金萍，吓得小岳一句话也不敢说。

吉普车沿大漠河北去，路过一个小村落时，陈忠阳无意中闻到了一阵阵肉香。留心一找，肉香味竟是从一个写着“泉旺乡水利工程现场领导小组”白灰大字的院落飘出的。

陈忠阳要司机在院落门口停车。

车还没停稳，陈忠阳便从车里跳了下来，循着香味，冲进院子。

朝北一间小房子里，几个乡村干部模样的人正在喝酒，两张拼在一起的办公桌上摆着三个大瓷盆，一个盆里装着热气直冒的红烧猪肉，一个盆里装的是只整鸡，还有一盆是盐水花生米。

陈忠阳把门推开，马上问：“这里谁负责？”

一个胖胖的中年人认出了陈忠阳，忙站了起来招呼说："陈书记，天这么冷，您和我们一起喝点吧？"

陈忠阳不理，又问："你叫什么名字？是什么职务？下泉旺工地归不归你管？"

中年人忙说："我叫于大敬，是泉旺乡分管农业水利的副乡长，下泉旺工地自然归我管，是不是下泉旺工地出啥事了？"

陈忠阳抓过桌上的酒瓶，在桌上用力蹾着，骂道："出啥事了？你们还有脸问我？民工们在工地上出着牛马力，天天吃白菜帮子、夹生饭，你们倒是有肉有鸡，还有酒，这他妈的是怎么回事呀？！啊？你们吃的是不是民工的肉，喝的是不是民工的血？！我问你们！"

实在是怒不可遏，陈忠阳把酒瓶往桌上猛一砸，酒瓶碎了，瓶中的酒和碎玻璃四处迸飞，连陈忠阳自己身上都溅湿了一片。

陈忠阳仍不解气，随手又把桌子掀了："我让你们吃！让你们喝！"

掀完桌子，陈忠阳转身就走，走到门口又说了一句："你们今天参加喝酒的人，明天全给我到大漠县委找刘金萍报到，听候县委处理！"

说这话时，陈忠阳再也想不到，自己一气之下的狂怒，竟惹下了大祸，酒瓶破碎飞起的碎玻璃扎伤了于大敬的眼睛。当时，陈忠阳确实没发现于大敬的左眼角在流血。

秘书小岳发现了，却一直没敢说。

在十二里铺见到大漠县委书记刘金萍，天已黑透了，刘金萍正和县工程指挥部的几个同志围着一堆木炭盆在烤火，吃饭，边吃边说着工程进度什么的。陈忠阳注意到，刘金萍一身都是黑泥，腰以上的部位全湿透了，大黑碗里装的同样是夹生米饭和一块咸萝卜头，气才多少消了些。

然而，陈忠阳还是黑着脸对刘金萍说："这样不行，我的刘大书记！你难得在工地上吃顿饭，而民工顿顿要在工地上吃，老是白菜帮子、咸萝卜头就行了吗？你不要指望我会表扬你廉政！"

刘金萍用筷子轻轻敲着碗，苦着脸说："陈书记，你真错怪我了，你以为我想表演廉政？我们不是没办法嘛？县里太穷，工程干到现在，已是后期了，我们能拿出来的补助款已全拿出来了。这几天黄县长正在组织县委、县政府机关的干部为工地献爱心，可能能筹到点钱应应急吧。"

陈忠阳提醒说："你不要官僚，乡镇一级干部要好好抓一抓，工地上这么难，泉旺乡有个副乡长还带着一帮人喝酒吃肉。平时倒罢了，这种时候是绝对不能允许的。我建议你查一下，看看他们的酒肉都是从哪弄来的？如是克扣民工补助款，就把他们坚决撤下来。"

刘金萍说："我明天亲自去查。"

最后，陈忠阳才叹着气说："出这么大的力，就是再穷的县，再穷的人也有权利吃得好一点！这样吧，我先拨三十万给你们，你们派人连夜去拿，一定要保证明天中午让大漠二十五万民工吃上一顿粉丝烧肉！一定要保证！"

刘金萍声音哽咽地说："陈书记，我，我代表大漠二十五万民工谢谢您！"

陈忠阳手一摆："谢我干什么？要谢谢我们的民工！我们平川的每一个党政干部都要谢谢他们！没有他们这一百八十七万好弟兄在六百里战线上挣扎拼命，我们南水北调的宏伟蓝图就会变成历史的笑柄！"

说罢，陈忠阳把手一伸："给我来碗饭，我和小岳今天也在这儿吃了。"

县委女秘书小赵，给陈忠阳和小岳各盛了一碗夹生饭，又从屋角的一个大缸里摸出几个在盐水里泡了没多久的小萝卜，递给了陈忠阳和小岳。

正吃饭，有人来报告，说是上游的淤泥又下来了。

刘金萍一怔，和陈忠阳打了声招呼，放下碗，起身就走。

小赵站起来喊："刘书记，你可别再下水了。"

刘金萍没理，风风火火出了门。

小赵忙对陈忠阳说："陈书记，你是总指挥，你就劝劝我们刘书记吧，她是女人，今天不方便，老在冷水里泡着不行呀！"

陈忠阳马上明白了小赵的意思，起身追到门口，想喊刘金萍回来，可刘金萍已在夜色下急匆匆走得很远了，便没喊出声。

望着在月光下人头涌动的河滩，陈忠阳很动情地讷讷着对小赵说："你们刘书记不仅仅是个普通的女人，她……她还是经济欠发达的大漠县的县委书记呀。"

二

泉山县委副书记祁本生后来一直认为，在九十年代那个历史性的冬天，当他带领着泉山县三十二个乡镇二十四万民工奔赴大漠河畔的时候，才算真正懂得了什么叫"波澜壮阔"，什么叫"人民战争"。那种大江东去，气势磅礴的情景，给祁本生留下了永难忘却的记忆，让祁本生骤然间发现了人民群体力量的伟大和领导者个体生命的渺小。望着面前铺天盖地的人群，祁本生当时就想，这些涌动着的黑脊梁，就是一片坚实的大地，正是这片大地支撑着平川充满希望的未来和我们共和国一个个朝暾初露的崭新黎明。

滚滚人流、车流喧嚣着，呼啸着，潮水般地从四面八方涌向平川市水利工程总指挥部指定的各包干施工地段。蜂拥在泉山境内大路、小路和田坡上的不仅有泉山本县的二十四万民工队伍，还有周围三县大约四十万过境队伍。祁本生的工程指挥车从县城泉山镇一出发，就被蜂拥在路面的人流吞没了。一路上，彩旗招展，人欢马叫，真像当年的大决战。祁本生还注意到，沿途有翻倒在地的汽车，有断了轴的马车，有抛了锚的手扶拖拉机。这些运输工具只要出了问题，立即就被掀到路下的河沟里，以免阻碍车流和人流的前进。七曲十二湾的大漠河从此失去了平静，平川地区水利史上最具革命性意义的一页，也由此揭开了。

当时，站在插着指挥旗的军用敞篷吉普车上，感受着这火热的气息，祁本生诗兴大发，即兴作了一首诗：

平地惊雷战漠河，千军万马铁流过。
不信东风唤不回，南水北流荡清波。
当年周集小试刀，今朝决战更壮阔。
暮年雪鬓问孙儿：历史一页谁制作？

就这样，祁本生以县水利工程指挥的名义，带着二十四万泉山子弟，走上了包干的九十四里工地。从走上工地的第一天开始，祁本生就保持着清醒的头脑，他知道，大漠河工地不是当年周集乡的小水库，自己肩上的担子很重。更何况自己在整个平川地区是年岁最小的县委副书记，在六百里工地上，又是年岁最小的县级工程指挥，很可能会让许多老水利瞧不起。

果然，第一次在市水利工程总指挥部开碰头会时，陈忠阳就当着一屋子人面，黑着脸，点名道姓问祁本生："小祁书记，你们泉山的老水利钱麻子咋不来？"

祁本生讷讷地说："我们钱县长都五十七了，哪还能上河工呀。"

陈忠阳说："我都五十九了，不还在上河工吗？你带个话给钱麻子，就说我陈忠阳说的，让他到工地上来，事情可以不干，就做你们泉山的顾问。"

这明显是对祁本生信不过，可祁本生不气，点点头答应了陈忠阳。

倒是副市长兼工程副总指挥白玉龙替祁本生说了几句话。

白玉龙笑眯眯地对陈忠阳说："陈书记，你可能不太了解我们小祁书记，人家在周集当乡党委书记时就搞过一个小水库，搞得还挺好呢！"

陈忠阳挥挥手说："这事我知道。不过，那种小打小闹和咱今天这种大决战不是一回事！我看叫钱麻子来替这年轻人顾问一下没坏处。"

面对陈忠阳这种态度顽固的不信任，祁本生当时就想，他所领导的泉山段一定不能丢脸，就是豁上自己年轻的生命，也得保质保量把工程干好。让事实证明，年轻不等于没有经验，更不等于无能。

陈忠阳充满疑问的目光是一种压力，同时，也是一种动力，促使祁本生在工作中一刻也不敢松懈，日夜拼命，默默干活，事事处处走在六百里战线的最前面。从工程质量，到工程进度，都让市水利工程总指挥部的同志和陈忠阳本人无话可说。

后来，陈忠阳的态度改变了，逢到开会必谈泉山；臭骂那些滑头的老水利时，总要拿泉山的祁本生做例子："你们看看小祁书记，看看泉山，自己脸红不？还老水利呢，我看是老油条！好作风丢得差不多了，使奸耍滑的经验倒全留下来了！"

作为总指挥，陈忠阳特别赞赏的还有一条，就是祁本生的顾全大局。

平川八县市一百八十七万人一起协同作战，工程资金普遍不足，条件又如此艰苦，各种矛盾就免不了。最突出的矛盾就是县与县之间的包干分界线，谁也不愿用自己的资金、人力去替别人上进度，而都想让别人替自己多干点，分界线就变成了分界墙。后来两边越留越多，分界墙又变成了一段段上窄下宽的无人区。为重新分配这些无人区，经验丰富的老水利们纷纷又吵又骂，底下的民工便开打，甚至打死人。逢到这种时候，陈忠阳的市水利工程总指挥部就得出面协调，直至下命令。

泉山县两头搭界处却从没出现过类似的问题，更没为分界墙找过市水利工程总指挥部和陈忠阳。祁本生本着自己吃亏的原则，把矛盾处理得很好，被市水利工程总指挥部通报表扬过好几次。

有一次，陈忠阳到泉山工地检查工作，谈起这个问题时，随口问祁本生："你小祁书记的姿态咋这么高？是没经验呢，还是斗不过那帮老油条呢？"

祁本生有些腼腆地笑了笑说："陈书记，少干点，少受累，这还要经验呀？谁不知道？要说斗呢，我能斗，打我也能打，陈书记，你是知道的，我们泉山可是民风剽悍哩。"

陈忠阳说："对，我知道，六十年代上河工，我最头疼的就是你们泉山。你们老县长钱麻子是个水利大将，可也是个内战好手，那时都当公社副书记了，还亲自带人打架哩！为此可没少挨过我的骂。"

祁本生说："可这么吵呀，打呀，值得吗？等咱工程干完了，大泽湖水引过来了，大漠河上飘荡着天光帆影，后人夸赞到咱这代人的艰苦创造时，咱想想这些争吵脸红不？那时谁还会记得这些争吵呢？"

这让陈忠阳挺感动，也挺感慨："是呀，这么看来，还是你们年轻一些的同志看得远呀。"

然而，对泉山县内乡与乡的矛盾，就不是祁本生的高姿态所能解决得了的了。身为县委副书记兼工程指挥，祁本生由当事者变成了裁决者，就不能不表态，不能不做双方的工作，工作做不通，也急得生闷气。

陈忠阳在大漠啃萝卜头，吃夹生饭这一天，泉山这边发生了一场界线矛盾，周集乡六里长的河段和刘王乡五里长的河段，同时停了工。两个乡一万八千多民工，从上午十时起，都爬到两边河埂上坐着晒太阳，全不到积满淤泥的河底干活了。

祁本生一听汇报就急了眼。春耕、春播临近，工期已经这么紧了，日夜赶工都来不及，这大白天咋能晒太阳？于是，先用电话命令周集乡乡长叶春时，要他不讲条件，先把活干起来。后来，他就从县指挥部往周集工地上赶。

周集终究是祁本生曾经工作过的地方，乡长叶春时和民工们很给祁本生面子，尽管有情绪，接到祁本生的电话命令，还是下到河底干活了。

祁本生赶到现场，已是中午十一点多了，刘王乡的民工大多在河堤上吃起了饭，只有周集乡的民工在河底懒散地磨洋工。再一看才发现，服从命令的周集人真吃了亏：工程已进行到了河底清淤阶段，谁先挖淤就意味着谁增大了工作量。你干他不干，你地界上的淤泥刚挖完，他地界上的淤泥又流淌过来了，你干得再多也等于白干，难怪周集乡的民工有情绪。

祁本生便让人把刘王乡乡长倪务本和周集乡乡长叶春时都找到大堤上开会，以商量的口气，问这两个在年岁上几乎可以做他父亲的当家人："面对这种情况，你们看怎么办才好呢？"

倪务本蹲在地上苦着脸说："小祁书记，你知道的，我们刘王乡这边进度慢，河道拓宽部分还没最后完工，已拖咱县的后腿了，得抓紧时间赶赶。我看老叶他们爱咋干就咋干吧，我们也就不多干涉了。"

叶春时叫了起来："倪乡长，你这样讲话就是耍我们了！你们刘王乡的人都不下去清淤，我们这边清，你们那边流，我们啥时算完工呀？！"

倪务本不急不忙地说："你们要是怕吃亏，那就停下来等我们几天好不好？只要小祁书记同意，我们是没意见的。"

祁本生一眼就看出倪务本在耍滑头，想了想，表态说："老倪，你别说了，我想，你们最好还是先集中力量一起清淤。从今天开始，你们两个乡五六公里地的河段同时清，双方各出七千人，同时下去，直到清完一起上来。行不行？"

叶春时说："这公道，我们同意。"

倪务本说："我们乡是五里河道，叶乡长是六里河道，都出七千人，我们不就亏了吗？"

叶春时倒爽快："那我再加一千人，出八千人就是。"

倪务本还是耍赖："现在界墙都扒了，哪还分得清呀。"

祁本生说："我分得清哩。我这个县委副书记就在中线站着，做你们两个乡之间的界桩，和你们一起干。你们两个乡的民工只要有一个不上岸，我就不上岸，这总可以了吧？"

倪务本无话可说了。

真就这么干了。

从那日中午十三时，到次日深夜二十三时，整整三十四小时，两乡一万五千民工，在祁本生的直接指挥下，展开了这场六百里战线上最艰苦，也是为时最长的一场连续作战。为方便联系，祁本生在十一里长的河段上配了十几台报话机，自己居两乡中线，手持报话机进行总调度。三十四小时中的五顿饭，都是站在污黑的河泥中吃的。两乡的民工倒换着上来下去，只有祁本生一直泡在污泥里。

清淤结束后，这个生着一张娃娃脸的年轻县级指挥抱着报话机软软地倒在了河底温湿的新土上，被分界线两边的民工直接抬上了警灯闪烁的救护车。

陈忠阳后来逢人便说："在我手下的水利大将中，最年轻的一个是祁本生，最优秀的一个也是祁本生。这个连续 34 小时插在泥水里的活界桩，把崇高和卑劣截然分开了……"

三

"放炮了——"

"放炮了——"

伴着河堤两岸警戒员拖着长腔的洪亮吆喝声和骤然间响起的尖利哨子声，靠近爆破现场的民工们，照例懒洋洋地往两岸的堤后躲。可总有些愣头青怕多走路，却不怕死，用大筐护着脑袋，撅着屁股在河底躲炮。这最让尚德全头疼，在县委会议室里见过死人的尚德全可不想再在自己的突击队里见到死人。所以，尚德全给所有放炮员下过死命令，不见他手中的小红旗连续三次挥下去，绝不能点火放炮。

这回进行放炮前安全检查时，尚德全又在河底发现了两个不怕死的英雄人物：一个是年轻的老油条曾三成，一个是绰号郑秃子的五组小组长。这二位真是活宝，一起趴在一辆装满泥土的破板车下，头靠头吸着烟，说着话。

郑秃子心很虚，问曾三成："小三，这距炮口怪近的，安全吗？"

曾三成说："咋不安全？咱在车底下，车上还有土，别说躲炮，我看连原子弹都能躲！秃哥，别怕，别怕，我有经验。"

说到这里，尚德全过来了，把破板车推开，暴露出两个英雄，手中的小红旗点着二人的脑袋说："我说二位，你们是不是活够了？要是真活够了，可以去卧轨，去跳河，可别在咱工地上寻短见！"

郑秃子极是惭愧，忙爬起来了，连声埋怨曾三成："都是你小三的事，都是！"遂又对尚德全赔着笑脸说，"尚书记，我们承认错误，承认错误。"

尚德全念郑秃子是老实人，头一次干这种事，便没多说什么，只逮着曾三成死训："你这个小曾，是不是想害人呀？若炸死你一人倒罢了，你还拉一个给你垫背！我没准也得替你垫背，担责任！你不是第一次了，是屡教不改，皮咋就这么厚！你这身厚皮我看倒能挡原子弹了！"

曾三成知道尚德全是犯了错误的干部，而且知道是什么错误，便嘿嘿一笑说："老尚，我宁可死在这里，也不愿死在咱县委会议室里。死在这里，好歹也算是为水利工程献了身，死在会议室里岂不白死？老尚，你说是不是呀？"

尚德全气得浑身直抖，可一时竟无言以对。

倒是郑秃子看不下去了，骂道："小三，你狗日的混账！说到底，人家尚书记是为咱好，你满嘴胡吣些啥呀！"

曾三成对着郑秃子眼皮一翻说："什么尚书记？哪来的尚书记？人家老尚现在和咱一样，白板一块，平头百姓一个，干活再卖力，也不过算个劳动模范。你秃哥一口一个'尚书记'，讽刺人家呀？"

尚德全这才铁青着脸一步一步逼到曾三成面前，对曾三成说："我尚德全不是合田县委书记了，可我现在是你们队长，对这里的一切，包括你们的生命，我全要负责！你曾三成给我听着：马上跑步滚蛋，慢一步，我砸断你的腿！"

曾三成害怕了，先向后退着，后就和郑秃子一起撒腿跑了起来。

工地全检查了一遍，确信没有安全隐患了，尚德全才立在最接近炮位的安全线外，向在河底准备点炮炸石头的放炮员胡军连连挥下了小红旗。

胡军把药捻子点着了，猫着腰，一路小跑冲到了尚德全身边。

预料中惊天动地的爆响却没出现。

胡军看看尚德全说："可能药捻子湿了，我再去点一次火。"

尚德全交代说："千万小心，动作麻利点！"

胡军去了，没一会儿工夫，重新点了火回来了。

爆炸仍没发生。

胡军急了，想再次下去，尚德全一把拉住了他，说："可能是哑炮，太危险，还是我去看看吧！"

胡军说："尚书记，放炮员是我呀。"

尚德全说："你这放炮员才干了几大天？在我面前吹什么？！别以为我只能当官。我从十三岁就上山采石头，处理过的哑炮、瞎炮多了！"

胡军仍说："这不行，尚书记，您是县委书记！"

尚德全推开胡军的拉扯，凄然一笑说："小胡，你又不是不知道，我哪还是县委书记呀？我们都是一样的河工。"跳下大堤时，尚德全还和胡军最后开了句玩笑，"你小胡还没娶媳妇呢，哪能让你去堵枪眼呀！"

当时在爆破现场的几千号合田民工都看到了，他们昔日的县委书记尚德全冲下工地南大堤后，弯着腰一路躲闪，跳跃着，越过一处满是碎石的河床，冲到了炮口所在的位置。

然而，就在这时，哑炮响了。

伴着一声震耳欲聋的强烈爆炸声，一片于硝烟中骤然飞腾而起的石块、泥土把尚德全完全掩埋了。

这是合田县七十八里水利工地上，十三万民工中的第一个，也是唯一一个因公牺牲者。

面对尚德全被石块砸得稀烂的尸体，放炮员胡军、五组组长郑秃子，还有刚和尚德全吵过架的曾三成都口口声声喊着"尚书记",号啕大哭。许多在场的民工也一个个泪流满面……

三天后,合田县委、县政府和十三万合田民工在合田水利工地上,在尚德全为之献出了生命的大漠河畔,为这个犯过错误的前县委书记举行了隆重的追悼大会,平川市委副书记兼水利工程总指挥陈忠阳和平川市委书记吴明雄全到了场。

尚德全三岁的女儿尚好在追悼大会开始前没有哭,因为谁也没告诉她爸爸死了。看着躺在青柏、绢花丛中的父亲,尚好还让叔叔、伯伯们不要吵,说是爸爸在睡觉。尚好是在沉痛的哀乐响起来,追悼大会开始后,看到许多伯伯、爷爷落泪饮泣时才哭的。哭得糊里糊涂。到追悼大会开完,父亲的遗体要被拉去火化了,尚好才真正意识到事情的严重性,才扑到父亲的遗体上大哭不止,直嚷着:"我要爸爸,我要爸爸。"

陈忠阳流着泪水,颤抖的手紧紧地把尚好搂在怀里,说:"尚好,乖孩子,以后,你就和陈爷爷在一起,陈爷爷陪你玩,送你上学,好吗?"

吴明雄扯了扯陈忠阳的衣襟说:"老陈,尚好跟你怎么行?你一天到晚泡在工地上,咋照应这孩子?我看还是我带走吧,我老伴去年就退下来了。"

陈忠阳说:"不,德全是我看着长大的,我是他的老领导,我对他的女儿有一份责任。"摇摇头,又说,"德全是孤儿,小时候在山上采石头,受了许多罪;现在,尚好又成了孤儿,我再不能让尚好受一点罪了。"

吴明雄生气地说:"我领养就会受罪吗?你是尚德全的老领导,我吴明雄就不是吗?你老陈有这份责任,我吴明雄就没这份责任吗?你别争,这孩子我要定了,我不能看着她坐在你的吉普车里整天东奔西跑。"

陈忠阳叹了口气说:"老吴,那咱们就共同领养吧。"

吴明雄接过尚好,抱在怀里亲着说:"这事咱再商量吧。"

抱着失去了父亲的尚好,市委书记吴明雄这天在平川水利工程总指挥部里,通过电台,对六百里漫长战线上的一百八十七万民工发表了重要讲话。

吴明雄在讲话中动情地说:

　　"同志们，你们的双手今天在创造历史，一个看起来很难实现的理想，在本世纪里一直困扰着平川的理想，关于水的理想，正经过你们的双手一镐一锨地变成现实。你们付出了辛劳，付出了汗水，甚至还付出了血泪和生命的代价。你们是平川一千万人民最杰出的代表，是平川大地养育出的最优秀的儿女。你们的汗水和血泪没有白流，也绝不会白流，南水北来的日子就在眼前。为此，省委、市委深深感谢你们，平川一千万人民感谢你们，缺水的城市和干涸的土地感谢你们，我们的后代子孙也将感谢你们，历史会记住你们在这种艰苦卓绝条件下的伟大牺牲和伟大创造……"

第十五章　寻求一个支点

一

"权力历来是层次分明的，在任何权力中枢，这种层次都体现得一清二楚，走到一个陌生的地方，只要你留心观察，就会发现谁是这里的主角，谁是这里的副角，谁是副角的副角。这是无须介绍的，只要你谙熟权力秘密，就能从一张张或踌躇满志，或媚态可掬，或战战兢兢的脸上把这里的权力状况分辨得十分清楚。"

——肖道清在日记中写道。

"平川的主角无疑是吴明雄了，这个颇具政治头脑的老人越来越踌躇满志，一千万平川人民付出血泪的代价，日益造就着老人的政治辉煌，使得老人完全忘乎所以了。最近，他竟操纵起几乎全体市委常委，以民主生活会的形式，对我发起突然袭击，而后，以冠冕堂皇的理由将我一掌打入权力中枢的最下层。竟分工让我去专管计划生育，分管那些青年男女的生殖器官。这对我来说是绝对无法忍受的，可我忍受了，我几乎是满面笑容地对老人说，我要考虑一下。"

——肖道清在日记中继续写道。

"其实，还有什么可考虑的呢？选择无非两种：退却，或者战斗。退却只有通过谢书记的关系调到别的市，待在权力下层的政治冷宫里是不明智的，我年轻的生命在这种恶意的政治冷藏中将一点点僵死。而战斗，就要寻找一个机会，看准一个支点，力求压动杠杆时，能撬翻老人把持的整个权力中枢。胜利了，则留在平川，进行权力的重新分配；万一失败了，再退到别处另起炉灶也不迟。我拥有的最大财富——年轻，是那个政治老人永远不会再拥有的。

"那么，就进行战斗？

"我寻找的这个支点究竟在哪里？"

——肖道清在日记中问自己。

支点终于找到了。

肖道清再也想不到，这个支点竟在他的老家大漠县泉旺乡，竟在一个叫于大敬的副乡长身上。当于大敬揉着受伤的左眼，呢呢喃喃坐在他家的长沙发上述说时，肖道清很敏锐地意识到，支点就在面前，从这一刻起，战斗也许已经开始了。

陪同于大敬一起来的，是大漠县委副书记王平，肖道清的老部下。

王平一坐下来，就很明确地对肖道清说："肖书记，于乡长不愿来，是我硬把他拖来的。陈忠阳这老家伙实在是太不像话了，被吴明雄宠成了水利工地上的法西斯！竟在光天化日之下，抄起酒瓶行凶伤人。试问，平川是不是吴明雄和陈忠阳的独立王国？究竟还有没有党纪国法？市委副书记伤了人是不是就可以逍遥于法律之外？"

王平要于大敬把左眼受伤的过程说给肖道清听。

于大敬有些怕，可怜巴巴地看着肖道清说："肖书记，我不是来向您告状的，只算反映情况。我和陈忠阳书记远日无冤近日无仇，也不想怎么陈书记。我把情况说给您听，您知道就行了，真要是县委刘书记处分我时，您帮我说两句话。"

肖道清问："县委为啥要处分你？"

于大敬说："乡工程组的几个同志整天和民工们待在一起，生活太苦，就开了个小灶，有时也喝点酒，被陈忠阳无意撞见了，刘金萍书记又带人查了，说我们伙食账目不清，要我们听候处理。"

肖道清皱着眉头说："你们这帮土地老爷大概又用民工的河工补贴款大吃大喝了吧？你们这老毛病，我不用问就知道。"

于大敬说："这我不赖，我们是吃喝过几次，王书记到工地检查时也跟我们一起吃过两回，是不是呀，王书记？"

王平狠狠地瞪了于大敬一眼，遂对肖道清说："也不能算是大吃大喝，工地上有啥可吃的？哪次喝酒吃饭都没超过四菜一汤的规定标准。就是被陈忠阳抓到的那次，于乡长酒桌上也只不过三个菜嘛！陈忠阳就抄着酒瓶又砸又骂，还砸碎酒瓶伤了于乡长的眼。于乡长，你自己说嘛。"

肖道清不动声色地道："于乡长，就请你把整个过程尽可能详细地和我说说，不要夸大，也不要缩小，一定要实事求是。"

于大敬又怯了，看看王平，又看看肖道清，竟摆起了手："算了，算了吧，陈书记也不是故意的，再者说，他发火也是因着咱有错。"

王平急了："哎呀，老于头，我路上不就和你说了吗？肖书记不是吴书记，更不是陈书记，他是咱大漠干部的靠山，你不和肖书记说，还能去和谁说？！"

肖道清正色道："老王，不要说什么靠山不靠山的，我们平川市委不是梁山忠义堂！于乡长是不是大漠干部我不管，作为一个到目前为止还在分管纪检和政法的市委副书记，我就知道按党纪国法办事！于乡长，你说，不要怕，平川不是哪个人的天下，是共产党的天下，谁也不能一手遮天的！"

于大敬反倒更怕了："陈忠阳也、也是市委副书记呢，您肖书记能处理他？"

肖道清义正词严地说："陈忠阳是市委副书记又怎么了？美国的巴顿还是四星上将呢，只因为打了一个士兵的耳光，就毁了自己的前程。资本主义国家都能做到的事，我们改革开放的社会主义国家做不到吗？对这种无法无天的事，谁敢遮着、护着，谁就将和无法无天者一齐完蛋！我肖道清以人格向你保证，不以党纪国法处理好这件事，就回家去抱孩子！"

于大敬大为感动，"扑通"一声在肖道清面前跪下了，抹着鼻涕含着泪说："肖书记，您真是活脱脱一个包青天呀！为我这个小小的副乡长，您啥都不顾忌，那我还有啥可顾忌的呢？！我都和您说了吧：这事，前几天县委书记刘金萍知道了，她和我说，陈书记不是故意的，咱自己又有错，就两拉倒吧。还说，算我个工伤，医药费全报销，再按规定给补贴。还等我回话呢。"

王平说："刘金萍现在是完全倒到吴明雄、陈忠阳那头去了，都恨不能给这两个老家伙拉皮条。昨天也和我打了招呼，要我不要往这事里掺和。还说了，我作为一个县委副书记要注意身份和影响，别自作聪明，搬起石头砸自己的脚。"

肖道清明确表态说："这是威胁你嘛！"

王平说："我才不怕这女人的威胁哩！肖书记，您知道，在平川，我就认两个人，一个是过去的郭书记，一个就是您肖书记。这事一出，我就想，咱扳倒陈忠阳和吴明雄的机会总算到了。我便做了于乡长好几天的工作，打消他的顾虑，让他到市里来申诉。"

肖道清又皱起了眉头说："老王，你说话注意点好不好？谁要扳倒陈书记和吴书记呀？一个人倒台要谁来扳吗？还不都是自己倒的吗？搞封建主义加法西斯哪有不垮台的道理！"

王平忙说："是的，是的。"

肖道清这才又和于大敬说："于乡长，你细细说吧，不但说事情本身的过程，也说说刘金萍是怎么找你的，有没有威胁你。"

于大敬开始了自己的述说。

肖道清找出一个巴掌大的小录音机，进行了录音。

后来，肖道清又郑重其事地和于大敬说："这件事我和纪委要一管到底，还要向省里甚至向中央汇报。不过，你明天一早，仍要按规矩到我们市纪委去申诉，还要把今天讲的事全写成文字材料，签上名。另外，我提醒你一下，作为一个中华人民共和国公民，你还有权对陈忠阳提出民事起诉，要求陈忠阳对你所受到的人身伤害进行必要赔偿。在法律面前，没有什么市委副书记和副乡长，你们是完全平等的。"

王平来了劲："对，到法院去告陈忠阳。我咋就没想到呢？只要往法庭的被告席一站，陈忠阳就完了。闹不好刘金萍也得跟着完！你于大敬于乡长不但是在平川，只怕在咱全国都会大大有名了！"

于大敬问："法院会问我们吃喝的事吗？"

肖道清明确地说:"不会问的,这与本案无关。"

于大敬又问:"要是我们县委刘书记给我穿小鞋咋办?"

肖道清意味深长地说:"到那时,只怕你们刘书记就没这个胆了。"

于大敬完全没顾虑了,脚一跺说:"日他娘,那老子就和陈忠阳拼一回了!"说这话时,于大敬可没想到,他那份状告陈忠阳民事伤害的起诉书大漠县法院还没受理,下泉旺等五个村八百六十七个民工已就他克扣民工补贴款一事,联名向大漠县委写信,要求彻底清查。同时,九个在工地上挨过他耳光的民工也向大漠县法院提起了集体诉讼。

王平更是弄巧成拙,原想造出一场天大的混乱,借以逃脱大漠县委早就在暗中对他进行的反腐败调查。结果,闹到后来,倒促使县委书记刘金萍下了更大的决心,把暗中调查变成了公开调查。他做镇党委书记、县委副书记五年来贪污、受贿十二万的确凿罪证让大漠县纪委和检察院一一抓住了,最后落得个开除党籍,判刑八年的下场。

不过,那晚,肖道清真不知道于大敬、王平二人的根底。于大敬、王平走后,肖道清陷入了一种从未有过的激动状态,破例抽起了烟。

抽着烟,在书房里踱着步,肖道清想,这机会真是太好了,也来得太及时了,简直就是要风得风,要雨来雨。从表面上看,这是一桩意外发生的小事,连事件都算不上。可因为涉及一个市委副书记,小事就可以做出大文章。第一次世界大战的爆发,不就是因为一桩很意外的小小暗杀吗?而从力学原理上说,杠杆的支点总是很小,可撬起的重量却很大。

站在已经找到了的支点上,中共平川市委副书记肖道清对事态的发展,进行了如下科学合理的分析与推测:

其一,吴明雄为了市委的面子千方百计死保陈忠阳,不惜软硬兼施,欺蒙对抗省委,同时,以铁腕干预操纵法院的审判。这完全有可能,他的性格决定了他的路数。这个老人不会为和陈忠阳的朋友义气拼命,却会为权力的尊严和他认为正义的事业拼命。如果这个老人把坦克误认作汽车,就会固执地把坦克开到平川的中山大道上去横冲直撞。那么,吴明雄的政治命运就将结束了,一件轰动全国的民事诉讼案将像一股飓风,把平川刮得天昏地暗,瓦解现存的权力结构,最终刮飞老人手中的权杖。而他肖道清则将在飓风结束之后，作为一个坚持原则，坚持正义，为民请命者的形象，进入权力中心，可能出任平川市委书记，也可能先任代书记。

其二，吴明雄挥泪斩马谡，就像以前对付合田县委书记尚德全一样，舍车保帅，赶在危机来临之前将陈忠阳推下自己的政治马车，让陈忠阳下台，这也完全有可能。老人是平川历史上少见的政治家，有死硬的一面，也有圆滑的一面，当死硬意味着丧失权杖的时候，他就会以退求进。这个老人对谢学东极为不满，可直到今天，他仍不许任何人在平川议论谢学东一句不是，但舍车保帅又将产生什么后果呢？下列场面必不可免：平川市委最古老的大炮开火了，陈忠阳将像过去轰击他肖道清一样，轰击吴明雄，会拍着桌子责问吴明雄，你是不是在卸磨杀驴？我为你在六百里工地上没日没夜地拼命，你倒用这一手来对付我？你还有没有一点良心？天理何在？难道你除了关心自己的官位，就再没有别的了吗？如此一来，老人就会变成政治上的侏儒，陈氏忠义堂的干部们乃至非陈氏忠义堂的干部们都将兔死狐悲，远离老人。老人的权力基础就将在众叛亲离中分崩瓦解。当然，这要有个过程，也许还是比较长的一个过程。在这过程中，他将做什么呢？他将做平川干部的收容队，重建自己的队伍，积蓄自己的力量，等待权力的自然转移。

两相比较，第二种结局显然不如第一种结局来得干脆彻底。

他的第一选择应该是第一种结局，而把第二种结局作为候选方案。

——那么，就去激怒这头老狮子吧，让他发出吼叫，让他去为权力的尊严拼命，让他把自己的001号专车换成坦克吧！这回被履带碾碎的将是老人手中的权杖。

为了这个目的，肖道清于当天夜里零时四十五分，将电话打到了大漠县委书记刘金萍家里，对这个昔日的女同学兼盟友，今日吴氏老人阵营里最得宠的女将说，陈忠阳的法西斯作风是党的纪律和国家的法律都不能容忍的，请刘金萍务必要和陈忠阳划清界限，不要做陈忠阳的政治殉葬品。还说，他肖道清要在自己分管的纪检工作移交之前，排除一切干扰和阻力，将此案一管到底，直至亲赴北京，向中共中央纪律检查委员会报告。

刘金萍震惊之余，连声责问肖道清："肖书记，为这么一桩纯属意外的小事要大做文章，你到底想干什么？你还是不是平川市委负责人之一？你这么干是不是想把我们平川轰轰烈烈的事业毁掉？吴书记和一班常委们会怎么想？你是不是在自绝于平川？！"

肖道清以一种从未有过的强硬口气和气魄说："刘金萍同志，你错了。我就算自绝于平川，自绝于你们这帮吴明雄的跟屁虫，也不能自绝于党，自绝于人民！不要以为我肖道清软弱可欺。当需要为党，为人民的利益而战斗的时候，我是会挺身而出的。"

刘金萍愤怒了："为党和人民利益战斗的不是你，而是吴明雄，是陈忠阳，是束华如，是曹务平，是市委班子里除你之外的每一个同志！过去我一直以为你只是怕负责任，不做事，现在才发现，你还会躲在暗处对着自己同志的后背开火。请问，你这样对待陈忠阳书记公道吗？六百里大漠河，哪里没有他的身影？哪里没有他的足迹？你去问问一百八十七万民工，他们的总指挥究竟是不是法西斯！我相信，平川市委和吴明雄书记绝不会容忍你的疯狂和歇斯底里！否则，这个世界上就没有公道和正义可言了！"

说毕，刘金萍挂上了电话。

这真让肖道清高兴，试探的结果证明，吴明雄决不会让陈忠阳下台。刘金萍尚且如此激动，吴明雄必将更加激动，第一种结局产生的可能性增大了。

"激怒你的政治对手，诱使他在冲动中犯错误，这是权力学的原理之一。"

——肖道清在当天的日记中最后写道。

二

和老省长通话时，吴明雄在心里不断地告诫自己，老省长是好意，你千万不要发火，千万不要生气，可最后还是忍不住对着话筒吼了起来："要下台，我吴明雄和陈忠阳一起下台！既然干的不如看的，拼命的不如评论的，那么，我们都下去做观众，做评论员，请人家来干好了！老省长，您别怪我发牢骚，我真受够了！我看有的人就是别有用心，当面是人，背后是鬼，正事不干，邪火还不小！这回如果让他得逞，让平川的干部群众看到，卖命干事的人没有好下场，我这个市委书记还能再干下去吗！"

老省长问："吴明雄，你说完了没有啊？"

吴明雄道："没有。对老陈这个人，我了解，您老省长和钱书记也应该了解，他直，他粗，他急躁，他有许多毛病，可他确实在拼着老命做事。可以这样说，没有他，这南水北调的工程就没有今天。您可能好长时间没见过老陈了吧？您现在再看看他是什么样子吧，又黑又瘦，像是比您还老！每逢看到他一身泥水，一脸疲惫的样子，老省长，我心里就难受得想哭啊！"

老省长默然了。

吴明雄这才说："老省长，我的话说完了，您指示吧。"

老省长开口说话前，长长叹了口气："吴明雄啊吴明雄，你让我怎么说你呢？你说的这些情况，我难道就不知道喽？我难道不清楚陈忠阳是个什么人喽？可我的同志，要明白，现在的情况是很复杂的嘛，你说的个别人就是要把事情闹大嘛，而且你们确有把柄让人家抓住了嘛！你吴明雄替省委设想一下，假如闹到中央，闹到全国，官司打得惊天动地，省委怎么办呀？你平川又怎么办呀？你吴明雄还要不要做事喽？路和水还搞不搞下去呀？所以，我的同志，你要冷静一些，要保持清醒的头脑，要从大局考虑问题，要紧紧抓住经济建设这个中心不放松。这都不是我的话，这是钱向辉同志的原话。钱向辉同志要我老头子代表他，代表省委和你好好谈谈，这你心里该有数了吧？！"

吴明雄不作声。

老省长又说："至于陈忠阳同志，他的年龄已到线了，好像还差三四个月吧？这次下来，也算是正常离退嘛。就算没这桩事情，你吴明雄也留不了他一年半载了，是不是喽？所以，我和忠阳同志一谈，他马上想通了嘛。当然了，也提了两个条件。吴明雄，你猜猜看，是哪两个条件喽？"

吴明雄不想猜，也没兴致猜。

老省长便说："忠阳同志提出，第一，下来后，市委副书记不做了，水利工程总指挥照样干，直到两年后工程完工，他对大漠河有感情呀。第二，和肖道清手拉手同时离开市委常委会，这是要为你创造一个更容易干事的环境喽。"

吴明雄真感动，讷讷道："这些话，老陈当着我的面从没提起过。"

老省长在电话里呵呵笑了："所以，我一直说嘛，忠阳同志大事不糊涂嘛。忠阳同志这两条要求，按说也不过分喽，是合情合理的喽。但是，肖道清毕竟还是年轻人嘛，还是要教育引导喽。所以，钱向辉书记和省委的意见是忠阳同志退二线后继续做工程总指挥，这可是你吴明雄求之不得的，是不是喽？肖道清这个同志呢，还是摆在平川再看一看吧，如果他仍然拒不服从常委会的分工，省委再考虑下一步的组织措施。"

吴明雄郁郁说："老省长，那这么说，人家还真闹出名堂来了？是不是谢学东书记又为我们肖书记说了话，做了工作呀？"

老省长认真说："你这回可是错怪谢学东喽！我告诉你，吴明雄，在这回讨论你们平川问题的省委常委会上，小谢可真没为肖道清讲什么话哩！小谢对肖道清的所作所为十分有火，把肖道清叫去狠狠批评了一通，还声明了，你肖道清不要打着我的牌子四处乱跑，我任何时候都不主张你把平川的事往外捅。你要到北京去尽管去，这与我没任何关系。我和小谢交换意见，谈平川工作时，小谢也极力想撇清自己和肖道清的来往，还主动说，让肖道清去分管计划生育和党群就挺好嘛，这工作很适合他这种政策性较强的同志去做嘛，吴明雄当初为啥要他去管政法、管纪检呢？给了他闹事的条件嘛。你听听，这话是什么意思喽？"

这让吴明雄感到挺意外的："谢学东书记为啥不帮肖道清了？"

老省长说："道理很简单喽，这个年轻人利令智昏了嘛，连尊重上级省委这一条都忘了，动不动就要上中央，好像他是中央的直管干部，这谁还敢沾他的边喽？小谢又不傻喽！更何况小谢心里也清楚，谁在做事，谁在生事嘛！"

吴明雄问："肖道清若是仍不同意常委会的分工呢？"

老省长意味深长地说："只怕他不敢喽！省委这几天要找他谈话，估计就是小谢代表省委、代表钱向辉和他谈，不会再在谢家谈喽，组织部的同志要到场，恐怕谈得不会太轻松喽！"

吴明雄这才欣慰地说："看来省委啥都有数。"

老省长说："是喽，忠阳同志虽说提前几个月下来了，做了点牺牲，但是非问题省委分得很清楚喽。再告诉你一个信息吧，你们报上来的市委常委班子的调整方案，现在补上忠阳同志离休这一条，省委破例提前批了。钱向辉也明确表态了，说：'平川现在的大好局面来之不易呀，我们大家都要珍惜、爱护，当断则断，不能迟疑误事。'"

这又是一个意外。

吴明雄沉吟了一下说："这么说来，平川更容易干事的局面还是形成了。肖道清走不走倒也无所谓了，他真能把平川地区一千万人的计划生育工作抓好，也算为平川的事业尽一份力了吧！"

老省长说："现在，我老头子把什么话都说清楚了，吴明雄啊，你还要不要辞职了？"

吴明雄笑道："老省长，我啥时说要辞职了？"

老省长也笑道："好喽，好喽，又放赖喽。"

三

省委对平川市委班子的调整真正体现了省委书记钱向辉"当断则断"的指示精神，从组织部门考查评议到最后省委常委会上拍板敲定，只用了半个月的时间，这在本省历史上是少有的。原市委副书记陈忠阳提前三个月零八天退二线。原市委组织部长孙金原接过陈忠阳分管的工作，出任市委副书记。常务副市长曹务平兼任市委副书记。原市委宣传部长改任组织部长。大漠县委书记刘金萍进入常委班子，任宣传部长。平川地区首屈一指的大县民郊县县委书记程谓奇也进了常委班子。

接下来，平川市委为陈忠阳召开了欢送会，全体新老常委无一缺席。

欢送会开始前，肖道清端着茶杯凑到吴明雄身边坐下了，表情倒还自然，主动搭讪着和吴明雄说："吴书记，有些事，恐怕有些误会，比如说于大敬告状的事，根本与我无关，是腐败分子王平挑起来的，我当时不太了解情况，表态轻率了点，基于一时义愤，火气也大了点。这次省委领导同志批评我，我是口服心服的。不过，吴书记，这确是误会，我再怎么说，也还是平川市委负责人之一嘛，咋着也不会在这种事上推波助澜嘛！"

吴明雄挥挥手，平淡地说："误会就让它过去吧，老陈已经下来了，王平这个腐败分子也闹到监狱里去了，于大敬已撤诉了，我们就不谈这件事了，好不好？你呢，也不要误会了，我和同志们让你分管计划生育和党群工作，也是常委之间的正常分工。计划生育这担子也不轻嘛，天下第一难嘛，是要有像你这样得力的同志抓嘛。肖书记，你说是不是？"

肖道清脸红了一下，说："是的，是的，计划生育是我们的基本国策，这个工作我一定会全力抓好，请您和常委会的同志们都放心……"

肖道清似乎还想和吴明雄说什么，这时，陈忠阳进了门，吴明雄甩开肖道清，迎上去和陈忠阳握手。

握着陈忠阳的手，吴明雄说："老陈呀，你今天可又是姗姗来迟呀。"

陈忠阳已看到了肖道清，便话里有话地说："有人来得早，我当然要晚点来喽！这种人的脸，我能少看一分钟都好！"

肖道清本来还想去和陈忠阳握手，甚至已在座位上欠起了身，一听这话，又没趣地坐下了，后来想到陈忠阳是个炮筒子，怕在这种场合挨骂受辱，就悄悄地退了场。

肖道清走后，欢送会上洋溢起无比热烈的气氛。

市长束华如拿了一瓶据说是珍藏了十五年的茅台酒来，倒在茶杯里，请陈忠阳和大家喝。

吴明雄喝过酒，指点着束华如笑道："大家做证明哦，今天可是市长大人带头违纪了。中午不许喝酒，他提议定的，他又自己违反，是不是要罚呀。"

大家都说要罚，再罚市长捐出一瓶茅台晚上喝。

在会上，陈忠阳落泪了，说："你们真是，送啥呀？我又不是真走，市委副书记不做了，可明年我还要上大漠河去干我的总指挥，我跟老吴和省委都说好的。你们这帮年轻人是不是不想要我这个老东西了？！"

吴明雄一怔，有些失态地一把搂住陈忠阳，动情地说："老陈，这是什么话！没你这老龙王，我们平川问谁去要大泽湖水呀？！咱这工程还得干两年哩！"

陈忠阳这才拍着吴明雄的肩头，无所顾忌地感叹说："老的下了，个别不做事的人到旁边稍息去了，又一帮朝气蓬勃的年轻人上来了，多好呀，省委有魄力，有远见呀！这就是主席当年说的，坏事变好事了。我陈忠阳虽说犯了错误，也还算有点小功劳了。"

继而，陈忠阳又对刘金萍、程谓奇这两个新常委和新兼任副书记的曹务平说："在你们面前，我就卖次老吧！你们一定记住了，我们老同志手上的事业总要交给你们年轻人的；你们一定要尽心呀，千万不要像有的人那样，光打自己的小算盘；千万要以咱平川的事业为重呀！"

三个年轻同志都说："老书记，我们记住了，您想交代啥就再交代几句。"

陈忠阳噙泪笑着摇起了手说："算了，算了，不说了，不说了。说多了，你们心里准烦，心想，这老东西，哪来的这么多废话呀！个别人就在背后这么议论过我嘛。"

刘金萍说："老书记，您可别这么说，这样的人，在年轻干部中终究还是极少数，大多数年轻同志不是这样的。"

陈忠阳说："这我信，年轻干部都像个别人那样，也没咱平川今天的局面。"

·············

当晚，陈忠阳又跑到了吴明雄家找吴明雄。其时，吴明雄的老伴去了北京，空荡荡的客厅里，只有吴明雄一人在落地灯下看文件。

一见陈忠阳进门，吴明雄便放下文件说："你这家伙，和我分开还没屁大一会儿工夫，这又想我了是不是？"

陈忠阳笑道："你别自作多情，我可不想你。"

吴明雄问："那你跑来找我干啥？"

陈忠阳挺神秘地说："你猜猜看。"

吴明雄摇摇头："我猜不出。"

陈忠阳说："我料你也猜不出，我来接我孙女了。"

吴明雄马上想到了尚德全的女儿尚好，可却故意装糊涂："老陈，你真是胡闹了，你孙女咋会在我这里呀？"

陈忠阳不理吴明雄，径直去了尚好的小房间，把刚洗好脸、正准备睡觉的尚好抱了出来，急得吴明雄的女儿吴婕直叫着"陈伯伯"，也跟了出来。

尚好更不干，在陈忠阳怀里扭着身子撒娇说："陈爷爷，我不走，我要小吴阿姨和变形金刚。"

陈忠阳说："尚好，小吴阿姨和你吴爷爷都要工作，不能陪你，就陈爷爷陪你玩了。陈爷爷带你去动物园看猴子，看大熊猫好不好？"

尚好高兴了："陈爷爷，那我们明天就去，不上幼儿园了。"

陈忠阳说："好，明天就去，不上幼儿园了。"

吴明雄说："老陈，咱在合田水利工地上可是说好了的，这孩子算咱两家的，是不是？"

陈忠阳眼皮一翻说："那是你老吴利用手中的职权和我一时的困难，强加给我的不平等条约，是要废除的。"

吴明雄笑道："好，好，老陈，你以为你副书记不当了，我就没法治你了是不是？我问你，到了秋后，这大漠河二期工程你还干不干？你要想干，就得承认这条约是平等的，不可废除的。"

陈忠阳也笑了："等我上了大漠河，再把尚好给你们送来吧！"

吴婕叫了起来："陈伯伯，你这是要把尚好当人质嘛，这是不是也太残忍了一点？"

尚好却说："我要跟陈爷爷走，去看大熊猫。"

吴婕把手往尚好的鼻子上一按，做了个鬼脸说："我打死你这个小叛徒！"

陈忠阳说："我们尚好不叫叛变，叫火线起义。"

吴明雄笑着把吴婕劝开了："行了，小婕，人家尚好同志已经火线起义了，我们就让人家走吧，把变形金刚也带着。"转而又对陈忠阳说："不过，老陈呀，条约还是条约呀，五十年不变噢！"

陈忠阳高高兴兴地抱着尚好走了，吴明雄和吴婕一直把他们俩送到楼下。

在楼下，临分手时，陈忠阳又说："老吴，我突然想起个事：水利二期工程是不是可以考虑把市区三孔桥那片早年采煤塌陷区合在一起整整？清清淤泥，放一河活水进来，再搞些景点，不就是个杭州西湖吗？"

吴明雄手一拍说："真是英雄所见略同嘛！这一点我和束市长也想到了，不但搞湖，还要造几个人工岛，搞一片游泳场，建个全国一流的大型娱乐园。正因为如此，咱的环城路才把这片六七平方公里的塌陷区圈了进去。当然，这一切能不能实现，这片满是臭水的塌陷区能不能成个新西湖，关键就看你这个老龙王能不能带一汪活水过来。"

陈忠阳说："老吴，这你放一百个心，有龙就有水。你们现在做城市规划时，就要早点把这个湖认真考虑在内了，这是近期目标，不是什么远期，在你老吴任上应该能完成。是不是？"

吴明雄拍着陈忠阳的肩膀说："我们又想到一起去了。这样好不好，我们还是上去谈，你也再帮我出出主意。我有个大胆的想法，就是市里在原则上不掏钱的情况下，把这件事做起来，而且做好它。"

陈忠阳兴致来了："走，走，就上去谈吧，真要是能不掏钱干成这么件大事，那可是有点意思！"

于是，二人又上了楼，重在沙发上坐下。

这时，尚好已睡着了。吴婕把尚好从陈忠阳手里接过来，放到小房间的床上，才过来对吴明雄和陈忠阳说："你们小声点，别把尚好吵醒了。"

二人都点头答应，可二人的声音仍然很大。

吴明雄摊开一张图纸，指指点点说："老陈，我的想法是这样的，市里只负责新西湖的总体规划和湖床清理，景点全招标交给下面干，谁投资谁受益，景点的收入就归谁。比如说这里的万人游泳场，能没钱赚呀？再比如说，这里建个儿童乐园，能没钱赚呀？人工岛上建个水族馆，我想，也会有不少人来看嘛！"

陈忠阳建议说："我看，不但对咱市属单位招标，范围还可以扩大一些，对省、部属企业和单位，也可以招标嘛！甚至对驻咱市的陆、空军都可以招标，只要他们愿意投资，我们就放手。"

吴明雄说："对，放手让人家赚钱，搞出几条政策措施保证人家赚钱，人家的钱就变成咱们的钱了。平川的老百姓多了许多休息、游乐的好地方，我们的新西湖也就从无到有，日益完善了……"

越谈话越多，到陈忠阳告辞离开吴家时，已是深夜十二点多了。

吴明雄和吴婕再次把陈忠阳送到楼下时，陈忠阳才叫了起来："好哇，吴大书记，我可又上你的当了，我这孙女还是没接走呀！"

吴明雄没作声。

倒是吴婕说话了："陈伯伯，我看，您和我爸爸都算了吧！你们都是大人物，哪一个是带孩子的料啊？谈起工作就没个完，只怕小尚好被人贩子拐走转卖三次你们都不知道哩。"

陈忠阳惭愧地笑着，点着吴婕的脑门说："这丫头，得了便宜还耍乖。"

吴明雄却硬绷着脸对女儿道："你这是胡说，你小时候被谁拐卖过呀？啊？我看你这是攻击诬陷我们家的主要领导同志。"

吴婕毫不客气地说："那是因为有我妈。我妈早就说了，真指望你这个主要领导同志，我和哥哥、姐姐只怕不如个孤儿哩。"

吴明雄"扑哧"一声笑了，做出一副挺无奈的样子对陈忠阳摊摊手说："老陈呀，看来，我们都不是合格的老子呢。"

第十六章　大路朝天

一

环城路工程进展顺利，西环、北环开工两个月后，东环、南环也相继开工了，来自平川地区八县市和城里五个区的四十八支道路施工队从冬天干到夏天，把六十公里长、六十米宽的环城路路基拼出来了。西北环约二十六公里路段已经完成水泥路面的作业，到了安装交通标志物、隔离桩和路灯的最后阶段。九座大型平行交通环岛抢先一步建了起来，环岛上九座代表平川历史和现实风采的巨型雕塑已初现轮廓。省交通厅的专项资金和省建行的贷款到位比较及时，平川市民捐款更大大突破预计的数额，年内完成整个环城路工程已大体有了财力保障。

七月初，调整后的市委常委班子，在市委书记吴明雄的主持下，召开了城建工作专题会议。会上，全体常委经过热烈讨论，一致通过了"再接再厉，增大力度，抓好水路电三大战略工程，加快平川城市基础设施建设步伐"的决议。决议明确提出，已获国家立项批准的平川电厂年内自筹十亿资金上马，内城原有道路改造和新西湖开发，马上着手进行。南水北调二、三期工程合二而一，力争今冬明春全面完成；环城路工程是民心工程和形象工程，又涉及内城道路改造的车辆分流和新西湖的开发建设，竣工期必须提前，"十一"一定要全线剪彩通车。

市委常委会结束的当天下午，市长束华如就在市政府第一会议室主持召开了市长办公会，向各分管副市长和九个市政府正副秘书长，传达了市委常委会决议精神，一一布置工作，还重点谈到了环城路的工期问题。

作为环城路工程实际总指挥的副市长严长琪当即感到了压力，秃脑门上禁不住冒了汗。严长琪几次想打断束华如的话头，谈谈困难，提提条件，可顾及影响，终于没敢，还做出一副很轻松的样子，喝茶抽烟，做记录。

然而，市长办公会一散，严长琪便迫不及待地把束华如拖住了，苦着长脸对束华如说："束市长，咱可说清楚，环城路建设指挥部的总指挥可是你呀，我老严替你打工，你好歹也得可怜可怜我呀。你不想想，这么高标准的路原定的计划工期是一年，已经够黑的了，连省交通局的专家都说，这种程度是咱省公路建设史上少见的。这又要提前到'十一'，你是不想让我这个现场指挥过日子了吧？"

束华如一边整理着会议桌上的文件材料，一边笑着说："日子再难过，咱天天还得过，怎么过，你严市长发动大家去想办法。我可怜你，吴书记可不会可怜我。再说我也算过，'十一'完工，紧是紧了点，可把握还有，你别在我面前装蒜，工地我可是天天去的，你蒙不了我。"

严长琪着急地说："你大市长光看表面。你知道吗？就算路面工程到时能全部完成，配套工程还多着呢。雕塑、绿化带、全线路灯、路两边的树，要不要搞好呀？咱总不能让这么好的路光秃秃就通车吧？"

束华如说："当然要把配套工程全完成，我这市长什么时候说过可以不要配套就通车？你老兄该不是想钻我的空子吧？咱建的是路，又不是飞机场的跑道，就算是跑道，也得装夜航灯嘛。"

严长琪这才说："束市长，要不这样好不好？我争取'十一'完工，尽全力争取，但是，先不要对外宣布，以免日后被动，丢市委和你这个总指挥的脸。"

束华如很正经地说："哎呀，坏了，你老兄这话说晚了，就在咱们开会的时候，吴书记已代表市委把这话说出去了。要想知道吴书记都说了些啥，你看晚上的平川新闻吧。有什么想法也可以直接找吴书记去谈。"

严长琪怔了一下，转身就走。

束华如却在严长琪背后打趣道："哎，严市长，你别急着走嘛，我们可以再慢慢交换意见嘛，看看有没有可能让吴书记收回自己的电视讲话呢？"

严长琪回头苦苦一笑，无可奈何地说了句："你和吴书记已经把我逼上梁山了，我、我还说啥呀！"

回到环城路建设指挥部，严长琪连夜召开全线的工程调度会议，把八县市和城里五个区主管城建的头头们全召到指挥部说："工期又要提前，环城路'十一'要剪彩通车，这是市委常委会和市长办公会已定下来的事，没有商量的余地。我严长琪从来不和市委、市政府讨价还价，束市长一宣布市委决定，我二话没说，就表了态，代表同志们当场保证，不仅'十一'通车，还得保证道路的高质量！"

会场上一片交头接耳的议论声。

严长琪故作轻松地笑着："工期紧是紧了点，我看努努力完全可以完成。我不和市委、市政府讨价还价，也希望大家别和我讨价还价。先把丑话说在前面，我现在开的是工程调度会，不是进行重庆谈判。想进行重庆谈判的同志请退场。"

钟楼区区长向本义坐在靠门口的一张椅子上，做出一副很困惑的样子问："这就是说，有困难也不让反映喽？是不是呀，严副市长？"

严长琪一看，说话的是自己当年的老对手，笑得更灿烂："向区长，咋又是你呀？咱们可是老伙计了。我知道，你决不会和我进行重庆谈判的，对不对？你有困难当然可以反映，指挥部要掌握这些情况。不过，反映完之后，你们还是要克服困难去干。电影里有句台词很不错嘛：'没有困难，要你们这些共产党人干什么。'"

向本义翻翻眼皮说："严市长，我记得电影里说的是，'没有困难，要我们这些共产党人干什么。'是'我们'，不是'你们'。"

严长琪似乎很认真："我不是中共党员，自然不敢自称'我们'了，尤其是在你向区长面前，更不敢这么说，免得你又说我吹牛。你向区长知道的，我这人吹牛水平有限，一吹就会吹炸掉。"

知道"吹牛"一典的与会者都笑了。

严长琪在做副市长之前，做过一年半的牌楼区副区长，分管文教卫生。其时，向本义在钟楼区也分管文教卫生。有一次，市里搞爱国卫生运动，以区为单位进行消灭老鼠的竞赛，大家形式主义地忙活了一阵子后，据说都大功告成了。市里开会总结经验，向本义代表钟楼区介绍经验，侃侃而谈，大讲领导重视，上下动员，群策群力，总计灭鼠多少千，多少万，云云。这倒还罢了，向本义吹得昏了头，最后竟郑重其事地宣布说，"根据我区的最新科学调查表明，目前漏网的老鼠最多不超过十只。"严长琪接着代表牌楼区发言，学着向本义的口吻吹得更加不像话，汇报了十八项措施，十六条经验，公然宣布说，"由于措施得力，到目前为止，我区老鼠已无一漏网，全被灭光。"举座哗然，有人便问严长琪，"如果我们在你们牌楼区发现一只老鼠咋办？"严长琪当即说，"请把它送交钟楼区，让向区长验明正身，依法严惩，这必是向区长十只漏网老鼠中的某一只。"众人这才听出，严长琪是在讥讽向本义吹牛。

嗣后，严长琪和向本义在工作中处处较劲，一见面也半真不假地开几句玩笑。后来，严长琪作为党外人士当了副市长，向本义也从副区长提到了区长的位置上。虽说都提了，提的速度和位置却不一样，向本义便有牢骚，说是干共产党还不如干国民党。这话被吴明雄听到后，狠狠地批评了他，他不敢乱说了，可心里对严长琪还是不服，总会在当紧当忙时给严长琪出点难题。

今日的调度会也实在让向本义生气，严长琪一开口就定调子，一点商量的语气都没有，作为一个党外人士，这也未免太牛气了一点。向本义和严长琪斗嘴时就想说，你严长琪要拍书记、市长的马屁，也不能这么个拍法！全不管部下弟兄的死活了，却没敢说。这倒不是怕严长琪，而是怕吴明雄。

吴明雄很严肃地和向本义说过，副市长就是副市长，没有什么党内党外之分，严长琪的指示就是错了，你也得先执行，因为他是你向本义的上级，代表市政府。

现在，这位代表市政府的现场总指挥又在神气活现地安排工作了，不管不顾，一口一个"不讨论"，逼得各县市的头头们一个个硬着头皮表态，回去自己想办法，千方百计克服困难保工期。

最后，领了任务的头头们走得差不多了，会议室里只剩下向本义时，严长琪才问："向区长,你老兄咋说呀?"

向本义耷拉着眼皮说："我还有啥可说的?你严副市长说了,不讨论,不谈判,我听喝就是。"

向本义把严副市长的"副"字强调得很清楚。

严长琪笑了,说:"很好,很好,向区长有进步,服从领导,应该表扬。这样吧,你们钟楼区是个大区,几个施工队的素质也不错,而且,总共也没摊多少公里的路,在保证质量的前提下工期提前两个月是没话说的。我呢,也就不具体指示什么了。你抓紧就是。现在的问题是,郊区的工程队不行,拖了后腿,胜利煤矿来的那支工程队像什么样子呀?指望他们,到时非误事不可。所以,我想来想去,就想到了你这个老伙计,让你们钟楼区出点机械、人力去帮他们一把。"

向本义气得差点没跳起来,说:"严副市长,你,你这是怎么说话?我三公里路,到现在连一半都没搞完,自己困难重重,还没向你开口呢,你倒又瞄上我了!严副市长,你是官僚呢?还是有意想坑我?"

严长琪笑道:"向区长,你看你这个人,我刚表扬了你,你就骄傲,就不服从领导了。你不就三公里吗?人家郊区可是五公里呀?"

向本义更恼火:"我是什么路段,他们是什么路段?我这三公里可是在龙凤山脚下呀,全是些鼓起的山石,每向前进一米,就要炸出上百立方石头,降坡任务那么重。上次开会又说要在路旁增开一条排水量达四万立方米的防洪沟,我的工程量又增大了三分之一。我正想和你说呢,就这个样子,我可不敢保证到时候不丢你严副市长的脸。"

严长琪绷起了脸:"怎么,向区长,你又想和指挥部讨价还价了是不是?我和你老兄说清楚,你不但自己的三公里要提前两个月完工,还得在十天内给我抽出一支机械作业队到胜利煤矿的路段上去。"

向本义气死了:"你严副市长这是存心坑我。"

严长琪微微一笑,近乎亲切地摆摆手说:"好,好,我不和你吵。你非说我坑你,就算我坑你了。"继而,长脸突然一拉,"向区长,你别以为我严长琪是国民党革命委员会身份,就不能撤你这个共产党员干部,你就可以不服从我的领导。我现在明确告诉你:我能以参政党和工程现场总指挥的双重身份，严肃建议中共平川市委撤你的职！"

说罢，严长琪摸起电话就要市委办公室，请市委秘书去找吴明雄。

等电话的当儿，严长琪又和向本义说："我这人从来不搞阴谋，只搞阳谋。"

向本义这才慌了，忙说："严市长，严市长，咱们是谁跟谁呀？多年老伙计了，真值得为这点小事翻脸？那不成大笑话了吗，是不是呀，严市长？"

严长琪纠正说："是严副市长。"

向本义仍亲切地喊着"严市长"："严市长，算了，算了，都是我的错，你咋说咱咋干就是。我可知道国民党的厉害了。"

严长琪这才放下电话，问向本义："又服从本市长的领导了？"

向本义说："服从，服从。"

严长琪叹了口气："我今天说过，不进行重庆谈判，但对你这个老伙计，就破一次例，进行一场谈判吧！郊区就不让你向区长去支援了。但是，你们自己的事要办好。昨天我到你们工地上看了一下，降坡问题很大。我建议你们马上组织专业队伍进行平行放炮。否则，很难达到工程的技术要求。"

向本义一听不让他支援郊区了，十分高兴，得了大便宜似的，对严长琪连连称谢，并保证，一定克服降坡上的技术困难，提前两个月完成三公里的道路施工任务。

临分手时，严长琪又笑眯眯地交代了一句："向区长，把你们钟楼区保留下来的那十只老鼠管好点，别让它们老窜到我们工地食堂啃馍馍，工人同志们意见很大呀！"

向本义马上回击道："那是你们牌楼区的老鼠！"

回到区政府后，已经准备连夜布置工作了，向本义才觉得今天严长琪的表现有什么地方不太对劲，似乎是太好讲话了。后来醒悟过来，严长琪是欲擒故纵。一开始就料到他要叫苦喊难，先甩出个让他无法接受的条件，最终堵住了他的嘴。

向本义苦苦一笑，当着几个工程队长的面，自言自语地骂了句："他妈的，这家伙真是大大的狡猾，老子中了国军奸计了！"

一个工程队长困惑不解地凑过来问："区长，什么国军奸计呀？是共军奸计。"

向本义把工程队长往旁边一推："去，去，去，没你们的事！"

二

胜利煤矿的道路施工队是在矿基建科和房屋大修队的基础上，由五百多名待岗地面工人构成的。这五百多工人的所有制成分还挺复杂。施工队队长兼临时党支部书记李洪浩记得很清楚，这其中有四十六个是全民工人，有二百四十一个是大集体工人，其余的都是近年安置的小集体工人。

走上环城路工地，这支施工队出现的所有矛盾和问题，几乎都源于这所有制的复杂性。因此，现场总指挥严长琪就说，这是支很特殊的队伍，这支队伍就是中国现行所有制下劳动和劳动力状况的一个缩影。

这个"缩影"真坑死了李洪浩。

组建队伍时，胜利煤矿正处在最困难的时候，被曹务成皮包公司骗走的瓷砖钱还没追回，矿上和河西村万山集团庄群义的联采也没开始，一听说能去修环城路挣钱，拿全工资，都蜂拥而来。有的人还跑到矿长肖跃进和刚退下来的党委书记曹心立那里去走后门。

施工队开赴工地时，很像回事，在如此困难的情况下，矿上准备了四菜一汤和白酒，在大食堂为五百壮士送行。四个菜是真正的肉菜，曹务成贩来的烂猪肺和猪胰子没拿上桌。退休的党委书记曹心立来了，举杯祝酒，要大家发扬中国产业工人的光荣传统，在环城路上打个漂亮仗。矿长兼党委书记肖跃进也来了，对大家说，这是支援市里的建设，也是走上市场的重要一步。工程是走了曹市长一些后门，才很不容易弄到手的，大家一定要珍惜，要干出样子来，争取日后靠真本事去投标，再揽些活来。

肖跃进当时就担心出问题，背地里拉着李洪浩的手说："李书记，你可是矿上的老劳模了，又是我们党委在几十个中层干部里精心挑选出来的队长兼书记，这五百人，你可千万要带好。别的我不怕，市政府的工程，不会再骗咱，我怕的倒是咱这五百人对不起市政府，丢咱曹市长的脸哩。"

李洪浩当时不知利害，见五百壮士情绪都很高，就借着酒兴表了态："肖矿长，你放心，我是老劳模，就给你带出一帮小劳模，既挣到钱，又替矿上争光、争气！"

却没想到，这支队伍硬是既不争光，又不争气，一到工地上，各种毛病都出来了。八小时工作制干习惯了，不知道还有承包工期这一说。一听说晚上要加班，全民工就跑到李洪浩的帐篷里去吵，说是国家规定的工作时间是八小时。李洪浩说，人家八县市的工程队都加班。全民工们便说，他们是农民工，不是正式工。全民工极一致的不加班，也就不好硬让大集体、小集体的工人加多少班。这一来，头十天的进度不如别人三分之一。

这还不算。八小时能干好点吧？八小时内也干不好。队里有个顺口溜描述得挺准确："小集体工干，大集体工看，全民工聚在一堆闲扯淡。"李洪浩火透了，讲也讲过，骂也骂过，就是不解决问题。李洪浩便以身作则，想以自己的行动和人格感召五百壮士，可五百壮士受感召者不多。

一个月下来，到开工资了，大家全来了，说是走时讲好的，凡参加施工队修路的，都发全工资，逼着李洪浩发。偏巧，李洪浩刚从路段所属的郊区区长那里挨了骂回来，正一肚子火，开口就骂："我发你娘个头！你们看看，人家也是人，咱也是人，咱干的叫什么活！"

不少人就和李洪浩吵，说李洪浩身为队长兼党支部书记，开口就骂人，已堕落到了极点，距旧社会的资本家和封建把头只有一步之遥了。

老实巴交的李洪浩气得流着泪，跑了几十里路，到矿上找肖跃进辞职，一边说，一边给肖跃进作揖："肖矿长，我算服咱这帮爷了，这哪还是产业工人？都是老爷！咱产业工人过去哪是这样的！闲了几年，咋闲成这个熊样了？"

肖跃进盛怒之下，连夜召开紧急会议，把所有矿党委成员和副矿长们全找来，请李洪浩在会上把情况又谈了一遍，然后说："我们胜利煤矿已到了最危险的时候！这个危险首先还不是经济，而是我们干部工人的素质！我建议，大锅饭从今天开始，从这支道路施工队开始，彻底砸掉！施工队队员的所有制性质一律暂时取消，什么全民工、大集体工、小集体工，都不存在了！只有一个身份，就是工人！你干多少活，拿多少钱，也不存在账面工资了！不愿干的，请他回来到庄书记的联采队下井，还不愿干的，请他退职！"

党委副书记姚欣春不太同意，说："这种情况不是我们一家，所有制的问题，也不是我们一个县团级的党委就能改变的。要我说，还是不要急，还是要慢慢来。他不干，咱再换些愿意干的人去干，不要激化矛盾。"

肖跃进火了："我提议党委全体同志就我的主张进行表决，现在就进行！"

表决的结果是，除党委副书记姚欣春和一个党委委员弃权，大家都赞成。

肖跃进说："党委通过了，党办和矿办连夜起草文件，搞好让李洪浩带走，明天一早就在道路施工队宣布！出了问题我负责！我就不信这样改革一下能塌了天！"

有肖跃进和矿党委这种强有力的改革措施支持，李洪浩的工作好做了。从第二个月开始，加班夜战不再成为问题，工程量分解承包了，不出活不挣钱，多出活多挣钱，便把五百壮士的积极性调动起来了。当月的工程进度上去了，虽说还不如左邻右舍的农民队伍，总是比上个月强多了。肖跃进倒也说话算数，工程指挥部的款还没到账，就从头一个月的联采利润里挪出二十万，先让李洪浩兑现。

这个月，多的挣了六百余元，少的连五十元都没挣到。

就是在这种情况下，全民工的优越感也没消失，一个个都说，这是矿上的临时措施，回去以后，全民还是全民，集体还是集体。集体工们也承认这一点，也都理所当然地认为，全民工就是可以少干点活，少出点力，在一个承包组里，也不大和全民工计较。肖跃进到工地检查慰问时，目睹了这种情形，心里很悲哀，可也无话可说，便感叹改变人们的观念实在太难。

三个月后，大多数全民工还是吃不了工地上的苦，四十六个跑了三十五个，余下的十一个大都是已做了班组长的同志。

然而，一支能打能拼的队伍硬是让李洪浩在日夜抢工的忙碌中带出来了。六月份的月度评比，胜利煤矿施工队破天荒头一次拿到了区内的优胜红旗。当年在北京人民大会堂拿过全国红旗的李洪浩，今天竟为这区内优胜红旗激动万分，马上在电话里声音哽咽地向肖跃进和矿党委报喜，词不达意地说："肖、肖矿长，我们拿到了，拿到旗了。你信吗？"

当肖跃进听明白，胜利矿施工队是拿到了区优胜红旗时，眼里的泪也下来了，沉默了好半天，才对李洪浩说："就这样干下去，我们每一个人都要清楚，我们是在救亡啊！"

市里对这支情况特殊的施工队也特别关注，常务副市长兼市委副书记曹务平三次到工地上看过，还就胜利矿的前途征求过不少人的意见。副市长兼现场总指挥严长琪也经常到工地上来，了解施工情况，帮助李洪浩解决一些实际问题。后来，严长琪还成了李洪浩下象棋的棋友，一起下过两盘棋。

到宣布工期提前，六十公里环城路要在"十一"剪彩通车，严长琪又专门找了李洪浩一次，问他："李队长，你这个'缩影'队行不行呀？有把握保证我的新工期吗？"

李洪浩说："行，行，我保证。"

严长琪问："你用什么保证？"

李洪浩说："我用当年青年突击队队长的资格保证！"

严长琪当即表示说："那好，别的队我不管，你老李这支队只要能按新工期完工，我将特别提议，奖给你们一面市级优胜红旗，让你们带着这面红旗，拿着全部工程承包款回到矿上！"

李洪浩说："行，就这么定了。"

当晚，李洪浩把五百壮士全召集到一起开会，在会上把严长琪说过的话向大家转达了，不遮不掩地说："同志们听没听出市领导这话里的意思？这话里的意思，还是担心咱呀！工期都提前了，全路四十八支工程队到时都得竣工，一样的队，一样完成任务，人家市领导为啥单要给咱发旗？咱心里没数吗？咱得争口气哩，得让这面旗扛回去不脸红！所以，我就想和大家伙商量一下，看能不能在保证质量的情况下，再把工期往前提五到十天？"

月夜下的路面静静的，五百壮士都盯着自己的队长看，没人说话。

李洪浩缺了点信心，又讷讷说："是太紧，是太紧了些。不行，就算我没说吧，咱只要能按市里要求按时完成也就行了，我也就谢谢大家了。"

不曾想，月光下站起个小伙子，大声说："队长，这么多人，又在旷地里，咋商量？还是举手表决吧！同意就举手。"

李洪浩没想到，小伙子的话刚一落音，一片如林的手臂骤然举了起来。

这一来，不但是李洪浩，五百壮士也一起跟着玩上了命。

在最后两个月里，胜利煤矿施工队昼夜赶工，五百人几乎日夜泡在工地上。工地的大喇叭里从早到晚反复播放着一支同样的歌——

> 咱们工人有力量，
> 每天每日工作忙。
> 盖起了高楼大厦，
> 建起了铁路煤矿。
> …………

后来，李洪浩累倒了，两条腿肿得穿不上裤子，两只脚肿得没法穿鞋，就让人用板车拖着，继续指挥施工。到连话都说不出来了，就歪坐在平板车上打手势。谁也不敢提出送他进医院，一提他就急得直流泪。

八月，胜利煤矿施工队以环城路全线单月工程进度第一，当之无愧地拿了市级优胜红旗。九月十九日，提前整整十二天全面完成施工任务，并通过验收。在全线四十八支工程队中名列第三，再度拿到了市级优胜红旗。

整个环城路工地震惊了。

五十四公里外的胜利煤矿也震惊了。

当矿党委书记兼矿长肖跃进带着酒和烟，赶到已竣工的工地向施工队表示祝贺时，却发现，这酒竟没几个人过来喝，烟也没几个人过来抽。再一看，才注意到，平整如镜的路面上横七竖八，四处熟睡着灰头灰脸的工人们。大喇叭里还在一遍遍播放"咱们工人有力量……"

板车上的李洪浩被人拖了过来。

李洪浩拉着肖跃进的手说:"肖矿长,我答应的,我做到了。"

说罢,李洪浩憔悴苍老的脸上已是一片如注的泪水。

三

仿佛激战骤止,又仿佛风暴乍歇。六十公里工地上蔽日的尘土消失了。昼夜轰鸣的挖掘机、装载机、搅拌机、压路机的喧嚣声停止了。涌在工地上的人群也在一夜之间不知了去向,只有那震天脚步和劳动号子的余音似乎还在九月响晴的天空中缭绕。工地已不存在。一条全部由高标号水泥铺就的六十米宽的平坦大道十分真实地出现在平川古老的大地上。站在时代大厦和龙凤山高处看过去,这条大道就像一条绚丽华贵的彩带,宽松飘逸地缠绕着平川古城。四条国道,七条省道,在环城大道上交汇。通往城内的九处环岛上,九座大气磅礴的巨型雕塑,把平川人的光荣和梦想,艺术地再现在今天这个日新月异的世界面前。

环城路全线竣工的前夜,吴明雄和束华如再次来到了工地上。

驱车在广场般宽阔的大道上缓慢行驶着,吴明雄挺感慨地对束华如说:"老束呀,有些事情就是这样,看起来很难,甚至不可思议,可你真要狠下心,豁上命去干,也并不是干不成的。'文革'期间,我被弄到平川矿务局一个大型煤矿劳动改造,参加安装一个井下工作面,是几千吨钢铁呀,是在满是泥水的煤洞子里安装呀,最重的大件可是有几十吨呀。我当时就觉得不可思议。可几百号工人同志硬是人拉肩扛,把任务完成了。这给我的印象很深。"

束华如笑道:"如此说来,'文化大革命'对你大领导来说,还真有点触及灵魂的意思了?是不是有必要七年来一次呀?"

吴明雄摇摇头说:"我不是这个意思。我是想说,任何经验对我们的人生都是有益的,包括灾难中的经验。我想说的另一个意思是,人民群众的创造力是我们这些领导者在任何时候、任何情况下都不能低估的。聪明的领导者,就是要尽一切可能,把人民群众的积极性和创造力充分挖掘出来。否则,你再聪明,就算你是一条龙,也下不了几滴雨。"

束华如说:"这倒是。不过,这要有个前提。那就是,你这个领导者的决心和人民群众的意志是统一的;你要做的,必须是人家真心想做的,这样人民群众的创造力才能充分发挥出来。你说是不是?"

吴明雄点点头说:"这是个重要的前提,没有这个前提,一切都无从谈起。'文革'期间,割资本主义尾巴,割得多起劲呀?可割掉了没有?没有嘛。三中全会一开,就是长着'资本主义尾巴'的农民,第一个冲上了中国政治经济改革的前沿,改变了他们自己的命运,乃至改变了我们整个中国的命运。"

束华如问:"那时候,你有没有去割过人家的尾巴?"

吴明雄摇摇头说:"我没资格。你可能不知道,我是平川地区最后'解放'的少数几个副县级干部之一,和陈忠阳是一批。"

束华如说:"我倒是去割过尾巴的,天天统计各家各户的鸡屁股。当时规定,每户只准养三只母鸡,多一只就得割尾巴。我去的那个村,有个瘫子,没法下地挣工分,自己多养了几只鸡,硬让公社的人逮住杀光了。结果,瘫子当晚喝农药自杀了,死时留了一句话,'我想活,可共产党不让我活了。'这事给我的震动很大,使我对当时的整个政治思想体系都产生了动摇。我当时就想,这样搞下去,总有一天老百姓要起来造反的。"

吴明雄说:"所以,七八年来一次,实在是个大的笑话。谁给你来呀?是咱们这些各级干部,还是下面的群众?多愚蠢啊。作为一个政党,执政以后不好好抓经济,不想着把综合国力和人民的生活抓上去,天天搞运动,搞阶级斗争,搞到最后,经济走到了崩溃的边缘,整个民族的素质也严重下降。今天我们面对的许多问题,不少还是那个年代遗留下来的。所以,我给政策研究室的同志出过一个题目,就是,从计划经济一下子转入市场经济,旧的思想体系和价值观念已经崩溃,新的体系和观念尚未完整建立起来,在这历史性的转轨期里,我们的行为依据是什么?如何才能从理论上阐述清楚。比如说,面前的这条环城路和大漠河的水,我们以这种人民战争的形式上了,有人也说我们是搞运动。有没有些运动的影子?好像是有一点。彩旗飞舞,锣鼓震天,我想想也像。但这里面的本质区别是,我们是在激发一种大建设的精神,是在解决长期困扰我们平川的两个根本性大问题，是需要一千万人民的全力支持才能完成的。最终是为平川经济的全面起飞和市场经济的深入发展奠定基础。"

束华如赞叹说："吴书记，你考虑问题总是那么深远。不过，我的想法是，这些问题就让搞研究的同志和理论界的同志慢慢去研究。我们不去多管它，就这样大胆地试，大胆地闯，胜利者不受指责嘛。现在，对水和路，不是再也没人议论了吗？就连谢学东书记也变了，说咱全民办水，全党办路，是一个大胆的创造。这是他前几天说的话，咱们驻省办事处主任居同安把话带回来的。"

吴明雄欣慰地笑了，说："所以，我一直和你们说，谢书记还是真心关注、支持我们事业的嘛！支持有两种形式，老省长四处大声疾呼，是支持；谢书记从另一个方面提问题，谈看法，也是一种支持，让我们始终保持清醒的头脑嘛！"

束华如笑问："领导，你这话是真的，还是假的？"

吴明雄挺严肃地说："当然是我的真心话嘛，这还用怀疑？"

车到龙凤山前停下了，吴明雄和束华如下了车。

站在半山腰的一块山石上，吴明雄指着被环城路辉煌灯火圈下的大片空白地带说："下一步，我们就要在这些地方栽大楼了，环城路把咱市区范围一下子从七十八平方公里扩大到了二百一十二平方公里，这大楼可是够我们栽几年的。"

束华如说："恐怕得栽十几年，栽到下个世纪哩！我看至少五十年内，平川的发展空间和生存空间，是让我们留下来了。从这个意义上说，它无疑是平川城建史上最具革命性的一次飞跃。"

吴明雄说："这话咱别说，还是让后人去说吧！千秋功过自有后人评说嘛！也许我们今天的目光还是不够远大，也许我们的儿孙们提起我们今天的时候，还会笑话我们小家子气呢。谁知道呢？咱们都别吹牛，别瞎吹什么政治远见。当年蹲牛棚时，我就没想到中国还会有今天这个经济高速发展的新时期！我吴明雄最绝望的时候没有自杀，不是因为已看到了今天，而是因为我有相依为命的老伴和三个没成年的孩子。"

——真奇怪，在环城路即将全线通车的这个辉煌的夜晚，吴明雄老是不时地想到那些灾难性的日子——他个人历史上的灾难和一个民族历史上的灾难。

再上车时，夜已很深了，吴明雄精神仍是很好，要司机加速，再加速。

司机遵命换挡加速。

001号奥迪在平整无人的路面上飞驰，转眼间时速达到了一百四十公里。

束华如有些怕了，说："领导，咱可别玩命呀，明天上午要剪彩。"

吴明雄说："我的市长大人，你怕什么？咱们就是要感觉一下这路的质量嘛！明天通车以后，你想来感觉都没机会了。"

然而，车速还是慢了下来。

吴明雄正要抗议，却发现前面的路面上一片燃烧般的灯光和火把，吵吵嚷嚷聚了不少人。

不知出了什么事。

吴明雄和束华如在车内相互看了一眼，谁也没作声。

车到跟前，二人从两个车门分别下了车，这才看清，路面上竟聚着几百人在喝酒。大家十人一堆，围着几脸盆菜肴席地坐着，几只装满酒的大碗在人堆中传着。见市委书记和市长一起来了，许多人站了起来，向吴明雄和束华如敬酒。

这时，副市长严长琪和市交通局局长宁进到了，对吴明雄和束华如汇报说："全线验收一小时前刚结束，我们指挥部和市交通局请各县市区的施工队队长和留下来的参加明天竣工剪彩的劳模代表喝场庆功酒！"

吴明雄说："好，好，这场庆功酒该喝。"

束华如笑着说："老严，老宁，你们也真是的，要喝也找个好时间、好地方喝嘛，半夜三更在这大路上喝，能尽兴吗？"

交通局长宁进说："是大伙儿提出要在这儿喝的，大伙儿对自己建下的这条高标准的路感情太深了！还说，天一亮就要剪彩，回去也睡不着，倒不如夜空当屋顶，大地当酒桌，痛饮一场解解乏。"

吴明雄击掌叫道："好一个夜空当屋顶，大地当酒桌！这气派很大嘛！我看倒是可以和汉高祖刘邦先生的《大风歌》相媲美了。是不是呀，同志们？"

人堆中，当即有一个施工队长借着酒兴，高诵道：

大风起兮云飞扬，

威加海内兮归故乡，

安得猛士兮守四方。

吴明雄又对着夜空星月下的道路建设者们说："今天的猛士，就是你们嘛！你们把平川人民的历史愿望变成了现实，一举将我们平川的市区人均占有道路面积推到了我省各城市的第一名，推到了全国前五名！今天，我和束市长分别代表市委和市政府，敬大家一杯酒，向同志们道一声辛苦了！"

高高举起装满酒的大碗，吴明雄、束华如一人喝了一大口。

路面上一片沸腾，几百号人全站起来了，都把碗中的酒大喝了一通。

束华如这时也说道："建设环城路，只是一个开始，今后的事情还很多，任务还很重。就在刚才，吴书记还和我说起，下一步，我们要在环城路内栽大楼了。谁来栽，还得同志们齐心协力一起来栽。我们还要搞市内道路改造，还要把三孔桥一带塌陷留下的臭水汪变成新西湖，让大泽湖水在咱的新西湖里荡起清波。咱们的事还很多，很多呀！同志们，今天是结束，也是开始呀！"

这真是个难忘的夜，吴明雄想，也许今夜的热血会染红平川未来无数个黎明。

第十七章　"你们赢得了一个时代"

一

经过两年艰苦卓绝的奋斗，具有深远影响的南水北调工程在总指挥陈忠阳的主持下全面完工，清澈的大泽湖水源源不断地流过平川大地，流入平川古城，在彻底解决整个平川地区八县市农业灌溉用水问题的同时，也从根本上解决了一座中心城市历史性的干渴。

平川三孔桥一带的臭水汪受益于此，一举变成了秀丽多姿的新西湖。实测结果证明，平川新西湖水面占有面积比著名的杭州西湖水面面积还多出将近一平方公里。新西湖的景点招标十分成功，连市委、市政府都感到有点意外。包括省、部属驻平川单位在内的五十六家法人集体，竟围绕新西湖投资近二亿，相继建起了水上公园、清凉世界、儿童乐园、游艇码头、世界奇观、垂钓中心等大小景点三十二处。旅游业飞速发展，一个时期内，来自国内外的游客络绎不绝。春夏之交，每当斜阳西下，花红柳绿的新西湖湖滨小道上，便聚满了休息、散步的市民和游客。

在吴明雄的提议下，市委、市政府明确作了两个规定：其一，从市领导到任何一个市民，进入法人集体投资建设的景点，一律要买门票，要切实保证投资者的利益；其二，新西湖是平川人民的新西湖，平川的二十万团员、青年和许多市民总计贡献了一千三百万个星期日进行义务劳动，才有了今天这颗平川的明珠，因此，在任何时候，任何情况下，平川的新西湖均不得像某些城市一样拉墙布网搞封闭，收取门票。吴明雄在全市党政干部大会上斩钉截铁地说："投资者的归投资者，人民的归人民。"

有位民警开着警车不买门票硬闯游艇码头，吴明雄得知后，当即指示新闻界曝光，处十倍罚款，并将该民警清除出了公安队伍。有个北京驻平单位，用围墙在外湖私自封闭了三百米湖岸线，吴明雄当即责令拆除，一个平川籍的部长亲自从北京打电话来，吴明雄仍不为所动。

这期间，平川电厂也顺利上马了。经省人行批准，四亿债券顺利地对平川地区厂矿企业和个人发行。平川矿务局、省电力局又各投资三亿四千万，三方合资，经过一年零两个月高速建设，一期三十万千瓦机组于三个月前并网发电。解决了国际工业园的工业用电问题，也大大缓解了城区电力紧张的矛盾。

与此同时，城内主干道全按总体规划改造完毕。改造后的宽阔道路，在城中区沟通一条条古老的街巷，对外辐射，条条连接环城路。一个科学合理的大城市规模的现代道路网络已建立起来。

在这种基础条件下，大楼真就奇迹般的一座座"栽"起来了。最引人注目的，是国际工业园在近一年之内迅速崛起的二十余座十二至十八层的现代楼群，市中心在建的二十八层国际大厦，以及四十三座各类大厦。国际工业园在解决了水、电、路三大矛盾后，一下子成了投资热点，在日本大正财团第二次到来之前，已有不少海内外客商捷足先登了。二十余座楼厦中，有十五座是港台、海外公司商人投资建设的。对平川人来说闻所未闻的别墅区，竟也在国际工业园生活区内出现了，尽管只是十几幢，尚未形成规模。

根据省有关部门统计，迄至一九九五年六月，平川包括水、电、路基础设施在内的已建、在建投资规模，竟高达一百七十五亿。看到这个统计数字，连省委书记钱向辉都吃了一惊。省内其他城市的头头们谁也不敢相信，以经济欠发达著名于世的平川，怎么会有如此雄厚的实力。一个个都在问：平川是怎么了？这个昔日的烂摊子，咋就变成了聚宝盆？为啥资金滚滚汇平川？被省委组织着到平川一看才明白，原来平川人的精神面貌变了样。

为此，省报连续十天在《平川之谜》的总标题下，发表系列报道。

省委书记钱向辉以本报评论员的名义，亲自为系列报道写了编者按。

钱向辉在编者按中说："平川之谜解也容易。那就是，平川的干部群众紧紧抓住了改革开放带来的历史机遇，从平川市委一班人到平川一千万人民解放了思想，更新了观念，自觉地意识到，作为经济欠发达地区的干部群众，就要有一种献身精神，拼命精神，冒险精神。他们有紧迫感，有使命感；他们不怕担风险，不怕别人说三道四。任尔东西南北风，紧紧抓住经济建设这个中心不放松。他们在建设一个新平川的同时，也建起了一代人自强不息的精神，这是和建设成果同样宝贵的财富。"

二

八月初，日本大正财团再次抵达平川。大正先生的女儿大正良子和丈夫中村先生又随团来了。坐着豪华大轿车，一路奔驰在平川宽阔大道上参观市容时，中村先生似乎有点不相信自己的眼睛，老是问陪同的市长束华如：这新路新湖新建筑，都是这三年建的吗？到了国际工业园，中村先生更是大为惊讶。他再也想不到，国际工业园北面的平川电厂已并网发电，园内起步区的空置厂房已全有了主，大都正在生产。生活区十几座各式欧美洋房连成了片，竟还有了满池清水的高档标准游泳池，七八个来自加拿大、美国、英国公司的职员正在标准游泳池内游泳。

中村先生是谨慎的，仍担心以束华如为代表的平川市政官员搞名堂，看了园区内的新水厂，又提出到当初亲眼看过的大漠河翻水站考察。束华如满面笑容地答应了，当天就带着一车日本人，经东环、北环去了翻水站。一路上，细心的中村先生不停地对照上次画过的草图，验证翻水站的位置和距离。到了已重建过的翻水站，面对近百米宽，满是清水的大漠河，中村先生彻底信服了，连连对束华如说："不可思议，实在是不可思议。"

然而，根据当初的意向，由大正独家代理进行国际招商已不可能了。面对七十二家中外公司已入园的现实，束华如代表平川方面提出，由平川市政府和大正财团联手进行国际招商。中国国内，完全由平川方面负责；日本国内，完全由大正方面负责。而其余第三国，则由双方根据实际情况，或联手进行，或分别进行。中村先生和大正良子小姐在请示了东京总部后，同意了这一新方案。

在发给东京总部的传真上，中村先生的结论是：对于各国投资者来说，这是一个充满希望和具有相当发展潜力的园区，其投资环境和投资条件之优越，为中国内陆地区所少见。我们有充分的理由相信，这里已完全具备了进行成功国际招商的可能性。尽管和东南亚之泰、马，中国沿海各国际招商区相比，这里有远离出海口的劣势，但是，这里堪称一流的现代公路网和直达出海口的铁路，足以弥补其劣势了。尤其应该指出的是，这里中国人的创造力令人震惊。如果不是亲眼所见，我们绝不敢相信三年前考察之处和今天考察之处会是中国内陆的同一个地方。

三

老省长不是跟随省委组织的考察团一起到平川来的，是自己另外来的。省委考察团赴平川时，老省长原倒说好要去，可临到出发时却病倒了，便没去成。这让老省长很遗憾，也让吴明雄很遗憾。于是，吴明雄便请老省长邀着一帮老同志再来。

这回来时，老省长仍是不舒服，在当晚的接风宴会上便体力不支了，只勉强喝了两杯白葡萄酒，饭也没吃，就提前退了席，和老夫人一起早早休息了。吴明雄因此担心次日的参观活动没法进行，便做了第二手安排，准备让束华如带着其他老同志先去参观，自己陪老省长在平川宾馆房间里聊天、休息，也汇报一下工作。

不料，第二天一早起来，老省长精神出奇的好，七点不到，就让秘书把电话挂到吴明雄家里，让吴明雄到宾馆来，说是他拼着老命到平川走一趟，可不是为了在房间里睡大觉的。

吴明雄很高兴，便跑过去陪老省长和七个同来的老同志一起吃了早餐，接着，就同上了一部大轿车，让警车在前面开道，医护车押后，三部车组成一支小车队，出去看市容。把城中商业区看了一遍，小车队上了环城路，全线跑了一圈。老同志们一个个兴致勃勃，不时地要求停车，分别在九座环岛艺术雕塑前照了不少相。

中午，在新西湖的游船上吃了饭，下午，参观新西湖风景区。

走在新西湖的林荫小道上，老省长感慨万千，和早已离休下来的省委老组织部长邹子云说："子云呀，看来我们这帮老家伙的眼力不错喽，用对一个人，搞活了一个市，我们这顾问做得还算称职喽。"

邹子云笑着说："老爷子呀，我看话也得分两下里说，我们这帮老家伙眼力固然不错，现省委班子也是领导得力，从善如流哩。若是钱向辉书记不买我们老家伙的账，只怕也没今天这个局面呢。"

老省长点着头，很感慨地说："是喽，是喽，钱向辉这同志功劳不小哟。当初用人时，当机立断是一功；后来矛盾那么多，压力那么大，向辉同志硬着头皮顶住默默地支持，又是一功；到平川的事情干出来了，马上因势利导，表态写文章，功劳就更大了。向辉同志可是既沉稳又有开拓精神喽，而且很善于做工作哩，抓住我老头子对平川一百万贫困人口脱贫的关心，老给我派差喽。"

邹子云开玩笑地说："要我看，这差才不是钱向辉派的呢，十有八九是您抢来的，我们可没有您老爷子这份好精神头哩！"

这时，老省长发现，一直走在前面的前省委副书记陈启明对着碧清的湖水站下了，便用拐杖顿着地面回过头喊："陈政委，跟上，跟上，不要掉队喽。"

陈启明仍对湖站着，动也没动，像没听见似的。

吴明雄从后面赶上来了，对陈启明说："陈老，走吧，到前面茶社休息。"

陈启明回转身，吴明雄和老省长才同时发现，陈启明脸上满是泪水。

老省长说："这个陈政委，咋哭鼻子了？"

陈启明这才拉住吴明雄的手说："明雄同志啊，你们不容易，太不容易了！我五十年代末在这里做地委书记时，就想过要搞个人工湖，给平川这缺点水灵的地方添点水灵。可我想了五年，到离开平川了，想法还只是想法。那是什么年代呀，一个运动接一个运动，谁让你干事呀！就因为我解散了大食堂，反了我一个右倾嘛。"

吴明雄笑道："陈老，您忘了？我不是也跟您一起倒霉了吗？您离开平川，去了省里的研究室，我可是打着背包上了河工。不是老省长护着，还不知会把我怎么样呢！"

老省长证实说："不错哩，到了工地上，人家还要算吴明雄的账呢！被我老头子一顿臭骂，把他们轰走了！"转身指了指省委老组织部长邹子云，"你这家伙当年可是够呛喽，硬要把吴明雄的副县长拿掉。"

邹子云挺委屈地说："老爷子，你不想想，那年头，允许你独立思考吗？党说干啥就干啥。党说陈启明和吴明雄错了，我就真心认为他们错了，我怎能不处理？这种问题可要用历史唯物主义的观点看哩。"

吴明雄忙说："嘿，现在到什么年代了，还提那些旧事干什么？！走，走，到前面观鱼茶社喝茶，我叫他们准备了最好的碧螺春。"

在茶社喝过茶，已是下午四点多钟，老省长突然提议，要到大漠河看看。

吴明雄婉转地说："老省长，时间不早了，大家也累了，我看，今天就别去了，改天再说吧。"

老省长执意要去，陈启明也说要去，吴明雄只得遵命。

在前往大漠河的路上，吴明雄向老省长和一帮老同志汇报说："到目前为止，我们平川只能说刚起步呀，也就是搭起了一个基本框架嘛，和省里的其他城市相比，差距还很大，真要实现国民经济综合实力的全面起飞，恐怕还要有个艰苦努力的过程哩。"

老省长说："是喽，冰冻三尺非一日之寒喽，你吴明雄不能幻想一个早晨进入共产主义，过去的教训很深刻喽。"

吴明雄说："下一步，我们有三个基本想法。一，全面修通平川至八县市的市县公路，大约有一千一百里左右吧，充分发挥平川这座中心城市的辐射作用，以城带乡，以乡促城，达到城乡的共同繁荣；二，在解决了水利问题，保证了粮棉生产之后，全力抓八县市的多种经营，共同富裕，利用两到三年的时间，彻底解决一百万贫困人口的脱贫问题；三，城里继续进行深化改革试验，抓大放小，大的要能抓住，抓出规模，抓出经济效益，小的要真正放开，真正搞活。"

老省长对一百万贫困人口的脱贫问题最为关心，便问："对解决脱贫致富，你们有没有具体措施？说出来听听喽。"

吴明雄说："措施很多，比如贫富挂钩，干部下派，智力扶贫，等等。这只是形式。更重要的，也是我们市委特别强调的，就是要因地制宜，真抓实干。我在前些时候召开的全市农村工作会议上说过，大家回去后，要调查，要研究，要发动，看看你们那里致富的路子在哪里？客观条件少强调。合田资源少，只出山芋干，可合田的山芋干就开发得很好，就带着一乡人致了富。你那里怎么搞呢？会养猪养羊的就去养猪养羊；会搞运输的就去搞运输；会经商的就去经商；会什么就去干什么。你真是什么都不会，弄一窝鸡养养总会吧？鸡下了蛋，卖出的不也是钱吗？我还说了，从现在开始，我不光看你的产值，还要看你老百姓的纯收入，看你那地方老百姓的私人存款数字，看你老百姓的房子里装了什么，饭碗里装了什么。这样一来，你就骗不了我了。"

老省长击掌叫道："好，因地制宜，实事求是，你这同志不官僚。"

就这么一路谈着工作，半小时后，车子驰到了大漠河边，停在一座长约三百米的大桥上。老省长和一帮老同志下了车，信步在大桥的人行道上走着，看着，兴致更高。

老省长带着感叹对陈启明说："战争年代结束后，再也没有哪件事能像千军万马干水利一样让我激动喽！"

陈启明说："所以，我们才说您老爷子天生就是奔波忙碌的命吗！"

指着宽阔的河面，老省长又带着深情的回忆，对吴明雄说："很有气派喽，比我当年干得好喽。当年，我也想过，不能搞小水沟，要搞大水利，可客观条件不允许喽。苏联有个水利专家叫马林科夫，名字很好记，和当时苏联部长会议主席马林科夫同名，我喊他马林同志。他就说过嘛，你们中国的农民同志搞不了现代大水利，你们中国现在的财力也搞不起现代大水利。我听到这话很不高兴喽，和马林同志吵了一架。不过，说心里话，当时，我这个水利总指挥也没有意识到这条灌溉总渠会那么快就不适应。"

吴明雄说:"这也有个原因,从气象资料看,从六十年代中期开始,平川地区的旱情就逐年加重,降雨量一年比一年低,同时,整个七十年代搞'文革',水利失修严重,才使水的矛盾日益尖锐起来。"

老省长凝视着被夕阳映红的水面,仍沉浸在对往事的回忆中:"马林科夫说到底还是个好同志呀,虽说有一些大国沙文主义表现,可对中国人民的建设事业还是出了大力的。给我们提供了在当时来说是很先进的工艺技术,还帮我们设计了第一座大型节制闸。这个同志没有架子,经常和我们的民工滚在一起,他那好看的大胡子上总是沾着泥巴。如果他还活着,今年也该有七十多岁喽。"

吴明雄说:"老省长,您要能和这位马林同志联系上,我们可以请他再到大漠河上看看嘛。"

老省长摇摇头说:"马林同志是俄罗斯人,当时他的家却在格鲁吉亚,现在格鲁吉亚已经独立了,谁知道他还在不在那里呢?"叹了口气,又说,"我们任何时候都不能忘记那些帮助过我们中国人民的老朋友啊!"

嗣后,老省长再没能从人生的漫长回忆中走出来。

晚上吃饭时,老省长和一帮老同志当着吴明雄的面,孩子似的闹了起来。

老省长称邹子云是热血青年,还问陈启明:"陈政委,你还记得吗?一九四一年你把这小伙子从合田带到我面前时是咋说的喽?你说,这小伙子是热血沸腾的青年,从省城敌占区跑来,一路上还刷标语。可我见面一看,没有沸腾的样子嘛!"

陈启明说:"沸腾了,我证明。当时,我想留他在我们团当《战斗报》主编,他不干,非要见你这个司令员,要去下连队。"

邹子云说:"什么主编嘛,里外就我一人,连油印机都没有。后来才知道,陈政委是让我出墙报。也幸亏我及早投奔了咱司令员,才从班长干起,干出个英雄营来。"

老省长脸一沉说:"别吹你那英雄营喽,你就没想起一九四五年三打漠河县城那次,你那惨样,打掉老子一百多号好弟兄,老东关门外四处横尸,血污遍地,你硬是没给老子攻进城去嘛!当时你要在面前,我可要沸腾了，非给你一枪不可喽。"

邹子云叫了起来："这几十年过去了，你司令员还把这笔账记在我头上呀？当时的问题出在陈政委的三营嘛！我们打响了，他们那边没同时打响，到了我大吃苦头时，他倒先进城了。我这冤枉真是永远说不清了。"

老省长却不说了，叹息道："我们有多少好同志，就这样在一次次战斗中倒下喽，倒在平川大地上喽，化作我们脚下的泥土喽，我们也快喽，要到九泉之下和他们见面喽。不知看到我这老态龙钟的样子，他们可还认我这个司令员不？"

一桌子老同志们都说："司令员就是司令员，谁能不认？"

后来，沉浸在回忆中的老省长和一帮老同志，不约而同地唱起了他们当年在硝烟弥漫的平川大地上唱过无数次的《中国人民解放军军歌》——

向前，向前，向前！
我们的队伍向太阳，
脚踏着祖国的大地，
背负着民族的希望，
我们是一支不可战胜的力量……

离别的夜晚，老省长又和吴明雄谈了一次，伤感且又不无欣慰地说："吴明雄啊，什么都不必再说喽，我们这帮老家伙都看见喽，你们替我们还了不少历史旧账啊，你们赢得了一个时代啊！谢谢你喽，谢谢平川市认真做事情的同志们喽。现在看来，一百万贫困人口脱贫的问题可以解决了，我也能安心去见地下的战友喽。"

吴明雄拉着老省长的手说："老省长，你说这话干啥呀？等一百万贫困人口的脱贫问题真正解决后，我们还要接你再来看看呢！我们就到大漠县去，看看当年的老东关会是什么样子。"

老省长摇摇头说："我是看不到喽，这次能到平川走一趟，我已经很满足喽。"

吴明雄这时就有些不祥的预感，可脸面上没敢露出来。

　　果然，老省长回到省城就病倒了，这次病倒再没爬起来，四十三天之后，病逝于省人民医院。临咽气前，老省长留下遗言说，他这把骨灰就撒在平川的六百里大漠河里。

　　大漠河连着当年的抗日根据地大漠县，也连着今天美丽的新西湖。

第十八章　光荣与梦想

一

　　一九九五年十月，对中国平川纺织机械集团来说是个十分重要的月份。在这个凉风习习的金秋季节,中国平川纺织机械集团和美国 KTBL 公司的国际合资合同即将在省城签订了,证券代码为 0688 的"中国纺机"股票也要在上海证券交易所正式上市了。这对于经济欠发达的平川来说，无疑是两件具有历史意义的重大事件,全城为之轰动。集团总裁兼党委书记张大同一举成了平川城里最著名的人物。从市委书记吴明雄、市长束华如,到持有中国纺机原始股票的几万平川市民,都密切关注着这个超级集团的动态。

　　吴明雄和束华如最关注的是纺织机械集团和美国 KTBL 公司总投资为一亿一千万美元的巨额合同。两个党政一把手都知道,这一巨额合同的意义不同一般,它标志着平川经济走向世界已不是梦想。同时,也向省内发达城市和地区证明,今日的平川已完全能够容纳著名国际集团企业的大投资、大项目。省委书记钱向辉为此亲自打电话给吴明雄,表示祝贺,并说,这是近两年来省内最大的一笔项目投资。钱向辉表示,如果最后确定在省城举行签字仪式,他将和省长刘瑞年一起参加。

　　平川市民最关注的,是自己手中的中国纺机股票。他们像仰望北斗星一样,仰望着为他们打工的高级雇员——总裁张大同,看他将在股票上市前夕如何动作，如何对平川和全国的普通投资者展示一个新兴股份公司的良好形象。中国纺机的股票不同一般，是该年度中国证监委批准上市的两家公司之一，七千万社会流通股的发行空前成功，票面一元，溢价为四元，每个投资者还只能买一百股，股权之分散创全国之最。上市前半个月，平川股民对股票开盘价的心理预期就已达到了八元，北京股民高看到十元，上海股民更高看到十二元。这一来，张大同根本无法在集团办公室办公，从上班，到下班，几部电话一直不停，来自平川以及全国各地的咨询和建议，几乎令他无法应付。以至于最后，只好放弃做优秀打工者的努力，干脆掐掉了办公室的电话。

这是中国平川纺织机械集团最辉煌的日子，也是张大同最辉煌的日子。

在这辉煌的日子里，张大同情不自禁地想起了三个人。

一个是已去世的前市委书记郭怀秋。

郭怀秋最早支持他成立集团公司，进行国有资产授权经营，为此，和他一起几次跑北京，跑省城，使平川纺织机械行业国有资产授权经营的试点在全省第一个开始，让他占据了一个别人无法企及的改革制高点。

张大同认为，在这一点上，郭怀秋是有远见的，绝不能说郭怀秋就是个书生，一点改革意识也没有。平川纺织机械集团的事实证明，郭怀秋是有这种改革意识的，只是缺些干大事的气魄和经验罢了。

第二个是现任市委书记吴明雄。

吴明雄在集团进行全面股份制改造时，给了他权威性的政治和政策的支持，使他的集团在短短三年多里，在深化改革的过程中，不断成长壮大，从四亿固定资产扩张到目前拥有近二十一亿资产的巨大规模。更重要的是，这个市委书记主持领导的平川市委、市政府，还给予他一个崭新的平川，使得今日美国的 KTBL 在走遍中国大陆后，选择了平川纺织机械集团作为它在中国唯一的合作者。

他张大同再也不能忘了，一年多前，也正是这个市委书记带着病，背着氧气包参加和 KTBL 公司远东总裁的谈判，以至于当场晕倒在谈判桌上，深深感动了对方。

第三个便是现纺织机械股份公司董事、民营亚太公司的柏志林了。

柏志林是平川少数几个可以算得上现代企业家的人物之一。三年前，在纺织机械集团还困难重重的时候，不是别人，正是这个年轻的民营企业家最先预见到了集团今日的辉煌。正是他的亚太公司，第一个购买了五百万中国纺机的法人股，为八千万法人股的发行拉开了序幕。在二十八层的国际大厦的资金操作上，柏志林也给了他至关重要的帮助。在经济低潮中，亚太承包售楼竟奇迹般地把十四层大厦的期房在短短两年多的时间里卖了出去，把纺织机械集团应摊的几乎全部建房资金都替集团筹齐了，连大厦的合作者华氏集团都觉得不可思议。

自然，柏志林的亚太公司也不是只尽义务，仅售楼承包费一项，就净赚了大约五百万。这恰好相当于亚太当初购入的法人股，也就是说纺织机械集团等于奉送了五百万股权给亚太。

纺织机械集团里便有人说起国有资产流失的问题。

张大同马上火了，在集团会议上毫不客气地指出："国有资产不是流失了，而是增值了！我们几乎没进行多少投资，就赚下这三分之一的大厦！谁替我们赚的？是人家亚太，是人家柏志林！这个柏志林在西方国家里年薪就值五百万，而我们有些所谓总经理只配去端盘子！如果我们这个集团里有十个柏志林，我张大同就敢天天去睡大觉。"

后来，张大同还专请了柏志林和亚太的年轻人以及一些专家、教授去给集团的中层以上的干部上过市场经济课，一步步改变了大家的思想观念和经济观念。到了改制后期，酝酿发行公众股，集团成立证券部，柏志林和他手下的女将林娟为其出谋划策，协同市体改委一起争取上市额度，又出了大力。

张大同这些不合常规的做法，势必引起集团内外很多人的不满，告状信便不断地寄到市纪委，说张大同和柏志林的关系不清楚，国营企业和民营企业的界限不清楚，甚至怀疑张大同收受了柏志林和亚太的贿赂。

市纪委在肖道清的安排下派调查组进行了调查，调查的结果证明，他张大同在经济上是清白的，和柏志林的关系也是清楚的。至于国营企业和民营企业的界限问题，吴明雄在全市工业会议上明确指出："民营企业参股我们的国营企业，壮大我们国营企业的力量，我看是件好事！纺织机械集团既然发行法人股，中华人民共和国境内的所有法人都有权购买，为什么民营亚太公司这个法人就不能买？这里哪有什么界限问题？！我看这些同志不是保守，就是无知！"

由于平川市委，尤其是吴明雄的坚定支持，张大同和他的股份制改革才最终站住了脚。刚发过法人股，又发内部职工股，再发社会公众股，好戏连台，红红火火，把五亿多资金筹到了手。

最让张大同感动的是，市纪委的调查还没结束，吴明雄就到集团来检查工作，把一个十分明确的信息告诉平川的干部群众，他这个市委书记信得过这个改制的企业，信得过他张大同。

三年来，有多少诸如此类的风风雨雨，是是非非呀，今天总算过去了。

于无限感慨之中，张大同给吴明雄挂了一个电话，向吴明雄汇报了近来集团的工作，并征求吴明雄的意见，问他和美国 KTBL 公司的签字仪式定在哪天为好。

吴明雄在电话里说："你们集团的事，你这个老总做主嘛！我在这里代表束市长表个态，你定在哪一天，我和束市长都放下工作跟你走。"

张大同说："那就定在十月十八日的上午八点十八分吧，图个吉利。我上个月在纽约时，也和美国人说日子定在这月中下旬。"

吴明雄说："好，十八日就十八日吧，我和束市长也提前打声招呼。"

张大同又说："还有股票上市的日子，不知你和束市长知道吗？上海证券交易所已正式通知我们，将于明天在《中国证券报》《上海证券报》上发出公告，上市日子定在本月二十八日。"

吴明雄笑问："是不是也是八点十八分呀？"

张大同也笑了："我倒想定在八点十八分，可上交所的开市时间是九点整呀。"

电话里沉默了片刻，吴明雄又说："在这大好的日子里，你张大同和整个集团都不该忘记一个人呀。"

张大同已想到了是谁，可还是问："这人是谁？"

吴明雄说："郭怀秋，郭书记。他今天要是还活着该有多好啊！看看你这个发了股票走向了世界的大集团，也看看咱们热气腾腾的国际工业园。"

张大同默然了。

一九九五年十月十八日上午八时十八分，中国平川纺织机械集团与美利坚合众国 KTBL 公司联合制造新一代全电脑大型纺织机的合资签字仪式，在省城五星级国际饭店美洲厅正式举行。

省委书记钱向辉、省长刘瑞年、市委书记吴明雄、市长束华如如约出席。

美利坚合众国驻上海领事馆总领事，KTBL 公司副董事长兼执行总裁万斯先生，董事兼远东部总裁比利先生分别代表本国政府和公司出席。

当张大同和比利先生代表中国平川纺织机械集团公司和美利坚合众国 KTBL 集团公司，在插着中美两国国旗的桌上分别签字时，中外记者手中的照相机、摄影机全举了起来，把这一历史性的场面留在了胶片和磁带上。

香槟酒适时地打开了，喷泉似的酒液伴着泡沫直冲金碧辉煌的屋顶。

省城的签字仪式结束后，张大同和集团的同志乘当天的特快列车去了上海，参加在上海证券交易所召开的"中国纺机"股票上市新闻发布会。

在新闻发布会上，张大同向包括平川在内的全国七十万投资者，详细介绍了中国平 JH 纺织机械集团股份有限公司的改制情况和经营现状，以及公司未来的发展远景，向投资者们承诺，作为国有股份占控股地位的纺织集团的总裁和法人代表，他将在保证国有资产保值增值的前提下，给普通股的持有者以满意的投资回报。

有记者问："张总，你预计中国纺机上市首日的开盘价会是多少？"

张大同巧妙地回答："会是一个适当的价位。"

有股东问："听说贵公司刚和美国 KTBL 公司签订了一个近十亿人民币的合资合同，请问，公司有无发行 B 股或在境外发行 H 股的计划？"

张大同答道："目前还没有这种计划，至于日后有没有这种可能，要看事业的发展和公司当时的情况而定，现在无可奉告。"

有银行券商问："作为一个改制公司，而且是经济欠发达的平川市的改制公司，请问张总，你本人对公司改制后的经营和盈利前景有充分的信心吗？”

张大同答："我本人和我公司一万八千名员工均有充分的信心。至于说到平川的经济欠发达，我不否认这一点。但我想说的是，平川正在拼命赶上来，国际著名的 KTBL 公司对位于平川的本公司一举斥资一亿一千万美元的事实已说明了很多问题。"

最后，问题又回到了首日开盘价上。

张大同实在没法回答。

上市推荐人和主承销商代表，以及一些证券专家们发表了意见，认为这只股票的首日开盘价应在十至十二元之间，最终将保持在八元左右的水准上。

谁也没料到，由于股权的高度分散，中国纺机首日开盘价竟达十六元五角，且在当日冲高至十八元四角，嗣后以十七元八角报收全市，创造了一个原始股获利的惊人纪录。

当晚，柏志林打电话给张大同说："张总，你的纺织机械真值十七元一股吗？我们亚太五百万法人股是不是就按这个市价的零头转让给你呀？"

张大同得意地笑道："柏总呀，你要对我们的股票充满信心嘛！现在十七元，日后没准还会是一百七十元呢！"

柏志林说："得了吧，张总，我替你算了一下，按今日收盘价，你那股票的市盈率已经到了八十五倍，就是说，我柏某今天买了你的股票，要在八十五年以后才能收回投资。你老兄说，这种疯狂投机有道理吗？"

张大同说："老弟呀，我们面对的，就是这么一种转轨期的复杂经济现状嘛！投机和投资并存，都有其合理性嘛。真人面前不说假话，我承认我的股票不值这么多钱。可既然有人要冒险来投机，我就不能对其冒险的结果负责了，这是世界股市的常识嘛。全国各地的证券市场上都有醒目的提示嘛：股市变幻莫测，投资风险自负。"

柏志林直乐："好你个张总，在游泳中学会游泳了，比我这个个体户还潇洒。算了，不闲扯了，和你说正经的吧。你知道的，我这里上了个安居工程，等着用钱，趁着股票今日高开高走，把手里的五百万法人股抵押出去了，明天要到你们集团办个手续。”

张大同大为惊异，问柏志林：“你抵押了多少资金？”

柏志林直笑：“你猜猜看？”

张大同说：“打打折能抵个四五百万吧？谁都知道按规定国有股、法人股这几年不能上市流通，人家要你的法人股干啥？不积压资金吗？！”

柏志林道：“他要我还不给呢！总有一天法人股会上市，同股同权也是世界股市的惯例嘛。再说了，我对你老兄也还是有一些信心的，所以才抵出去，没转让出去。”

张大同再次问：“你到底抵了多少资金呀？”

柏志林轻描淡写地说：“也不算多，和你这国家的大买卖不能比，也就抵进来三百一十万美元，相当于二千五百多万人民币吧。”

张大同一下子愣住了：这个柏志林，简直是个投资经营的天才！五百万买来的法人股，二千五百多万抵出去，也就是说以五倍的高价抵了出去，一边最大限度地盘活了存量资产，一边又没放弃纺织机械集团未来盈利的前景，真是绝了。

看来，国有大中型企业在盘活存量资产方面，还大有潜力可挖，大有文章可做。企业的产权转让、置换、抵押都可以大胆地试着搞起来。他相信，作为国家政策重点扶持的大型国有公司，一旦进入了角色，其气势就不是柏志林这样的民营公司可比的了。

当然，最重要的是，要有尝试的胆量和勇气。

二

亚太公司的五百万法人股全抵给了台湾华氏集团的华娜娜。

柏志林在中国纺机社会公众股发行结束之后，心里就开始酝酿这个抵押计划。看到股权这么分散，柏志林已意识到中国纺机要高开高走。亚太证券部研究的结果是，其首日开盘价不会低于十六元，也不会高于十七元。而且，由于全年度只有这两只新股上市，年内将会维持在十二元以上的高位跌不下来。

后来的事实证明，这个研究结果是正确的。

这时候，亚太公司在最终没能参与国际大厦投资的情况下，又开始了一场新的冒险，已全面介入平川市安居工程。亚太以主动无偿捐赠一百万扶贫款的"义举"作为前提条件，拿下了总投资规模为一亿一千多万的和平小区安居项目。趁股市低迷，亚太先以固定资产作抵押向天津某证券公司融资一千万，后又以在建工程做担保，通过市建行向省建行贷款两千二百万，再加上公司约八百万的自有资金，组织了四千万资金投入小区拆迁和建设。

亚太高层不少人认为，摊子铺得太大，风险太大，搞不好要全军覆没。而且指出，这风险不在银行，也不在证券公司，而在亚太身上。万一搞不上去，证券公司可以拍卖亚太固定资产，建行可以把整个工程收走，亚太就会以倾家荡产的惨重代价白忙一场。

柏志林当时看到的是巨大的利润，还算了一笔账。虽说安居工程是微利工程，利润率只有百分之十二，但是，按总投资额计算，也有一千三百多万利润，加上沿街商用房的出售、出租，利润至少在一千八百万以上。只要建设资金及时到位，这利润是很稳当的，因为安居房不要自己卖，政府全部收购。这样，亚太实际投入自有资金八百万，拿到的利润却是一千八百万，实际投资利润率就是百分之二百以上，没有理由不干。

然而，问题就在于这一亿一千万的投入。这笔巨额资金虽然不要一次性投入，虽然有些乙方工程队可以带资先干，但在市政府第一批房屋收走，把房款打过来周转之前，六千五百万左右的实际投入还是必不可少的。可到九月，亚太已经弹尽粮绝，四千万全投了下去，账面上的工程周转金只有不到十万了。

柏志林第一次感到了害怕，这就想到了在五百万法人股上做文章。最早是和市工行谈的，想按纺织工程集团招股说明书上公布的一元八角的每股净资产抵押，贷款九百万。市工行不干，只同意按净资产打六折贷出五百四十万。五百四十万柏志林就不能干了，工程的资金缺口是二千五百万，他就是如愿贷出九百万，也还要为那一千六百万想办法，五百四十万咋成？

这又想到了天津那家证券公司。

天津那家证券公司更绝，只肯贷出四百一十万，融资利率还比银行高出一大截。

整个九月，柏志林真是愁死了，华娜娜见到他那憔悴的模样都吓了一跳。

然而，见到华娜娜，柏志林眼睛突然一亮，便很不够意思地想到了在这个女人身上做文章。柏志林料定华娜娜不懂大陆股票有什么国家股、法人股和流通股之分，便打算把这五百万法人股抵押给华氏集团，融出急需的二千五百万来。

这真是个令人振奋的计划，尽管它并不道德，甚至含有某种欺诈性质，但这种时候也顾不得了。决定这么做的时候，柏志林就想，商场如战场，他真是没办法了。他说到底也还是借款，一旦政府收房的房款到账，他立即把华氏的资金还清，再好好谢谢华娜娜。

华娜娜现在已是今非昔比了，华老先生半年前在台北去世，华娜娜已出任华氏董事长。按华老先生的临终遗愿，几个月前，华娜娜通过华氏集团在美国的商务公司一举向平川电厂二期工程投资八千万美元，并宣布，还将在未来两年中陆续投入九千万美元，以完成电厂三期工程的建设。《平川日报》上登过消息的。对这么一个资金雄厚而又大权在握的女人来说，他这笔仅相当于三百万美元的小款子算什么？！

为实现这个计划，柏志林让证券部林娟好好研究过社会公众股的上市价后，便试着找华娜娜谈了一次，说是为了平川的安居工程，他真是把身家性命都押上了。现在工程周转资金有些紧张，想以当初买下的五百万中国纺机股票作抵押，向华娜娜融资二千五百万，期限一年。

华娜娜根本没当回事，只说："根据惯例，我只能按市价的七成放款给你。"

柏志林马上说："我们亚太公司用不着这么多款子，只要你按市价的三成放给我就行。"

华娜娜说："那就这么定了。"

结果，柏志林的亚太公司便把五百万不能上市的法人股票，按首日的收盘价每股十七元八角，做出八千五百多万的总市价，而后打三折，向华氏融借了三百一十万美元，年息百分之四点八。

到设在平川宾馆的华氏集团平川公司拿支票时，柏志林挺内疚的，心里想着，这可能是自己经商以来最无耻的一次了——利用一个爱他的女人对他的信任，骗了人家。原不想亲自去拿这张支票，可华娜娜在电话里非要他亲自来不可，他就只好去了。去时，再也没想到，这竟是他和华娜娜的分手之日。

华娜娜在柏志林到来后，笑了笑，请柏志林在老板桌对面坐下，然后便把一张已签好的中国银行外汇支票用白白的手指轻轻一弹，弹到柏志林面前，说："先把你需要的拿到手上，然后，我们再好好谈谈，你看好吗？"

这时，柏志林感到情况不对，已想到面前这张支票不能拿，可那一千八百万的利润太诱人了。没有这三百一十万美元，也许就没有那一千八百万利润，甚至亚太还要破产，这么一想，还是把支票拿了。

第一个错误就这么犯下了。

华娜娜接着说："志林，你知道的，我有一个原则，就是不和自己的朋友做生意。可多么遗憾，我们今天还是做起了生意，而且，是很不公道的生意。柏先生，你自己说，我们的生意公道吗？"

柏志林勉强笑着问："华小姐，你说哪里不公道？你提出按市价的七成放款给我，我只要你按三成放嘛，只向你押了三百一十万美元嘛！再说，这是向你借点钱，也并不算做生意嘛！"

第二个错误又犯下了。如果这时他能主动说出真相和自己的无奈，并请求华娜娜的原谅，也许还会峰回路转。然而，没有。当嗅到金钱气息时，柏志林所有的神经都亢奋起来。

结果，华娜娜把底牌摊出来了，问道："贵公司那五百万法人股有八千五百万的总市值吗？可以上市流通吗？如果你们亚太在和平小区的工程失败，我能把这五百万法人股卖出三百一十万美元吗？"

柏志林一见瞒不过去了，便讷讷道："我们亚太不会失败！不会失败！所有房子都由政府收购，这是有合同的。"

华娜娜"哼"了一声，说："我是在谈一个关于欺诈的问题！在平川，不是别人，而是你柏志林欺诈我！多么可悲，又多么可笑！我是那么相信你，又是那么愿意帮助你，如果你老实告诉我，你面临着一个灾难性的投资局面，需要这三百一十万美元周转一下，我难道不借给你吗？你何必要这样骗我呢？我若认真和你打一场官司，这三百一十万美元你拿得到吗？我们的融资协议会生效吗？我已请教过律师，你输定了！"

柏志林满头是汗，再也说不出话来。

华娜娜这时却笑道："可我还是把这三百一十万美元借给你了。为什么借给你？你不要误会了，这不是因为我们五年的交往，而是因为要还你一笔人情债。在前年我们华氏集团和平川纺织机械集团合资建国际大厦时，你帮了不少忙，做了不少事情，可是后来完全因为平川方面的原因，没让你们入股参加。尽管这与我无关，可我仍认为是欠了你一笔情，今天算还清了，两不相欠了。现在，你可以带着三百一十万美元的支票永远离开我这里了。还款时也不必再来见我。我很忙，电厂二期工程马上要上马，国际大厦要封顶，我将有许多事情要做。"

柏志林慢慢地从沙发上站起来，最后默默地看了华娜娜一眼，转身要走。

华娜娜这时才有点伤感，嘴角颤抖着问了句："你没有话要说了吗？"

柏志林有许多话要说，想说说他的苦衷，他的难处，他这种民营企业在中国大陆现有体制下发展的艰难，甚至还想向华娜娜道歉、忏悔，可最终什么都没说，还是走了。

华娜娜在柏志林就要出门时，又带着关切的口吻说："你们的和平小区我看过了，我相信你会成功。"

柏志林这才回头说了句："谢谢你，娜娜！我这一生都不会忘记你！"

这是真心话，在开着车回亚太公司的路上，柏志林想，他也许真的爱上华娜娜了，不是在五年前开始的时候，而是在今天结束的时候。尽管华娜娜口口声声说不是为了五年的交往才借给他这三百一十万美元，可他认为，这实在是此地无银三百两的掩饰。这真是一个优秀的女人，他这样不讲道义地深深伤害了她，让她在情感上经历了一场失败的打击，可她仍是那么大度，那么潇洒，给这支并不美妙的人生插曲一个漂亮而干净的结尾，一点不拖泥带水。

这时，十字路口的红灯亮了，柏志林紧挨着前面一部面包车，把车停下了。

邻近路口的一家音像商店正在放唱片，一阵阵歌声很清晰地传了过来：

> 分手时说分手，
>
> 请不要说难忘记，
>
> 就让回忆静静地随风去……

是的，就让回忆静静地随风去。就算他真爱上了这个女人，一切也无法挽回了。为了自己的事业，为了拿到这救命的三百一十万美元，他在道义上是完全失败了，这真是无可奈何的事。

柏志林觉得自己的尊严和人格正像一片秋天的树叶似的，在静静地随风飘落。

然而，三百一十万美元的支票很真实地在上衣口袋里装着，柏志林渐渐地便又有了一个男人雄心勃勃的自信。短暂的伤感和自责过后，柏志林重又记挂起了他的公司和他已全面铺开的和平小区安居工程。

绿灯亮了。

柏志林把车开过了路口，上了中山路。

望着中山路上一座正封顶的二十层大厦，柏志林默默想，亚太公司总有一天也要盖这样的大厦，不但在平川盖，还要盖到上海，盖到北京，甚至盖到台北去！到那时候，到他也像今天的华娜娜一样拥有雄厚的资金实力的时候，他再去向华娜娜道歉，去请求她的宽恕。

在成功的女人面前，不成功的男人没有道歉的资格。

三

在北京这么多五星级酒店、饭店中，田大贵最喜欢北京饭店。

田大贵喜欢北京饭店，是因为王媛媛喜欢北京饭店。

　　王媛媛说，北京饭店在长安街上，离天安门近。

　　王媛媛说，北京饭店靠着王府井，逛商店方便。

　　王媛媛说，北京饭店高大气派，像一座豪华的宫殿，没有压抑感。

　　王媛媛说，……

　　然而，王媛媛现在再也不能住到北京饭店里来了，再也不能和田大贵一起，从北京饭店辉煌的大厅走出去，去登天安门城楼，去逛王府井大街了。从上个月开始，王媛媛住进了北京协和医院病房，再也爬不起来了。

　　院方的病危通知已在前几天发出，中国康康集团驻京办事处主任向友才在接到病危通知后，马上打电话向田大贵汇报说："田总，媛媛的情况很危险，你这几天最好还是抽空来一下，媛媛一定要见你。"

　　这时，田大贵还真走不开，早在半年前就定好要在上海召开的一九九六年度全国产销调度会会期已临近，上海办事处的同志连酒店房间都订好了，南方一些公司的老总们已到了上海。

　　这个会非常重要，不但关系到中国康康集团公司明年全年的生产销售工作，还关系到田大贵一个新的扩张计划。按田大贵的设想，在每年向中央电视台支付上亿元广告费，连续两年在黄金时段大做广告，使得康康豆奶在全国家喻户晓之后，康康豆奶已具备了走向市场垄断的可能性。雪球要进一步滚大，对东北地区和华北地区的十几家仍在生产经营豆奶产品的厂家，要在平等竞争中最后解决，即使不能最后解决，也要使康康豆奶一九九六年度的全国市场占有率达到百分之八十六以上。为此，集团市场部做了一个周密计划，要在会上安排落实。

　　会议不能不开，王媛媛又非见不可。不见到这个姑娘，他田大贵会抱憾终身的。颤抖的手握着电话话筒想了好一会儿，田大贵最后果断做出了决定：把全国产销调度会移至北京如期召开，当即指示北京办事处主任向友才放下电话后立即去北京饭店订房间。

　　把手上重要的事情匆匆处理了一下，次日一早，田大贵便坐着自己的奔驰500直驱省城，而后由省城乘当晚的飞机飞抵北京。田大贵想，飞机二十时零五分从省城起飞，二十二时即可抵达北京机场，他应该能在二十四时之前赶到协和医院。

不曾想，航班晚点，飞机降落在北京机场时，已是零点二十分了。

前来接机的办事处主任向友才说："田总，太晚了，我们还是先到北京饭店住下，明天再到医院去吧。"

田大贵想想，也只能这样了，遂坐着向友才的桑塔纳从机场去了北京饭店。

到了北京饭店才知道，先期抵达上海的老总们已到了，北方一些城市的老总们也陆续到了。半夜三更的，中国康康集团包下的一层楼面竟热闹非凡，好多房间的门都开着，客房部经理也在跟着会务组的同志一起忙活着。

中国康康集团的老总们大都是不到三十岁的年轻人，这使客房部经理感到很惊奇。田大贵跟着客房部经理去自己房间时，无意中听到经理在向会务组的同志打听，你们集团全国各地的总经理们啥时到？会务组的同志直笑，说，这帮男男女女不都是老总吗？！经理直发愣，过了好一会才说，都这么年轻呀！

到了大套间里住下来，田大贵什么汇报也不听，只说要休息，把向友才和跟着过来的平川老总和外地老总们都赶走了。

房间里安静下来后，田大贵马上给协和医院王媛媛的病房挂了个电话。

电话是王媛媛的父亲王大瑞接的，王大瑞早几天已从平川赶来了。

田大贵焦虑地询问了王媛媛的病情，接着就问："媛媛现在睡着了吗？"

王大瑞说："好不容易睡着了，半个小时前还在说你呢。"

田大贵刚要挂上电话，王大瑞却又叫了起来："等等，她醒了，要和你说话。"

电话里却只有轻微的喘息声。

田大贵叫着："媛媛，媛媛，我来了，明天一早就去看你，再把你接到北京饭店里来住两天，好吗？"

电话里传来一声轻叹。

田大贵又说："这回不是我一人来的，咱们集团全国的老总们都来了，几百号人呢！把人家北京饭店一个楼层包下来了！为了你，我临时决定把上海的会挪到北京开了。"

王媛媛在电话里哭了。

田大贵说："别哭，别哭，我明天一早一定赶过来。"

也许是因为父亲在面前，王媛媛这才在电话里用刚学会的英语说了句："I am missing you（我很想念你）！"便把电话挂上了。

田大贵放下电话后，突然想起了王媛媛最喜欢的一首歌《萍聚》，又记得王媛媛也常唱邓丽君的一些歌，便把向友才叫到房间里说："马上去给我买些邓丽君的歌曲磁带来，另外还有一首《萍聚》。"

向友才挺为难："田总，这半夜三更的，你让我到哪儿去买磁带呀？"

田大贵蛮不讲理地说："这我不管，明天七点钟前一定要交到我手上。你在北京待两年多了，总有不少朋友，你想办法去。"

第二天一早，向友才真把几盘磁带找来了，说："是用两箱康康豆奶换的。"

田大贵很高兴："好，好，我个人赔你两箱豆奶！"

到了医院病房，田大贵让集团的看护人员出去，后又在王大瑞面前做出一副领导的样子，问王大瑞："王叔叔，作为王媛媛的家长，您看还需要我们集团做些什么？"

王大瑞满眼是泪，说道："大贵，谢谢你！我谢谢你，媛媛也谢谢你！你三年前说的话，现在全做到了！我想想都以为是在做梦！你们康康集团创造的奇迹，不要说在平川，在省里，就是在全国，也是唯一的一家！做你们这个集团公司的员工，真是太幸运了！"

说毕，王大瑞抹着泪回避出门了，说："大贵，你们谈，你们谈吧。"

田大贵在王大瑞出门后，坐到了王媛媛的床头，先把一盘磁带插进床头柜上的收录机里，把音量调到适当的位置，放起了磁带。

一阵双方都很熟悉的男女对唱的歌声响了起来

别管以后将如何结束，

至少我们曾经相聚过。

不必费心地彼此约束，

更不需要言语的承诺。

王媛媛在歌声中任泪水在苍白如纸的脸上缓缓流着，讷讷问："大贵哥，世上有那么多好姑娘，你，你为什么偏偏就爱上了我这么一个要死的人？为什么？"

田大贵轻轻抚摸着王媛媛的身子，亲吻着王媛媛脸上不断流下的泪，也含着满眼眶的泪水讷讷说："我不知道，我真不知道……"

男女对唱的歌声益发显得真挚动人——

只要我们曾经拥有过，

对你我来讲已经足够。

人的一生有许多回忆，

只愿你的追忆有个我。

王媛媛紧紧搂住田大贵呢喃着："这多好，多好，只愿你的追忆有个我。可我值得你大贵哥追忆吗？值得吗？从开始到结束，我，我带给你的只有麻烦。我想过无数次了，如果有来生，如果有来生……"

田大贵捂住王媛媛的嘴，不让王媛媛再说下去，自己却动情地说："媛媛，我的好媛媛，你知道吗？你带给我的不是麻烦，而是力量。想到当初的碾米厂不能给你报销医疗费，让你当记者的父亲四处拉赞助，想着我对你的承诺，我就没法不带着大家到市场去拼命！这是我心中的秘密，今天全告诉了你，集团有今天，你王媛媛的贡献有多大呀！你知道吗？！"

王媛媛说："可我终究花了集团六十多万呀，把世上的好药全用尽了。"

田大贵说："你知道集团现在一年的产值是多少？是二十一亿。利润是一亿一千万，公司一辆奔驰轿车就是一百多万，你花六十万算什么！现在我敢这样说了：只要你是我中国康康集团的员工，我就对你的生老病死负责到底。"

王媛媛说了句："大贵哥，我真幸运，这一天我终于看到了！"说罢，便放声痛哭起来……

是日晚二十二时十八分，当中央电视台在经济专题节目中播出"中国康康集团公司的创业道路"系列报道时，中国康康集团普通员工王媛媛在北京协和医院病逝。

临终前映在这个普通员工眼瞳里的最后一个画面是，该集团董事长兼总裁田大贵站在插着国旗和集团旗帜的平川总部门前接受记者采访。

这个普通员工听到的最后一句话是，"……对康康来说，这仅仅是开始，我们集团在取得全国豆奶市场后，下一个目标就是争取国际市场的食品份额，在本世纪末将生产和销售规模扩大到一百亿左右，以完成一个跨世纪的飞跃……"

四

当平川市整个经济走出低谷时，平川联合公司的经济状况却在日益恶化。身为董事长兼总经理兼法人代表的曹务成被迫同时面对着八场经济官司。六场是别人起诉他，两场是他起诉别人。联合公司这些年主动进入的三角债，在一九九五年十月，到了非清账不可的时候。

为应付平川和外地法院的频繁传唤，曹务成从平川市第一、第二律师事务所同时请了四个大律师，一个大律师分了两场官司让他们去打。分配官司时，曹务成仍是牛气十足，不在公司，而是在香港大酒店的酒桌上，滔滔不绝地介绍情况。中心意思只有两点：其一，自己的亲哥哥曹务平做着平川市常务副市长兼市委副书记，这些人找他联合公司打官司，就是在老虎嘴上拔毛；其二，三角债问题是全国性的问题，他的联合公司也是受害者，在他没能从别人手里讨回欠债之前，别人的债一分都不能付。就是别人欠他的债都还清了，他是不是马上就还别人的债，也有问题，最多只能用库存的商品抵债。

这些库存商品既有国产的，也有进口的。国产的有：一九八五年生产的单缸洗衣机，一九八六年生产的俗称"独眼龙"的收录机，一九八七年生产的十二英寸黑白电视机，十六年没卖出去的已完全报废的胶合板，已过了保质期的瓶装罐头，明令查禁的劣质化肥。进口商品有：韩国八十年代生产的二十一寸投影机，美国七十年代生产的口香糖。地方产品更丰富：有胜利煤矿生产的石英石，平川肉联厂生产的陈年猪板油，平川某乡镇企业生产的无厂名无标牌劣质电器开关，等等，等等，据说其进价总值约为六千五百万，而他的对外欠债只有不到五千万，真正欠银行的贷款仅为二百万，只要大家尽力，官司打得好，三角债全清掉，公司剩余资产仍达一千五百万。

曹务成满腔热情地把四个大律师恭维成"四大金刚"，要求四大金刚为健全社会主义市场经济的法制，为了国营性质的平川联合公司的经济利益，为保障国有资产的不大量流失，好好发扬一个司法工作者的敬业精神，兢兢业业、千方百计地打好各自分到手的官司。

举着装满茅台酒的高脚酒杯，曹务成说："来，来，各位金刚朋友，我曹某这一回把本公司的全部家底都交给你们了。从今天开始，我们就是一家人了。你们都有义务帮我出点子想办法！"

四个大律师听了曹务成的介绍，都出了一头冷汗。

全面秃头的一所大律师马达，端着酒杯摇头苦笑："曹总，你这个联合公司究竟是做生意呀，还是收破烂呀？咋所有库存商品都是扔在大街上都没人要的货？"

半秃头的一所大律师牛俊也说："曹总啊，你这不是把全部家底交给我们了，而是把全部麻烦都交给我们了。"

另一个叫作陈伟的二所律师直叹气，不作声。

还有一个二所的中年女律师一直俯在陈伟耳旁说什么。

曹务成见四大金刚都不动杯子，只好放下酒杯，继续说："没有麻烦，我曹某当然不会找你们四大金刚来。你们来也不是尽义务为我捍卫国有资产的，我要付给你们一大笔诉讼代理费和律师费。在这一点上，你们都放心，我曹某绝不会把库存商品当作律师费抵给你们的，我对诸位的律师费一律现金支付。不信，我现在就开支票给你们。"

马好好也娇滴滴地说："各位大律师呀，你们可不知道呀，我们曹总吃亏就吃在心肠太软嘛！这些臭货当时买进来时，我都知道嘛！人家一说困难，他就同情，尤其是女公关、女推销，在他面前一落泪，他呀，别说是破烂，就是狗屎都要了！这才落到今天这一步嘛！"

曹务成煞有其事地说："还有一点也得说明一下：当时，也是没有经验呀，不懂啥叫市场经济呀，又想着自己的亲哥哥是咱平川的副市长，咱作为市领导的家属、高干子弟，咋着也不能让人家在咱手上吃亏呀！我总得维护自己亲哥哥威信呀，你们说是不是？"

二所的两个律师，这时说话了。他们没有回答曹务成的话，而是说，今天他们不奉陪了，先告辞，回去研究一下起诉书，再决定是否接他们分别分到手上的四起诉讼案。

为怕曹务成生气，女律师特别解释说："曹总，我们接了你们的案子，就得对你们负责。没有五成打胜的把握，我们一般不接，以免误你的事，也影响我们二所的名声。我们二所刚成立，总想搞几个能胜诉的官司做做。"

曹务成的脸一下子就拉下来了："这么说，你们二所二位大律师认定我曹某连五成胜诉的希望都没有喽？"

陈伟马上说："我们没这样讲，我们是说要回去研究一下。"

曹务成说："那就请便！我不信这平川就不是共产党的天下了，会让国有资产大量流失！"

二所两个不坚定分子此一走，再没回来，四大金刚就变成了牛头马面。

曹务成在背后称半秃的牛俊为牛头，称全秃的马达为马面。

牛头的主张是，官司不在乎表面的输赢，而在于能得到多少实际的好处。有人是赢了官司输了钱，有人是输了官司赢了钱。牛头建议把库存破烂全按当年进价抵给催得急、告得凶的债主，丝毫不要对债主隐瞒八场官司同时开打的情况，还要把风声造足，能说成十八场官司同时开打更好，就说公司只有这么点商品，你再到法庭纠缠不休，就算你官司打赢了，也没东西可给你了。这样一来，势必会造成息讼局面，拿出这堆破烂的一半也就把六大债主打发掉了。

牛头说："曹总，你想呀，人家和你打官司是为了啥？不就是为了钱吗？真要没了钱，他还打个啥？还不抢在别人前面，能要点啥走就要点啥走？这不在于你赏吗？你先赏谁，谁就能拉点陈年猪板油什么的；你不赏，他屁都没有！你曹总千万记住，再不能吹什么还有一千五百万资产了。"

曹务成连连说："是，是，是，牛大律师，我真是长学问了。看来搞市场经济非懂法不可，要不，学了雷锋还得吃大亏。"

牛头很得意，一副教师爷的口吻："不但懂法，还得学会用法。光懂不会用怎么行？我对起诉的六家债主进行了一番研究，发现了一个对我们最有利的条件。这六家公司和银行——不论是广东的，还是上海的，还是平川的，都是国营单位。这就好办了，只要有发票，这破烂抵债就行得通了。人家赢了官司，把破烂拉回去一充账，就啥麻烦也没有了。"

曹务成叫马好好认真记录牛头的教导。

马好好便认真记录，真格当了一回秘书。

马面接着牛头的主张，进行了深入的阐述和具体的安排。

老谋深算，是马面的最大特点。

马面不急不忙地说："曹总，总思路就是牛律说的了，六场我方当被告的官司，不要想赢，就准备往输里打。当然，最终不会全输，也还有调解。但是，这里的前提是，你要先宣布联合公司破产，要请会计事务所的持证会计做好做细破产账目，以备各法院查证。在此之前，把还值点钱的东西赶快转走，账上的资金全转走。不过，你这个法人代表不能走，该上法庭就上法庭，该回家睡觉就回家睡觉。要像主席说的，'既来之则安之'，自己完全不着急。谁着急？六大债主着急。他们着急也没办法，你又不是诈骗，是不懂市场经济，亏了本，用他们的钱缴了点学费罢了，法律上对你毫无办法。"

曹务成当即请教马面说："对广东和上海的那两个公司，我倒不在乎，我拿了他们的破投影机、没人要的黑白电视机，还他们点陈年猪板油让他们拖到化工厂做肥皂，也算对得起他们了。问题是平川四家城市信用社难办哩！我贷他们二百万可都是现金呀，人家哪会要我的破烂？前几天中山路办事处管信贷的程主任还找了我，动员我把已抵押给他的胶合板再拿到别的银行抵押一次，用抵来的钱还他……"

马面马上叫道："好，好，这个管信贷的程主任犯法了！这叫教唆诈骗，有主观犯罪之故意。已进行了抵押的货物，岂可做二次抵押呢？该信贷主任知法犯法，性质更加严重。对中山路的八十万贷款，我看可以考虑不还了。具体这样做：你曹总要用主席'诱敌深入'之法，把该主任教唆诈骗的话录下来，最好把文字证据也拿到手，交到我或牛律手上，其他的事就由我们来办了。"

曹务成连连点头说："好，好，这事我明天就去做。"

牛头又提醒说："资金和财产也要赶快转移，我估计六大债主马上就会提出财产保全。这一来，法院就要封你的账，封你的商品。"

曹务成说："财产保全人家已经提出来了。昨天，我的六个银行账号让牌楼区法院、钟楼区法院和广东一家县法院一起冻结了，肉联厂的那些陈年猪板油也让封了。"

马面很关心地问："你这六个账号上一共还有多少资金？"

曹务成马上问马好好："马主任，这事你办的，你知道，还有多少资金呀？"

马好好说："六个账号上资金还不少呢，一共一千多哩，也怪我晚了一步，没把中信银行最后九百二十块提出来。"

曹务成直埋怨说："你看，你看，晚一步就丢了半桌酒钱，真是的！——吃了不心疼，丢了太可惜嘛！"

马面笑道："好，好，曹总，和你这样的聪明人打交道，有意思，很有意思，我相信我们这次的合作会非常成功。"

曹务成马上说："不是这一次合作，而是要长期合作。我决定聘两位做我的常年法律顾问。这个联合公司破产之后，我准备再成立一家商务公司，注册资金八百万，不搞国营了，搞中外合资。公司名字都起好了，叫'DMT 国际商务公司'，外方是俄罗斯的一个朋友，叫他汇点美元过来验一下资，再把美元拿走，公司还是我的。"

这么一来，曹务成和牛头马面两个大律师便成了患难之中的莫逆之交。

曹务成也算够朋友，趁着几家法院还没把他的所有商品仓库的分布情况弄清楚，抢先一步，带着牛头马面到平川郊外一个贸易货栈一次提走十台十二英寸黑白电视机，两台投影机作为帮忙的个人好处费送给了牛头马面。

牛头马面嘴上说这种小黑白电视机和投影机早过时了，得当垃圾扔，可还是笑眯眯地叫了出租车运走了。

事情果然如牛头马面所料，六场曹务成做被告的官司，四场调解，两场败诉。早调解的，债主还拿到了黑白电视、韩国投影机和"独眼龙"收录机；晚一点调解的，只好去运胜利矿的石英石，拿七十年代美国产的口香糖。

广东和上海两家胜诉的公司最惨，一家于胜诉之后，无可奈何地面对一堆国家明令禁止销售的劣质化肥。另一家面对的是平川肉联厂的陈年猪板油。劣质化肥在法院解封之后，即由工商质检部门前往销毁；陈年猪板油可以运走，但两年多的仓储费要由胜诉方支付，胜诉方一算账，连运费加仓储费已两倍于猪板油的进价了，只得放弃。结果，两家赢了官司的，都输了钱，各自拿着劣质化肥和猪板油的进货发票回去冲账了。

两场曹务成告人家的官司，在牛头马面的授意下，由曹务成主动撤诉，暂时不打了。原因是，就算打赢，要来的钱物也落不到曹务成手上，还是要让广东和上海的公司拿去抵债。

曹务成一撤诉，上海和广东两家公司急死了，也气死了，还不好和曹务成硬来，只好赔着笑脸，贴上差旅费一次次到平川来，请曹务成、马好好和牛头马面吃饭、喝酒，希望联合公司能继续把官司打下去。牛头马面和曹务成便极一致地表示惋惜，怪他们当初不早一点接受调解，而对继续打官司毫不松口。

然而，曹务成那个新的中外合资"DMT 国际商务公司"的成立却遇到了很大的麻烦。麻烦不是来自别处，却是来自曹务成的亲哥哥曹务平。

曹务平很偶然地在市外经委的一个情况通报材料上发现了这家申请成立的"DMT 国际商务公司"，先还没留意，后来一看中方负责人竟是曹务成，马上火了，一个电话打到市工商局李局长办公室，问李局长："曹务成的联合公司不是刚刚破产吗？怎么一下子又成立了一个中外合资公司？他哪来的钱？手续合法吗？"

李局长说:"曹市长,这事我知道,所有手续全合法,也很完整。俄罗斯方面已从圣彼得堡汇了六十万美元过来验资,验资报告就在我手上,中方曹务成的资金也进了账,绝对没问题。"

曹务平说:"这个人的资信情况你知道吗?他八场官司一起打,坑了那么多人,你们还不接受教训吗?李局长,我和你说清楚,你别以为他是我弟弟,就网开一面,真出了事,市委、市政府要严厉追究你的责任!"

李局长说:"曹市长,你真弄错了。曹务成的八场官司,都是经济纠纷,都是合同违约之类的问题,就算坑了不少人,我们现在的法律也拿他没办法。至于不给他注册登记,就更没有道理了。"

曹务平说:"怎么没道理?国外对这种人就有制约办法。新加坡不就有破产者入贫籍的规定吗?凡入贫籍者,不但不能去办新公司,连超过标准的富裕生活都不准过,你听说过没有?"

李局长苦笑着说:"我听说过,可那是国外呀,咱中国目前的工商法上没有这一条呀,你说让我怎么办?"

曹务平说:"你把有关法律全找出来,再研究一下,要像曹务成和他的律师一样研究透,找出理由来,对他所办的一切公司都不予注册,至少不能在我们平川注册,连办事处之类的机构都不准他设!"

李局长说:"曹市长,你想想,我是代表国家执行工商法的权威机关,对法律还能研究不透吗?实在是找不出理由呀!"

曹务平火了:"那好,你们真找不出理由,就把责任推到我身上,就说是我这个市委副书记兼常务副市长说的,这家 DMT 国际商务公司不能注册。就算我走你工商局长一次后门了,好不好?我这么做是对大家负责,也是对我的亲弟弟曹务成负责,你心里要有数!"

于是,工商局李局长只好把不批准 DMT 国际商务公司注册的原因如实告知曹务成和牛头、马面二位大律师。曹务成和二位大律师啥话不说,转身就走,四天之后,便将一份行政诉讼状递到了牌楼区法院,状告平川市工商行政管理局和连带责任人曹务平。

在这份行政诉讼状上,诉方义正词严地写道:"我国已步入法制轨道,国家的法制建设日益完善。但是,总有一些国家行政单位和部门屈从上级长官意志，有法不遵，肆意践踏国家神圣的法律。平川市工商行政管理局及其连带责任人曹务平先生，粗暴阻止我 DMT 国际商务公司的正常注册登记即为最严重的一例。"因此，诉方在诉状的结尾提出，"有鉴于此，诉方要求法庭责令平川市工商局及其连带责任人曹务平遵守我国工商法，按照工商法之规定，依法给我 DMT 国际商务公司进行登记注册，并赔偿经济及精神损失费人民币二十四万五千六百二十一元六角整（亦可以美元支付，其折换价为判决生效之日中国银行公布之美元兑付中间价）。"

第十九章　大波再起

一

　　曹务平后来发狠，在母亲刘凤珠和父亲曹心立面前不止一次地说过，只要有可能，他一定要把自己亲弟弟曹务成送到平川大牢里去好好休息几年。曹心立听后，一般情况下都不作声，有时，也骂曹务成两句。刘凤珠却吓得要死，一边央求小儿子不要再告，一边要大儿子别和自己弟弟计较。这个母亲在尽一切可能进行调解。

　　两个儿子不接受调解，全不买母亲的账。

　　小儿子说："妈，我这是忍无可忍，你家曹市长要把我往死路上逼，连个饭碗都不给我了，我不告下去行吗？他平川不受理，我告到省里去；省里不受理，我告到中央，告到北京最高人民法院。我有最好的律师。"

　　大儿子说："让他去告好了，我最多输掉这场官司。可你家那个宝贝儿子还想不想在平川待下去了？我还就不信我日后收拾不了你家这个小无赖！"

　　做母亲的刘凤珠气死了，骂过小儿子，又骂大儿子，一把鼻涕一把泪地说："你们还认不认我这个妈了？开口闭口'你家''你家'，你们都只有一个家，都只有一个妈！"

　　小儿子说："妈，看在您老的份上，要我不告你家曹市长也行，但有个条件，他马上给我的公司注册，再给我赔礼道歉，精神损失赔偿费我也就不提了。"

大儿子说:"休想!我宁愿公开输掉这场官司,也不给你家这个小无赖注册新的骗人公司,更不会去道歉!妈,你看看我们胜利煤矿的工人同志们过的什么日子,再看看你家小无赖过的什么日子,也就能理解我的心情了!"

每到这时候,曹心立总会叹着气说:"老太婆,我看你就别管他们的事了。你管不了,我也管不了。他们不是当年的小孩子了,不会为了你的眼泪就在各自的立场上让步的。尤其是务平。你别说我又偏袒他,官官相护。他多难呀,当着常务副市长,还兼着市委副书记,管着全市那么一大摊子工作,市里那么多不景气的厂矿都要他过问,这个不争气的混账东西竟还要告他,也是太不像话了!我看呀,务成这坏小子真到大牢里去休息几年,让务平安心工作也真不是坏事哩。"

刘凤珠实在没有办法,嗣后也就不大去管两个儿子的事了。

…………

这时,曹务平手中的事情真是多极了。八县市的一千一百里市县公路已在吴明雄的主持下上了马,虽说市委、市政府有专门的班子负责,可作为常务副市长,要曹务平一天到晚参与协调处理的事并不少。市里的总体经济走出了低谷,但开不上工资的厂矿仍有不少。像胜利煤矿,虽说不吃大食堂了,可仍是饥一顿,饱一顿,有时工资发百分之六十,有时发百分之八十,几乎从来没发过全工资。

胜利煤矿这个老大难单位,是曹务平代表市委、市政府亲自蹲点抓的。和弟弟曹务成的官司即将开打时,曹务平正在酝酿一个大胆的计划——把整个衰败的胜利矿由平川市划给民郊县,全矿一体实施联采,让河西村庄群义的万山集团名正言顺地和矿方携手,以乡镇企业的办法管理经营整个煤矿,以期走出绝境。

在市委常委会上提出这个改革方案时,曹务平胸有成竹地说:"这一步已到了非走不可的地步,晚走不如早走,被迫走不如主动走。河西村万山集团和胜利矿三年多的联采试点证明,乡镇企业的经营管理方法是行之有效的,不但用不着吃财政补贴,矿产资源税还可以收上来,联采队的工人也可以拿到全额工资奖金，是于国、于民、于企业都有好处的事情。估计不应该有太大的阻力。修环城路时，我到胜利矿的施工队调查过，吃大锅饭和不吃大锅饭就是不一样。当把施工队五百人的铁饭碗端掉，完全按农民包工队伍一样管理时，这支队伍表现出的素质是全路最优秀的！他们的拼命精神让现场总指挥严长琪同志感动得落了泪。"

根据曹务平的方案，胜利煤矿从一九九六年一月起，全部固定资产和八千五百名职工划归民郊县，由民郊县委、县政府具体负责组织该矿和万山集团的全面联合。离退休人员由民郊县负责，切实保障他们的生活，真正做到老有所养。其他在职人员，保留全民身份不变，保留档案工资，离退休时照常享受国家规定的全民待遇，但在在职工作期间，一律实行真正的合同制。

曹务平把试点方案一介绍完，市长束华如就第一个表态说："这个方案比较圆满，看得出，务平同志为此做了大量的调查研究工作，也很符合胜利煤矿的实际。但我要提醒一点，那就是，长期以来形成的计划经济的消极影响不可低估。胜利矿怎么说也还是个县团级单位，我们不能忘了这一点。为了顺利实施务平同志的改革方案，我意可考虑采取一些组织措施。让胜利矿现矿长兼党委书记肖跃进兼民郊县委副书记，万山集团董事长庄群义兼县政协副主席或县人大副主任。这表明市委、市政府对胜利矿的行政级别不予降格。在这种前提下走这深化改革的一步，可能会减少一些阻力，至少是干部的阻力。"

吴明雄没急于表态，而是问曹务平："你了解过没有？胜利矿的最大开采期还有多少年？在无煤可采的时候又怎么办？如果储量还很大，还能有较长的开采期，会不会造成国有资源的流失？"

曹务平说："根据现存的地质资料看，按现在的开采速度，胜利矿所属煤田，最多还可开采七到十年，而且大都是深部薄煤层，不存在什么国有资源的流失问题。而有这七到十年的转轨时间，再加上和乡镇企业的全面合作，胜利矿劳动力从地下向地上的转移是可以完成的。"

吴明雄仍是犹豫，又提议说："我看是不是这样：在本次常委会上先不要急于定，把改革试点方案再拿到市人大、市政协多听听意见好不好呢？

胜利矿的事大家都比较了解，集思广益总没坏处嘛！"

曹务平有些不满了，说："吴书记，我这可都是根据您和束市长的意思做了深入调查后拿出的意见呀！改革的阵痛有时不可避免，我也想了，可能会有人叫一阵子。但是，我们既然要把胜利矿的问题从根本上解决，就得使自己的神经坚强一点。"

吴明雄笑道："好你个曹务平，倒怪我神经不坚强了！束市长提出的问题，你认真想过没有？长期以来形成的计划经济的消极影响确是不可低估嘛！把一个县团级煤矿划给县里，实施和乡镇企业的联合，这在全国都没有过，是大胆而富有想象力的，这种尝试的精神和大的路子是对的，但是，这毕竟触及了胜利煤矿干部群众最根本的东西，就是原有的体制。体制是个大问题，不能等同于水利上的以资代劳和修环城路时的市民捐款。出点钱，捐点款，就算他不情愿，也不过骂两句娘，而涉及体制的根本性改革，搞不好他会和你拼命哩。"

曹务平不禁有些困惑，盯着吴明雄问："吴书记，那您的意思是不是说，胜利矿的改革试点就不搞了？"

吴明雄摇摇头说："务平，我是建议多听听大家的意见，把我们的方案尽可能搞得圆满一些，不是说不搞。不改革，像胜利矿这种单位是没有出路的，这一点大家都知道。只是，我们千万要记住，在任何时候，任何情况下，搞任何改革，都不能以牺牲稳定为代价，把我们现在正在进行的这场不流血的革命，演变成流血的动乱。"

这时，肖道清说话了。谁也没想到，这二年除了自己分管的计划生育和工青妇范围，对啥事都不表态的肖道清，这一次对曹务平的改革方案竟持毫无保留的支持态度。

肖道清说："我看，务平同志的这个方案还是切实可行的。对胜利矿，大家都很清楚，除了痛下决心，进行这种断绝后路的彻底改革，没有第二条路可走。这几年来，输血也输过，拨款也拨过，会开了无数次，办法想了无数个，解决了什么问题呢？什么问题也没解决。吴书记有些担心，怕出乱子，我倒觉得不会出什么大乱子。为什么这么说呢？原因很简单，那就是胜利矿的工人们这几年待岗待怕了，现在搞全面联采，有活干，有钱挣，工人同志们一般来说会心满意足的。就算万一闹出点意见，我看也没什么了不起，不就是一个煤矿嘛！还能闹出什么了不得的大名堂？在这方面我就有过判断失误嘛。当年南水北调工地上，水长县一万三千民工停工，我以为要动乱了，可事实证明，根本没有什么动乱，陈忠阳同志一到场，马上处理掉了。"

吴明雄仍坚持说："这不一样。当年水长是一时一事的突发性事件，而今天这个胜利矿，是涉及八千五百多人根本利益的大事，真闹起来，就会没有休止，甚至会闹到省里去。所以，我的意见还是不要急于定，大家还是就务平同志的这个方案多听听不同意见为好。"

吴明雄一锤定音，第一次常委会没就胜利煤矿的改革方案形成任何决议。

当晚，肖道清很难得地打了个电话给曹务平，说："务平呀，今天你看出吴明雄的另一面了吧？！他真像你们所说的那样无私无畏？不太对头吧！对胜利矿，明明不改革就是死路一条，连我这种靠边站的局外人都看出来了，吴明雄会看不出？他反对你的方案是什么意思呀？"

曹务平知道肖道清自从坐了冷板凳之后，对吴明雄怀恨在心，两年来一直在背后搞吴明雄的小动作，怕被肖道清钻了空子，便淡然说："吴书记也不是反对我的方案，只是要多听听各方面的意见嘛。"

肖道清长长地叹了口气，说："务平老弟呀，你这就不懂政治了吧？你到现在还没看出来吗？这个老同志还想往上爬呀。你想想，他马上要到点了，退二线往哪退呀？还不是想往省里退吗？这几年，他吴明雄用咱平川人民的血汗，挣下了自己的赫赫名声，能不想着到省里弄个副省级玩玩？他既想弄这个副省级，还有心思再干事？我和你说到底算了，你这辛辛苦苦搞下的方案，就先锁在抽屉里吧！啥时等吴老头搂着个副省级退下来了，你再去干吧！"

曹务平严肃地说："肖副书记，我看你也是太过分了！就算吴书记不同意这个方案，也自有吴书记的道理，什么往上爬？什么副省级？你这是和我谈工作，还是在背后搞小动作？"

肖道清在电话里冷笑起来："我搞什么小动作？现在，我可以严肃地和你说清楚：鉴于吴明雄现在这种很不健康的精神状态，你不要指望这个方案能被通过！就算你曹务平是他的亲儿子都不行！我可知道这个老同志的狡诈了！他既不会让你把这份改革的功劳抢到手上，也绝不愿为你主持的改革试点担一点风险！人家现在准备功成身退。你懂不懂？"

说罢，肖道清把电话挂断了。

这让曹务平心里很不舒服……

然而，胜利矿的改革方案最终还是在第二次常委扩大会议上通过了。

是在胜利矿矿长兼党委书记肖跃进、矿党委副书记姚欣春到场列席的情况下，综合了市人大、市政协的修改意见后才通过的。

通过的改革方案明确了胜利煤矿保持县团级原待遇不变，肖跃进兼任民郊县县委副书记，主持胜利矿的日常工作和生产。为不造成胜利矿干部工人可能产生的抵触情绪，对庄群义的组织安排留作下一步考虑，现阶段庄群义仅以经营副矿长的身份主管生产资金的组织和煤炭的营销。

通过这个方案时，吴明雄确是迟迟疑疑的。

常委扩大会议结束后，吴明雄又把曹务平单独叫到自己的办公室里，和曹务平语重心长地交代了一番，要曹务平一定要保持清醒的头脑，无论如何，决不可激化矛盾。吴明雄甚至明确地对曹务平说，如果这个试点搞不下去，随时可以停下来。试点毕竟是试点，希望成功，也允许失败。

曹务平觉得吴明雄像换了个人似的，便稍有不满地抱怨说："吴书记，搞水，搞路，搞城建，您多大的气魄呀！咋在胜利矿搞一个于工人于国家都有好处的改革试点，您这么担心？您老让我解放思想，放手工作，咋我一放手工作了，您就怕起来了？"

吴明雄笑了，拍着曹务平的肩头说："务平，你说我个人怕什么？我今年已经五十九岁了，再有半年就要退下来了。我担心的还是胜利矿干部工人不理解我们让他们吃上饭的苦心，闹出乱子来。现在的局面那么好，如果出现几百、千把号人到市委、市政府门前来静坐上访，社会影响就不好了。"

曹务平不由得想起了肖道清的电话，愣了一下，问："吴书记，您是不是能和我说句心里话？您是不是觉得自己年龄快到了，就……就不愿再像过去一样为咱平川，为咱的改革大业去拼一拼了？就想功成身退了？吴书记，我这么问，您千万别生气，我敢这么问您，正是因为我尊敬您，把您当作我的榜样，才在这种纯属私人的场合直言不讳的。"

吴明雄没生气，可也没回答曹务平的话，反问曹务平："务平，你多大了？"

曹务平说："吴书记，您知道的，我今年四十三岁，比肖道清小两岁。"

吴明雄若有所思地说："四十三岁，这就是说，到六十岁，你还能干十七年。这十七年可不简单哪，是最成熟，最富创造力的好时候。如果我吴明雄是四十三，而不是五十九岁，我该能再做多少事呀！"

曹务平心里有些难过，便说："吴书记，要是您真不放心，我看就把这个方案再摆摆，等过半年后再考虑吧。"

吴明雄一怔，说："咋？等我退下来，让你们这帮年轻人去担风险？你这个曹务平呀，真是把我老头子看扁了哩！不管有多大的风险，只要它是从党和人民的根本利益出发，是从改革的大局出发，我吴明雄都敢担！我还是那个话，在我吴明雄任平川市委书记期间，决策上出了问题全算我的，我是一把手。"停了一下，才又恳切地说，"务平同志，你就大胆去干吧。张大同的纺织机械和田大贵的康康集团不是杀出一条血路来吗？也许……也许胜利煤矿熬过今天黎明前的黑暗，也能杀出一条血路哩！"

这让曹务平挺感动的，吴明雄还是吴明雄，肖道清的挑拨离间实在是可恶而又可笑的，于是，便点点头说："好，有您老书记和大家的支持，我就尝试着改改看吧，一旦发现情况不对，及时把步子慢下来，或者停下来就是。"想了想，最终还是把肖道清挑拨离间的话和吴明雄说了一下，要吴明雄注意一下肖道清的非正常举动。

吴明雄轻蔑地一笑，说："这个人我看是不可救药了。这两年来，他哪天不在搞小名堂？这回大概又嗅到什么好闻的气息，自以为有什么空子可钻了！可我们还是按过去的办法办，不睬他，不管他，我们的决策和决策的实施，仍然不要受他的干扰和影响！"

曹务平说："不过，这次和以往不同，我确实觉得有些意外哩。我可真没想到，肖道清的观点会一下子变过来，竟会主动支持改革，反过来利用胜利矿的改革试点，在背后四处搞您的小动作。"

吴明雄摇摇头说："务平同志，你错了，肖道清这个人从来就没有观点，没有信仰，所以，也就谈不上什么变。我是越看越清楚了，这个年轻人除了他自己的一己私利，再没有别的什么。算了，我们还是不谈他吧！"

后来，吴明雄又提起了曹务成找曹务平打官司的事，笑着说："这一阵子，你曹市长可是够忙的呀，听说还做了被告，是不是呀？亲弟弟告亲哥哥，真是一大新闻了。告得也算一绝，不是好人告坏人，而是坏人告好人。务平呀，你看有没有必要让市政法委干涉一下呢？"

曹务平沉思了一下说："吴书记，我看还是先不要干涉吧。我想过了，这场官司打一打也好，至少有两个好处。其一，完全理清了我曹务平和他曹务成的关系，让全市人民都看到，曹务平和曹务成不是一回事；其二，不论官司输高，我们都可以提醒一下司法界，让他们注意到我国法制仍不健全这个事实，进一步加强和完善我们社会主义市场经济情况下的法制建设。"

吴明雄点点头说："好，你这想法不错。我的意见是，这两个目的要达到，你这个常务副市长和我们的工商局还都不能输，市政法委还是要过问。务平，你别搞错了，这场官司可不是你们曹家的私事呀！"

二

每逢夜深人静，无须再装出一副动人的笑脸应付什么人时，肖道清就会近乎悲壮地想：自己的双重生命，肉体生命和政治生命都是充满活力的，它能接受任何挑战，任何磨难，任何挫折，绝不会轻易被谁摧垮。他肖道清不是个在官场角斗中跌几跤就会摔散骨头的懦夫，更不是个仰强敌鼻息随风倒的应声虫，而是个在忍辱负重的艰难环境中仍然敢于孤军作战、善于孤军作战的英勇战士。

是的，在和吴明雄的角斗中，他一次又一次失败了，有时败得还很惨，很没面子，甚至连过去那么信任他的老领导谢学东，连平川市委的所有常委们都和他疏远了，但他仍然坚持战斗。近两年来，他几乎没放过任何一次向吴明雄开战的机会，打不了正规战，就打游击战。

是他肖道清指使自己老婆趁着一个黎明，在环城路没有什么过境车辆的时候，把空荡荡的路面拍下来，通过一个朋友寄到境外的《美洲日报》上去发表，骇人听闻地提出："经济欠发达的平川是否需要这个长达六十公里的庞大足球场？"

还是他肖道清，拿着南水北调二期工地上民工劳动场面的新闻图片，局部放大后，在香港报纸上发了出来，标题更吓人："平川人民布满血汗的伟大脊梁，扛起的是平川地方党政官僚伟大的虚荣！"

在研究胜利矿改革试点问题的第一次常委会上，肖道清又发现了自己进行游击战乃至正规战的机会，当场做出支持曹务平的决定。肖道清绝不是一时的心血来潮，而是深思熟虑的结果。

事情很清楚，胜利矿的改革试点风险很大，甚至可以说是无限大。作为分着管工会工作的市委副书记，他肖道清太清楚工人们的思路了。可正因为如此，他才要支持一下曹务平，让这个现在已变得不知天高地厚的常务副市长于无意识中拿起吴明雄的矛去攻吴明雄的盾。吴明雄不是有胆量、有气魄吗？不是口口声声要深化改革吗？那么，就请你在胜利矿试一试吧，看看八千五百名中国产业工人如何教训你们这帮高高在上的官僚！

这结局其实很明白，不管吴明雄怎么选择，他在选择之前，就已经输定了。真这么干，八千五百名矿工必然要和吴明雄、曹务平拼命，很可能会闹到省里，闹到钱向辉和谢学东面前。市里作的决定，工人们自然不会再到市里来群访静坐，而会南下省城找省委，在省委门前静坐。而若是不干，吴明雄的盾就被曹务平的矛攻破了：你吴明雄也不过如此，为了功成身退，为了最后再往上爬一下，一个煤矿的改革试点都不敢搞！你还瞎吹什么？同时，这也必将引起曹务平、束华如和许多常委的不满。

吴明雄也真是胆大包天，在这一点上，就是作为对手，肖道清也服气。吴明雄明知此事有风险，自己都已在第一次常委会上把风险因素说出来了，可还是在今天上午这第二次常委扩大会上主持通过了曹务平的试点方案。

这真让肖道清欣喜异常。

下午，在陪同省计划生育委员会秦主任到民郊县检查工作时，肖道清当着秦主任和民郊县女县长巫开珍的面，在民郊县政府给吴明雄挂了个电话，适时地收回了过去给予曹务平改革试点的支持，口气十分忧郁地对吴明雄说："吴书记，我又反复想了一下，觉得胜利矿改革试点的风险还是很大呀！你在头一次常委会上讲的意见很有道理，体制问题是大问题，不同于水利和道路上捐点钱，闹不好可能会出大问题，会闹到省里，甚至闹到中央。"

吴明雄冷冷地问："道清同志，那你说怎么办？我们上午刚通过的决定，吃了一顿中饭，几个饱嗝一打就变了，再把决定收回来？这严肃吗？"

肖道清忙解释说："吴书记，我没说要把决定收回来。我的意思是，我好歹也还是平川市委的负责人之一嘛，既然已经想到了这个问题，就得本着对党、对人民负责的精神，光明正大地把它说出来。"

吴明雄责问道："肖副书记，你光明正大吗？在第一次常委会结束后，你打了几个电话？说了什么？做了什么？还要我吴明雄进一步给你挑明吗？今天你提出的风险问题，真是刚想出来的吗？我请你注意了，不要搞当面是人，背后是鬼那一套！更不要老想着将别人的军！这很不好！"

肖道清脸面上和口气里一点愧色没有："老吴，我也可以和你说明白，我打过的几个电话都是谈工作。作为一个平川市委副书记,我有权力、有义务在任何时候找任何同志讨论工作问题。我现在打这个电话给你，仍然是和你讨论工作。我再声明一遍，请你记下来：我现在，也就是一九九五年十二月十一日下午四时五十五分坚定不移地认为：胜利煤矿的这个改革试点目前不能搞，条件不成熟，这是我在经过反复思索后得出的结论。如果你本人和常委会不接受我的意见，我将不对由此产生的一切后果负责！"

吴明雄火透了，在电话里的吼声连省计生委的秦主任和女县长巫开珍都听得清清楚楚："肖副书记，我看你又利令智昏了！你真以为你阴一套阳一套就能影响得了一个中共平川市委吗？你说干，这个市委就要干；你说声不干，这个市委就要停吗？我真不知道你在打什么算盘！现在我也和你说清楚：中共平川市委通过这个改革试点方案不是你肖副书记逼出来的，日后出了任何问题，也不要你肖副书记负任何责任！我吴明雄和平川市委的其他常委们从来没指望过你肖副书记负什么责任！这总该让你满意了吧？！"

肖道清当然很满意，他已把一头暴怒的老狮子推进了必将有灭顶之灾的巨大漩涡。更绝妙的是，在把老狮子踹下漩涡后，他肖道清光明正大地道明了自己对于漩涡的清醒认识，仍保持着一个清白的、不犯错误的光荣纪录。

然而，放下电话，在省计生委秦主任和巫开珍面前，肖道清却做出一副很无奈的样子说："我们这个吴书记，太固执，太专横，对同志之间的个人成见也实在是太深了！"长长叹了口气，又摇摇头说，"我对这个老同志也算是仁至义尽了！"

巫开珍对肖道清的话不作表示。

不了解平川情况的秦主任却议论说："可能是平川名声大了，吴书记自己的名声也大了，就不把同志们放在眼里了吧？其实，这不好，很容易犯错误哩。"

这时，别说曹务平、束华如、吴明雄，就连料定要出事的肖道清都没想到，事情竟会闹得那么大，竟是一场轰动全国的大风波，而且，想阻止都来不及了。十八个小时后，即一九九五年十二月十二日上午十时许，平川市胜利煤矿一千八百名矿工不满改革试点方案，一举涌上京广线集体卧轨，致使连接中国南北两个特大城市的京广铁路运输中断两小时零三十七分，打乱了全国铁路的正常运行，酿发了震惊全国的"1212"事件。

三

后来中央和省委的调查证明，胜利煤矿"1212"事件发生时，平川市委、市政府的改革方案不但还没有开始实行，也还没有正式对外公布，仅在十二月十一日晚上胜利煤矿级干部联席会上，由矿党委书记兼矿长肖跃进按曹务平的要求先吹了一下风。吹风时，两个副矿长和一个总工程师反应就很大，指责肖跃进卖矿求荣。列席了市委常委扩大会的矿党委副书记姚欣春，也就对除肖跃进之外，其他矿级干部的职级安排提出了疑义，那口气好像也想弄个民郊县委副书记当当。

吹风会吹出了这么多矛盾，肖跃进不敢大意，先要求与会者严格保密，不得把会上的内容和争执透露到其他干部群众中去，同时，会一散，连夜打电话给正在市里开市长办公会的曹务平汇报情况。

曹务平很恼火，要肖跃进通知所有胜利煤矿的矿级干部，第二天，也就是十二月十二日上午八时，到市政府二楼会议室开会，由他和市委常委、民郊县委书记程谓奇一起主持会议，正式向胜利矿的矿级干部们传达市委指示精神。

为防止可能出现的突发性事件，曹务平要已列席了常委会的肖跃进和姚欣春都不要来了，密切关注矿上八千五百名干部职工的情绪，作好必要的解释和说明，随时和市里保持联系，绝不能出现赴市群访。

到这时候，曹务平想到的最严重后果，也只是吹风会上的信息由心怀不满的干部透出，几千人涌到市内进行群访静坐，怎么也没想到近在咫尺的京广铁路会被卧轨切断。

这种疏忽带来的后果无疑是灾难性的。

············

十二月十二日是胜利煤矿全矿发工资的日子，参加正常生产的工人不用说，就是平时待岗的工人也来领工资了。有些奇怪的是，过去待岗工人大都是在下午来。因为矿财务科上午从银行把钱拿出来，下午才可能发到工人手上。而这天一大早就有人陆续来了，到九点左右，矿党委大楼前的小广场上已聚了不下千把号人。

就在九点十分，原矿机修厂车间主任章昌荣和撤销建制的原采煤十区副区长王泽义，首先把一条白布横幅打了出来，横幅上写着"胜利煤矿是全体胜利矿工的胜利煤矿，谁也无权为个人私利卖矿求荣"。继而，又有些旧床单拼起的大幅标语出现了："打倒工贼肖跃进！""打倒昏官曹务平！""胜利煤矿绝不屈服！""以鲜血和生命保卫我们的煤矿和饭碗！"

两面猎猎飘飞的红旗也在这当儿出现了，旗下越聚越多的工人们唱起了被他们改编过的国歌：

> 起来，不愿做奴隶的矿工，
> 把我们的血肉筑起我们新的长城，

> 胜利煤矿到了最危险的时候，
> 矿工们被迫发出最后的吼声。
> …………

　　肖跃进和姚欣春这时都在矿党委大楼二楼上，都不约而同地想到了当年在电影里看过的工潮镜头。肖跃进焦虑万分，先是打电话向曹务平汇报，后来就根据曹务平的口头指示，打开正对着人群的窗户，大声对工人们解释，说这个方案仅仅是方案，还在征求意见。然而，肖跃进话没说完，好多石块、酒瓶就从打开的窗户飞了进来，一块拳头大小的石块砸得肖跃进满脸是血。

　　肖跃进任鲜血在脸上流，仍大声说："同志们，大家都冷静一点！没有谁想卖矿求荣，矿上这几年来的处境，你们全知道。联采既然搞得这么好，就算实行全面联采，对大家也没有坏处呀！你们当中有没有联采队的同志？有没有？我敢肯定没有。他们不会过来闹，他们已经切实感受到了改革带来的好处！"

　　这时，又一只酒瓶飞了进来，准确地击中了肖跃进已糊满鲜血的脸，致使肖跃进颅骨折裂，当场昏倒在自己办公室的窗前，待他从昏迷中醒来，已是三天后的早晨了，该发生的全发生了。

　　也正因为肖跃进的昏迷，动乱中的胜利矿和平川市委、市政府失去了一个多小时的联系，事态的发展进入了无法控制的地步。

　　九时二十五分，愤怒的矿工自发拥上矿党委大楼，砸毁了肖跃进的办公桌、文件柜，还在办公室的大门上用墨汁写了"工贼老窝"四个大字。对倒在血泊中的肖跃进，竟无人去抢救。后来，在矿工们拥向京广线时，才有几个科室干部把肖跃进用矿山救护队的担架抬进了矿医院，肖跃进方能死里逃生。主持手术的医生说，如果晚送来半小时，肖跃进的命就保不住了。

　　面对失去了理智的矿工，党委副书记姚欣春吓得浑身直抖，语无伦次地反复解释，此事与他无关，全是肖跃进和市委副书记兼常务副市长曹务平一手搞起来的，他是坚决反对的，而且最早的风声也是他冒着风险告诉大家的。

矿机修厂车间主任章昌荣和原采煤十区区长王泽义证明，情况确实是这样，姚欣春才得以从愤怒的人群中挤出去，一声不响地躲回了家，再也没露过面。

九时四十分，占领了矿党委大楼的矿工们不知该如何进行下一步行动时，另一个对联采充满仇恨的关键人物出现了，这人就是河东村金龙集团董事长兼总经理田大道。

田大道对河西村万山集团与胜利矿的联采仇恨了三年多，既恨肖跃进、曹心立，更恨庄群义。得知市里决定联采进一步扩大到全矿范围，田大道立即意识到自己集团的经济利益要受到重大影响。全面联采后，精明过人的庄群义再不会像过去国营胜利矿那样大方，对他的盗采乱挖让步。因此，一大早，田大道借口到矿上谈一笔井下矿用支架的转让，也到了矿上。

据田大道被捕后交代，发现矿工们占领了党委大楼，他和手下两个集团办公室的人，只是过去看热闹，并没有说什么，做什么。

司法机关拿出当时在场者的证言、证词，问田大道："你没说什么吗？这么多人证明，就是你第一个提出去卧轨的！工人当时要到平川市委、市政府上访。你煽动说，上访没有用，市委决定了的事，市委不会自己推翻。要解决问题，就得把事情闹到中央去，一卧轨，中央就知道了。'文革'时造反派就这么干的，当时周总理都出面说话了，问题马上就解决了。这些话你说没说过？"

田大道只得认账。但又解释说，自己当时绝不是别有用心，也绝没有事先和章昌荣、王泽义或矿上任何人一起参与过策划，而是法制观念淡薄，随便说说，说过也就忘了。

司法机关再次拿出了证据："不对，你田大道不是随便说说，你是做了认真准备的。不是你拿出一皮包百元大钞，对着工人们喊过吗：铁路上轧死你们一个人，我田大道就出一万的抚恤金，轧死一百个，我出一百万！没事先准备，你哪来这一皮包现钞？"

田大道无话可说了。

事实是：是日九时四十五分，民郊县河东村金龙集团董事长兼总经理田大道，在肖跃进办公室门前的敞开式走廊上，挥着一把百元大钞煽起了矿工们冲上京广线卧轨的激烈行动。有些混在人群中的河东村金龙集团员工喊起了"田总经理万岁"的惊人口号,进一步把矿工们的情绪煽到极致。

九时五十分,一千八百多名热血沸腾的矿工打着红旗,扯着横幅,唱着改编过的国歌,从矿东门冲上了一千二百公尺外的京广铁路……

四

原胜利煤矿党委书记曹心立这天上午九时五十二分许,在矿东门口撞上了前往京广线卧轨的矿工们。当时,曹心立手中提着两只开水瓶,想去矿锅炉房打开水,对事态的发生、发展过程全不清楚。待问明白拥出矿门的矿工是要去卧轨时,曹心立一下子呆了。据当时在场的老门卫说,曹心立手中的两只空水瓶当即失手落到水泥地上,一只落地就爆了,一只滚到大路上,被矿工们的大脚踏扁了。

曹心立几乎没来得及思索,便跌跌撞撞地冲到路当中,对身边涌过的人流大喊:"同志们,你们不能去呀!京广线是国家的交通大动脉,中断一小时就是成亿的损失呀!我们是产业工人,就是饿死也不能做这种事呀!"

人们像没听见似的,一个个匆匆地从曹心立面前走过。

曹心立急了,先是坐在地上,后就躺在地上,想以自己老迈的身体,挡住滚滚人流。在十二月十二日那个失去理智的上午,这个退休的前党委书记已准备把自己的老命搭上了。

几个参加卧轨的矿工及时地把曹心立从路当中架到了路边,还和曹心立说:"老书记,你退下来了,就别管我们的事了,我们就是要让中央知道我们胜利煤矿现在的事!为国家出了这么多年的力,现在他们要我们去当农民,这是改革吗?!这是官逼民反!"

曹心立讷讷说:"同志们,这是谣言,肯定是谣言!我只听说要搞全矿联采,哪有当农民这回事呢?!国家哪会让我们这些产业工人去当农民?你们要记住,我们是产业工人啊!"

然而，没容曹心立把话说完，架他的矿工们已回到人流中走得无影无踪了。

曹心立摇摇晃晃地站起来，又往人流中挤，一不小心，被一阵人流冲倒了。

意外发生了。

后面的人们没看到这个前党委书记的倒地，许多双大脚踩到了曹心立身上，有几个自己也绊倒了，人流在一时间出现了短暂的混乱。

等到后面的人发现曹心立被踩着了，才又有人把曹心立抬到路边。

这时，躺在路边的曹心立已被踩得不能动弹了，老人清楚，他受了伤，五脏六腑，甚至心都在流血。这么多年了，他看着这个煤矿从开采的青春期，一步步走到今天的衰败期。这个煤矿曾经多么年轻啊，一九六〇年投产，当年年产量就达到六十万吨，高峰期达到过一百一十万吨。那时，天天创高产，月月创高产，谁也没想过它和人一样，也会老，也会病，甚至也会死。更不会想到还会发生眼前这可怕的一幕！

多么可怕呀，我们的产业工人，我们国家的领导阶级，把当年用来对付资本家，对付国民党当局的办法，全用来对付自己当家做主的国家了。他曹心立最担心的事情，最不想让它发生的事情，还是发生了。尽管他已从党委书记的岗位上早早退下了。

曹心立挣扎着又往路上爬，想使出全身力气再和矿工们最后说一句：同志们，我们是产业工人，是国家的领导阶级啊……可路面上已没人了，只有那脚步声，那改了词的国歌声的强大余音，还在布满煤尘的胜利煤矿的灰暗空中久久回荡。

歌声在回荡，是昨日的歌。是《东方红》。是《大海航行靠舵手》。他就是唱着这些歌走上矿政治部主任和矿党委书记领导岗位的。他就是在这些歌声中一次次走到主席台上去讲话，去给一届届劳模戴大红花的……

那时，一切都多么美好，他还年轻，这个矿也年轻。

改革？没听说过。从来没听说过。

闹事？他敢！现行反革命的帽子就抓在革命群众手上。别说闹事，你就是说错一句话，无意中喊错一句口号，革命群众就可以把反革命的帽子给你戴上去，让你和你的家庭三辈子翻不了身，看你老实不老实？！当然，这也过分了，可那时的事情就是好办哩……

这时，跟着人流去看热闹的老门卫回到了矿门口，发现曹心立昏倒在路边，忙叫了一些人过来，把曹心立送进了矿医院。

然而，已经晚了……

这天十二时四十二分，前胜利煤矿党委书记曹心立在胜利煤矿医院因肝、脾破裂，伤势严重，经抢救无效，死在外科手术台上，终年六十五岁……

刘凤珠得知曹心立被踩伤送到矿医院后，马上打电话给曹务平、曹务成两个儿子。

大儿子曹务平没找到，市政府值班室的同志说，曹市长正在和吴书记、束市长一块处理一起非常严重的突发性事件，有什么事可以留言。

刘凤珠没留言，放下电话，马上就打小儿子曹务成的手机。

曹务成手机开着，一打就通了。

然而，没容刘凤珠开口说话，曹务成先滔滔不绝地说了起来："妈，告诉你一个振奋人心的好消息，牌楼区法院已正式受理我的行政诉讼案了。你家曹市长终于让我送上了被告席，这送上被告席就意味着……"

刘凤珠真火透了，拖着老年妇女惯有的哭腔骂道："曹务成，你这个孽障！胜利矿出大事了，你爹被人踩得快要死了，你还和我说这些事！你这个孽障是不是要逼死你亲妈呀！你还有一点人性吗？！"

曹务成这才慌了，说："妈，你别急，千万别急，我马上开车过来。"

然而，曹务成开着自己破产后新买的"高尔夫"车赶到胜利矿医院时，曹心立已经咽了气。刘凤珠满脸泪水，痴呆呆地守着曹心立的遗体坐着，像一尊受难者的雕塑。

曹务成揭开蒙在曹心立遗体上的白布单，哭喊自己父亲时，刘凤珠仍在痴迷中久久没有醒过来，总觉得丈夫曹心立的死不是真的；总觉得面前这个怀揣手机，一身名牌的小儿子很陌生，就连他的哭喊声也很陌生。

真不知道这一切是为什么发生，在什么时候发生，又是怎么发生的？

往事如烟，一幕幕浮现在刘凤珠眼前。

好像就在昨天，在矿上当党委书记的丈夫回来了，几盘小菜一壶温酒，丈夫喝两口，也让务平、务成这两个在矿上工作的儿子喝两口。喝到忘形时，爷儿仨还会压小嗓门划几拳。那时，家里没有市里的大官，没有几百万的大款，只有温馨的亲情，父子情，母子情，兄弟情。那时没改革，家里并不富裕，和矿上的普通干部工人一样，这个矿党委书记的家连彩电都没有，一台黑白电视，还招来一堆左邻右舍的孩子过来看稀奇。那时，务平和务成这弟兄俩多要好呀，她这个母亲，就是到死也忘不了小时候他们分吃一只旺鸡蛋的事。小弟兄俩把旺鸡蛋称作鸡，不是用刀切，而是很认真地分，小鸡腿，小鸡翅膀。谁分谁后捡，小弟兄俩从来没闹过气。

后来，务平上大学了，进步了，从矿上进步到市里，从区长进步到市长。老头子当面端着架子，背后乐得合不拢嘴，多少次在床头枕畔和她说过，"行，务平比我强，日后没准能进步到省里去。"

后来，务成辞职了，做起生意了，先发小财，后发大财，听说在城里香港大酒店一顿饭吃掉五千块，抵他爹一年的工资。听说他一笔生意转手就赚十几万，手机、小车不停地换。

左邻右舍真羡慕哩，说："曹嫂，你真是有福哩，两个儿子多出息呀！一个当大官，一个当大款！这人间的风水都让你们老曹家占尽了！"可他们哪知道她刘凤珠的苦处！自从出了大官和大款，一个家连个团圆饭都吃不成，爷儿仨只要碰面就吵，就干。当然，主要是两个当官的对付一个大款。闹到今天，益发不可收拾了，老丈夫倒在了阻挡工人卧轨的道路上，亲兄弟俩不顾死活地完全撕破脸皮，到法庭上打起了官司，她这个妈还咋当呀，日后咋办呀？

如果时光能倒流，如果能回到从前，那多好呀！她这个母亲不要大官，不要大款，只要两个听话孝顺的好儿子，只想在他们下班后，给他们温好酒，倒好茶，抱着孙子、孙女看着他们和和气气地在一起吃喝、嬉笑……

然而，再也不可能了，充满亲情温馨的时光一去不复返了。

刘凤珠放声痛哭起来……

五

一九九五年十二月十二日十时四十一分，中华人民共和国国务院办公室和中华人民共和国铁道部分别急电中共平川市委、市政府，要求平川市党政主要负责人立即赶赴卧轨现场，疏导、劝退卧轨工人，迅速恢复已中断的京广线的铁路运输。

一九九五年十二月十二日十时四十五分，即收到国办急电四分钟之后，平川市委书记吴明雄、市委副书记兼市长束华如分别从市县公路民郊段工地和平川电厂二期工地上火速赶往胜利煤矿。同一时刻，市委副书记兼常务副市长曹务平的专车也从市公安局呼啸开出，约八百名武警、巡警和部分临时组织起来的公检法机关人员分乘各种车辆直驱卧轨现场。

十一时零五分，向市委请了假正驱车赶往省城途中的肖道清得知卧轨消息，在自己的专车里用手机给吴明雄打了个电话，破例没谈自己的英明预见，而是用一副焦虑的口气向吴明雄建议：一、立即召开全市党政干部大会，旗帜鲜明地反对动乱，形成一种人心思定的大气候；二、为制止动乱的发展和扩大，绝不能手软，该使用武力时，要使用武力，以少量流血换取日后的不流血；三、作为平川市委副书记，不管他当初如何不同意这个试点方案的实施，但现在仍和平川市委保持政治上的高度一致；四、他目前正在赴省城途中，准备去割脂肪瘤，如市委要求他返回平川参与处理事件，他将立即返回。

吴明雄当即镇静而明确地答复说，事情还没严重到要立即召开全市党政干部大会的程度，使用武力更是荒唐。因此，平川市委不需要肖道清回来，已批过的假照样算数，请肖道清安心去做手术，手术后还可以在省城多休息几天。

这正中肖道清下怀，于是乎，在平川市委常委们紧张忙碌的时刻，肖道清的专车仍以每小时一百公里的时速，直驱省城。

十一时十五分，吴明雄、束华如、曹务平三位主要负责人在距卧轨现场约三公里的一个小村庄前碰了面，紧急研究了五分钟，马上决定了几件事：一、严令武警和政法部门的干部，在任何情况下，均不得向卧轨群众开枪使用武力；二、鉴于参加卧轨的群众多达一千八百多人，事态很严重，要进一步调动市内交警和民郊县公安局介入；三、立即向卧轨群众进行广播宣传，劝其离开铁路沿线；四、在对顽固人员劝阻无效时，准备强制行动，两个人架一个，将其架下铁道线。

十一时二十五分，市委常委、民郊县委书记程谓奇携民郊县公安局长及三百余干警赶到现场，对峙双方的人员比例基本达到了一比一。

十一时四十五分，功率很大的车载电台的广播声响了，在市政府的公告没草拟好之前，吴明雄在广播车内对着话筒先讲了话。

吴明雄冷静而严厉地说："我是中共平川市委书记吴明雄，现在我代表平川市委、市政府和大家讲几句话。对大家今天的集体卧轨行动，市委、市政府感到非常意外，也感到非常震惊！不管有什么意见，有什么理由，你们跨上京广线，阻断了这条大动脉的正常运行，就触犯了法律！这是在任何国家，任何地方都不能允许的！我希望大家好好想一下，头脑冷静一些，马上从铁路线上退下来，立即恢复铁路的正常秩序，不要在触犯法律的道路上越走越远，使国家和你们自己都付出沉重的代价！我和平川市委、市政府都相信，唯恐天下不乱的只是极少数几个人，胜利煤矿的广大干部职工是不愿看到这种局面的。"

吴明雄的简短讲话结束后没几分钟，约有六七百号卧轨群众就退了下来。这些群众大约是怕公安干警会抓他们，离开铁路线后全四下里散开了。公安干警严格执行市里的规定，对听从劝告自动散开的群众网开一面，不但没去抓，还把警戒缺口放得更大。

十二时整，正式的市政府公告播了出来。

公告命令仍聚在铁路线上的人员，立即离开现场，并宣布，市政府将在公告结束十五分钟后，进行清场，凡清场时仍聚在铁路线上的人员，一切后果完全由自己负责。

十二时零五分至二十分，大批卧轨人员在一遍遍重复播送的公告声中退了下来，聚在铁路线上进行最后对峙的只有不到百余人了。可这百余人手中仍打着红旗和横幅，改过词的国歌声又响了起来——

起来，不愿做奴隶的矿工，

把我们的血肉筑起我们新的长城，

胜利煤矿到了最危险的时候……

十二时二十五分，公安、武警冲上铁路线，几个人架一个把这最后百余人全架下了铁路路基，震惊全国的"1212"卧轨事件，这才在没发生任何流血的情况下结束。

一星期后，河东村金龙集团董事长兼总裁田大道、胜利矿机修厂车间主任章昌荣、胜利矿原采煤十区副区长王泽义被平川市公安局同时收审。

田大道被拘时感到很意外，在集团办公室里拍着桌子问执行公务的公安人员，知道不知道我是谁？公安人员平静地告诉田大道，我们不但知道你是谁，还知道你干过什么事。你田董事长早就该到我们公安局说说清楚了。我们今天请你去已经够晚的了。

章昌荣和王泽义的被拘，和田大道的被拘情形大不相同，二人似乎早知道要面对什么，是带着从容的笑意上的警车，颇有些当年共产党人大义凛然的气派。

一九九六年五月，平川市中级人民法院以煽动破坏铁路交通秩序罪、流氓罪，两罪并罚，判处田大道有期徒刑六年，以破坏铁路交通秩序罪，判处章昌荣有期徒刑三年、王泽义有期徒刑二年。

田大道就此被人淡忘，而章昌荣和王泽义却被胜利矿的一些干部群众当作传奇英雄，在私下里一次次提起。相当一批干部群众认为，是章昌荣和王泽义把胜利矿从"最危险的时候"挽救出来，使得他们至今还是县团级国营煤矿的工人。

然而，可悲的是，受卧轨事件影响，河西村万山集团董事长兼总裁庄群义在矿工敌视的目光下难以坚持，被迫退出和胜利矿的联采合作，这个已近衰竭期的县团级国营煤矿的经济危机再度来临，矿上的大食堂又在酝酿开临时大锅饭了。

第二十章　猛士当壮别

一

空气仿佛凝固了，铅也似沉重的压抑和忧郁注满了市委第一会议室。再没有往日开会时的那种轻松和随意，更没有谁还能在这种沮丧的时刻谈笑风生。一切都是静静的，连与会者喝水和翻动文件纸页发出的极轻微的响声都听得到。

中共平川市委以总结经验教训为主旨的常委会，在市委副书记肖道清一人因病缺席的情况下开始了。

市委书记吴明雄主持会议并讲了话。

就是在这种沉重时刻，吴明雄的神情、语气仍是不卑不亢。

吴明雄说："不管我们主观愿望如何，严重的后果已经造成了，一千八百多人卧轨，国家的经济损失先不说，政治影响也是非常恶劣的。根据我市国家安全局汇报，外电和港台报纸对此已有了不少报道，一些别有用心的外电甚至歪曲'1212'事件的背景和事实真相，恶意攻击我们国家的改革政策，话说得都很刺耳。我们的南水北调工程、我们的环城路，他们看不到；我们的纺织机械集团，我们的康康豆奶集团，他们看不到；我们的新西湖，我们越来越美丽的新平川，他们也看不到；只有'1212'事件，他们看到了！这当然没什么了不起，中共平川市委和一千万已经创造了当代奇迹的平川人民不是看着这些真假洋人的眼色过活的，从来不是！你说好也罢，说坏也罢，我们都将在自己选定的道路上走下去！义无反顾地走下去！

"但是，同志们，我们确实犯了错误，甚至可以说是很严重的错误。这个错误的严重性在于，我们决策的失误险些造成了一场流血的动乱。在改革不断深化的今天，在改革措施涉及千千万万工人群众、城市普通百姓利益的时候，我们急于求成，改革力度太大，而教育宣传的工作力度又太小，事实上是违背了从中央到省委关于在稳定中求发展的根本精神。是的，我们可以向中央，向省委汇报说，胜利矿的改革之路非走不可，否则，八千五百多工人就没法摆脱困境。这对不对？也对。胜利矿的改革之路日后还要走，肯定要走，对此，我并不怀疑，我们国家改革发展的大趋势就是如此。可同志们一定要记住，任何时候走出这一步，都必须以稳定为前提。"

曹务平心情沉痛地接过吴明雄的话题说："对此，我应该负完全责任。胜利矿的改革试点从始到终，都是我一手抓的，试点方案也是我拿出来的。我没想到反弹会这么大，就是在吴书记反复提醒的情况下，我也没清醒地意识到这一点，反而在个别人的挑拨下埋怨过吴书记。"

束华如马上说："集体研究通过的，要集体负责，不能把责任放到哪个具体管事的同志身上。要说有责任，常委会每个同志都有一份责任。我就有责任嘛。要按我的想法，第一次常委会上就该通过试点方案的。第一次常委会后，我还和吴书记说过，胜利矿就按着这个方案让务平同志搞吧，估计不会出什么大问题。至于肖道清，这一次他休想再滑掉！在前后两次常委会上，他多积极呀，就差没提出打倒反对改革的吴明雄了！"

刘金萍、程谓奇、孙金原等其他常委也纷纷表态，都赞同束华如的意见，对"1212"事件，常委会集体负责，没有哪个常委有推卸责任的意思。

吴明雄笑了笑，若有所思地说："同志们，都不要说了，对此要负责的人，不是务平同志，不是肖道清，更不是你们大家，应该是我吴明雄。从上任到今天，我反复说过，对我们这个班子的决策失误，我这个班长负责。事情很清楚，不经我这个班长同意，你们哪个副书记，哪个常委能把这么大的事拍板定下来？肖道清定不下来嘛，最后还是我定的嘛！有些话，我看就到此为止吧，不要再到处乱讲了。尤其是务平同志，更不要乱讲。对'1212'事件，我们要形成一致的认识，那就是，作为市委主要负责人的吴明雄同志头脑不清醒，主观性太强，才铸下大错。你们都没有责任，包括务平同志和肖道清在内。你们都是执行我这个市委书记的指示！"环视着众人，吴明雄最后又平静地说了句，"明天去省委汇报工作时，我将正式递交辞职报告。"

曹务平马上叫道："吴书记，这没有道理，明明是我的责任，怎么能往你头上推呢？给省委的检查我都写好了，我从思想上已作好了接受组织处分的准备。"

束华如也说："吴书记，你再认真想想，这样做好吗？集体负责，由咱们市委向省委作检查，是不是对大局更有利？我们现在还有多少事要做呀？一千一百里的市县公路正在建着，平川电厂二期工程也在热火朝天地干着，平川国际机场的立项报告国家又批了……"

吴明雄摆摆手，苦笑着打断束华如的话头说："是啊，是啊，如按我个人的心愿，我当然希望能再和大家一起，好好干几年。可我毕竟五十九岁了，离退下来只有不到半年的时间了。再加上现在又碰上了这样严重的事件，我觉得，还是由我个人把责任全部承担起来，让同志们轻装上阵，对平川的事业发展更为有利。当然，有一点也没必要再瞒着同志们了：这回我也要像当年陈忠阳同志那样，向省委提出条件的，那就是和肖道清同志一起离开目前这个班子，给同志们创造一个更容易干事的良好环境！肖道清同志在'1212'事件发生前后的表演极其卑劣，我不愿意看到这个人再成为你们这个新班子的绊脚石。"

束华如、曹务平和全体常委们这才看出来，吴明雄不是一时的冲动，而是在深思熟虑后做出的决定。

吴明雄继续说："平川今天这个局面来之不易呀，从一千万平川人民，到我们的各级干部，都做出了自己卓绝的贡献和牺牲。是真正的牺牲呀，有的同志把命都送掉了，像合田县委书记尚德全同志。陈忠阳同志也做出了牺牲嘛，在水利工地上这么拼命，不还是非正常提前离休了吗？肖道清同志因此四处说，这是什么'舍卒保车'呀，什么'舍车保帅'呀。那么今天，我这个老帅也该舍了，肖道清同志又该说啥呢？其实，肖道清同志真是以小人之心度君子之腹了。不管是舍卒、舍车，还是舍帅，我们作为一个无私无畏的共产党人，要保的只有党和人民的伟大事业！

"'1212'事件发生之后，我想了很多，觉得自己在这个时候退下来是适宜的。我们这个班子除了大家心里都有数的个别人之外，是团结、年轻、充满朝气的，又在这几年领导平川人民进行大规模建设和深化改革的火热实践中，积累了较为丰富的经验，摸索出了一条自我发展的道路。没有了我这个老同志，再少了块绊脚石，这个班子必然会干得更好！大家还记得吧？欢送陈忠阳那次，忠阳同志噙着泪说了啥？他说，'老的下来了，不做事的到旁边稍息了，一大帮年轻人上来了，这多好！'今天，我想告诉同志们，这也是我的心里话呀！老的总要下，总要死，大自然的规律不可抗拒，这没有什么可伤感的。猛士当壮别，不要一副小儿女的样子，凄凄惨惨戚戚，这太没出息！

"当然喽，作为一个生在平川、长在平川的平川市委书记，我不是没有一点私心的。我承认我有私心，我算过一笔账。不说作为一把手该对决策失误负责了，就是从另一方面看，我也是划算的。我提前半年下来，可能换取的是你们这个年轻班子在相当长一段时间里的稳定，和平川建设事业、改革事业的更新、更快的发展。华如同志五十五岁，还能干五年，务平同志和金萍同志都只有四十三岁，还能干十七年。同志们，按现在这个样子干下去，十七年后，我们平川会是什么样子？我真不敢想象呀！"

吴明雄眼圈红了，轻轻叹了口气，说不下去了。

束华如、曹务平、刘金萍眼里也蒙上了泪光。

会议室的气氛中少了些忧郁和压抑，多了些悲壮。

吴明雄掏出笔记本，打开来，摊在面前的桌上，继续说："和同志们在一起开这种会的机会不会太多了，从省城回来，了不起再开一两次吧。今天，我就把这几天已想到的一些事以及对将来工作的一些建议，和同志们谈谈，就算提前交交班吧。

"这几年工作中的成绩，我就不谈了，由于我们这个班子的团结，同志们都顾全大局，真抓实干，一个个没日没夜地拼命，总算没有辜负平川一千万父老乡亲吧！我主要想谈谈下一步应该怎么办，在搭下了如今这个大城市、现代化的基本框架后，下一步的路子应该怎么走？我的看法是，不要松劲，不要自满，不要认为我们是如何不得了！走出平川看世界，世界很大，很大。我们平川在发展，人家也在发展，我们没有多少理由可以自我满足。

"一千一百里市县路一定要一鼓作气搞完它，争取年底全部完成，以构成一个城乡互补的流通格局；平川国际机场要快上，标准还要争取高一些，速度也要快一些。有了这个国际机场，加上现有的铁路和这几年已建成的现代道路网络，我们二万八千平方公里平川，从地上到空中就全活起来了。

"有了这么好的条件，对外开放的步子就要加快一些，随着俄罗斯、越南和东欧一些国家投资环境的改善，西方的美元、马克在往人家那里流，我们要尽量去争取这些大流通中的国际资本。要重点抓好国际工业园的外向型经济，抓好中国平川纺织机械集团这样能到国际市场上拿份额的特大型企业，这样的企业，是平川的宝贝，也是国家的宝贝。

"我们平川的国营中大型企业，就要走中国纺机的道路，要在股份制改造上加大些力度。国营小企业怎么办？榜样摆在面前，就是中国康康集团！康康从一个破产的小小碾米厂，在短短三年中变成中国的豆奶大王，深刻的经验是什么？我看还没真正总结出来。我现在想，同志们下一步能不能再多动动脑筋，拿出点真功夫，再创造一两个康康集团的奇迹呢？

"五个手指长短不一。目前困难企业还不少，吃不上饭的工人还很多，像胜利矿就是个典型。这些困难企业怎么走出困境，甚至是绝境呢？出路还在于改革，非改革不可。要总结经验，接受教训，真正依靠工人阶级来改，来革。我出个题目，同志们不妨试着做一做：胜利矿的工人知道胜利矿到了最危险的时候，提出了一个口号：保卫矿山和饭碗。同志们深入地想一下，这种产业工人长期以来形成的荣誉感和谋求生存的悲壮情绪，有没有可能进行正面引导，使之变成改革的动力呢？

"农业是大头。任何时候都不要忘了农村,不要忘了平川不是孤立存在的,八百多万农村人口不达到小康,平川经济的全面起飞就飞不起来,或者说飞不高,飞不远。一百万贫困人口的脱贫问题要搞更严密的责任制,真正解决好。乡镇企业这块目前不错,发展势头很好,我们要因势利导,把这块最活的经济搞得更活。前几天,万山集团的庄群义、平湖丝业的费国清,还有一帮乡镇企业家联名写信给我,请我考虑一下,日后,在市里进行出国招商考察时,能不能给他们这些乡镇企业家一些名额?我还没来得及答复他们。在这里说一下我的看法。我想这应该是可以的,美国总统出访,哪次不带一帮国内企业家?!

"当然,对乡镇企业和乡镇企业家的支持、保护,并不等于无原则的庇护。在这方面,我们有深刻的教训。比如,民郊县河东村的那个田大道,是个根本没有法制意识的暴发户!我们应该在他三年半之前冲砸民郊变电站时,就依法制裁他!可我们当时没这么做,都盯着他的钱袋,程谓奇同志护着他,我也就让了步。现在好了,正是这个无法无天的暴发户,给我们捅下了这么大一个娄子!天都要让他捅破了!如果不是这个暴发户窜到胜利矿煽动,也许不会出现这个'1212'事件。

"在组织建设和干部的任用上,我仍坚持这样的观点,要用有缺点的战士,不要用无缺点的苍蝇。我们在座的同志们谁没有缺点?谁没在工作中犯过这样那样的错误?我吴明雄今天犯下的错误还小吗?可这绝不能掩盖战士的光辉。战国时代有个哲人,大名荀子,说过这么一段话,我特意把它记了下来,现在读给同志们听听,看看有没有道理?'口能言之,身能行之,国宝也;口不能言,身能行之,国器也;口能言之,身不能行,国用也;口言善,身行恶,国妖也。治国敬其宝,爱其器,任其用,除其妖。'好了,就这些,荀子先生说的对不对,同志们自己去思考。

"说到干部问题,我还有个具体建议。胜利矿有个叫姚欣春的党委副书记,在'1212'事件中的表现极其恶劣,先是违反组织原则,透露会议内容,又在肖跃进同志重伤后临阵脱逃,已完全丧失了一个共产党员的党性,必须撤职清除出党。还有个原机械一厂的厂长兼党委书记叫邱同知,拿着国家的工资不干事,一天到晚跟着假洋鬼子郑杰明后面鬼混,被厂里的干部工人称作汉奸。根据市国家安全局同志汇报，这个汉奸把我们一些经济情报全拿去换了美元，这样的人还留在党内干什么？邱同知那个厂不是并到纺织机械集团去了吗？要和张大同同志认真谈一下，请集团党委研究一下这个问题。

"最后，说一下务平同志以及工商局与DMT国际商务公司的官司问题。同志们，这不是个小问题，更不是儿戏、笑话，这是很严峻的社会现实，是社会主义市场经济条件下出现的新情况、新问题。对这个问题，我认真想了一下，牌楼区法院要依法受理，我们的政法委和市人大更要依法干涉。在全国性法规出台之前，先拿出我们平川的地方性法规来，规定一下，哪几种人不得在我们平川开办公司。比如说像资信极差、擅长搞三角债把戏的曹务成先生，还有那些以破产逃避债务责任的先生们。要动脑筋研究它，在政治上要有敏锐感，要使我们的人民明白：平川不是那些不道德的经济畸人和骗子们发不义之财的乐园，我们的法律、法规保护的是一切在平川从事正当投资和从事正当劳动的所有中外人士的合法收入，而不是那些大小骗子们的钱袋！这是一个健康社会最起码的公道和正义，也是一个地方良好投资环境的重要组成部分。

⋯⋯⋯⋯⋯⋯

"同志们，想和你们说的话真多，真想把我这五十九年中经历的、知道的、想到的、看到的，一切的一切都告诉你们，哪怕它没有多少价值。可这个会已经开得够长了，最后再送你们一段话，作为赠言吧。是谁的话，我一时记不起来了，大意是这样的：我们需要探求真理的大智大勇，需要百折不回的坚韧毅力，需要一声不响的献身精神，我们的骄傲，就因为我们永远是探求和创造的主人。

"好了，同志们，本次常委会不进行任何讨论，散会吧！"

吴明雄话一落音，唯一的女常委刘金萍呜呜哭了起来。

曹务平站起来只喊了声："吴书记⋯⋯"脸上的泪珠就大滴、大滴落到了面前的会议桌上，哽咽难言了。

其他常委们也喊着吴书记，纷纷站起来，向吴明雄表达自己的敬意。

束华如噙着泪说："吴书记，你不能这样，大家还有话要说呢！"

吴明雄这时已在往门口走，回过头，近乎严厉地对束华如说："华如，你怎么也这样不理解我！这种事还能讨论吗！我道理说得还不够清楚吗！"

束华如不作声了，任泪水在脸上流。

立在门口的吴明雄想了想，还是回到会议室又多说了几句话：

"同志们，你们不要这么悲悲戚戚的！我刚才说过嘛，猛士当壮别。我吴明雄不喜欢这种气氛！大家若是真把我当回事，就把平川的事干得更好些，把更多的大楼栽起来，把更多的洋鬼子和他们的美元吸引过来，把咱平川变得更美丽，这才是对我最大的安慰！好了，同志们，现在我还是市委书记，还是你们的班长，我再说一遍，散会！"

二

肖道清再也没有想到，在平川发生了"1212"事件，在吴明雄已明确要下台的历史性时刻，省委竟会把他调离平川，让他去省文化局任职，这太意外，也太让他失望了。

就在前几天的日记里，肖道清还得意地写道：

"这个看似偶然的事件，其实是必然的结果。吴老人的政治豪赌，有赢也必有输，这是赌场的规律。两年前，这个老人是多么不可一世，如此强有力的支点，都没能撬动此人的权力基础，反倒压碎了支点，折断了杠杆，以一个年轻干部的政治冷冻，结束了一场权力的角斗。现在终于轮到了吴老人。果然不出所料，愤怒的矿工把这个老而朽之的人物轰下了历史舞台。那么，作为因坚持原则而长期受压的年轻干部，难道没有理由接过这一把手的权杖吗？历史的掌声就要响起来了，为一个生在平川、长在平川的年轻政治家了。"

伴着回响在耳畔的历史掌声，肖道清于手术之后四处奔跑，万没想到，跑到后来，历史掌声竟化作了一声霹雳：省委常委会研究的结果，非但没让他去做平川的一把手，反倒把他调到了省城一个最清淡的文化衙门里去任职，而且，竟然还是分管办公室的第七副局长！

肖道清十分清楚，在今日的现实政治中，权力的阶梯从某种意义上说是畸形的。同在一个权力台阶上的平川市委副书记和省文化局副局长有天壤之别。在平川市，一个市委副书记意味着在二万八千平方公里土地上具有近乎无上的权威，几乎可以为所欲为。而在省文化局，一个副局长的实际权力实在不如一个小小的乡镇长，出门要台车都困难，请人吃顿饭都没地方报销。而在副局长、副厅长这一台阶上又坐着多少渴望权力之帝巡幸的白头宫女呀。如果把这些厅局级都放到下面去，省委可以在一夜之间组建成立一百三十五点八八个平川市委。

看清了这灰暗的政治前景，肖道清于万分沮丧之中再度振作起来，痛苦而无奈地放弃了做平川一把手的奢望，幻想着在省委关于平川的班子最终敲定之前，影响和改变省委的决定，使自己仍留在平川做市委副书记，或者是副市长，以便在未来平川政局的变化中谋求新的发展机会。

············

带着这近似痴迷的想法，肖道清又开始了他第二轮的跑官历程，照例从省委副书记谢学东家跑起。

这两年，谢学东顾及影响，和肖道清的来往已经比较少了，偶然见一次面话题也不多。十天前，肖道清第一次来跑官时，谢学东就批评过他，并告诉他平川的班子已大体定下来了，此人现在又来跑，实在是太没有自知之明了。

因此，一见到肖道清，谢学东的眉头就皱了起来，没容肖道清把要求提出来，便直截了当地说："道清同志，你不要再和我多说什么了，说了也没用。你离开平川是组织决定，也是工作需要。作为一个副厅级党员干部，我劝你就不要再和组织上讨价还价了，好不好？"

肖道清赔着谦和的笑脸，耐心解释说："谢书记，您……您可能误解我的意思了，我……我这回不是要讨价还价，也不想当平川一把手了。我想，我还是做副书记，哪怕还管计划生育、工青妇这摊子也行。您知道，我一直在平川工作，对平川有感情，也比较熟悉情况。"

谢学东长长地吁了口气说："道清同志，要我看，平川真正的情况你并不熟悉。不要看你一直待在平川，我还是要说，你对平川的情况很不熟悉！平川的变化太大了。钱向辉书记评价是'革命性变化'。我在前几个月省委工作会上也说了，吴明雄他们三年多干的，确实超过了过去三十多年！"

肖道清说："这我都知道。我们平川的工作，还不都是大家一起做的吗？常委班子里，谁少费了心血？谁少出了力？都累得够呛。所以，我才说有感情嘛！调我走我才舍不得嘛！您比如说南水北调工程，不就是我和吴明雄同志一起最早下去搞的调查嘛！风尘仆仆地跑了十好几天，工程筹备期间的负责人也是我嘛！当然喽，后来吴明雄同志硬是排挤我，让陈忠阳去做了总指挥，现在我也就不去争这个功劳了。"

谢学东听了这话十分反感，很不客气地问："既然你这么支持南水北调，怎么还会和吴明雄、陈忠阳闹到那种地步？怎么还扬言要告到中央去？"

肖道清申辩说："我和吴明雄、陈忠阳同志的分歧，不在工程本身。我肖道清是喝大漠河水长大的，能不支持这个工程吗？我当时反对的主要是吴明雄、陈忠阳野蛮的国民党作风嘛！这一点您谢书记也知道，有关情况我一直向您汇报，当时也得到了您的理解和支持。我总怕这么搞会出大事呀。事实也证明，我们的看法都是对的。吴明雄今天不就出大事了吗？在卧轨事件发生的十八个小时之前，我还警告过吴明雄，结果反被他骂了一顿。当时省计生委秦主任在场，他可以作证。吴明雄就是这样不讲政策、不顾后果，不听您、我的好心劝告，才走到今天这一步的。一千八百号人集体大卧轨，连美国之音和BBC都报道了，这政治影响多恶劣啊。"

谢学东厌恶地说："道清同志，请你不要老把我和你扯到一起去好不好？我谢学东没有你这么高明。你就说你自己，你的意思是不是说，平川取得的所有建设成就、改革成就都有你一份，而平川出现的问题都与你无关，因为你早就看出来了，是不是？"

肖道清这才发现谢学东的态度不对头，一时不敢作声了。

谢学东的脸拉了下来，厉声道："我在问你话呢！"

肖道清苍白着脸讷讷着："谢书记，我……我不是这个意思……"

谢学东问："那是什么意思？"

肖道清忍受着老上级的轻蔑目光，仍然顽强地重申说："我……我也没有别的意思，您上次批评过我，要我有自知之明以后，我再没想过要当平川的一把手。我知道束华如比我强，我……我就是想留在平川继续当我的副书记。如果班子已定，副书记不好安排了，暂时安排副市长也行，我……我也能接受……"

谢学东真是气坏了，桌子一拍，骂道："我看你这是无耻！"

受到了如此明确的责骂，肖道清还坚持着要把话说完："谢书记，对我在平川的情况，您……您一直是比较清楚的，'1212'事件是吴明雄犯了错误，不是我肖道清犯了错误，让我和这个老同志一起离开平川班子有失公允。我的要求并不过分，并没有因为自己一贯坚持党的方针政策，兢兢业业工作，从没犯过错误，就一定要求省委提拔。我只是想留在平川，请您把我的情况在省委常委会上再反映一下，好不好？就算……就算我最后一次求您这老领导了。"

谢学东再也想不到肖道清脸皮会这么厚，猛然站起来，浑身哆嗦着，手往门外一指，说："肖道清，你……你给我滚出去！"

肖道清也真做得出来，一步步往门外退着，还口口声声说："谢书记，不管您怎么骂我，我……我还是您的人，永远是您的人，只要……只要您需要，我……我还会鞍前马后跟您跑……"

谢学东待肖道清的脚刚跨离房门，便"砰"的一声把门关上了。

扶着门框，谢学东有气无力地讷讷自问："这个人怎么会变成这种样子？怎么会堕落到这个地步？怎么一点人格都不顾了？"

…………

而站在谢家门外的肖道清，却满眼盈泪地默默想道：谢学东同志，你将为今天的粗暴付出代价。我肖道清是个有人格的共产党员、副市级国家干部，我会永世不忘今天的耻辱。谢学东同志，你等着吧，你也有像吴明雄一样下台的时候，也有老的时候，死的时候！

然而，为谢学东举行政治葬礼和生命葬礼的美好日子毕竟还是太遥远了，现在，不是谢学东，而是他肖道清在为改变自己黯淡的政治前途奔走呼告。在这人生的灰暗时刻，他只能把这屈辱的一切暂时忘却，也只能在自己高尚的日记里顽强地保持一个政治家的完整人格。为继续留在平川，下一站，他应该去跑省委组织部一位副部长，而且，还得打着谢学东的旗号跑……

三

省委在平川市委新老班子交接时摆出的阵势，和呈现出的政治姿态是空前未有的。省委书记钱向辉、省委副书记兼省长刘瑞年、省委副书记谢学东、省委常委兼组织部长孙安吉四个省委主要领导人都到平川来了，全体出席平川市党政干部大会。

大会由省长刘瑞年主持，组织部长孙安吉代表省委宣布任免名单，并为此次任免事宜作必要的组织解释。在孙安吉的解释中，"1212"事件一字没提到，吴明雄的辞职也没提到，只说省委是考虑到年龄的关系，才在慎重研究后决定免去吴明雄同志市委书记职务，并对平川现任班子进行必要的调整。

省委任命束华如为平川市委书记，曹务平为平川市委副书记兼平川市代市长，刘金萍、孙金原为市委副书记，增补白玉龙和米长山为市委常委，加上原常委程谓奇，整个班子仍由七人构成。新班子的平均年龄为四十五点六岁，整个新班子是相对稳定，也是相对年轻的。

省委书记钱向辉在会上作了题为《继续解放思想，保持进取精神，再接再厉，为平川经济的全面起飞而奋斗》的重要讲话。

在讲话中，钱向辉代表省委、省政府充分肯定了平川市近年来的建设成就和深化改革取得的丰硕成果；高度评价了以吴明雄为班长的这届市委领导班子带领平川一千万人民艰苦奋斗，不惧风险，负重前进的可贵精神和成功实践，几次脱稿讲到吴明雄这个前市委书记，讲到干事业就要有这么一种不惜押上身家性命的道德勇气。

坐在会场前排的一些干部看到，钱向辉脱稿讲到吴明雄时，眼中浮现着闪亮的泪光。这近乎骇人听闻了。一个省委书记难道不知道在一个司空见惯的政治礼仪性场合表现自己的沉稳吗？何况，钱向辉书记素常就是以沉稳著称的。

四

一切都过去了。一切都消失了。那些轰轰烈烈的白日。那些紧张忙碌的夜晚。那些没完没了的会议。那些堆积如山的文件。那行程千里万里的路、云和月。那一千万他如此挚爱的父老乡亲。那二万八千平方公里春绿秋黄的平川大地。那崭新而充满朝气的平川古城。那满城呼啸生风的浩荡阳光和浩荡月色。

多么安静，又多么让人惆怅。

站在龙凤山电视发射台新落成的内部小宾馆落地窗前，吴明雄苍老的脸上挂满了混浊的泪水。泪眼中，入夜的平川城区一片雾也似的朦胧，辉煌的万家灯火化作了摇曳着光尾的灿烂星雨，仿佛倾下了半壁星空。

这时，一个奶声奶气的声音在身后响了起来："爷爷，吴爷爷！"

吴明雄听得这声音恍恍惚惚，以为是幻觉，手扶窗沿没有动。

奶声奶气的声音又清楚地响了起来："吴爷爷，我来了！"

吴明雄这才缓缓地转过身来，万万没有想到，出现在面前的竟是尚德全的女儿尚好。尚好手里捧着一束鲜花，走到吴明雄面前说："吴爷爷，这花是陈爷爷和许多叔叔阿姨让我带给你的，你看，多好看呀！"

吴明雄把鲜花接过来，蹲到地上，抚着尚好红红的小脸问："尚好，你怎么知道吴爷爷在这里？你陈爷爷呢？"

尚好得意地挺着小胸脯说："谁不知道你躲在这里呀？陈爷爷和那些叔叔阿姨都不敢来，才让我来了。"

吴明雄问："这半夜三更的，谁送你上的山？"

尚好说："是陈爷爷。陈爷爷把我送上山，看着我进了你的门，才和司机叔叔一起开车走了。"

吴明雄把尚好抱到沙发上坐下来，连连说："好，好，尚好，你来得好，爷爷正愁没人陪我说话呢！"

尚好很认真地说："我昨天犯错误了，把教室里窗子上的一块玻璃打碎了，老师要家长去，陈爷爷说，明天他去，还要带五块钱去赔。"

吴明雄说："明天我去赔吧，陈爷爷是家长，我也是家长嘛！"

尚好说："吴爷爷，我向你保证，我的球是往墙上砸的，是球不听话。"

吴明雄笑着说："肯定是球不听话嘛，我知道的！球圆溜溜的，四处跑。"

尚好也笑了，过后又问："吴爷爷，你干嘛要躲在这里？是不是犯错误了？"

吴明雄点点头说："是的，爷爷现在不当市委书记了。"

尚好说："你也会像我爸爸那样，到大漠河水利工地上去工作吗？"

吴明雄眼中的泪夺眶而出，紧紧搂住尚好，泪水滴到了尚好扎着羊角辫的小脑袋上和仰起的小脸上，哽咽着对尚好说："尚好，大漠河的水利工程已经搞完了，爷爷不会到水利工地上去了。爷爷要带你去在环城路两旁栽大楼，让我们的平川城变得很大、很大，长得很高、很高！"

尚好纠正说："爷爷，大楼不叫栽，叫盖。"

吴明雄说："对，盖大楼。我们盖的大楼，也有你爸爸的一份心血呢！尚好，我的好孩子，你有过一个好爸爸，你爸爸就在今天平川城的满城春色里，就在二万八千平方公里的锦绣大地上，就在咱大漠河和新西湖的清澈甜水中……"

一九九六年八月二十日于徐州花园饭店

作者附记：

谨向中共江苏省委、江苏省人民政府、中共徐州市委、徐州市人民政府、中共江苏作家协会党组、徐州花园饭店致以诚挚的谢意！这部作品的创作得到了他们的大力支持和热情协助，是为记。